JULIE JOHNSON

Faded

Dieser eine Moment

JULIE JOHNSON

FADED

DIESER EINE MOMENT

Roman

Ins Deutsche übertragen
von Anika Klüver

LYX

LYX in der Bastei Lübbe AG
Dieser Titel ist auch als E-Book erschienen.

MIX
Papier aus verantwortungsvollen Quellen
FSC® C019821
FSC www.fsc.org

Die Originalausgabe erschien 2018 unter dem Titel
»When we Faded«.

Textredaktion: Birgit Sarrafian
Abdruck des Zitats von ATTICUS:
Love. Her. Wild. Gedichte & Notizen.
Aus dem amerikanischen Englisch von Kilian Unger.
© 2019 dtv Verlagsgesellschaft, bold.
Mit freundlicher Genehmigung von dtv Verlagsgesellschaft GmbH & Co. KG.
Umschlaggestaltung: © Sandra Taufer unter Verwendung von
Motiven von © Viorel Sima; ARTFULLY PHOTOGRAPHER;
Yulia Buchatskaya; Bokeh Blur Background / shutterstock
Satz: Greiner & Reichel, Köln
Gesetzt aus der Adobe Caslon
Druck und Verarbeitung: C.H.Beck, Nördlingen
Printed in Germany
ISBN 978-3-7363-1133-6

1 3 5 7 6 4 2

Sie finden uns im Internet unter www.lyx-verlag.de
Bitte beachten Sie auch: www.luebbe.de und www.lesejury.de

Für die Flammen,
die sich weigern zu verlöschen.
Brennt weiter.
Man braucht nur einen einzigen Funken,
um ein Lauffeuer zu entfachen.

Ein Himmel voller Sterne, und er hatte nur Augen für sie.

Atticus

1. KAPITEL

Felicity

Die Rolling Stones hatten recht, als sie *»You can't always get what you want«* sangen, denn man bekommt tatsächlich nicht immer, was man will.

Ich wollte nie berühmt sein.

Ich wollte das alles nicht.

Ich wollte einfach nur entkommen. Verschwinden. Mich von diesem Höllenfeuer befreien, in dem ich mich achtzehn Jahre lang damit abgemüht hatte, durch die schlimmsten Flammen zu gehen, ohne vollständig zu verbrennen.

Als ich mit meiner gebrauchten Gitarre in ihrem abgenutzten Koffer und einem Notizbuch voller hingekritzelter Liedtexte, die ich mir direkt aus der Seele gerissen hatte, in Nashville eintraf, hatte ich große Hoffnungen und Pläne. Ich hatte keine Ahnung, dass ich, nicht mal ein Jahr nachdem ich aus diesem Bus gestiegen war, mit einem gebrochenen Herzen und leeren Händen dastehen würde, weil die ganze Welt um mich herum in sich zusammengestürzt war.

Eigentlich stimmt das nicht ganz.

Meine Hände waren nicht leer, als sich meine Bedürfnisse in Wünsche verwandelten und meine Hoffnungen zu Fantasien verblassten. Ich hielt die zerbrochenen Stücke meines Herzens in den Fingern, und auf meiner Handfläche lagen die zerfetzten Überreste meiner Träume. Ich versuchte verzweifelt, sie zusammenzuhalten. Aber es war zu spät. Träume werden aus zerbrechlichem Glas gesponnen und bekommen leicht Risse. Ein paar achtlose Worte können sie so sehr zerbrechen, dass man sie nicht mehr reparieren kann.

Sagt nicht, ich hätte euch nicht gewarnt: In dieser Geschichte geht es nicht darum, dass ich bekommen habe, was ich wollte.

Denn ich wollte Ryder Woods nie.

Ich brauchte ihn.

Wie eine Melodie die Harmonie, der Rhythmus das Tempo, ein Akkord eine Tonart braucht. Er nahm mich mehr für sich ein, als es den Noten, die durch meine Adern flossen, oder den Texten, die in meinem Kopf herumschwammen, je gelang.

Selbst nachdem er jedes schmerzende Stück meines Herzens genommen und sie alle zwischen seinen nikotinverfärbten Fingern zu Staub zerquetscht hatte.

Ich war dumm genug zu denken, dass ich ihn nie wiedersehen würde. Dumm genug zu denken, dass das Schicksal genug davon hatte, mit mir zu spielen. Dass ich mir nach der Hölle, die ich seinetwegen bereits durchlebt hatte, ein wenig Erholung von der Trostlosigkeit verdient hätte, die damit einherging, ihn zu lieben … und ihn dann zu verlieren.

Nach zwei langen Jahren ohne die Berührung seiner Fingerknöchel an meiner Wange oder den Kuss seines stoppeligen Kinns an meiner Haut oder den Klang seiner rauen Stimme an meiner empfindlichen Ohrmuschel, war ich dumm genug zu glauben, dass ich ihn endlich aus meinem System gespült hätte und von seinem Einfluss geheilt wäre wie bei einer tödlichen Krankheit, die man überstanden hat.

Ich hätte wissen sollen, dass es keine Heilung gab.

Ryder Woods zu lieben war wie eine lebenslange Freiheitsstrafe.

Wie eine tödliche Krankheit.

Und als er schließlich in mein Leben zurückkehrte … mag er die letzte Person gewesen sein, die ich je wiedersehen wollte … aber wie ich nun schon zum wiederholten Mal gesagt habe …

Was ich wollte, hat nie eine Rolle gespielt.

Nicht wenn es um ihn geht.

Zwei Jahre zuvor

Der Bus wirbelt eine Staubwolke auf, während er davonfährt und dabei lauter grummelt als mein Magen – was wirklich was heißen will, denn das Einzige, was ich heute zu mir genommen habe, war ein fades Sandwich mit Erdnussbutter und Marmelade, das halb zerquetscht war, weil ich mich während der sechsstündigen holprigen Fahrt versehentlich draufgesetzt hatte.

Ich schaue dem Bus hinterher, bis er aus meinem Sichtfeld verschwindet und ich allein auf der leeren Straße zurückbleibe. Es ist mitten am Nachmittag, und hier ist weit und breit kein Mensch unterwegs. Die Lichter von Nashvilles berühmten Musik-Kneipen sind gedimmt – wenn auch nur für ein paar Stunden –, während die Touristen ihre Kater auskurieren und ihren Lebern ein wenig Ruhe gönnen, um sich auf eine weitere Nacht in der Stadt vorzubereiten. Unter der grellen Mittagssonne ist die Stadt der Musik vorübergehend ruhig geworden. Die Musiker, die hier wohnen, sind zu Hause und proben für den nächsten Auftritt, bei dem sie an einem weiteren Abend auf einer weiteren Bühne weitere Lieder singen werden, die sie nicht geschrieben haben, während das Publikum vor lauter Trunkenheit kaum noch in der Lage sein wird, ihnen zuzuhören.

Ich weiß, dass die Ruhe nur vorübergehend ist. Sobald das Licht der Sonne wie die Flamme einer ausgebrannten Kerze verlischt und der Abend hereinbricht, wird dieser Ort wieder voller blinkender Neonschilder sein, die sich hell in den vom Whiskey glasigen Augen der Leute spiegeln. Nashville ist wie Disneyland für Erwachsene, eine Ansammlung von Junggesellinnenabschieden, die bevorstehende Ehen feiern, und unglücklichen Hausfrauen, die vor monotonen Ehen fliehen. Hier träumen hoffnungsvolle Sänger von ihrem großen Durchbruch, und gescheiterte Stars schwelgen in Erinnerungen an den Tag, an dem sie den ihren erlebten.

Es ist eine Art Weltflucht, zu der immer wieder das gleiche Countrylied gespielt wird. Eine Schmerztablette, die man mit einem Mimosa hinunterspült. Ein Ort, an dem Träume geboren werden und an den sie auch gehen, um begraben zu werden. Ein Ort, an dem die Musik als Hintergrundgeräusch auf die Straße hinausschwappt oder einem unter die Haut geht und sich in der Seele einnistet.

Es heißt, dass man entweder für einen einzigen Abend nach Nashville kommt oder ein Leben lang hierbleibt. Leute von außerhalb verlassen die Stadt mit nichts weiter als verschwommenen Erinnerungen an die Bars auf dem Lower Broad und Blasen an den Füßen, die sie ihren funkelnagelneuen Cowboystiefeln verdanken, die sie nie wieder tragen werden, sobald sie nach Hause kommen und in ihr echtes Leben zurückkehren. Wenn man dumm genug ist, länger als ein Wochenende zu bleiben, geht man das Risiko ein, deutlich größeren Schaden davonzutragen … und zwar nicht nur in Bezug auf Füße und Leber.

Man schadet seiner Seele.

Ich umklammere den rissigen Griff meines Gitarrenkoffers ein wenig fester, seufze tief und drehe mich zu dem Gebäude hinter mir um. Abseits des ausgetretenen Broadways ist es etwas weniger augenfällig und prahlerisch als in Tootsies berühmter *Orchid Lounge* oder dem ausladenden, sich über mehrere Stockwerke erstreckenden *Legends Corner*, wo unaufhörlich Livemusik aus den Fenstern tönt. Es liegt mehrere Blocks von der Touristenzone entfernt versteckt in einer Seitenstraße. Von den schwarzen Ziegeln der Außenwände blättert die Farbe ab. Das Gebäude bräuchte dringend einen frischen Anstrich. Die Fenster sind dunkel und schmutzig. Über meinem Kopf ragt ein frei hängendes Schild in die Luft, auf dem in verblassten goldenen Buchstaben *The Nightingale* steht.

Ehrlich gesagt sieht der Laden wie eine Spelunke aus.

Aber gutes Aussehen ist nicht alles. Ich habe festgestellt, dass es sich damit wie mit den meisten Dingen im Leben verhält: Die inneren Werte sind sehr viel wichtiger als eine hübsche äußere Fassade. In Nashville gibt es keinen Ort, der mehr dafür bekannt ist, musikalisches Talent anzulocken. Genau in diesem Moment kann ich mindestens fünf Künstler in den Top Einhundert der Charts aufzählen, die hier, in den Räumlichkeiten dieser unscheinbaren kleinen Spelunke, entdeckt wurden.

Ich straffe die Schultern und strecke eine Hand nach der Türklinke aus. Halb rechne ich damit, dass die Tür fest verschlossen ist, doch sie gibt unter meinem Griff problemlos nach, schwingt auf und gibt den Blick auf eine düstere Bar frei. Ich trete ein, bevor ich einen Rückzieher machen kann. Ich blinzle, während sich meine Augen darum bemühen, sich an das plötzliche Halbdunkel anzupassen.

»Hallo?«, rufe ich und mache ein paar zögerliche Schritte über die Schwelle. »Ist hier jemand?«

Niemand antwortet. Ich gehe an einer verlassenen Empfangstheke vorbei und um mehrere hohe Bartische herum, deren Oberflächen von jahrelanger Benutzung zerkratzt und ramponiert sind. Ein Trio aus Deckenscheinwerfern beleuchtet die Bühne, die sich mir gegenüber befindet, und erhellt ein Meer aus wirbelnden Staubpartikeln in den durchbrochenen Schatten. Ich werde davon angezogen wie eine Motte vom Licht. Bevor mir richtig bewusst wird, was ich tue, habe ich den Raum durchquert und den Rand der erhöhten Plattform erreicht, auf der ein einzelner Hocker neben einem Mikrofonständer steht.

Meine Finger zittern, als ich eine Hand ausstrecke und über die kühle Oberfläche der Bühne streiche. Vermutlich bilde ich es mir nur ein, aber das Eichenholz unter meinen Fingerspitzen scheint Energie auszustrahlen und sie durch meine Venen zu jagen, so als wäre das Holz selbst auf wundersame Weise von der Elektrizität all der Musiker erfüllt, die im Laufe der Jahre darauf gestanden haben. Echte Starenergie, greifbar und übertragbar. Ich kann nur hoffen, dass ein bisschen davon auf mich abfärben wird.

»Was zum Teufel machst du hier?«

Die barsche Stimme sorgt dafür, dass ich zusammenzucke. Ich reiße die Hand von der Bühne zurück, als hätte ich mich daran verbrannt, und wirbele herum, um mich dem Mann zu stellen, der hinter der Theke steht und mit einem fleckigen weißen Lappen ein Glas poliert. Er ist Ende sechzig, und sein kurz geschorenes schwarzes Haar wird bereits dünn. Seine Miene ist so einschüchternd, dass ich überrascht bin, dass ich nicht erschrocken zurückweiche, als meine weit aufgerissenen bernsteinfarbenen Augen auf seine zusammengezogenen braunen treffen.

»Wir öffnen erst um siebzehn Uhr.«

Ich nicke wie eine gedankenlose Marionette.

»Bist du taub?«, schnauzt er und wirft den Lappen über seine mit einem schwarzen T-Shirt bekleidete Schulter, während er um die Theke herumkommt.

»N… N… Nein«, bringe ich stammelnd hervor und weiche nicht zurück, als er auf mich zukommt.

»Dann bist du also einfach nur dumm.«

Ich schüttle den Kopf, um seine Worte zu widerlegen und klarer denken zu können. »Nein, Sir.«

»Sir?« Er schnaubt. »Niemand hat mich je für einen feinen Herrn gehalten, also besteht kein Grund, jetzt damit anzufangen. Ich heiße Isaac.«

»Isaac«, wiederhole ich. »Freut mich, Sie kennenzulernen. Ich bin Felicity Wilkes.«

Ich zögere nur eine Sekunde lang, bevor der falsche Nachname über meine Lippen kommt. Ich glaube, es ist ihm nicht aufgefallen, und falls doch, bezweifle ich stark, dass es ihn kümmert.

»Aha.« Seine Stimme ist tonlos. »Komm entweder heute Abend wieder, oder versuch es in einer der durchgängig geöffneten Bars an der Hauptstraße. Dort bekommst du so viel Tequila, wie du trinken, und so viele schlechte Coverversionen, wie du ertragen kannst.«

»Ich bin nicht wegen einer Margarita hier.«

Er zieht die Augenbrauen hoch. »Warum bist du dann hier?«

»Ich suche einen Job.«

»Wir nehmen keine neuen Sänger in unser Programm auf, wenn sie nicht vorher bei Wade, unserem Bühnenmanager, vorgesungen haben. Und als ich das letzte Mal nachgesehen habe, war Wades Warteliste so lang, dass man erst in sechs Monaten wieder einen Termin bekommt. Ich schlage vor, dass du es in der Zwischenzeit bei Open-Mic-Abenden versuchst oder an einem der weniger beliebten Veranstaltungsorte anfängst.«

Er wendet sich bereits ab.

»Ich will nicht auftreten!«, rufe ich und zucke zusammen, als ich die Verzweiflung in meiner Stimme höre. Ich räuspere mich und bemühe mich um einen ruhigeren Tonfall. »Ich will nur eine dauerhafte Stelle als Kellnerin haben.«

Er schaut zurück und wirft mir einen zweifelnden Blick zu.

Ich hebe das Kinn an und halte seinem Blick stand, während er darüber nachdenkt.

»Tut mir leid, Schätzchen. Ich stelle gerade niemanden ein.« Er mustert mich von Kopf bis Fuß und betrachtet meinen unordentlich geflochtenen Zopf, meine hageren Gliedmaßen in meinem zerknitterten abgetragenen Kleid und den abgenutzten Gitarrenkoffer, der neben mir auf dem Boden steht. »Und selbst wenn ich nach einer Kellnerin suchen würde, würde ich nicht dich engagieren.«

»Warum nicht?«

»Zum einen bist du jung. Junge Leute sind für gewöhnlich unzuverlässig.«

»So jung bin ich nicht.«

Er schnaubt verhalten. »Zweitens bist du eine Sängerin. Ich stelle nie Sänger ein. Das ist einer meiner Grundsätze.«

»Das ist diskriminierend.«

Wieder zieht er die Augenbrauen hoch. »Dann reich doch eine offizielle Beschwerde gegen mich ein. Ich zittere jetzt schon.«

»Ich habe Ihnen doch gesagt, dass ich nicht nach einer Anstellung als Sängerin suche.«

»Denkst du, dass du die erste junge Frau wärst, die hier hereinspaziert kommt und darum bittet, kellnern zu dürfen, während sie mir versichert, dass sie dabei nicht den Hintergedanken hat, ihren Namen auf der Leuchtreklame und ihren Hintern auf diesem Barhocker zu sehen?« Er deutet mit dem Kinn in Richtung der Bühne hinter mir. »Ich bin schon sehr lange hier, Süße. Ich habe mehr Frauen kommen und gehen sehen, als du zählen kannst. Und diejenigen, die wie du aussehen, mit einem leicht wilden Ausdruck um die Augen herum … Das sind die schlimmsten von allen. Sie sind verdammt unberechenbar. Flüchtiger als ein Furz in einem Orkan, wenn du mir den Ausdruck nachsiehst.«

Ich schnaube. »Sie wissen gar nichts über mich.«

»Ich kenne *Sänger*. Und Sänger jagen dem Rampenlicht besessener hinterher als sonst irgendwas. Es ist ihnen wichtiger als Beziehungen und persönliches Glück. Es ist ihnen wichtiger als ihre Familien, ihre Verpflichtungen, ihr gesunder Menschenverstand. Ruhm ist eine Droge, Schätzchen. Ich habe im Laufe der Jahre immer wieder gesehen, was er anrichten kann. Er ist stärker als Heroin und macht doppelt so süchtig … Und ich stelle keine Süchtigen ein.«

Als ich diesen Vergleich höre, weicht sämtliches Blut aus meinem Gesicht. Mir ist plötzlich ganz schwindelig. Ich öffne den Mund, um ihm zu widersprechen, doch alles, was herauskommt, ist ein armseliges Quieken, während Gedanken durch meinen Kopf wirbeln.

Du bist keine Süchtige.

Du bist kein bisschen wie diese Leute.

»Ach verdammt, schau mich nicht so an.« Isaac seufzt. »Das ist nichts Persönliches. Du magst ein sehr nettes Mädchen sein. Aber selbst nette Mädchen werden in dieser Stadt irgendwann verkorkst. Normalerweise ziemlich genau dann, wenn ihnen klar wird, dass man in der Musikszene für gewöhnlich nur dann ganz oben landet, wenn man es mit einem abgewrackten Plattenproduzenten auf dem Rücksitz seines Autos treibt. Willst du meinen Rat hören? Verschwinde, solange du noch kannst. Geh nach Hause. Kehr in das gemütliche Städtchen zurück, aus dem du gekommen bist, und entschuldige dich bei deiner Mama und deinem Daddy für dein kleines Abenteuer in der großen Stadt. Vergiss dieses Leben und den ganzen Mist, den es mit sich bringt.«

Nach Hause gehen?

Das ist keine Option.

Ich balle die Hände zu Fäusten, während sich in meinem Inneren Wut entzündet. Ich mache einen Schritt nach vorn, bevor ich mich davon abhalten kann.

»Zuerst einmal wüssten Sie, dass ich keine Sängerin bin, wenn Sie mal länger als eine Nanosekunde warten würden, bevor Sie sich ein Urteil über jemanden bilden. Ich habe kein Interesse daran, in dieser Stadt *irgendwo* zu landen, weder auf dieser Bühne noch auf dem Schoß irgendeines Idioten aus der Musikindustrie. Ich will nur als Kellnerin arbeiten und ein paar Lieder schreiben und ein wenig Geld ansparen.« Ich ziehe die Augenbrauen zusammen. »Und zweitens werde ich nirgendwohin gehen, schon gar nicht zurück in das ›gemütliche Städtchen‹, aus dem ich gekommen bin. Ich habe fast mein ganzes Erspartes für die Busfahrkarte ausgegeben.«

Meine Stimme bricht erbärmlich. Ich schlucke schwer und versuche, mich zusammenzureißen.

»Wissen Sie was? Ich mag keinen Plan haben. Ich mag für heute Abend nicht mal eine Unterkunft haben. Aber ich will verdammt sein, wenn ich jetzt wieder gehe, nur weil irgendein Blödmann sagt, dass ich das tun soll.« Ich beuge mich vor, um meine Gitarre aufzuheben, und mache mich auf den Weg zur Tür. Mein Atem kommt in wütenden kleinen Stößen. »Ich bin in diese Bar gekommen, weil ich gehört habe, dass sie ein guter Ort zum Arbeiten sein soll, mit einem Boss, der seine Angestellten gut behandelt. Offenbar lag meine Quelle damit falsch.« Ich habe den Ausgang fast erreicht, also schaue ich noch einmal zu ihm, um meinem Ärger mit einer letzten Äußerung Luft zu machen. »Sie wollen mir nicht helfen? Meinetwegen. Ich werde eine andere Möglichkeit finden. Ich werde an jede Tür in Nashville klopfen, bis mich jemand einstellt. Denn ich mag jung sein, aber ich bin nicht ›unbeständig‹ oder ›unberechenbar‹ oder ›wild‹. Sie glauben, dass Sie mich durchschaut hätten, aber ich versichere Ihnen, dass das nicht der Fall ist. *Mich kann man nicht durchschauen.*«

Ehrlich gesagt klang dieser letzte Satz in meinem Kopf deutlich cooler als die laut ausgesprochene Variante. Ich kann gar nicht genug rechtschaffene Empörung aufbringen, um ihn weniger lahm klingen zu lassen. Meine Wangen sind knallrot, als ich mich zur Tür herumdrehe. Ich hoffe nur, dass ich diese Bar mit einem winzigen, noch vorhandenen Anflug von Würde verlassen kann, als ich aus Richtung Theke ein tiefes, gepeinigtes Seufzen vernehme.

»Warte.«

Ich wirbele herum, und neue Hoffnung keimt in mir auf. Mein Herz hämmert gegen meinen Brustkorb wie ein Trommelstock auf eine kleine Trommel. Ich zittere so heftig, dass ich ein Tamburin im Takt rasseln könnte. Trotzdem gelingt es mir, eine gelassene Miene zur Schau zu stellen, als ich Isaacs skeptischem Blick begegne.

»Wer hat dir von dieser Bar erzählt?«

»Devyn. Sie ist meine …« Ich verkneife mir das Wort Cousine. »… eine alte Freundin.«

»Devyn«, murmelt er. »Damit meinst du wohl Devyn Hayes, was?«

Ich nicke.

»Sie war eine gute Angestellte. Sie hat hier vor einiger Zeit gearbeitet, bevor ihre Leute umgezogen sind.« Er zieht die Augen zusammen. »Es gab irgendeine Art Familienskandal, wenn ich mich richtig erinnere …«

Mein Herz schlägt schneller. »Davon weiß ich nichts, Sir.«

Er sieht mich streng an.

»Tut mir leid. *Isaac.*«

Die Stille dehnt sich ins Endlose. Das einzige Geräusch ist das leise Quietschen seines Lappens, als er sich ein weiteres Glas schnappt und sich daranmacht, es zu polieren. Ich lungere in der Nähe der Türschwelle herum und wage es kaum zu hoffen …

»Hast du Empfehlungen?«, brummt er.

»Ich habe Erfahrung«, sage ich ruhig und weiche seiner Frage aus.

Erneut schleicht sich Zweifel auf sein Gesicht. Ich greife ein, bevor ich meine einzige Chance verliere, ihn umzustimmen. »Hören Sie, Sie kennen mich nicht. Sie trauen mir nicht. Ehrlich gesagt haben Sie nicht den geringsten Grund, mich einzustellen. Aber ich verspreche Ihnen, dass ich mir ohne zu Murren den Hintern für Sie abarbeiten werde, wenn Sie mir eine Chance geben. Das ist mein Ernst. Ich werde Geschirr spülen, Drinks mixen, Tische abwischen und den Boden fegen, wenn Sie es wollen. Ich werde Ihre Empfangsdame, Ihre Hilfskellnerin, Ihre Barkeeperin, Ihre Bedienung oder Ihre Toilettenputzkraft sein. Was immer Sie wollen, was immer Sie brauchen, ich werde es für Sie erledigen. Ich werde *alles* tun. Ohne mich zu beschweren.«

Er schnaubt wieder und wirkt nicht überzeugt.

Ich verdränge das letzte bisschen Stolz, das ich noch habe. »Ich … ich brauche diesen Job wirklich dringend. Bitte. Geben Sie mir eine Chance.«

Er stellt das Glas ab, als würde das Gewicht der ganzen Welt auf seinen Schultern lasten. Als er aufschaut, liegt bedauernde Kapitulation in seiner Miene. Was nur bedeuten kann …

Er hebt drohend einen Finger. »*Eine* Chance.«

Ich quietsche praktisch vor Freude.

»Wenn du es vermasselst, bist du raus. Ohne Abfindung.«

»Danke, Sir … *Isaac!*«, korrigiere ich mich schnell. »Sie werden es nicht bereuen. Das verspreche ich.«

Er starrt mich prüfend an. »Bist du überhaupt alt genug, um in einer Bar zu arbeiten?«

»Ich bin einundzwanzig.«

Minus drei.

»Ja klar.« Er presst den Mund zu einer strengen Linie zusammen, als wüsste er, dass ich lüge.

»Hören Sie, wenn Sie meinen Ausweis sehen wollen …« Meine Finger zittern ein bisschen, als ich nach der abgenutzten Geldbörse in der Seitentasche meines Rucksacks greife. Der gefälschte Führerschein, der darin steckt, ist nicht perfekt, aber ich bete, dass er gut genug ist, um Isaacs Überprüfung standzuhalten. Das Datum neben meinem laminierten Foto behauptet stolz, dass ich einundzwanzig bin und nicht gerade mal achtzehn. Außerdem steht auf diesem Führerschein, dass mein Nachname Wilkes lautet und ich im schönen Staat Oklahoma geboren wurde.

Ich lüge nicht gern, aber ich bin nicht naiv genug zu glauben, dass es nie nötig ist. Überleben geht über ethische Skrupel.

Er hebt ruckartig eine Hand und sorgt dafür, dass ich mitten in der Bewegung innehalte. »Um den Papierkram werden wir uns später kümmern.«

Ich lasse den Rucksack zurück an meine Seite fallen.

»Kannst du sofort anfangen?«, brummt er.

»Tja, ich …«

»Toll. Dotty hat sich krankgemeldet«, fällt er mir ins Wort. Dann dreht er sich um und geht davon. »Komm schon, Schätzchen. Wir besorgen dir eine Uniform.«

»Mein Name ist *Felicity!*«, rufe ich ihm hinterher, aber er ist bereits durch die Schwingtüren ins Hinterzimmer verschwunden. Entweder hat er mich nicht gehört, oder er hält es nicht für nötig, auf meine Äußerung zu reagieren. Auf jeden Fall besteht die einzige Erwiderung, die ich erhalte, aus einem leisen Quietschen von Türscharnieren in der ansonsten stillen Bar. Mit einem tiefen Seufzen umklammere ich meinen Gitarrenkoffer ein wenig fester und eile hinter ihm her in Richtung des Hinterzimmers des *Nightingale*.

2. KAPITEL

Felicity

»Das soll ein Wodka *Tonic* sein, kein Wodka Soda.« Die Blondine schiebt mir ihr Glas entgegen. Ihre kirschroten Lippen sind zu einer verächtlichen Grimasse verzogen. Der Ausdruck auf ihrem Gesicht lässt vermuten, dass sie mich nicht für besonders intelligent hält.

»Außerdem habe ich einen Whiskey Cola mit Zitrone bestellt«, mischt sich ihre Freundin ein. »Diese grünen Dinger nennt man *Limetten*, Schätzchen.«

Ich beiße die Zähne zusammen und ringe mir ein Lächeln ab. Dann nehme ich ihre Gläser und stelle sie auf mein Tablett. »Tut mir echt leid. Ich bin sofort wieder da.«

»Darauf würde ich mich nicht verlassen«, höre ich eine von ihnen kichernd sagen, während ich davongehe. »Es hat so lange gedauert, bis wir unsere letzten Drinks bekommen haben, dass man meinen könnte, dass sie den Whiskey höchstpersönlich in den Fässern reifen lässt.«

Das falsche Lächeln auf meinen Lippen verblasst.

Ich habe diesen Job erst vor sechs Stunden angetreten, aber es fühlt sich wie eine Ewigkeit an. Meine Füße schmerzen, als ich mich auf den Weg zurück zur Theke mache, um die verwechselte Getränkebestellung in Ordnung zu bringen. Ich höre, wie Carly am Mikro den nächsten Auftritt ankündigt, aber ich schaue nicht in ihre Richtung. Auf die Minute pünktlich hat jede Stunde ein neuer Künstler die Bühne des *Nightingale* betreten. Und jeder war irgendwie noch beeindruckender als seine Vorgänger. Im Lauf meiner Schicht habe ich die unterschiedlichsten Auftritte gesehen: eine volkstümlich anmutende junge Frau mit einer Geige, ein Trio aus waschechten Cowboys mit Fransenhemden und Banjos, einen Johnny-Cash-Coverkünstler, der so überzeugend war, dass man glattweg an Wiedergeburt glauben konnte, wenn man ihn singen hörte, und eine verwelkte Königin der Liebesballaden, die man mit Schmeicheleien für einen einzigen Abend aus dem Ruhestand gelockt hatte, damit sie ein paar Akustiklieder zum Besten geben konnte.

Das Einzige, was sie eindeutig gemeinsam haben, ist Talent – reines, unbeschreibliches, nicht zu leugnendes Talent.

Sobald sie den Mund öffnen, fließt die Musik aus ihnen heraus … und die Menge verstummt, um ihnen zuzuhören. Alle starren wie gebannt Richtung Bühne und bringen jene zum Schweigen, die es wagen, während eines Auftritts zu reden. Im Verlauf des Abends wird es immer voller, doch die Atmosphäre stiller Ehrfurcht hält unvermindert an.

In *anderen* Bars kann man flirten und sich bei ein paar Drinks ungezwungen unterhalten. Im *Nightingale* ist die Musik keine Hintergrunduntermalung – sie ist die Hauptattraktion.

Die Leute drängen sich in der dunklen Bar dicht zusammen, jeder Tisch ist besetzt, und man hat das Gefühl, dass jedes einzelne Sauerstoffmolekül aus dem Raum gesaugt wird. Die Bar bietet gerade mal genug Platz für etwa fünfzig Gäste, aber durch die schmutzigen Fenster sehe ich eine Schlange aus wartenden Gästen, die einmal um das Gebäude herumgeht. Sie alle hoffen darauf, dass ein Tisch frei wird, bevor der nächste Künstler die Bühne betritt.

Das überrascht mich nicht. Wenn man mich nicht dafür bezahlen würde, hier zu sein, würde ich genau wie die Leute dort draußen dafür bezahlen, hineinzudürfen.

Während ich darauf warte, dass der Barkeeper meine Drinks mixt, rauscht Adam, der Schichtleiter, mit einer Inventarliste in der Hand an mir vorbei. Er kommt mir so nah, dass ich spüren kann, wie seine Fingerknöchel meinen Hintern durch den Stoff der dunkelgrauen Hotpants streifen und seine breiten Schultern meinen Rücken unter dem eng anliegenden schwarzen T-Shirt berühren, das ich trage. Das T-Shirt wurde unten abgeschnitten, um meinen Bauch zu entblößen, und gehört ebenso zu meiner Arbeitskleidung wie die extrem knappe Hose. In diesem Outfit sehe ich wie eine nuttigere Version von Sookie Stackhouse aus, die auf dem Weg zu ihrer Schicht im *Merlotte's* ist. Aber wenn ich mehr Trinkgeld bekomme, indem ich ein wenig Haut zeige, werde ich mich nicht beschweren. Ich brauche das Geld wirklich dringend und kann es mir nicht erlauben, das Ganze von der moralischen Warte aus zu betrachten.

»Hey.« Adam richtet seine dunkelblauen Augen auf mich. »Das ist ein verrückter Abend für eine erste Schicht.«

»Ist es hier immer so voll?«

»Nein. An den Wochenenden ist es sehr viel schlimmer.« Er grinst mich jungenhaft und charmant an. Er sieht auf eine bodenständige Art gut aus, die irgendwie an Clark Kent erinnert – ein kantiger Kiefer, dunkles bronzefarbenes Haar, breite Schultern. Wenn man ihm einen Umhang verpassen würde, könnte er vermutlich die Welt retten. »Kommst du bislang klar? Bringt irgendwas dich aus dem Konzept?«

Ich zucke mit den Schultern. »Bei mir ist alles in Ordnung.«

Er lässt die Augen langsam an meinem Körper hinunterwandern und verweilt an bestimmten Stellen, was dafür sorgt, dass sich die Härchen in meinem Nacken aufstellen. »Das sehe ich.«

Ich lächle schwach und tue mein Bestes, um die Andeutung in seinen Worten zu ignorieren. Ich kann es mir nicht leisten, diesen Job zu verlieren – vor allem nicht an meinem ersten Abend. Adam lehnt sich seitlich gegen die Theke und richtet den Blick schließlich wieder auf mein Gesicht. Ein halbes Grinsen zupft an seinen Lippen. Ich würde es ihm gern aus dem Gesicht schlagen.

»Weißt du …« Sein Lächeln wird ein wenig breiter. »Normalerweise überlässt Isaac das Einstellen neuer Mitarbeiter mir.«

»Das wusste ich nicht.«

»Ich bin überrascht, dass er dich eingestellt hat.«

Ich ziehe die Augenbrauen hoch. »Oh? Warum denn?«

»Ihm mag diese Bar gehören, aber ich bin derjenige, der sich hier um alles kümmert.« Tief in seinen Augen blitzt ein Anflug von Wut auf, der aber so schnell wieder erlischt, dass ich ihn kaum wahrnehme. »Das schließt die endgültige Zustimmung bei Personalfragen ein – ich entscheide, wer bleibt, wer geht und wer die besten Schichten im Arbeitsplan bekommt. Verstanden?«

Sofort verspüre ich heftiges Unbehagen. Die Bedeutung seiner Worte ist nicht zu überhören.

Wenn du das hier vermasselst, bin ich derjenige, der dich auf die Straße setzen wird.

Vielleicht ist er doch nicht Clark Kent. Unter dem charmanten Auftreten nehme ich eine Bösewichtausstrahlung wahr, die eher an Lex Luthor erinnert.

»Na?«, drängt er.

»Verstanden.«

»Gut.« Er zieht sich zurück, zwinkert mir zu und wendet sich ab. Seine unbekümmerte typisch amerikanische Art ist zurück. »Wir sehen uns.«

Ich grübele immer noch über seine verhüllte Drohung nach, während ich mir einen Weg durch die Menge bahne und Cocktails serviere. Ich kann es mir wirklich nicht leisten, in einen Machtkampf zwischen Isaac und seinem Schichtleiter zu geraten.

Warum müssen Männer immer ihr Revier verteidigen?

Ich ziehe den dünnen Block zum Aufnehmen der Bestellungen aus meiner Schürzentasche und will mich gerade daranmachen, meinen Bereich nach Gästen abzusuchen, die ein neues Getränk bestellen wollen, als ich eine Stimme aus den Lautsprechern hallen höre.

»*Hey.*«

Ein Wort. Es trifft mich wie ein Blitzschlag – es rast durch meine Nervenenden und setzt mich von innen heraus unter Strom wie ein heftiger Elektroschock. Schon bevor ich mich herumdrehe, um ihn anzuschauen, weiß ich, dass mir der Kerl, der am Mikrofon steht, den Atem rauben wird. Er hat einfach diese ganz besondere Stimme.

Ich bin auch nicht die Einzige, der das auffällt. Jede Frau in meinem Bereich setzt sich plötzlich aufrechter hin, streicht sich durchs Haar, um ihm mehr Volumen zu verleihen, und drückt den Rücken durch, damit ihr Dekolleté besser zur Geltung kommt. Ich sollte die Pause zwischen den Auftritten nutzen, um Getränkebestellungen aufzunehmen, doch stattdessen drehe ich mich unwillkürlich zur Bühne um. Es ist ein automatischer Reflex, als hätte ich in einer Menge jemanden meinen Namen rufen hören. Ich kann nicht anders, als aufzuschauen.

Auf der Bühne stehen drei Musiker, aber ich würdige den Schlagzeuger und den Bassisten kaum eines Blickes. Stattdessen starre ich geradewegs auf den Mann, der am Mikrofon steht und von den Scheinwerfern über ihm angestrahlt wird. Er trägt eine zerrissene schwarze Jeans und ein T-Shirt, das so ausgeblichen ist, dass man das Bandlogo auf der Brust nicht mehr erkennen kann. Sein einziges Accessoire ist die schwarze Gitarre, die er sich mit einem Gurt über die Schulter gehängt hat.

Er ist nicht der attraktivste Mann, den ich je gesehen habe, aber er hat etwas unglaublich Einnehmendes an sich. Sein volles Haar fällt ihm auf diese absichtlich unordentliche Art, die allen Musikern so mühelos gelingt, in die Augen. Seine Nase ist ein wenig schief, sein Mund zu einem Schmunzeln verzogen. Er ist groß, hat den drahtigen Körperbau eines Footballspielers und eine Stimme wie ein träger Sonntagmorgen – langsam, weich und mit einem kaum wahrnehmbaren Südstaatenakzent am Ende der Vokale, der dafür sorgt, dass man den ganzen Tag im Bett verbringen will.

»Ich weiß, dass ihr heute Abend alle hergekommen seid, um Lacey singen zu hören …«

Die Menge jubelt und kennt die Person, von der er redet, ganz offensichtlich.

»Aber sie hat ein wenig Verspätung, also werdet ihr heute Abend mit mir und den Jungs vorliebnehmen müssen«, fährt er gedehnt fort und verzieht dabei sarkastisch den Mund.

Die Frauen in der Menge grölen noch ein wenig lauter, die Männer wirken angesichts dieser Neuigkeit ein wenig enttäuscht.

»Normalerweise verstecke ich mich dort hinten hinter meiner Gitarre und überlasse das Singen den Profis.« Er lacht bescheiden, und der bloße Klang genügt, dass es mir den Atem verschlägt. »Ihr müsst Nachsicht mit mir haben, wenn ich dieser Bühne nicht gerecht werde.«

Nachsicht mit ihm haben?

Er muss sich für nichts entschuldigen. Verdammt, wenn seine Sprechstimme auch nur den geringsten Hinweis auf seine

Singstimme gibt, könnte er das Titellied der *Teletubbies* singen und damit James Taylor in den Schatten stellen.

»Wir sind Lacey Briggs' Band. Aber da uns an diesem schönen Abend eine gewisse Lacey Briggs abhandengekommen ist, würde ich uns gern kurz vorstellen. Ich bin Ryder, das dort am Bass ist Aiden, und Lincoln sitzt am Schlagzeug … Und wir sind nur drei Nobodys, die ein bisschen Spaß haben wollen. Meint ihr, ihr könnt uns dabei helfen?«

Die Menge grölt.

»Also gut, Nashville. Lasst uns das verdammt noch mal durchziehen.«

Lincoln schlägt seine Trommelstöcke in der Luft zusammen und zählt einen Takt herunter. Ein paar Sekunden später spielen sie die Coverversion eines Lieds der Zac Brown Band. Die Menge geht sofort mit – alle nicken zur Musik mit den Köpfen, bewegen sich auf ihren Plätzen hin und her und wippen im Takt. Mit großer Mühe gelingt es mir, den Blick von der Bühne loszureißen und mich auf die Runde durch meinen Bereich zu begeben. Ich nehme mehrere Getränkebestellungen auf und lächle höflich, damit ich Trinkgeld bekomme. Doch die ganze Zeit über ist meine Aufmerksamkeit auf den Mann hinter mir gerichtet, der mit mehr Überzeugung über frittiertes Hühnchen und kaltes Bier singt, als die meisten Musiker für ihre ergreifendsten Liebeslieder aufbringen können.

Denk an deine Regeln, Felicity, tadele ich mich streng, als ich mich dabei erwische, wie ich die Hüften im Rhythmus der Musik bewege. *Keine Musiker. Niemals. Selbst dann nicht, wenn er heiß ist. Selbst dann nicht, wenn er eine Stimme wie ein Glas Whiskey auf leeren Magen hat.*

Ich versuche, auf die Alarmglocken zu hören, die in meinem Kopf schrillen, und mir einzureden, dass mich der Mann auf der Bühne vollkommen kaltlässt … Aber ich kann nicht leugnen, dass ein bisschen mehr Schwung in meinen Schritten liegt, als ich mich auf den Weg zur Theke mache. Ich rattere meine Bestellung für Jay, den Barkeeper, herunter und drehe mich herum, um den Auftritt zu genießen, während ich warte. Die Band ist zu einer lautstarken Interpretation von »Wagon Wheel« übergegangen, und der Sänger – Ryder – bearbeitet das Publikum mit allem, was er hat. Er wiegt sich vor und zurück, singt die Frauen direkt vor der Bühne an und zwinkert denen, die weiter entfernt sind, zu. Man kann kaum glauben, dass er sich normalerweise auf Gitarrenakkorde und Backgroundgesang beschränkt. Er wurde geboren, um im Mittelpunkt zu stehen. Er ist der Star des Auftritts.

Ich bin so gebannt, dass ich nicht mal bemerke, dass Carly neben mir auftaucht.

»Wisch dir den Sabber aus dem Gesicht, bevor du die Getränke servierst.«

Ich zucke zusammen und reiße den Blick von Ryder los. »Ich habe nicht … Es ist nicht so, wie du denkst. Ich habe nur …«

»Schamlos die Ware begafft?«

Meine Wangen drohen, rot anzulaufen.

»Oh, entspann dich.« Sie grinst. »Dieser Junge ist heißer als eine gusseiserne Bratpfanne. Du musst dich nicht dafür entschuldigen, dass es dir aufgefallen ist.«

»Ich schätze schon«, sage ich und bemühe mich um Lässigkeit. »Wenn man auf diesen Typ Mann steht.«

Sie stößt mit ihrer Hüfte gegen meine. »Jeder steht auf Ryder. In diesem Raum gibt es keine Frau, die nicht gern mal eine Runde auf diesem Bike drehen würde.«

»Ich nicht.« Ich schüttle den Kopf. »Ich lasse mich nicht auf Musiker ein.«

Carly schnaubt. »Dann ist es ja gut, dass du nach Nashville gezogen bist.«

»Nicht jeder hier ist Musiker.«

»Aber so gut wie jeder.«

»Tja, dann muss ich mir wohl einfach jemanden suchen, der unmusikalisch ist.«

»Viel Glück dabei.« Sie schüttelt den Kopf und hat den Blick dabei immer noch fest auf die Bühne gerichtet. »Sie spielen mindestens zweimal pro Monat hier. Ihre Leadsängerin, Lacey, ist talentiert, aber total unzuverlässig. Tatsächlich hat sie hier mal gearbeitet, aber jetzt verfolgt sie eine Gesangskarriere. Oder ... hat sie jedenfalls mal. Die halbe Zeit über taucht sie zu Auftritten gar nicht erst auf, also übernimmt Ryder ihren Part.«

»Ich bin überrascht, dass sie weiterhin Auftritte bekommt. Isaac erwähnte, dass es für Auftritte im *Nightingale* eine Warteliste gebe.«

Carly lacht. »Ja, tja, ich schätze, Lacey hat sich mit Wade auf eine *spezielle Abmachung* geeinigt, denn er bucht sie immer wieder.«

Ich ziehe fragend die Augenbrauen hoch, doch sie führt das nicht weiter aus. Sie ist zu sehr damit beschäftigt, die Bühne im Auge zu behalten – oder den Mann darauf. »Du musst zugeben, dass er verdammt sexy ist.«

Ich zucke mit den Schultern.

»Soll das dein Ernst sein?« Sie zieht die Nase kraus. »Sieh ihn dir an!«

»Tut mir leid. Musiker ... reizen mich einfach nicht.«

»Warum nicht?« Ihr Blick wird neugierig. »Schlimme Erfahrung?«

Ich mustere Ryder, der die Menge mit einem Ausdruck purer Freude auf dem Gesicht anheizt. Ich schüttle mich, damit ich aufhöre, ihn anzustarren, und drehe der Bühne den Rücken zu.

»Jeder, der so viel Bestätigung braucht, wird in einer Beziehung niemals zufrieden sein«, sage ich und starre auf mein Getränketablett. »Musiker und Monogamie vertragen sich einfach nicht. Und ich habe noch nie verstanden, warum man sich auf etwas einlassen sollte, das von Anfang an zum Scheitern verurteilt ist.«

»Trügen mich meine Ohren, oder haben wir endlich eine Mitarbeiterin mit Geschmack eingestellt?« Adam kommt auf uns zu und schließt sich unserer Unterhaltung an. Er betrachtet mich mit neuer Anerkennung im Blick. »Die meisten Frauen würden alles tun, um eine Chance zu erhalten, sich an einen Angeber heranzuschmeißen, der auf einer Gitarre herumklimpern und einigermaßen brauchbare Coverversionen singen kann.«

Ich schenke ihm ein schwaches Lächeln und unterdrücke den Drang, die Augen zu verdrehen. Trotz seiner großen Töne macht sein neidvoller Blick in Richtung Bühne klar, dass Adam liebend gern mit den anderen Jungs dort oben stehen und das Objekt zahlreicher weiblicher Sexualfantasien sein würde.

Carly schnaubt unfein. »Herrgott, Adam. Bist du etwa eifersüchtig?«

»Eifersüchtig? Versuch's mal mit ›sauer‹.« Er beißt die Zähne zusammen. »Das ist echt nicht zu fassen. Das ist jetzt das dritte Mal, dass Lacey nicht aufgetaucht ist.«

Carly schiebt sich eine Strähne ihres kurzen platinblonden Haars hinters Ohr. »Rede mit Wade. Er ist derjenige, der ihr immer noch Auftrittstermine gibt.«

»Wade ist zu sehr damit beschäftigt, mit seinem Schwanz zu denken, um tatsächlich mal seinen Job zu machen.« Adams Miene wird immer finsterer, während Ryder ein beliebtes Lied von Sam Hunt zum Besten gibt. »Meine Güte, das *Nightingale* ist doch keine Karaokebar.«

»Lacey ist noch nie besonders verlässlich gewesen. Hast du sie deswegen nicht gefeuert?«

»Sie war eine schlechte Kellnerin, aber sie kann singen.« Sein Tonfall klingt missgünstig. »Leider scheint sie in letzter Zeit nicht mehr viel Interesse daran zu haben, tatsächlich zu singen. Schließlich lässt sie uns dauernd hängen, und wir müssen uns dann mit einem Leadgitarristen begnügen, der kaum eine Melodie halten kann …«

»Ich habe nicht gerade den Eindruck, dass sich die Frauen im Publikum beschweren«, sagt Carly ironisch und wirft einen Blick auf die beinahe tollwütige Menge. Jede Frau in der Bar hat die Augen fest auf Ryder gerichtet, als wäre er ein hochwertiges Stück Rindfleisch, während er die Texte schmettert.

Adam gibt einen angewiderten Laut von sich. »Ja, was auch immer. Tu mir einen Gefallen. Sag dem Lustknaben, dass er nach dem Auftritt in meinem Büro vorbeikommen soll. Wir müssen über ihre Zukunft hier reden. Wenn sich Wade nicht um diese Situation mit Lacey kümmert, dann werde ich das eben selbst machen.«

»Geht klar, Boss.« Carly salutiert spöttisch vor ihm, während er davongeht. Sie senkt die Stimme zu einem amüsierten Murmeln, sobald er außer Hörweite ist. »Gott, der hat den Stock heute aber *besonders* tief in seinem Hintern, oder?«

Ich schnaube. »Ich habe keine Vergleichswerte – das hier ist meine erste Schicht.«

»Oh! Stimmt, tut mir leid. Ich habe das Gefühl, dich schon ewig zu kennen.«

»Kann ich dich etwas fragen?«

»Ich bin ein offenes Buch.«

»Isaac ist der Besitzer … Aber es scheint, als wäre Adam derjenige, der alle Entscheidungen trifft, oder?«

Carly seufzt schwer. »Das stimmt schon. Isaac eröffnete diese Bar vor etwa vierzig Jahren, aber wenn man bedenkt, dass Adam derjenige ist, der sie eines Tages erben wird … Ich schätze, dass es so eine Art Machtkampf zwischen der alten und der neuen Welt gibt, wenn es darum geht, wie die Dinge hier gehandhabt werden sollen.«

Ich blinzle überrascht. »Sie sind Vater und Sohn?«

»Ja.«

»Wow. Der Apfel ist ziemlich weit vom Stamm gefallen, was?«

Sie grinst. »Wie du bereits herausgefunden hast, hat Isaac unter seiner rauen Schale einen ziemlich weichen Kern. Adam ist genauso. Seine Schale ist nur … schwerer zu knacken.«

»Also ist er nicht immer so ein Idiot?«

»Er ist noch nie übermäßig freundlich gewesen, aber im Großen und Ganzen trifft auf ihn die Bezeichnung ›große Klappe, nichts dahinter‹ zu. Ryder hat … einfach ein Talent dafür, das Arschloch in ihm hervorzurufen.«

»Warum?«

»Ich glaube, dass sie früher mal befreundet waren. Ich bin nicht sicher, was passiert ist. Ich weiß nur, dass sie vor einer Weile einen großen Streit hatten. Wann immer Ryder auftaucht, um hier zu spielen, ist Adam besonders schlecht gelaunt.« Sie seufzt. »Soll ich dir einen Rat geben? Halte dich an den Abenden, an denen Laceys Band auf dem Plan steht, vom Kriegspfad fern.«

»Danke, das werde ich mir merken.«

»Ich muss mit den Jungs reden, die als Nächstes auftreten werden, und du musst diese Drinks servieren, bevor das ganze Eis schmilzt.« Sie drückt kurz freundschaftlich meinen Ellbogen und schenkt mir ein warmes Lächeln. »Wir sehen uns, Felicity.«

Ich verspüre einen Stich im Herzen, als ich sie in der Menge verschwinden sehe. Vielleicht wird es doch nicht so schlimm werden, hier zu arbeiten. Vielleicht, aber nur vielleicht wird es mir sogar gelingen, ein paar Freunde zu finden.

Das wäre mal was Neues.

Ich lächle immer noch in mich hinein, als ich das Tablett nehme und mich in die Menge aufmache, um die Getränke zu servieren.

3. KAPITEL

Ryder

»Also gut, Nashville«, brülle ich ins Mikro und schaue dabei auf das Meer aus schreienden Frauen hinaus. »Lasst uns das verdammt noch mal durchziehen.«

Ich schenke ihnen mein verführerischstes Grinsen – das Grinsen, das dafür sorgt, dass in ihren Augen Lust aufblitzt und sie die Brüste nach vorn recken, damit ich sie besser sehen kann. Ihnen ist egal, wie ich heiße, wo ich herkomme oder ob ich das verdammte Lied, das ich singe, überhaupt mag. Sie sehen nur die Gitarre in meinen Händen, das Grinsen auf meinem Gesicht und den Körper, den sie nach dem Auftritt gerne ausgiebig betatschen würden, nur damit sie sagen können, dass sie jemanden aus einer Band abgeschleppt haben.

Zum Teufel mit dir, Lacey.

Ich wäre nicht hier oben, um über verfluchtes frittiertes Hühnchen zu singen, wenn sie sich die Mühe gemacht hätte, für unseren Auftritt aufzutauchen. Ich lege die Hand ein wenig fester um den Hals meiner Gitarre, während Wut durch meinen Körper rauscht. Ich muss meine ganze Selbstbeherrschung aufbringen, um meine Wut im Zaum zu halten und weiterzulächeln und -zusingen, als würde mich das hier auch nur im Geringsten kümmern.

Nur noch ein paar Lieder, denke ich und zwinkere einer Frau in der ersten Reihe zu. *Dann ausreichend Whiskey, um zu vergessen, dass ich das hier tun musste. Wieder einmal.*

Ich nicke Lincoln zu, während wir zu einem weiteren miesen Top-Einhundert-Hit übergehen, der dafür sorgt, dass das Publikum ausrastet. Diese Leute würden gute Musik nicht mal erkennen, wenn sie ihnen einen Schlag auf den Kopf verpassen würde. Ich schätze, das sollte mich nicht überraschen. Immerhin sind sie hergekommen, um *Lacey* singen zu hören.

Die Frau ist verflucht heiß – ihr Körper hat mehr Kurven als eine gottverdammte Achterbahn. Leider ist sie aber auch ein unzurechnungsfähiges Chaos auf zwei Beinen. Ein Zugunglück mit billigem Parfüm und abgeschnittenen Jeansshorts, die sie so gut ausfüllt, dass sie sie eigentlich gar nicht außerhalb des Hauses tragen dürfte, weil sie sich dadurch eine Anzeige wegen Erregung öffentlichen Ärgernisses einhandeln könnte. Wenn sie nicht singen könnte, würde sie vermutlich in irgendeinem heruntergekommenen, schmuddeligen Club, weit von den Neonlichtern des Broadways entfernt, an der Stange tanzen. Sie würde strippen, um Dollarscheine von fetten Männern mittleren Alters zugesteckt zu bekommen, die in der Dunkelheit an ihren Bauchnabeln herumspielen.

Doch aus unerfindlichen Gründen wurde sie mit einer Stimme gesegnet, die ihre lange Liste mit nicht so attraktiven Eigenschaften beinahe kompensiert.

Aber auch nur beinahe.

An Abenden wie heute, wenn sie sich nicht mal die Mühe macht, zu einem Auftritt zu erscheinen, was dann dazu führt, dass ich wie ein gutes Steak auf einem Fleischmarkt über die Bühne stolzieren und Coverversionen zum Besten geben muss, die ich nicht ausstehen kann, fällt es leicht zu vergessen, wie heiß sie in diesen kurzen Jeansshorts aussieht. Auch ihre unübertroffene Lungenkapazität, die sich zugegebenermaßen für

Fähigkeiten eignet, die besser in einem Schlafzimmer als auf einer Bühne zum Einsatz kommen, ist dann nicht mehr so beeindruckend.

Die Standpauke kann man sich sparen.

Ich weiß, dass ich nicht mit ihr hätte schlafen sollen. Ich schiebe es auf die halbe Flasche Jack Daniel's, die ich hinuntergekippt hatte, bevor sie sich auf mich warf und an meinem Reißverschluss zerrte wie eine rollige Katze. Dann bearbeitete sie mich mit solcher Begeisterung mit ihrem Mund, dass man hätte meinen können, dass sie sich für eine Pornokarriere empfehlen wollte. Für meinen Geschmack war das ein wenig übertrieben … Aber wenn ich ehrlich bin, ist ein schlechter Blowjob von einer Tussi, die man nicht ausstehen kann, immerhin noch ein Blowjob.

Ich habe nie behauptet, dass ich ein Heiliger wäre.

»Wir lieben dich, Ryder!« Zwei Blondinen um die zwanzig an einem der Bartische kreischen um die Wette. »Du bist so heiß!«

Ich grinse sie an, als wäre das der einzige Grund für meine Existenz, und sehe zu, wie sie daraufhin kichern wie verknallte Schulmädchen. Herrgott, das ist eine meiner leichtesten Übungen.

Ein Kinderspiel.

Ich könnte das im Schlaf machen.

Aber das bedeutet nicht, dass ich es genieße. Wenn es nach mir ginge, würde ich lieber im Hintergrund bleiben, meine Gitarre spielen und Backgroundgesang beisteuern. Ich muss nicht berühmt sein. Ich muss nur irgendwie an eine einfache Fahrkarte raus aus dieser Stadt kommen, bevor ich hier am Ende für immer feststecke – ein weiterer vergessener Musiker, der in der Ecke irgendeiner traurigen Kneipe herumlungert und in Erinnerungen daran schwelgt, wie er vor einer Million Jahren beinahe mal einen Plattenvertrag bekommen hätte, damals, bevor seine Träume dem Weg seines Stoffwechsels und seines Sextriebs folgten.

So werde ich nicht enden. Ich werde Nashville verlassen und niemals zurückschauen. Für nichts und niemanden. Ich muss meinen Wagen nur an das Pferd spannen, das am schnellsten das Rennen zu machen verspricht. Momentan ist das zufällig Lacey Briggs – aufsteigender Popstar auf der Schwelle zum großen Durchbruch … Vorausgesetzt, sie kann sich lange genug zusammenreißen, um einen Plattenvertrag zu bekommen.

Eine verdammt große Hürde, wenn man bedenkt, dass sie jetzt schon das vierte Mal in einem Monat nicht zu einem Auftritt erschienen ist. Ich hätte gedacht, dass sie es wenigstens ins *Nightingale* schaffen würde. Es ist so gut wie unmöglich, hier einen Termin zu bekommen. Jeder in der Stadt, der echte musikalische Ambitionen hat, steht auf der Warteliste, um auf dieser Bühne zu spielen. An jedem Abend der Woche ist der Laden gerammelt voll. Außerdem hat man fast eine Garantie dafür, dass mindestens eine Person im Publikum über genug Einfluss verfügt, um die wildesten Träume jedes Musikers wahr werden zu lassen. Vertreter aller großen Plattenfirmen haben es sich zur Gewohnheit gemacht, hier vorbeizuschauen, um nach neuen Talenten Ausschau zu halten.

Ich lasse den Blick über die wogende Menge wandern und suche nach einem getarnten Anzugträger. Sie sind leicht zu erkennen, sobald man weiß, wonach man suchen muss – normalerweise sitzen sie allein am Rand der Menge, schauen ein wenig zu intensiv zu und haben ständig eine Hand am Handy. Außerdem strahlen sie eine Selbstgefälligkeit aus, die so greifbar ist, dass man sie in Flaschen füllen könnte. Ich habe die komplette linke Seite des Raums abgesucht, als mein Blick an etwas an der Theke hängen bleibt.

An *jemandem.*

Da ist eine junge Frau, die ich noch nie zuvor gesehen habe. Sie steht neben Carly und trägt die typische billige Arbeitsuniform des *Nightingale.* An ihrem gertenschlanken Körper sieht dieses Outfit vollkommen falsch aus, als hätte man eine Porzellanpuppe in Kunstleder gekleidet. Ihr hüftlanges Haar ist zu einem dunklen unordentlichen Zopf geflochten, und sie hat die feinsten Gesichtszüge, die ich je gesehen habe – zierlich und zerbrechlich. Als ich in ihre Richtung schaue, sieht sie auf und blickt mich direkt an, als hätte ich ihren Namen gerufen. Für den Bruchteil einer Sekunde begegnen sich unsere Augen über die Menge hinweg.

Verdammt.

Meine Finger rutschen an den Saiten ab.

Das ist ein untypischer Fehler – so untypisch, dass mir Aiden einen erstaunten Blick zuwirft. Verunsichert zwinge ich meine Aufmerksamkeit von der Frau weg und konzentriere mich wieder auf den Auftritt. Ich stürze mich auf mein Gitarrensolo und singe mit neuer Begeisterung. Trotzdem kann ich nicht verhindern, dass mein Blick in der kurzen Pause zwischen den Liedern zurück zur Theke wandert, um zu sehen, ob sie noch da ist.

Ungewohnte Wut flammt in mir auf, als ich sehe, dass sich Adam einen Weg an ihre Seite gebahnt hat. Er begafft sie, als hätte er bereits Anspruch auf sie erhoben. Plötzlich will ich von der Bühne springen, zur Theke marschieren und ihn von ihr wegschubsen.

Was zum Teufel ist denn jetzt los? Ich schüttle mich und bin angesichts meiner Reaktion auf eine Frau, die ich gar nicht kenne, vollkommen verwirrt. *Eine beliebige Kellnerin hat dich nicht zu interessieren. Reiß dich zusammen.*

Ich rede mir ein, dass meine Wut nichts mit ihr zu tun hat.

Mein Blut kocht deswegen, weil ich zusehen muss, wie sich dieser Mistkerl Adam *überhaupt* an eine Frau heranmacht.

Ich schaffe es, einen einigermaßen kühlen Kopf zu bewahren, während wir unsere letzten Lieder spielen, indem ich die seltsame Energie, die in mir brodelt, in die Musik umleite. Mein Körper ist voller Adrenalin und noch etwas anderem, das ich nicht kenne. Meine Finger fliegen über die Saiten, und meine heisere Stimme klingt so voll, wie sie es sonst nur tut, wenn ich allein in meiner Wohnung bin und an meinen eigenen Liedern arbeite – den Liedern, die ich mit niemandem teile.

Das hier ist der beste Auftritt, den wir je hingelegt haben.

»Ry, du warst heute Abend der Hammer!«, brüllt mir Lincoln ins Ohr, um das Gegröle der Menge zu übertönen, als wir von der Bühne gehen. »Du hast alle regelrecht elektrisiert!«

Ich lasse den Blick über das Meer aus Fremden wandern und suche nach einem dunklen, unordentlichen Zopf, der mich abgelenkt hat, seit ich ihn zum ersten Mal erblickt habe. Ich würde ihn gern lösen, meine Finger in diesem Haar versenken, während ich …

Ich schüttle den Kopf, um die unerwarteten unanständigen Gedanken loszuwerden, die in meinem Kopf auftauchen.

»Wo ist diese Energie hergekommen?«, fragt Aiden.

»Keine Ahnung«, lüge ich.

»Was auch immer es war, weiter so! Wir haben noch nie so gut geklungen. Noch nie. Nicht mal, wenn Lacey gesungen hat.«

»Er hat recht.« Lincoln schlägt mir auf den Rücken. »Und nun, meine Herren, gibt es ein paar wichtige Punkte, die unsere Aufmerksamkeit erfordern.« Er nickt in Richtung eines nahe gelegenen Tischs, an dem drei Frauen warten. Sie trinken Wodka Soda und verschlingen uns mit ihren Blicken. Ihre knappen Outfits und lockenden Blicke machen unmissverständlich klar, dass Sex heute Abend nicht nur eine Möglichkeit ist, sondern definitiv auf dem Programm steht.

Ich fahre mit einer Hand durch mein Haar und atme scharf aus. »Ich bin heute Abend nicht so richtig in der Stimmung für Groupies.«

»Ryder Woods lehnt eine willige Frau ab?« Lincoln legt eine Hand auf meine Stirn, als würde er prüfen wollen, ob ich Fieber habe. »Du musst krank sein …«

Ich schüttle ihn ab. »Lass mich in Ruhe.«

»Ich bin nur so schockiert. Ich kenne dich jetzt seit drei Jahren. Meiner Erfahrung nach sagst du nur dann Nein, wenn du so viel Whiskey getrunken hast, dass du es eh nicht mehr hinbekommen würdest. Und selbst dann lässt du es wenigstens auf einen Versuch ankommen.«

»Linc, ich meine es ernst. Halt verdammt noch mal die Klappe.«

Er zieht seine blonden Augenbrauen hoch. »Alter, welche Laus ist dir denn heute Abend über die Leber gelaufen?«

Ich spanne den Kiefer an und wende mich von ihm ab. *Ich wünschte, ich wüsste es.*

»Darf ich euch freundlich daran erinnern, dass ein paar von uns heute Abend gerne noch flachgelegt werden würden?«, mischt sich Aiden ein und macht sich in Richtung Theke auf. »Ihr schnappt euch die Mädels, ich hole die erste Runde. Wir treffen uns in fünf Minuten an unserem üblichen Tisch.«

»Ich nehme einen Doppelten!«, rufe ich ihm hinterher.

Mit genug Whiskey im Blut kann ich vielleicht diese seltsame Energie ertränken, die seit unserem Auftritt in mir brodelt. Was auch immer das für ein Gefühl ist …

Ich habe es noch nie zuvor empfunden.

Und es gefällt mir ganz und gar nicht.

Eine Frau räuspert sich. »Hey, Arschlöcher.«

Ich schaue von dem Dekolleté auf, das keine zehn Zentimeter von meinem Gesicht entfernt ist, und entdecke Carly, die vor unserem Tisch herumlungert. Sie starrt mit angewiderter Miene von den Frauen auf unseren Schößen zu der fast leeren Flasche Jack Daniel's auf dem Tisch.

»Carly, Baby«, sagt Lincoln gedehnt und grinst sie an. »Was gibt's?«

»Nenn mich nicht Baby.«

»Warum bist du so angespannt?«, fragt er. »Hat dir die Abstinenz die Laune verdorben?«

»Warum bist du so verzweifelt?«, kontert sie. »Hast du vom Viagra einen Dauerständer bekommen?«

»Ah, jetzt flirtest du aber mit mir.« Er wackelt mit den Augenbrauen. »Wenn du mitmachen willst, brauchst du es nur zu sagen.«

»Ich passe.« Ihre Stimme ist tonlos. Sie würdigt ihn nicht mal eines Blickes, sondern blickt stattdessen mir in die Augen. »Adam will mit dir reden, bevor ihr Jungs zu betrunken seid, um zusammenhängende Sätze zu bilden.«

Vielleicht liegt es am Alkohol in meinem Blut oder einfach nur an der Vorstellung, dass mich Adam zu sich zitiert wie ein Vater sein ungehorsames Kind, aber plötzlich bin ich sauer. Ich neige den Kopf nach hinten, und obwohl meine Stimme träge ist, liegt eine Härte darin, die nicht zu überhören ist.

»Sag Seiner Hoheit, dass er aufhören soll, Hof zu halten. Wenn er reden will, kann er zu uns kommen.«

»Das wird ihm nicht gefallen.«

»Und ich mag keine Montage, aber wir müssen alle irgendwie damit klarkommen.«

»Könntest du wenigstens mal für zwei Sekunden damit aufhören, dich wie ein Vollidiot aufzuführen?«, schnauzt sie und verschränkt die Arme vor der Brust. »Wir sind heute Abend unterbesetzt, weil Dotty krank ist, eure Leadsängerin hat sich nicht die Mühe gemacht, zu ihrem Auftritt zu erscheinen, und ich bin damit beschäftigt, eine neue Kellnerin einzuarbeiten. Ich habe keine Zeit, mich zu allem Überfluss auch noch um eure Egos zu kümmern – ich habe alle Hände voll zu tun.«

»Deine Hände hätten noch mehr zu tun, wenn du heute Abend mit zu mir nach Hause kommen würdest«, murmelt Lincoln.

Carly verdreht die Augen und holt zum verbalen Vergeltungsschlag aus, aber meine Aufmerksamkeit liegt bereits woanders. Um genau zu sein, hat sie sich auf ihre Erwähnung der neuen Kellnerin gerichtet. Bevor ich darüber nachdenken kann, was ich tue, schiebe ich das Groupie mit einem entschuldigenden Augenzwinkern von meinem Schoß und rappele mich mühsam auf. Ich bin ein bisschen wacklig auf den Beinen, weil ich so viel Whiskey getrunken habe.

Carly beäugt mich misstrauisch, als ich mich an ihre Seite begebe. »Wie betrunken bist du?«

»Gerade betrunken genug, um mich mit Adam abzugeben.« Ich zucke mit den Schultern. »Ich kann allerdings nicht versprechen, dass ich mich nicht wie ein Vollidiot aufführen werde.«

»Offensichtlich wäre das zu viel verlangt.«

Wir bahnen uns einen Weg durch die Menge in Richtung Theke. Ich entdecke Isaac, den Besitzer, der Gläser poliert und seinem Barkeeper beim Mixen der Getränke hilft. Das habe ich schon immer an ihm gemocht, seit ich angefangen habe herzukommen – er ist zusammen mit seinen Angestellten direkt an vorderster Front und kümmert sich persönlich um alles … Er versteckt sich nicht in irgendeinem Hinterzimmer wie Adam und spielt den Wichtigtuer.

Wir schlüpfen durch eine Tür in den hinteren Bereich der Bar. Im Vergleich zum Hauptraum ist es hier unheimlich still. Die gedämpften Klänge der Musik und der Unterhaltungen dringen kaum durch die dicken Wände, während wir den Flur entlanggehen, vorbei an Schränken für die Angestellten, Toilettenräumen und einem Pausenraum.

»Also. Diese neue Kellnerin«, sage ich beiläufig.

Carly spannt die Schultern an. Sie wirft einen Blick nach hinten, um mich anzuschauen. »Was ist mit ihr?«

»Wie ist sie so?«

»Warum fragst du?«

»Ich will mich nur unterhalten.«

»Aha.« Sie wirkt skeptisch. »Klar willst du das.«

»Was denn? Darf ich mich etwa nicht beiläufig über die neue Kellnerin unterhalten?«

»Du machst nichts beiläufig. Du verfolgst immer ein Ziel. Und dieses Ziel ist normalerweise Sex.«

»Ich habe gefragt, wie sie so ist, nicht welche Farbe ihre Unterwäsche hat.«

Sie schnaubt. »Vertrau mir einfach, wenn ich sage, dass sie nicht dein Typ ist.«

»Was soll das bedeuten?«

»Das bedeutet, dass sie zuckersüß und viel zu jung ist, um verdorben zu werden.« Sie wirft mir einen Seitenblick zu. »Außerdem geht sie nicht mit Musikern aus.«

Ich ziehe die Augenbrauen zusammen. »Was für eine schwachsinnige Regel ist das denn?«

»Vermutlich eine kluge, wenn sie weiterhin hier arbeiten will.« Sie klopft zweimal an Adams Tür und öffnet sie dann, um den Kopf hineinzustecken. »Hey, Boss. Ich habe Ryder hergebracht.«

Ich höre Adam seufzen, als wäre das eine unglaubliche Zumutung – als würde ich *seinen* Abend stören und nicht umgekehrt. Ich balle die Hände zu Fäusten.

»Wenn du ihm eine reinhaust, wird er dich nie wieder hier auftreten lassen«, flüstert Carly, als sie davongeht. »Lauf nicht in die Falle.«

Ich verziehe das Gesicht zu einer Grimasse, löse die Fäuste und trete in das kleine, schrankartige Zimmer. Es gibt nicht mal ein Fenster. Hier drinnen ist es so stickig, dass ich kaum atmen kann, auch wenn das weniger an der mangelnden Luftzirkulation, sondern eher an dem Mann liegen könnte, der hinter dem Schreibtisch sitzt.

Mit vor der Brust verschränkten Armen beobachtet er, wie ich das Zimmer betrete. Ich lasse mich auf den unbequemen Klappstuhl fallen, der ihm gegenübersteht, und starre ihn schweigend an. Ich weigere mich, als Erster zu sprechen. Ich bin nicht derjenige, der dieses kleine Treffen einberufen hat.

»Wir müssen reden.« Seine Stimme klingt angespannt.

»Willst du mich schon wieder nach meiner Telefonnummer fragen? Denn die Antwort lautet immer noch Nein.«

»Ich meine es ernst«, schnauzt er. »Es geht um Lacey.«

»Was ist mit ihr?«

»Wo zum Teufel ist sie?«

»Ich bin nicht ihr Babysitter. Woher soll ich das wissen?«

Er starrt mich an, und sein Kiefer zuckt wie eine Bombe mit Zeitzünder. *Du solltest es wissen*, klagt er mich mit seinen Augen an. *Nach dem, was du getan hast.*

»Hör zu.« Ich atme aus. »Ich weiß nicht, was zwischen dir und Lacey vorgefallen ist, nachdem …«

Er wird ganz starr vor Wut.

Ich hebe beschwichtigend die Hände. »Ich bin nur ihr Bandkollege. Das ist alles. Und ich weiß, dass man nicht versuchen sollte, Lacey zu kontrollieren. Sie tut, was sie will, wann sie es will. Das war schon immer so, und daran wird sich auch nichts ändern.«

»Glaub mir, das ist mir bewusst«, schnauzt er. »Aber wenn sie bei eurem nächsten Auftritt nicht auftaucht, geht ihr nicht auf die Bühne.«

»Wade hat kein Problem damit, dass ich für sie einspringe.«

»Wade mag das Programm zusammenstellen, aber er ist nicht hier, um es durchzusetzen. Das ist *meine* Aufgabe. Ich habe in diesem Bereich das Sagen.« Adams Stimme klingt beinahe hämisch. »Und ich sage dir, dass ihr erledigt seid, wenn ihr euch noch einen Patzer erlaubt. Und zwar nicht nur hier. Ich habe in jeder Bar in der Stadt Freunde. Ich kann dafür sorgen, dass ihr nie wieder einen Auftritt bekommt. Einfach *so*.« Er schnippt mit den Fingern.

Gott, er ist so ein Arsch.

Offensichtlich ist das seine Rache für jenen Abend. Ich nahm ihm etwas weg, das ihm gehörte, also nimmt er mir jetzt etwas weg. Der einzige Unterschied besteht darin, dass Lacey eigentlich nie ihm gehörte. Sie hat nie jemandem gehört. Dafür ist sie viel zu egoistisch.

»Das ist nichts Persönliches«, sagt er mit einem kalten Lächeln. »Es ist rein geschäftlich.«

Ich stehe auf und ringe darum, meine Wut an der kurzen Leine zu halten, um ihm nicht an die Gurgel zu gehen. Meine Stimme ist emotionslos. »Sie wird beim nächsten Mal hier sein.«

Selbst wenn ich sie an ihren falschen Haarverlängerungen herzerren muss, um sie auf die Bühne zu bekommen.

»Gut«, sagt Adam mit einem fiesen Grinsen. »Und jetzt schieb ab. Ich habe zu tun.«

Ich knalle die Tür so fest zu, dass sie im Rahmen wackelt, und marschiere durch den Flur. Ich würde gerne gegen etwas schlagen. Mit voller Wucht. Am liebsten gegen Adams Kiefer, aber da das keine Option ist, werde ich mich mit einer Wand begnügen müssen.

Ich bin zu aufgewühlt, um an den Tisch zurückzukehren, also schiebe ich die Notausgangstür auf, stolpere die drei Stufen hinunter und finde mich auf dem düsteren Mitarbeiterparkplatz wieder. Ich durchsuche meine Taschen nach einer Zigarette und fluche, als mir klar wird, dass meine Packung auf dem Tisch in der Bar liegt. Ich lehne die Unterarme gegen die kühle Zementfassade des Gebäudes, beuge den Kopf und atme tief ein. Die schwüle Mailuft fühlt sich in meiner Lunge wie Sirup an.

»Geht es dir gut?«, fragt eine sanfte Stimme.

Ich zucke erschrocken zusammen und drehe den Kopf nach links. Auf den Stufen sitzt eine junge Frau. Ich kann sie kaum erkennen, da sie sich außerhalb des Lichtkegels der nächstgelegenen Parkplatzlampe befindet. Ich bin so schnell nach draußen gestürmt, dass ich sie nicht mal gesehen habe.

»Alles in Ordnung, abgesehen von dem Herzinfarkt, den du mir gerade verpasst hast.«

Sie lacht, und es klingt wie eine Melodie. Ich blinzle in die Dunkelheit hinein, während sie aufsteht und aus den Schatten tritt, damit ich ihr Gesicht sehen kann. Ich spüre, wie sich mein Herz in meiner Brust verkrampft, als ich erkenne, dass *sie* es ist. Die neue Kellnerin. Die, von der ich während des Auftritts die Augen nicht lassen konnte.

»Tut mir leid.« Ihr Lächeln ist zögerlich, beinahe so, als wäre sie aus der Übung. »Ich wollte dich nicht erschrecken. Du sahst nur so … aufgewühlt aus.«

»Ich habe dir doch gesagt, dass alles in Ordnung ist.«

»Klar«, sagt sie tonlos und starrt mir ins Gesicht. »Weil es vollkommen normal ist, in dunklen Gassen herumzuhängen. Allein.«

»Ich bin nicht allein. Du bist hier.«

Sie seufzt. »Stimmt auch wieder.«

»Warum versteckst *du* dich hier draußen in der Dunkelheit?«

»Ich habe fünfzehn Minuten Pause.«

»Ah.«

Ich neige den Kopf und mustere sie aus der Nähe. Carly hatte recht, was ihr Alter betrifft – sie ist definitiv jung. Egal wie viel Eyeliner sie aufgetragen hat, um die Welt vom Gegenteil zu überzeugen, würde ich meinen linken Hoden darauf verwetten, dass sie nicht älter als neunzehn ist. Außerdem ist sie hübscher, als ich ursprünglich dachte. Mit ihren riesigen, ausdrucksstarken Augen, der vorwitzigen Nase und dem üppigen kleinen Mund, der fürs Küssen gemacht wurde, ist sie sogar so hübsch, dass sie eine regelrechte Ablenkung darstellt. Als ich endlich meine Stimme wiederfinde, klingt sie ein wenig rauer als normal.

»Gibt es dafür nicht den Pausenraum?«

Sie zuckt ganz leicht mit ihren schmalen Schultern. »Ich brauchte etwas frische Luft. Da drinnen ist es ein wenig … erdrückend.«

»Ich habe dich hier noch nie gesehen. Du musst neu sein.«

»Das ist meine erste Schicht«, bestätigt sie. Sie errötet ganz leicht, aber ich kann es sogar im Halbdunkeln sehen. Ihr Haar hat sich fast vollständig aus dem Zopf gelöst, als hätten die dichten Strähnen einen eigenen Willen.

Verdammt, sie ist bildhübsch. Ich spüre, wie mein Schwanz in meiner Jeans zuckend zum Leben erwacht.

»Ich meinte, dass du neu in Nashville sein musst«, sage ich

sanft und trete einen Schritt näher an sie heran. »Nicht neu im *Nightingale*.«

»Ist das so offensichtlich?« Sie lächelt wieder, dieses Mal breiter, und ich spüre, wie mein Puls ins Stocken gerät. »Ich bin gerade hergezogen. Genau genommen vor …« Sie wirft einen Blick auf die schmale silberne Armbanduhr an ihrem Handgelenk. »Etwa zwölf Stunden.«

Ich beiße mir auf die Innenseite meiner Wange, bevor ich mich noch zu einer Dummheit hinreißen lasse, zum Beispiel anzubieten, ihr die besten Orte in der Stadt zu zeigen. Ich bin kein Kerl, der Stadtrundführungen anbietet. Die einzige Sehenswürdigkeit von Nashville, die ich Frauen einigermaßen regelmäßig vorführe, ist die beeindruckende Aussicht auf meine Schlafzimmerdecke. Also … warum muss ich mich gerade so sehr zusammenreißen, um die Worte »Ich würde dich irgendwann gern mal herumführen« nicht auszusprechen?

»Lebst du schon lange hier?«, fragt sie.

»Seit zweiundzwanzig Jahren. Ich wurde in einem Außenbezirk der Stadt geboren und bin auch dort aufgewachsen.«

»Du Glücklicher.«

»Wenn man so will.« Ich lache, aber es klingt hohl. Wenn sie nur wüsste, wie sehr ich versucht habe, diesen Ort hinter mir zu lassen …

»Glaub mir, du kannst dich glücklich schätzen. Objektiv betrachtet.« Sie verzieht die Lippen. »Wenn du dort groß geworden wärst, wo ich aufgewachsen bin, würdest du es niemals bereuen, an einem Ort wie diesem hier zu leben. Du würdest nie wieder dorthin zurückkehren wollen.«

»Und wo kommst du her?«

»Oh, aus einer Kleinstadt namens Haw…« Sie bricht mitten im Wort ab und klappt den Mund fest zu. In der Dunkelheit lässt es sich nur schwer beurteilen, aber ich könnte schwören, dass sie blass geworden ist.

»Alles in Ordnung?«, frage ich und ziehe die Augenbrauen hoch.

Sie nickt schwach, sagt aber kein Wort mehr. Sie hat Geheimnisse in den Augen, die nicht allzu tief unter der Oberfläche verborgen sind. Seltsamerweise will ich wissen, was für Geheimnisse das sind.

Das ist neu. Normalerweise bin ich ein Freund der »Sofort flachlegen, niemals Fragen stellen«-Strategie. Auf diese Weise bleibt das Leben so, wie ich es haben will – unkompliziert und frei von jeglichem Drama.

»Mist!« Sie verzieht das Gesicht und schaut auf ihre Armbanduhr. »Ich muss wirklich los. Meine Pause ist vorbei. Aber es war nett, mit dir zu reden.«

Sie dreht sich um, um zu gehen. Bedauern überkommt mich. Ich kenne nicht mal ihren verdammten Namen. Ich suche nach etwas – irgendetwas –, das ich sagen kann, um sie zum Bleiben zu bewegen, selbst wenn es nur für eine weitere Sekunde ist. Doch mein Kopf ist vollkommen leer.

Ich, Ryder Woods … der legendäre Süßholzraspler, der schamlose Flirtexperte, das Objekt zahlloser weiblicher Sexfantasien … bekomme wegen einer Cocktailkellnerin kein Wort mehr heraus?

Das ist nahezu lächerlich. Wenn Aiden oder Lincoln das mitbekommen hätten, würden sie glattweg vom Glauben abfallen.

Sie zögert eine Sekunde lang auf der oberen Stufe und schaut zurück. Das Licht, das aus dem Flur nach draußen fällt, während sie die Tür aufhält, umrahmt ihre Silhouette.

»Du warst heute Abend übrigens toll.«

»Danke«, bringe ich brummend hervor.

Wortgewandt. Wirklich verflucht wortgewandt.

»Und … was auch immer dich dazu gebracht hat, hier rauszukommen und so aufgewühlt auszusehen …« Ihre Augen leuchten in der Dunkelheit wie die einer Eule. »Ich hoffe, dass es besser wird.«

Damit macht sie auf dem Absatz kehrt. Ihr Zopf schnellt hinter ihr durch die Luft wie eine Flagge im Wind. Sie verschwindet im Gebäude und lässt mich allein in der dunklen Sommernacht zurück. Mein Puls schlägt ein wenig zu schnell. Ich starre noch lange auf die Stelle, an der sie gestanden hat … und ich kann mich ums Verrecken nicht mehr daran erinnern, was mich so wütend gemacht hat, dass es mich nach hier draußen verschlagen hat.

4. KAPITEL

Felicity

Es ist zwei Uhr früh, als die letzten Künstler die letzten Akkorde ihres Auftritts spielen. Gegen halb drei gelingt es uns dann endlich, die letzten Gäste durch die Tür nach draußen zu schieben, damit wir schließen können. Wir arbeiten alle schweigend, weil wir nach acht Stunden kellnern zu erschöpft sind, um zu reden. Jay füllt die Bar mit neuen Flaschen aus dem Hinterzimmer auf. Carly kümmert sich um die Bühnenausrüstung und die Tonkabine. Adam ist in seinem Büro, zählt Geld und geht den Arbeitsplan durch. Isaac gleitet wie ein Schatten von Aufgabe zu Aufgabe und überwacht alles schweigend. Ich wische den Boden und die Tische und versuche, nicht zu sehr über einen gewissen Musiker nachzudenken, der meine Gedanken beherrscht, seit ich ihn in der Dunkelheit zurückgelassen habe.

Ehrlich gesagt habe ich keine Zeit, über Ryder nachzudenken. Nicht über seine breiten Schultern oder seine gut gepflegten kurzen Bartstoppeln, die seinen schmunzelnden Mund umgeben. Nicht über die Art, wie seine raue Stimme an diesem Abend erklungen ist, weicher als Seide auf meiner Haut. Nicht über die ablenkende Tatsache, dass er zwei unterschiedlich farbige Augen hat: ein blaues und ein braunes – und mit beiden ist er in der Lage, mich direkt zu durchschauen.

Es gibt momentan sehr viel wichtigere Dinge, über die ich mir Gedanken machen muss.

Erst jetzt, in der Ruhe nach dieser chaotischen ersten Schicht, kehrt die Realität an die Oberfläche zurück. Ich bin so sehr damit beschäftigt gewesen, Getränkebestellungen aufzunehmen, dass ich keine Gedanken an triviale Dinge verschwenden konnte … Wie die Tatsache, dass ich in Nashville außerhalb der vier Wände dieser Bar keine Menschenseele kenne … Und das bedeutet, dass ich nicht mal einen Ort habe, an dem ich heute übernachten kann.

So hätte das nicht laufen sollen. Ich hatte nicht damit gerechnet, dass mich Isaac an diesem Nachmittag vom Fleck weg engagieren würde. Ich dachte, dass ich noch einen oder zwei Tage Zeit haben würde, um mich um eine Unterkunft zu kümmern, bevor ich anfangen würde, hier zu arbeiten. Aber ich konnte schlecht Nein sagen, als er mir die Stelle anbot. Und jetzt …

Bin ich total aufgeschmissen.

Vermutlich werde ich auf irgendeiner Parkbank landen, in der Dunkelheit zittern und hoffen, dass ich niemandem mit schändlichen Absichten begegne. Es wäre zwar nicht das erste Mal, dass ich draußen übernachte, aber die Vorstellung einer schwülen Nacht voller Mücken in einer mir unbekannten Stadt ist nicht gerade einladend.

»Du hast dich heute Abend gar nicht mal so schlecht geschlagen, Kleine.«

Ich zucke zusammen, als ich plötzlich Isaacs Stimme vernehme, und verschütte dadurch ein kleines Häufchen Salz auf der Tischplatte.

»Oh, Zucker!«, fluche ich und fege das Salz auf meine Handfläche. »Tut mir leid, normalerweise bin ich nicht so ungeschickt …«

Isaac hat die Augenbrauen bis zum Haaransatz hochgezogen. »Dir ist schon klar, dass das Salz ist … und kein Zucker, oder?«

»Das ist mir klar. Ich meinte ›Oh, Zucker‹ wie in ›Oh, Schei…‹«, erwidere ich lahm und bin selbst jetzt nicht in der Lage, das Wort komplett auszusprechen. »Ich schätze, das ist eine alte Angewohnheit. Meine Großmutter ersetzt Schimpfwörter immer durch harmlose Sachen wie zum Beispiel Süßigkeiten. ›Donuts‹ statt ›verdammt‹. Oder wenn man wirklich in Rage ist, ›Bonbon‹ statt ›verfi …‹. Na ja, Sie verstehen schon, was ich meine.«

Er starrt mich ausdruckslos an.

»Ich bin nicht spröde oder so was«, verteidige ich mich. »Es macht mir nichts aus, wenn andere Leute in meiner Gegenwart fluchen. Aber wann immer ich es versuche, denke ich an meine Großmutter, die sagt: ›Wenn du wie ein Seemann fluchst, wirst du niemals einen abbekommen.‹ Und dann kann ich es einfach nicht über mich bringen, die Worte auszusprechen.« Ich schlucke schwer. »Ihr erster Mann war bei der Marine, verstehen Sie?«

Isaac zieht die Augenbrauen noch weiter nach oben, sodass sie beinahe unter seinem Haaransatz verschwinden.

»Nicht dass ich in nächster Zeit heiraten will. Oder überhaupt jemals«, sage ich hastig. Ich bin mir nicht mal sicher, wie ich auf dieses Thema gekommen bin. Ich schiebe es auf den Schlafmangel. Den Mangel an etwas zu essen. Den Mangel an allem, was einem anständigen Lebensplan ähnelt.

Ich beiße mir auf die Lippe, damit ich aufhöre zu reden.

»Also ist sie echt«, brummt Isaac.

»W… Was?«

»Diese zuckersüße Nummer, die du abziehst. Die ist gar nicht gespielt.«

»Ich weiß nicht, was Sie meinen.«

»Natürlich nicht.« Er seufzt schwer. »Ehrlich gesagt hätte ich nicht erwartet, dass du den Abend überstehen würdest.

Aber ob du nun süß bist oder nicht, du bist kein Schwächling. Du kannst dich in einer dichtgedrängten Menge behaupten, du bist schnell unterwegs, du hast weniger Bestellungen durcheinandergebracht als Mädchen, die schon fünfmal so lange hier arbeiten, und der Rest des Personals mag dich.«

Ich schaue zu der Tür, die zum Hinterzimmer führt und durch die Adam vor ein paar Minuten verschwunden ist. Als er meinen Gesichtsausdruck sieht, kichert Isaac. »Ach, mach dir keine Sorgen wegen Adam. Er behandelt jeden wie ein Stück Kaugummi, das an seinem Schuh klebt.«

Ich lache. »Oh, gut. Dann werde ich es nicht persönlich nehmen.«

»Fest steht, dass du mich überrascht hast. Ich glaube, dass du hier gut hinpasst.«

»Danke für die Gelegenheit, Isaac. Ich weiß das zu schätzen.«

»Tja, ich kann jedenfalls nicht zulassen, dass meine neueste Angestellte auf der Straße schläft.«

Meine Wangen werden vor Verlegenheit ganz heiß. Ich hatte vergessen, dass mir die Situation mit meiner nicht vorhandenen Unterkunft rausgerutscht war, als ich vorhin wütend nach draußen stürmen wollte.

»Ich komme schon klar.« Ich schlucke. »Ich werde das Trinkgeld, das ich heute verdient habe, benutzen, um mir ein Zimmer zu mieten. Hier in der Gegend gibt es nichts, was in mein Budget fällt, aber knapp zwei Kilometer entfernt gibt es eine Unterkunft – das *Southern Comfort Inn*? Ich habe nachgeschaut, bevor ich die Busfahrkarte gekauft habe.«

»Da kannst du nicht hingehen«, brummt Isaac barsch.

Ich balle die Hände zu Fäusten, obwohl sich das Salz noch auf meiner Handfläche befindet. »Warum nicht?«

»Sagen wir einfach, dass die typische Kundschaft des *Sou-*

thern Comfort pro Stunde bezahlt.« Er wirkt fast ein wenig peinlich berührt, und die Haut an seinem Hals läuft rot an. »Ein Mädchen wie du gehört nicht an so einen Ort.«

»Ein Bett ist ein Bett. Ich bin nicht wählerisch«, murmle ich. »Und ich habe mit Sicherheit schon an schlimmeren Orten übernachtet.«

Er starrt mich eine Sekunde lang an, und in seinen Augen sehe ich all die Fragen, die er mir gern stellen würde. Er verkneift sie sich – zumindest für den Moment. »Ich vermute, dass du vorhast, mitten in der Nacht allein zu Fuß dorthin zu gehen, oder?«

Ich verziehe die Lippen. »Sofern ich nicht plötzlich Teleportationsfähigkeiten entwickelt habe …«

»Das ist ein übler Stadtteil.«

»Ich bin kein welkes Blümchen. Ich kann auf mich aufpassen.«

»Das mag sein. Aber ich werde heute Nacht nicht schlafen, wenn ich dich hier allein rausgehen lasse und weiß, dass du an einen Ort unterwegs bist, den man im Grunde genommen nur als Puff bezeichnen kann. Die Leute sagen, dass ich ein fieser Mistkerl bin, und sie haben größtenteils recht, aber selbst ich habe meine Grenzen.« Er hält inne und sieht mich an. Der Ausdruck auf seinem Gesicht verrät mir, dass er das, was er als Nächstes sagen wird, bereits bereut. »Im ersten Stock gibt es ein Zimmer. Als ich jünger war und diesen Laden gerade eröffnet hatte, übernachtete ich manchmal darin, wenn es spät wurde. Es ist eine staubige Rumpelkammer und wurde seit über zehn Jahren nicht mehr benutzt. Die Matratze ist klumpiger als der Kartoffelbrei meiner Exfrau. Eigentlich ist das Zimmer auch nicht viel größer als ein Schrank.« Er atmet geräuschvoll aus. »Aber du kannst dortbleiben, zumindest bis du hier Fuß gefasst hast.«

Ich blinzle. Das Angebot verblüfft mich so sehr, dass ich kein Wort herausbekomme.

Er reibt sich den Nacken. »Es gibt noch eine zweite Treppe, die zum Parkplatz hinter dem Gebäude hinunterführt, also kannst du tagsüber kommen und gehen, wie es dir passt. Achte nur darauf, dass du abschließt, wenn du aus dem Haus gehst. Und komm morgen Abend nicht zu spät. Es ist Freitag, also wird hier die Hölle los sein. Außerdem hat Dotty die Grippe, was bedeutet, dass ihre drei Kinder sie auch bald haben werden, wenn es nicht schon so weit ist. Du wirst ihre Schichten für eine Weile übernehmen müssen.«

Ich nicke und fühle mich zu überwältigt, um zu sprechen.

»Schnapp dir einen Müsliriegel aus der Personalküche, bevor du gehst«, befiehlt er mir in einem strengen Tonfall. »Wenn du noch dünner wirst, wirst du verschwinden.«

»Isaac …« Seine Freundlichkeit kommt so unerwartet, dass ich nicht anders kann. Meine Augen fangen an zu brennen.

»Ach zum Teufel damit. Tu das bloß nicht.« Als er sieht, wie die Tränen in meinen Augen schimmern, errötet Isaac so richtig. Es ist beinahe komisch zu sehen, wie so ein Bär von einem Mann wegen ein paar Tränen die Fassung verliert.

»T… Tut mir leid«, schluchze ich und schaue zur Decke hinauf, um die Tränen daran zu hindern, über mein Gesicht zu laufen. »Ich … ich weiß nicht, was ich sagen soll.«

»Sag nichts. Nimm einfach den verdammten Schlüssel. Ich gehe jetzt nach Hause.«

Damit drückt er mir etwas in die Hand und geht davon. Ich starre auf den Messingschlüssel, der auf dem kleinen Haufen aus blassem, weißem Salz liegt, bis mir schließlich so richtig die Tränen kommen. Innerhalb eines einzigen Tages habe ich einfach so einen Job und ein Zuhause gefunden. Und zum ersten Mal seit sehr langer Zeit … *habe ich Hoffnung*.

»Kann ich dich irgendwohin mitnehmen?«, fragt Carly, als wir durch den Hintereingang auf den Mitarbeiterparkplatz hinaustreten.

»Nein.« Ich umklammere den Schlüssel ein wenig fester und versuche, ihn nicht fallen zu lassen. Ich habe bereits mit meinem Rucksack und meiner Gitarre zu kämpfen. »Aber danke.«

Wir gehen schweigend nebeneinanderher und hören zu, wie Adam hinter uns abschließt. Mein Blick verweilt für einen Moment auf der Stelle, an der ich vor ein paar Stunden mit Ryder gestanden habe, bevor ich gezwungen war, wieder nach drinnen zu eilen, weil meine Pause zu Ende war. Er ist danach nicht wieder reingekommen. Ich frage mich, wo er abgeblieben ist ... und mit wem er weggegangen ist ...

Ich verziehe das Gesicht zu einer finsteren Grimasse.

Das geht dich nichts an. Selbst wenn er mit einhundert Frauen nach Hause gehen und die größte Orgie der Menschheitsgeschichte veranstalten würde, rufe ich mich zur Ordnung. *Er gehört nicht dir. Und das wird er auch nie.*

»Warum schaust du so finster drein?«, fragt Carly.

»Ach, nichts.« Ich zwinge mich dazu, eine ausdruckslose Miene aufzusetzen.

»Schon klar.« Carly gibt einen zweifelnden Laut von sich, dringt aber nicht weiter in mich. »Du bist gerade erst hergezogen, oder?«

»Heute.« Ich nicke. »Oder ... gestern, schätze ich, denn jetzt ist ja schon offiziell *morgen*.«

»Verdammt, Kleines. Ein Tag in Nashville, und du arbeitest bereits im *Nightingale?* Ich habe sechs Monate gebraucht, um ein Vorstellungsgespräch zu bekommen. Wie hast du das geschafft?«

»Ich schätze, ich hatte einfach Glück.«

Sie lacht. »Tja, ich bin jedenfalls beeindruckt. Kannst du heute Abend irgendwo übernachten?«

»Tatsächlich bleibe ich hier.« Ich nicke in Richtung der klapprigen Holztreppe, die sich an der Rückseite des Gebäudes befindet. Sie sieht aus, als wäre sie seit einer ganzen Weile nicht mehr benutzt worden. Und mit »seit einer ganzen Weile« meine ich »seit den Achtzigern«.

»Hier?«, mischt sich Adam ein und holt zu uns auf. »Was meinst du mit ›hier‹?«

»Isaac meinte, ich könne in dem Zimmer über der Bar übernachten.« Ich halte den Schlüssel hoch, um zu beweisen, dass ich dort eine Unterkunft habe.

Adam verzieht missmutig das Gesicht. »Warum sollte er das tun?«

»Adam.« Carly stößt ihn mit dem Ellbogen an. »Lass es gut sein.«

»Ich frage mich nur, warum die neue Kellnerin zusätzlich zu ihrem Trinkgeld plötzlich auch noch ein mietfreies Zimmer erhält. Mir war nicht klar, dass wir hier eine wohltätige Einrichtung betreiben.«

»Das ist nur vorübergehend«, murmle ich. »Bis ich eine andere Unterkunft finde, in der ich bleiben kann.«

Er starrt mich an, und seine finstere Miene verunstaltet sein ansehnliches Gesicht. Es ist seltsam, dass jemand äußerlich so attraktiv sein kann und in Bezug auf das, was wirklich zählt, das genaue Gegenteil ist.

»Was auch immer«, murmelt er und geht auf seinen Truck zu. »Ich sehe euch beide morgen. Seid pünktlich.«

Ich schlucke eine schnippische Erwiderung hinunter, da es mir nicht gut bekommen wird, mich mit ihm anzulegen. Aber in meinem Kopf gebe ich ihm mit auf den Weg, dass er sich zur *Torte* scheren kann, wie meine Großmutter sagen würde.

»Lass dich von ihm nicht einschüchtern«, murmelt Carly, während wir zusehen, wie er vom Parkplatz fährt. »Er wird sich schon noch für dich erwärmen.«

»Wirklich?«

»Irgendwann. Irgendwie. Vielleicht.«

»Wie ermutigend.« Ich schnaube. »Mach's gut, Carly.«

»Wir sehen uns morgen, Felicity.«

Sie steigt in ihr Auto, ein älteres Limousinenmodell, und gähnt ausgiebig. Ich kämpfe gegen mein eigenes Gähnen an, während ich mich über die Holztreppe auf den Weg nach oben mache und den Schlüssel ins Schloss schiebe. Zuerst verhakt er sich, und ich bekomme kurz Panik, weil ich denke, dass ich nun vielleicht doch auf einer Parkbank schlafen muss … Doch nachdem ich ein bisschen herumhantiert und schließlich einmal kräftig mit der Hüfte gegen den Türrahmen gestoßen habe, gibt das Schloss endlich nach. Mit einem rostigen Quietschen schwingt die Tür nach innen auf.

Ich taste in der Dunkelheit nach einem Lichtschalter. Eine nackte Glühbirne an der Decke erwacht flackernd zum Leben, und ich erhalte einen ersten Blick auf meine neue provisorische Unterkunft. Das Zimmer misst nur wenige Quadratmeter. Die Luft hat sich lange nicht mehr bewegt und riecht abgestanden. Auf jeder Oberfläche liegt eine dicke Staubschicht.

Links von mir steht ein schmales Bettgestell, auf dem lediglich eine hauchdünne Matratze liegt. Ein hölzerner Schaukelstuhl steht neben dem einzigen Fenster. Die Kommode mit den drei Schubladen sieht aus, als wäre sie so alt wie ich. Der fleckige antike Spiegel, der darüberhängt, ist mindestens doppelt so alt. Es gibt keine Küche, nur eine teilweise abgetrennte Badezimmernische mit einem Waschbecken, einer Dusche und einer Toilette – alles davon ist mit Rostflecken und Schmutz überzogen.

Trautes Heim, Glück allein.

Ich mache einen Schritt in das Zimmer, stelle meine Gitarre neben der Kommode ab und niese, als mir eine Staubwolke ins Gesicht weht. Es ist nicht gerade das Ritz, aber ich habe keinerlei Recht, mich zu beschweren. Schnell schließe ich die Tür hinter mir ab. Die dünne Türkette bietet lediglich eine Illusion von Sicherheit. Da es hier jedoch nichts gibt, das es wert wäre, gestohlen zu werden, sollte ich einigermaßen sicher sein. Trotzdem hieve ich vorsichtshalber den schweren hölzernen Schaukelstuhl vor die Tür.

Alte Gewohnheiten wird man nur schwer los.

Ich ziehe den von der Sonne gebleichten Vorhang vors Fenster und entledige mich schnell meiner schwarzen Turnschuhe und meiner Arbeitskleidung. In der kleinen Tasche mit Kleidung, die ich mitnahm, als ich Hawkins verließ, befindet sich ein einzelnes Sweatshirt. Ich drücke es eine ganze Weile lang an meine Brust, bevor ich es anziehe. Es riecht nach meinem Zuhause. Für die meisten Leute wäre das sicher ein Trost. Für mich löst der Geruch eine Flut an Erinnerungen aus, die sofort vor meinen Augen aufblitzen. Ich würde fast alles tun, um sie vergessen zu können.

Die Flamme eines Streichholzes, die in der Dunkelheit aufflackert.

Das Zischen kochender Flüssigkeit.

Das Knacken von Holz, das gespalten wird.

Ein schreiender Mann.

Eine schluchzende Frau.

Eine Tür, die hinter meinem Rücken zugeschlagen wird.

Ich beiße mir von innen auf die Wange, ziehe mir das Kleidungsstück hastig über den Kopf und stelle meinen Rucksack neben dem schmalen Bettgestell ab. Die Matratze riecht nach Schimmel, und die Federn quietschen protestierend, als ich mich auf die Bettkante setze. Ich hole einen Müsliriegel aus meinem Rucksack und öffne die Verpackung mit vor Hunger zittrigen Fingern. Der Müsliriegel enthält Rosinen, die ich normalerweise um jeden Preis vermeide, aber momentan bin ich zu müde, um sie herauszupicken, und zu hungrig, um mich darum zu scheren. Ich schlinge das komplette Ding in etwa vier Sekunden hinunter. Es hilft kaum, die Hungerkrämpfe in meinem leeren Magen zu lindern.

Meine Muskeln schmerzen, und meine Augenlider sind bleischwer, als ich mich auf der klumpigen, stinkenden Matratze zusammenrolle, meine Knie an meine Brust ziehe und den Kopf auf meine Arme bette. Dann starre ich eine Ewigkeit lang auf die Wasserflecken an der Decke und denke darüber nach, wie sehr sich mein Leben in den vergangenen vierundzwanzig Stunden verändert hat … und wie sehr es sich nicht verändert hat.

Eine neue Stadt. Ein neuer Job. Ein neuer Ort, an dem ich mich zur Ruhe begeben kann.

Dieselbe Ungewissheit. Dieselben quälenden Zweifel. Und wieder klemmt in der Dunkelheit ein Stuhl unter der Türklinke, damit die Monster draußen bleiben.

Ich schalte das Licht nicht aus, sondern liege einfach nur da und bete, dass ich schlafen kann.

Als ich endlich einschlafe, sind meine Träume von Blut und Feuer und Tod erfüllt.

Meine ersten paar Wochen in Nashville vergehen wie im Flug. Ich gewöhne mich so leicht an mein neues Leben als Felicity Wilkes, dass ich Felicity Wilde, das traurige Mädchen mit der tragischen Vergangenheit, manchmal vergesse. Ich weiß, dass es nur eine Frage der Zeit ist, bis mich meine Vergangenheit einholt, aber ich versuche, nicht daran zu denken. Stattdessen konzentriere ich mich auf die Gegenwart. Auf kleine Details meiner neuen Welt hier in Nashville. Ich unternehme morgendliche Spaziergänge vorbei an dem Freiluftcafé um die Ecke, wo die Luft nach frischem Gebäck und Maisgrütze riecht. Die Nachmittage verbringe ich im Park und sehe zu, wie Hunde Bällen hinterherjagen und Kleinkinder Seifenblasen fangen. Und dann sind da noch die Abende in der Bar, an denen ich Getränke serviere und meine musikalische Bildung erweitere.

Es dauert eine Weile, aber irgendwann höre ich auf, jedes Mal über meine Schulter zu schauen, wenn ich mein Zimmer verlasse, oder zusammenzuzucken, wann immer das Telefon hinter der Theke klingelt. Ich höre auf, auf die nächste Hiobsbotschaft zu warten, und fange tatsächlich an zu leben. Zu atmen. Manchmal sogar zu lachen, wenn Carly einen Witz auf Adams Kosten macht, während wir nach einer weiteren Schicht voller Cocktails und Countryliedern aufräumen.

Seit meiner Ankunft habe ich jeden Abend im *Nightingale* gearbeitet. Normalerweise stolpere ich nach meiner Schicht gegen drei Uhr früh nach oben in mein Zimmer, nachdem die Bar wieder aufgefüllt ist und die Böden gewischt sind. Nach meiner ersten Nacht entdeckte ich eine dünne Wolldecke, die zusammen mit einem unförmigen Kissen in einer der Schubladen der Kommode lag, also ist mein Bett nicht mehr vollkommen nackt, wenn ich mich mit dem Gesicht zuerst darauffallen lasse. Nach neun Stunden Arbeit schmerzen meine Füße und fühlen sich stellenweise irgendwie taub an. Außerdem protestiert mein Magen jede Nacht laut, weil ich mich nur von Leitungswasser und Müsliriegeln ernähre, die ich aus dem Pausenraum für die Mitarbeiter abzweige.

Mittlerweile habe ich genug Bargeld verdient. Ich muss mein Trinkgeld nicht mehr horten wie ein Eichhörnchen, das sich auf den Winter vorbereitet … Aber ich kann mich nicht dazu durchringen, auch nur einen einzigen Penny zu verschwenden. Irgendwann werde ich das Geld ausgeben müssen, um ein paar notwendige Vorräte aufzufüllen – mein Deo und meine Zahnpasta gehen bedrohlich zur Neige. Aber das ständig wachsende Bündel aus Geldscheinen unter dem losen Fußbodenbrett in der Ecke meines Zimmers ist die einzige Sicherheit, die ich auf dieser Welt noch habe. Ganz zu schweigen davon, dass dieses Geld meine einzige Möglichkeit zur Flucht darstellt, falls mich meine Vergangenheit plötzlich einholen sollte.

Zum Glück bekomme ich an diesem Abend noch mehr Trinkgeld als sonst. Es ist Samstag, und die Schlange vor der Tür ist so lang, dass man meinen könnte, Elvis höchstpersönlich würde jeden Moment die Bühne betreten. Ich serviere einer Gruppe besonders großzügiger Kerle in der Ecke eine Runde Tequila und kehre dann an die Theke zurück, um ein paar weitere Bestellungen aufzugeben.

»Danke, Jay!«, rufe ich, als er sich daranmacht, die Drinks zu mixen.

Er schnaubt bestätigend – offenbar wird heute nicht der Abend sein, an dem er mit seiner starken, aber schweigsamen Persönlichkeit bricht.

»Hey!« Carly taucht wie aus dem Nichts neben mir auf. Sie ist wie ein platinblonder Wirbelwind. »Wie läuft es hier draußen?«

»Es ist viel los. Wir vergeben so schnell Tische, dass ich kaum mithalten kann.«

»Wenigstens bekommst du auf diese Weise ein gutes Ausdauertraining.«

»Ich kann mich immer darauf verlassen, dass du den Lichtblick am Horizont findest, Carly.« Ich grinse sie an. »Wie sieht es mit dem Programm für heute aus?«

»Bislang ist alles gut. Alle sind pünktlich gewesen … Aber als Nächstes steht Lacey Briggs auf dem Programm, also besteht definitiv die Chance, dass sich das ändern wird.«

Ich erstarre, und mein Herz schlägt schneller. Wenn Lacey auf dem Programm steht … bedeutet das, dass auch Ryder auftreten wird.

Ich habe ihn seit jenem ersten Abend auf dem Parkplatz vor ein paar Wochen nicht mehr gesehen. Ich wünschte, ich könnte behaupten, dass ich nicht an ihn gedacht habe, aber das wäre eine Lüge. Wenn ich mich nachts in dem Versuch, endlich einzuschlafen, in meinem Bett hin und her wälze, rufe ich mir diesen Moment, den wir teilten, manchmal ins Gedächtnis. Dann sehe ich vor mir, wie er und ich in den Schatten standen. Ich sehe die Anspannung in den Sehnen an seinem Hals, als er sich mit geschlossenen Augen schnell atmend gegen die Wand lehnte. Damals wollte ich meine Hand auf seine Haut legen, um ihn irgendwie zu trösten. Ich wollte ihm sagen, dass er nicht allein ist, selbst wenn es nur für einen Moment so gewesen wäre.

Aber das ist verrückt.

Ich kenne den Mann kaum. Er ist praktisch ein Fremder. Wir werden vermutlich nie wieder ein Wort miteinander wechseln.

»Hallo?« Carly schnippt vor meinem Gesicht mit den Fingern. »Wo bist du mit deinen Gedanken?«

Ich erröte. »Tut mir leid. Ich glaube, ich brauche einen Kaffee. Ich bin beute Abend nicht ganz bei der Sache.«

»Hol dir eine Tasse aus dem Pausenraum. Ich werde ein paar Minuten für dich einspringen.«

»Danke. Soll ich dir einen Kaffee mitbringen?«

Sie schüttelt den Kopf und schiebt mich sanft in Richtung Tür. Nachdem ich im Pausenraum eine Tasse Kaffee in mich hineingekippt habe und in den Hauptraum zurückgekehrt bin, um nach meinen Tischen zu sehen, hat die Folksängerin auf der Bühne ihren Auftritt beendet. Carly tritt ans Mikro, um den nächsten Auftritt anzukündigen.

»Hey, alle miteinander! Ich hoffe, ihr habt heute Abend Spaß! Unsere nächste Künstlerin ist ein Knaller, der diese Bühne in Brand stecken wird … Ich glaube, ein paar von euch könnten sie bereits kennen …«

Das Publikum pfeift.

»Ich bitte um einen tosenden Applaus und ein großes Nashville-Willkommen für …« Carlys Stimme schwillt an. »Miss Lacey Briggs!«

Die Menge jubelt so laut, dass die Fensterscheiben in ihren Rahmen wackeln. Ich bin nicht in der Lage, mich abzuwenden, als eine kurvige wasserstoffblonde Frau auf die Bühne stolziert. Sie trägt die kürzesten abgeschnittenen Jeansshorts, die ich je gesehen habe, und dazu ein glitzerndes pinkfarbenes Neckholderoberteil, das nicht nur bauchfrei ist, sondern auch ihre ziemlich großen Brüste zur Geltung bringt. Die Nähte ihrer pinkfarbenen Cowboystiefel sind mit Strasssteinen verziert, die bei jedem Schritt, den sie macht, im Licht der Bühnenscheinwerfer funkeln. Sie ist wie eine menschliche Diskokugel. Man kann den Anblick fast nicht ertragen, ohne eine Reizüberflutung zu erleiden. Ich bin so auf ihre Erscheinung fixiert, dass ich beinahe nicht bemerke, wie Ryder mit dem Rest der Band die Bühne betritt.

Beinahe.

Es bräuchte schon etwas wirklich Spektakuläres, um mich davon abzuhalten, ihn zu bemerken, selbst wenn er sich in den Schatten auf der linken Seite der Bühne versteckt. Ich nehme den Anblick seines ausgeblichenen blauen Hemds und der eng sitzenden Jeans so gierig in mich auf wie den ersten Schluck

Wasser nach einem Zehnkilometerlauf. Er ist sogar noch umwerfender, als ich ihn in Erinnerung habe.

Ich stelle fest, dass meine Hände zittern, als ich nach dem Getränketablett greife. Vielleicht war diese Tasse Kaffee doch keine so gute Idee. Ich bin auch so schon nervös genug.

Lacey begrüßt die Menge nicht – sie fängt einfach an zu singen.

»*Met a boy last night said he'd break my heart. I told him no chance honey it's been broke from the start* …« Sie bewegt die Hüften anzüglich im Takt der Musik, während sie die erste Zeile schmettert. Lincoln sitzt am Schlagzeug und gibt ein rasantes Tempo vor. Aiden spielt wie der Teufel. Aber Ryder ist derjenige, von dem ich den Blick nicht losreißen kann. Er bewegt die Finger so schnell über die Saiten, dass sie zu verschwimmen scheinen. Seine volle Baritonstimme füllt den etwas oberflächlichen Klang von Laceys dünner Sopranstimme aus.

Als ich mich umschaue, stelle ich fest, dass ich anscheinend die Einzige bin, die ihre Darbietung nicht perfekt findet. Das Publikum scheint Lacey zu lieben und rastet förmlich aus. Die Leute schauen mit weit aufgerissenen Augen und wie gebannt auf die Bühne, als wollten sie vor ihrem Altar huldigen. Als sie den Refrain anstimmt, fressen sie ihr bereits aus der Hand.

»*Don't say I didn't warn ya, warn ya, warn ya* …« Lacey grinst sinnlich und streckt ihr Mikro der ersten Reihe Fans entgegen, die sich zur Musik bewegen. Sie kennen den Text auswendig und singen eifrig mit.

Don't say I didn't warn ya, warn ya, warn ya …

Es ist nicht meine Art von Musik, aber selbst ich kann nicht leugnen, dass der Text sofort ins Ohr geht. Ich frage mich, ob Lacey das Lied selbst geschrieben hat. Falls es so ist, ist sie talentierter, als ich es ihr zugetraut hätte. Dieses Lied würde sich perfekt im Radio machen.

Ich schaue mir den Rest des Auftritts mit einer Mischung aus Ehrfurcht und Missgunst an. Während ich Getränke serviere, habe ich die ganze Zeit über ein Auge auf die Bühne gerichtet. Lacey Briggs mag eine unzuverlässige Kellnerin sein … Aber sie wurde geboren, um berühmt zu sein. Diese Art von Bühnenpräsenz kann man nicht lernen.

5. KAPITEL

Ryder

Lacey ist heute Abend selten gut in Form.

Sie hat es nicht nur geschafft, pünktlich aufzutauchen, sondern liefert auch noch einen Auftritt ab, wie ich es in dem Jahr, in dem ich mit ihr zusammen gespielt habe, nur ein paarmal erlebt habe. Wir spielen sechs unserer besten eigenen Lieder, und die Menge reagiert mit stürmischer Begeisterung. Meine Texte und ihre Bühnenpräsenz geben eine unschlagbare Kombination ab – eine Tatsache, die den beiden Plattenproduzenten von *Red Machine Records*, die an einem Tisch in der hinteren Ecke sitzen, nicht entgeht.

Dieser Moment jetzt gerade ist alles, worauf ich hingearbeitet habe. Ich versuche, die Beute nicht aus den Augen zu lassen.

Ein Plattenvertrag.

Los Angeles.

Freiheit.

Aber meine gottverdammten Augen sind nicht auf die Beute gerichtet. Stattdessen wandern sie immer wieder zu der hübschen dunkelhaarigen Kellnerin, die während unseres Auftritts Getränke serviert. Heute trägt sie ihr Haar in einem hohen Pferdeschwanz, der bei jedem Schritt, den sie macht, hin und her schwingt wie ein Metronom, das entwickelt wurde, um mich zu hypnotisieren. Egal wie sehr ich versuche, mich auf die Musik zu konzentrieren, schweifen meine Augen alle paar Minuten wieder zu ihr ab.

Es ist verdammt noch mal zum Verrücktwerden.

Eine Hälfte von mir will sie in die Gasse hinter dem Gebäude zerren und ihr sagen, dass sie verschwinden soll – aus dieser Bar, aus meinem Kopf, so weit von mir weg, dass ich nie wieder an sie denken werde. Die andere Hälfte will sie in die nächstbeste dunkle Ecke zerren, diesen Pferdeschwanz um meine Faust wickeln und sie küssen, bis wir vergessen, zwischendurch Luft zu holen.

Ich beiße mir so fest auf die Lippe, dass ich Blut schmecke. Ich hasse diese ungewohnten Gefühle, die durch meinen Körper wirbeln.

Vielleicht sollte ich einfach so lange meinen Spaß mit ihr haben, bis ich jegliches Verlangen nach ihr aus meinem Körper getrieben habe. Das hat bislang immer funktioniert.

Ihr Pferdeschwanz wippt.

Ich spiele heftiger.

Ihre Hüften schwingen unter dieser kleinen schwarzen Schürze.

Ich singe lauter.

Wir gehen zu dem Lied »Liar« über – unsere letzte Darbietung für heute Abend. Ich habe den Text vor ein paar Monaten um zwei Uhr früh nach einem besonders wilden Besäufnis mit Linc und Aiden auf eine Serviette geschrieben. Das Lied mag nicht emotional bewegend sein, aber es ist definitiv ein Hit.

Wenn das die Talentsucher nicht davon überzeugt, uns unter Vertrag zu nehmen, dann wird es nichts schaffen.

Linc gibt den Takt vor, und Aiden ergänzt den Klang mit seinem Bass, während Lacey über die Bühne gleitet und mit ihren Händen über ihren Körper streicht, als wäre er ihr Instrument, das sie stimmen muss. Sie lehnt sich an mich heran, um die erste Zeile zusammen mit mir in mein Mikro zu singen. Ihre braunen Augen schimmern fiebrig im Licht der Bühnenscheinwerfer. Ich spiele die Akkorde, ringe mir ein Grinsen ab und spiele mit. Gemeinsam ziehen wir eine Show für das Publikum ab.

Der Text kommt aus ihrem kirschroten Mund geschossen wie Gift aus dem Maul einer Viper.

»*Kiss me like you mean it. Come on, make me feel it … They say I'm bad, but I'll show you a good time.*«

Lacey wendet mir den Rücken zu, presst ihre Schultern an meine und macht kleine Tanzbewegungen. Sie reckt den Hals, um ihr Dekolleté zur Geltung zu bringen, und singt jeden Mann im Publikum direkt an.

»*You say I'm no good, but you're a bad, bad liar.*«

Ich kann praktisch schmecken, wie das Testosteron in der Luft immer dichter wird, während sie sie beobachten. Ich weiß, was sie sehen – knappe Shorts, große Brüste. Ich weiß, was sie hören – eine hauchige Betthäschenstimme und das Versprechen von Ekstase. Jeder Mann im Publikum will sie. Verdammt, sie können kaum die Augen von ihr lassen.

Wenn sie nur wüssten, dass sie unter der Oberfläche hohler als eine Porzellanpuppe ist.

Sie tänzelt zurück zur Bühnenmitte und schnappt sich den Mikrofonständer, um ihn zu umarmen wie einen Liebhaber, den sie unbedingt verführen will.

»*Honey, I'm so good I'll set your heart on fire.*«

Aus dem Augenwinkel erhasche ich einen Blick auf die Plattenproduzenten, die einander etwas zuflüstern. Und ich weiß instinktiv, dass uns eine Veränderung bevorsteht. Eine große Veränderung.

Mein Grinsen wird zum ersten Mal an diesem Abend echt, während wir den Song beenden.

Nach dem Auftritt versammeln wir uns energiegeladen an unserem Lieblingstisch. Dort oben zu stehen und für eine dankbare Menge Musik zu machen ist der beste Rausch, den man erleben kann. Keine Droge, weder natürlich noch synthetisch, kann dem Gefühl, das ich empfinde, wenn ich auf der Bühne stehe, auch nur annähernd nahekommen.

»Das war verdammt noch mal unglaublich!« Lincoln trommelt mit den Händen auf der Tischplatte herum und erzeugt einen fieberhaften Rhythmus. »Ich könnte jeden Einzelnen von euch küssen!«

Lacey wendet sich von ihm ab und setzt eine finstere Miene auf. »Bitte nicht. Du bist total verschwitzt.«

Er schüttelt den Kopf wie ein Hund, woraufhin Schweißtropfen in alle Richtungen spritzen. Sie kreischt unwillig und presst den Kopf auf der Suche nach Schutz an meine Brust.

»Das ist echt eklig, Mann.« Ich greife über den Tisch und stoße seine Schulter an. »Ich bin nicht gerade erpicht darauf, Körperflüssigkeiten mit dir auszutauschen. Nur der Himmel weiß, wo du gewesen bist.«

Er wackelt mit den Augenbrauen. »Die eigentliche Frage lautet: Wo bin ich *nicht* gewesen?«

Aiden räuspert sich. »Hat außer mir noch jemand diese Plattenfirmatypen in der Menge gesehen?«

»Ja.« Ich lehne mich gegen die lederne Rückenlehne der Sitzbank. »Sie wirkten ziemlich interessiert.«

Lacey ist immer noch halb an meine Brust gepresst. Ihr wasserstoffblondes Haar riecht eklig süß wie Haarspray und Shampoo mit Kaugummiduft. Ich würde sie von mir wegschieben, aber ich weiß aus Erfahrung, dass sie einen Anfall bekommen und sich für den Rest des Abends wie eine Zicke aufführen wird, wenn ich das tue. Und damit würde sie uns zweifellos unsere große Chance verderben, falls die Talentsucher von *Red Machine* vorbeikommen sollten, um mit uns zu reden.

»Meinst du, wir sollten an sie herantreten?«, fragt Linc. Seine Augen leuchten vor Aufregung. »Ihnen eine Visitenkarte oder eine Demoaufnahme geben …?«

»Nein.« Aidens Stimme ist fest. »Wir warten darauf, dass sie zu uns kommen. Alles andere wirkt verzweifelt.«

Linc seufzt. »Alter, wir *sind* verzweifelt.«

»Das müssen sie nicht erfahren.«

»Ryder, was meinst du?« Lacey hebt den Kopf und starrt mir ins Gesicht.

Ich öffne den Mund, um zu antworten, doch der Klang eines zarten Räusperns links von mir hält mich davon ab.

»Verzeihung«, höre ich eine melodische Stimme sagen. Ich erkenne sie sofort wieder. »Ich will nicht stören …«

»Dann tu's auch nicht«, murmelt Lacey vor sich hin und verdreht angesichts der vermeintlichen Störung die Augen. Ich ignoriere sie, denn ich bin zu sehr auf die Frau konzentriert, die links von mir steht, um mich noch nennenswert um die zu kümmern, die sich nach wie vor an meine rechte Seite schmiegt.

Ich bereite mich innerlich vor, bevor ich einen Blick nach links werfe, doch sie raubt mir immer noch den Atem. Sie steht da, errötet heftig und weicht meinem Blick aus, indem sie auf ihren Bestellblock starrt. Ihre Hände zittern.

Sie ist so verdammt schön.

»Ich habe mich nur gefragt, ob ihr vielleicht eine Runde Getränke bestellen wollt.« Sie tritt unbehaglich von einem Fuß auf den anderen, als wäre sie lieber woanders. »Aber wenn ihr noch einen Moment braucht, komme ich noch mal wieder.«

»Nicht so schnell, Süße.« Lincoln rutscht auf der Bank nach

außen, damit er ihr näher ist. Seine Augen sind fest auf ihr Gesicht gerichtet. »Du bist neu.«

Sie nickt. »Ich bin vor ein paar Wochen hergezogen.«

»Tja, ich weiß nicht, ob dir das bereits bekannt ist, aber ich betrachte mich hier in Nashville gern als inoffizielles Willkommenskomitee.« Linc hat seinen Charme voll aufgedreht. »Lincoln Travers, zu deinen Diensten.« Er greift nach ihrer Hand und presst einen Kuss auf ihre Haut. »Und du bist …?«

Ein kleines Lächeln zupft an ihren Mundwinkeln, als sie ihre Hand aus seinem Griff zieht.

Ich schlucke ein Knurren hinunter. Ich habe die letzten paar Wochen damit verbracht, mich zu fragen, wie wohl ihr Name lauten könnte. Wie sich die Silben auf meiner Zunge anfühlen werden, wenn ich ihn zum ersten Mal laut ausspreche. Ich will verdammt sein, wenn ich zulasse, dass mir Linc diesen Moment stiehlt.

»Ich bin …«, beginnt sie.

»Wir nehmen eine Flasche Whiskey«, falle ich ihr ins Wort, bevor sie den Satz beenden kann. Mein Tonfall ist abweisend. »Jack Daniel's wäre gut.«

Ist das ein mieser Zug?

Absolut.

Aber momentan ist das meine einzige Option.

Sie richtet den Blick auf mich. Für den Bruchteil einer Sekunde sehe ich Wut in ihren unglaublichen bernsteingoldenen Augen aufblitzen. Doch sie überspielt sie so schnell, dass ich beinahe davon überzeugt bin, sie mir nur eingebildet zu haben.

»Natürlich«, sagt sie süßlich. »Ich bin sofort wieder da.«

Sie schaut kurz zu Lacey, die immer noch an mir klebt wie Leim. Dann macht sie auf dem Absatz kehrt. Ich kann nicht anders, als ihren Hintern zu beobachten, während sie zur Theke geht. Ich unterdrücke ein Stöhnen. Ihre Hüften schwingen mit absolut natürlicher Anmut. Ihr Gang ist wie Musik.

»Verdammt, sie ist umwerfend«, sagt Lincoln, der meine Gedanken zu lesen scheint. »So strahlend und neu …«

»Sie ist kein Spielzeug«, schnauze ich, ohne darüber nachzudenken.

Alle am Tisch verstummen für einen Augenblick.

Mist. Habe ich mir gerade in die Karten schauen lassen? Normalerweise habe ich ein sehr viel besseres Pokerface.

»Kein Spielzeug, was?« Linc lacht. »Ich weiß nicht, Kumpel … Ich kann mir durchaus ein paar Spiele vorstellen, die ich gerne mit ihr spielen würde …«

Lacey kichert.

Ich brumme nur, anstatt einen Kommentar von mir zu geben, denn ich will ihn nicht noch ermutigen. Linc ist seit jeher dafür bekannt, dass er alles flachlegt, was einen Puls hat. Normalerweise macht mir das nichts aus. Wir haben uns sogar mehr als einmal Frauen geteilt, da keiner von uns der Typ ist, der sich fest bindet. Aber etwas an der Art, wie er die neue Kellnerin anschaut, widerstrebt mir und sorgt dafür, dass ich ihn erwürgen will.

Sie gehört mir. Ich habe sie zuerst gesehen.

Ich schüttle diesen irrationalen Gedanken ab.

»Hey, ich sage ja nur, dass ich nichts dagegen hätte, mal einen Blick unter ihre Schürze zu werfen.« Er lacht jungenhaft. »Wir hatten hier schon seit einer ganzen Weile kein Frischfleisch mehr.«

Ich bemühe mich um einen lässigen Tonfall. »Du hast genug Frauen zur Auswahl. Es besteht kein Grund, dich auf die Angestellten unserer Lieblingsbar zu stürzen. Tu mir und dem Rest der Band einen Gefallen und versuch, unsere zukünftigen Auftritte nicht aufs Spiel zu setzen, indem du deinen Schwanz an Stellen steckst, an denen er nichts zu suchen hat.«

Er blinzelt mich an. »Du musst dich nicht gleich wie ein Arschloch aufführen, Ryder.«

»Ich bin nun mal ein Arschloch.« Ich zucke mit den Schultern. »Das hat dir bislang nie etwas ausgemacht.«

Er zieht die Augen zusammen, als würde er spüren, dass etwas nicht stimmt. »Wenn ich es nicht besser wüsste, würde ich denken, dass du versuchst, mich von der neuen Kellnerin fernzuhalten, damit du sie für dich haben kannst.«

Mein Herz schlägt schneller, aber es gelingt mir, eine unnahbare Miene aufrechtzuerhalten. »Sei nicht so ein Idiot.«

»Ich bin nicht derjenige, der sich wegen eines hübschen Mädchens so anstellt.«

»Ist sie hübsch? Das ist mir gar nicht aufgefallen.«

»Was denn, bist du plötzlich blind geworden?« Linc schnaubt.

Sogar Aiden sieht mich ungläubig an.

»Mit meiner Sehkraft ist alles in Ordnung. Ich mache mir allerdings Sorgen um deine Prioritäten, wenn du denkst, dass es in irgendeiner Hinsicht sinnvoll ist, unseren Auftrittsplan hier zu gefährden, weil du es mit einer billigen Cocktailkellnerin treiben willst.« Die Worte schmecken auf meiner Zunge wie Säure, doch ich zwinge mich trotzdem dazu, sie auszusprechen. Momentan würde ich fast alles sagen, um ihn davon abzuhalten, ihr nachzustellen.

Lincoln starrt mich wütend an. »Das war ganz schön heftig, Ry.«

»Was soll ich denn deiner Meinung nach sagen?«, schnaube ich und verkaufe die Lüge mit allem, was mir zur Verfügung steht. »Ich schätze, dieser unschuldige Rehaugenblick ist einfach nicht mein Ding. Ich ziehe im Bett *Frauen* vor, keine kleinen Mädchen.«

Lacey gibt einen lustvollen Laut von sich, da sie fälschlicherweise denkt, ich würde über sie reden.

Linc wirkt vollkommen verblüfft. Seine Augen zucken von meinem Gesicht zu einer Stelle über meiner Schulter. Ich habe ihn in die Enge getrieben – ein letzter Schlag sollte ihm endgültig das Maul stopfen.

»Aber wenn du sie vögeln willst, nur zu. Mir ist das egal.« Mein charmantes Grinsen ist die perfekte Tarnung für die Wahrheit. »Ich schätze, du nimmst, was immer du kriegen kannst, oder, Linc?«

Bevor er etwas erwidern kann, ertönt das scharfe Geräusch von Glas, das auf Holz prallt, als eine volle Flasche Jack Daniel's so heftig auf unseren Tisch geknallt wird, dass der Serviettenspender wackelt. Alle schauen ruckartig in Richtung Kellnerin, die schneller als erwartet mit unserer Bestellung zurückgekehrt ist … Und dem wütenden Ausdruck auf ihrem Gesicht nach zu urteilen, hat sie die letzten paar Fetzen unserer Unterhaltung mitbekommen.

Mist.

Ich spüre, wie ich blass werde. »Hey …«

»Wenn ihr noch etwas braucht, meldet euch einfach«, sagt sie fröhlich. Doch ich schwöre, dass sie Tränen fortblinzelt. »Ich bin in der Nähe.«

Ich spüre, wie etwas in mir zerfällt, als sie sich umdreht und davongeht. Ihr Pferdeschwanz schwingt mit etwas weniger Schwung als zuvor. Wenn ich einer dieser Kerle wäre, die sich schuldig fühlen, weil sie sich wie ein Arschloch verhalten haben, würde ich mich jetzt ordentlich schämen.

Aber Tatsache ist: Ich *bin* ein Arschloch. Ich weiß nicht, wie man sich anders verhält.

Also greife ich nach dem Whiskey, öffne ihn und nehme einen großen Schluck direkt aus der Flasche. Das vertraute

Brennen, mit dem der Whiskey meine Kehle hinunterläuft, fühlt sich so gut an. Es reicht fast aus, um den Ausdruck in ihren Augen zu vergessen, als sie sich von mir abgewandt hat.

»Komm schon, Ry«, sagt Lacey mit ihrer Kleinmädchenstimme, während sie ihre Hand mit meiner verschränkt und mich aus der Sitzecke zerrt. Das Schmollen in ihrem Gesicht könnte niedlich sein, wenn es nicht so gekünstelt wäre.

Ich bleibe mit beiden Füßen fest auf dem Boden stehen, als sie versucht, mich in Richtung der Theke zu zerren. Ich will auf keinen Fall unserer Kellnerin begegnen, um den Schmerz in ihren goldenen Augen zu sehen, wenn sie erneut durch mich hindurchschaut. Der Rausch unseres Auftritts hat offiziell nachgelassen, was größtenteils daran liegt, dass die Typen von *Red Machine* nicht das geringste Interesse an uns gezeigt haben. Um unseren Misserfolg zu feiern, habe ich in der vergangenen halben Stunde allein in unserer Nische gehockt, der Band zugehört und meinen Kummer zusammen mit meinem alten Freund Whiskey ertränkt. Lacey ist an der Theke gewesen und hat sich von Kerlen, mit denen sie niemals schlafen wird, Kurze ausgeben lassen, die sie nicht trinken sollte. Aiden und Linc sind in der Menge verschwunden, um nach Groupies Ausschau zu halten, in der Hoffnung, dass sie vor Ladenschluss eine Frau abschleppen werden.

Sex, Alkohol, Aufmerksamkeit – wir alle haben unsere Trostpreise bekommen.

Als Lacey schließlich zu unserer Nische zurückkehrt, bin ich nur halb so betrunken, wie ich es gerne wäre, und doppelt so sauer, wie ich es rechtmäßig sein sollte. Und ich bin definitiv nicht in der verdammten Stimmung, mich mit dem zu beschäftigen, was sie zu dieser späten Stunde noch vorhat.

»Lacey.«

Sie klimpert mit den Wimpern. »Was?«

»Entweder sagst du mir jetzt, warum du versuchst, mich hier wegzuschleppen, oder ich gehe nach Hause.«

Sie seufzt theatralisch. »Gott, mit dir kann man echt keinen Spaß mehr haben.«

Ich starre sie an und warte.

»Meine Güte, ich weiß nicht, ich dachte bloß, dass du *vielleicht* die Plattenproduzenten von *Red Machine* kennenlernen willst.« Sie lässt meine Hand los, damit sie die Arme vor der Brust verschränken und effektiver schmollen kann.

Ich erstarre. »Sie haben dich angesprochen?«

»Äh, ja.« Sie schleudert ihr Haar herum. »Der Typ mit der Brille hat mir einen Jägermeister ausgegeben. Ich habe ihn getrunken, weil ich höflich sein wollte, aber das Zeug ist total eklig. Jeder weiß, dass ich am liebsten Tequila trinke.«

»Es geht hier nicht um deine Getränkevorlieben, Lacey.« Ich schlucke schwer und fühle mich schlagartig nüchtern. »Was hat er noch gesagt?«

»Nichts! Entspann dich. Ich habe ihm erklärt, dass ich dich an meiner Seite haben müsste, bevor wir über irgendeine Art von Vertrag reden könnten.«

Du lieber Himmel.

Ein Vertrag.

Ein Funken Hoffnung flammt in meinem Herzen auf. Vielleicht ist doch noch nicht alles verloren.

»Das ist eine große Sache, Lacey.« Ich schaue mich um und halte nach Aiden und Lincoln Ausschau. »Wir müssen die Jungs finden. Sie sollten auch dabei sein, wenn wir …«

»Nein!«, fällt mir Lacey ins Wort und packt meinen Arm, um mich aufzuhalten. »Nein.«

Ich ziehe die Augen zusammen. »Was ist los?«

»Nur du und ich, Ry.« Ihr Grinsen ist auf alberne Weise süß, ihr Blick flehend. »Komm schon. Es könnte sie überrumpeln, wenn wir alle vier auf einmal auftauchen. Du weiß doch, wie Lincoln werden kann. Er wird nicht mehr aufhören zu reden und sie vergraulen.«

Ich zögere nur einen kurzen Moment, und sie ergreift die Gelegenheit, um ihren Arm mit meinem zu verschränken.

»Wir werden einfach nur mal kurz mit ihnen reden. Okay?« Sie fängt wieder an, mich Richtung Theke zu zerren. »Was kann das schon schaden?«

Ich richte den Blick nach vorn und ignoriere das Unbehagen, das sich in meinem Magen ausbreitet, während sie mich durch die Menge auf das zuzieht, was ich immer wollte. Ich sollte angesichts dieser Gelegenheit überglücklich sein.

Also warum habe ich das Gefühl, als würde ich gleich meine Seele verkaufen?

Vermutlich weil du eine Dämonin mit pinkfarbenen Strasssteincowboystiefeln am Arm hast … und sie dich geradewegs in die Hölle führt.

Das ungute Gefühl in meinem Magen wird nur noch stärker, als wir uns zu den Talentsuchern an einen der hohen Bartische setzen. Beide Männer sehen irgendwie wie typische Vertreter ihrer Branche aus und tragen moderne Drahtgestellbrillen und Kunstbräune, die förmlich L. A. schreit. Sofort ist klar, dass sie nicht nach einem Countrymusiker suchen, den sie hier in Nashville groß rausbringen können – sie suchen nach einer wilden Rose, die sie entwurzeln und an die Westküste verpflanzen können, in der Hoffnung, dass sie der Hitze in einer feindlichen neuen Umgebung standhält.

»Hey, Sie müssen Ryder sein. Ich bin Clay Barnes von *Red Machine*.« Der Ältere der beiden streckt mir eine Hand entgegen. »Das hier ist mein Assistent Chris.«

Der Assistent nickt und schaut nicht mal von seinem Handy auf, auf dem er unentwegt herumtippt.

Ich schüttle Clays Hand mit einem festen Griff. »Es ist mir eine Ehre, Sie kennenzulernen. Danke, dass Sie sich heute Abend die Zeit genommen haben, herzukommen.«

»War mir ein Vergnügen. Sie beide waren toll. Ihre Freundin hat uns gerade von Ihrer Partnerschaft erzählt.«

Partnerschaft?

Der Begriff löst bei mir die Alarmglocken aus, aber ich versuche, ruhig zu bleiben.

»Tja, unsere *Band* funktioniert als nahtlose Einheit«, betone ich. »Ich bin sicher, dass Lacey auch unsere anderen Bandkollegen erwähnt hat – Lincoln und Aiden. Sie sind hier irgendwo.«

»Oh, klar.« Sein Lächeln ist blendend weiß und wirkt beinahe roboterhaft. »Aber ich würde jetzt wirklich gerne über Sie reden. Um genau zu sein, über Sie *beide*. Was ich heute dort oben auf der Bühne gesehen habe, lässt mich auf eine spannende Zukunft hoffen. Und in dieser Zukunft spielt hoffentlich auch *Red Machine* eine Rolle.«

»Sie haben keine Ahnung, wie toll es ist, Sie das sagen zu hören, Clay.«

»Ich meine es ernst. Der Auftritt war großartig. Ich will mehr über Sie erfahren. Wie läuft das bei Ihnen ab? Offensichtlich können Sie beide singen. Schreiben Sie die Lieder auch gemeinsam?«

»Nein, das macht alles Ryder«, meldet sich Lacey zu Wort. »Er ist super. Er schreibt alle meine Lieder.«

Clay nickt und beobachtet mich eingehend. Ich komme mir wie eine Probe in einem Labor vor. »Das war eine ziemlich beeindruckende Auswahl. Daraus könnte man definitiv eine Platte machen.«

Ich hole tief Luft. »Meinen Sie?«

»Das kommt darauf an. Haben Sie noch mehr Lieder? Wir brauchen mindestens zwölf für ein komplettes Album, aber idealerweise sollten es vierzehn oder fünfzehn sein, damit wir ein paar in Reserve haben, falls wir welche austauschen müssen.«

»Ich habe zehn brauchbare Lieder, die ich für Lacey geschrieben habe, und ein paar, die erst halb fertig sind. Aber ich könnte sie in den nächsten paar Wochen aufpolieren und dann fertig haben. Meine restlichen Lieder sind ein wenig zu unkonventionell für Country-Pop. Sie würden nicht zu Laceys …« Ich verstumme und suche nach einer taktvollen Möglichkeit, es auszudrücken. »Look passen.«

Sie kichert.

Clay zieht die Augenbrauen hoch. »Mir war nicht klar, dass Sie auch andere Lieder schreiben.«

»Nichts, was jetzt schon hörenswert wäre.«

Eine kleine Sorgenfalte taucht zwischen seinen Augen auf. »Ich muss ehrlich sein, wir sehen es gern, wenn sich unsere Musiker *einem* Stil verpflichten. Vor allem am Anfang. Das lässt sich zum einen besser vermarkten, und zum anderen ist es für die Hörer weniger verwirrend, wenn sie den Künstler erst noch kennenlernen müssen.«

»Mein Fokus liegt auf dieser Band, diesem Stil und diesem Album«, versichere ich ihm. »Darauf gebe ich Ihnen mein Wort. Der Rest ist nur ein Hobby, das ich nebenbei betreibe.«

Er schweigt für einen Moment und mustert uns. »Ich sage Ihnen was. Ich mag Sie zwei als Kombi. Mir gefällt, was ich heute Abend gehört habe. Und ich würde gerne mehr hören – bald.« Seine Augen funkeln. »Was würden Sie von einem Ausflug nach L. A. halten? Einer kleinen Vorführung für den

Vorstand. Nichts allzu Formelles. Nur eine kleine Probe, um ihnen eine Vorstellung davon zu vermitteln, was Sie liefern können, bevor wir über einen offiziellen Vertrag reden.«

Lacey quietscht aufgeregt. »Oh, das klingt *unglaublich*.«

Sie hat recht. Das tut es.

»Toll!«, verkündet Clay und steht auf. »Mein Assistent wird Ihnen ein paar Terminvorschläge schicken. Mit etwas Glück finden wir schon nächsten Monat einen Termin, an dem wir Sie nach L. A. fliegen lassen können.«

Mein Mund ist trocken. Meine Handflächen sind feucht. Das scheint zu schön, um wahr zu sein.

Fühlt es sich so an, wenn der lang gehegte Traum in Erfüllung geht? Ist einem dann einerseits übel, und andererseits freut man sich wie verrückt?

»Clay … ich kann Ihnen nur danken.« Meine Stimme ist heiser.

»Danken Sie mir noch nicht. Ich habe nichts getan.« Er zuckt mit den Schultern. »Sobald wir uns auf einen Termin geeinigt haben, werde ich Ihnen per Kurier zwei Flugtickets zukommen lassen. Dann bringen wir die Sache ins Rollen.«

Die Luft in meiner Lunge gefriert.

»Vier«, sage ich langsam und starre ihn an.

Er zieht die Augenbrauen hoch.

»Sie sagten zwei.« Ich schlucke schwer. »Aber mit den Jungs sind wir zu viert. Also brauchen wir vier Tickets.«

Seine Miene verändert sich nicht, aber ich sehe einen kleinen Funken Unmut in seinen Augen aufblitzen. »Tut mir leid, wenn ich mich nicht deutlicher ausgedrückt habe, Ryder. Dieser Vertrag würde nur für Sie gelten. Sie *beide*. Sie sind in dieser Gleichung das Talent. Die anderen sind nur Ballast. Leute wie die gibt es wie Sand am Meer.«

»Ich verstehe.« Ich schaue zu Lacey. Sie mustert ihre magentafarben lackierten Fingernägel und weicht meinem Blick aus.

Sie wusste es. Deswegen wollte sie nicht, dass ich Linc und Aiden zu dem Gespräch dazuhole.

»Hören Sie, ich muss los, aber hier ist meine Karte.« Clay schiebt eine elegante schwarze Visitenkarte über den Tisch. »Lacey hat mir bereits Ihre Kontaktdaten gegeben. Chris wird sich bald bei Ihnen melden.«

Eine Sekunde später ist er weg. Sein Assistent dackelt hinter ihm her und tippt dabei immer noch hektisch auf seinem Handy herum.

Ich lehne mich schwer auf dem Stuhl zurück und stoße einen langen Atemzug aus.

Hier ist es – alles, was ich jemals wollte, zum Greifen nah. Ich muss nur die Hand ausstrecken und es mir nehmen.

… und dabei meine besten Freunde hintergehen.

Ich kann spüren, wie mich Lacey anstarrt, aber ich kann sie momentan nicht mal ansehen. Wenn sie eine Cartoonfigur wäre, hätte sie jetzt zwei große Dollarzeichen in den Augen. Die Loyalität gegenüber der Band oder menschlicher Anstand sind ihr vollkommen egal. Ihr ist nur wichtig, wie viele Nullen am Ende der Summe auf diesem Vertrag mit *Red Machine* stehen.

Wie viele Paar Strasssteincowboystiefel kann man sich mit einem Plattenvertrag über eine Million Dollar kaufen?

Vermutlich verdammt viele.

»Und?«, drängt sie ungeduldig. »Was denkst du?«

Ich stehe auf und gehe davon. »Ich denke, dass ich etwas zu trinken brauche.«

6. KAPITEL

Felicity

Wütend wische ich über einen störrischen Fleck auf der glänzenden Tischplatte in der Sitznische. Ich bewege den Lappen so heftig hin und her, dass ich ein wenig überrascht bin, dass er noch nicht Feuer gefangen hat. Möglicherweise stelle ich mir einen gewissen Musiker vor, während ich versuche, den Fleck vom Antlitz der Erde zu tilgen. Ich kann seine Worte immer noch hören. Sie klingeln in meinen Ohren. Er hat seine Bandkollegen gewarnt, sich von mit fernzuhalten.

Es ist nicht sinnvoll, unseren Auftrittsplan hier zu gefährden, weil du es mit einer billigen Cocktailkellnerin treiben willst …

Es war schon schlimm genug, als er mir mitten im Satz ins Wort fiel, ohne mich meinen Namen aussprechen zu lassen. Aber zu erfahren, als was er mich hinter meinem Rücken bezeichnete …

Ich schlucke einen Schrei hinunter und gehe zum nächsten Tisch weiter.

Ich schätze, dieser unschuldige Rehaugenblick ist einfach nicht mein Ding. Ich ziehe im Bett Frauen *vor, keine kleinen Mädchen.*

Ich stelle mir vor, wie er mit diesem ach so charmanten Schmunzeln auf den Lippen dort sitzt, während sich Lacey so fest an seine Seite schmiegt wie ein Katzenhaar, das an einem Wollpullover festhängt. Ich knalle einen Stuhl mit so viel Wucht kopfüber auf die Tischplatte, dass ich befürchte, dass er umstürzen könnte. Mein Blut ist etwa zwei Grad davon entfernt, überzukochen.

Wenn du sie vögeln willst, nur zu. Mir ist das egal.

Wie kommt er dazu, mich so zu behandeln?

Für wen hält er sich?

Offensichtlich für einen mit Fug und Recht selbstsüchtigen Idioten.

Ich verfluche ihn. Dann verfluche ich mich selbst dafür, dass ich je dachte, dass er vielleicht ein anständiger Mensch sein könnte. Dafür, dass ich es mir gestattet habe, in meinem Kopf ein aufwendiges Märchen darüber zu spinnen, was passieren könnte, wenn ich je die Chance erhalten würde, erneut mit ihm zu reden. Es geschieht mir ganz recht. Ich hätte nicht mal darüber *nachdenken* sollen, mich auf einen Musiker einzulassen. Schließlich habe ich achtzehn Jahre lang persönliche Erfahrungen gesammelt, die mir jetzt förmlich zuschreien, in die entgegengesetzte Richtung zu rennen, so schnell mich meine Beine tragen.

Dieser dämliche Ryder Woods kann sich geradewegs zur Torte scheren, soweit es mich betrifft.

Ich verdränge ihn aus meinen Gedanken und stürze mich in die Arbeit, um mich abzulenken. Es ist seltsam, das *Nightingale* so ruhig zu sehen. Carly ist vor ein paar Minuten verschwunden, dicht gefolgt von Jay und Adam. Da ich über der Bar wohne, bin ich in letzter Zeit so ziemlich immer die Letzte, die geht, wenn die Böden gewischt und die Stühle hochgestellt sind.

In den ersten paar Wochen zwang Adam alle dazu, zu warten, bis ich fertig war. Als er mir dann schließlich vertraute, dass ich die Bar in seiner Abwesenheit nicht komplett ausrauben würde, hinterließ er mir einen Bund mit Zweitschlüsseln, damit ich abschließen konnte. Dem Rest des Personals stand es dadurch frei, nach Hause zu gehen. Mir macht das nichts aus. Sie alle haben eine zwanzigminütige Fahrt bis zu ihrem Zuhause in den Außenbezirken der Stadt. Ich muss nur eine Treppe hochsteigen, was gerade mal dreißig Sekunden dauert. Es ist nur fair, dass sie früher gehen dürfen, anstatt hier herumzuhängen und mir bei der Arbeit zuzusehen, um mir moralische Unterstützung zu leisten.

Ich summe leise eine Melodie vor mich hin, an der ich seit ein paar Tagen arbeite, während ich den Rest der Tische in meinem Bereich abwische. Ich mache mir die Akustik der leeren Bar zunutze, in der niemand mehr ist, der mich hören könnte.

»A break in the clouds, a crack in the sky.
Everyone said lightning never strikes twice.
There's fire in my blood. A beat in my veins.
Standing out in this field, my face up to the rain …«

Nein, das ist nicht richtig. Die letzte Zeile passt noch nicht so ganz.

Ich versuche es erneut.

»Spinning out this storm like a damn weather vane …«

Ich schüttle den Kopf. Das ist sogar noch schlimmer.

Egal wie viele verschiedene Wortkombinationen ich ausprobiere, diese letzte Zeile fühlt sich immer falsch an, wie ein Puzzlestück, das jemand an eine Stelle gequetscht hat, an die es nicht gehört. Ich bin froh, dass niemand hier ist, um meine unbeholfenen Versuche zu hören. Ich singe nie vor Leuten, wenn ich es vermeiden kann. Es ist nicht so, als könnte ich keinen Ton halten. Tatsächlich liebe ich es zu singen. Ich habe nur einfach keinen Spaß daran, es vor Leuten zu tun. Die Vorstellung, im grellen Scheinwerferlicht auf einer Bühne zu stehen, während mich unzählige fremde Menschen anstarren …

So bloßgestellt. So schutzlos.

Ich erschaudere.

Ich stelle die letzten Stühle auf die vorderen Tische und mache mich auf den Weg zu den Sitznischen an der gegenüberliegenden Wand. Ich summe die Melodie immer und immer wieder, während ich die Reihe der Tische methodisch abarbeite – ich sprühe die Oberflächen mit Reinigungsmittel ein, ich schwinge die Hüften und bewege den Wischlappen im Rhythmus vor und zurück. Die Musik übernimmt die Kontrolle über mich, und die Worte fließen nur so aus mir heraus.

»A storm's rolling in, black on the horizon.
I take shelter in you but the rains keep on rising.
There's blood in my mouth. A scar on my soul.
If this is called love, I'd rather go in alone.«

Ich habe die Hälfte der Tische in den Nischen gewischt. Ich überspringe den Refrain und gehe stattdessen direkt zur nächsten Strophe über.

»I wait for the dawn, a new day to break.
Storm winds are gone but my heart still aches.
I sort through the wreckage. You sit there crying.
You said you'd protect me … are you even trying?«

Jede Zeile dieses Lieds ist von Erinnerungen durchtränkt, die ich nicht auslöschen kann. Nach einer Weile brennen Tränen in meinen Augen, während ich singe. Ich blinzle sie fort und kehre zur ersten Strophe zurück. Das ist die Stelle, an der ich ständig stecken bleibe. Wenn ich diese Zeile nur richtig hinbekommen könnte, würde das Lied endlich fertig sein. Vielleicht könnte ich die ganze Sache dann ruhen lassen. Vielleicht könnte ich dann aufhören, mich zu fragen, was nach meiner Abreise passiert ist. Wie sie den Sturm ohne mich übersteht, nun, da ich nicht mehr da bin, um den größten Schaden auf mich zu nehmen.

»There's fire in my blood. A beat in my veins …«

Ich verstumme.

»Du könntest es mit: *Laughing into the storm like I'm going insane* versuchen.« Eine starke männliche Stimme schlägt das aus dem Nichts vor und erschreckt mich fast zu Tode. »Oder vielleicht mit: *The winds are howling a haunting refrain.*«

Ich wirbele herum. Mein Herz schlägt mit doppelter Geschwindigkeit, während ich die Quelle der Stimme ausfindig zu machen versuche. Ich mache ein paar wütende Schritte zur letzten Sitznische in der Reihe und entdecke Ryder, der ausgestreckt auf der Sitzbank liegt und vollkommen vom Tisch verdeckt wird, sofern man nicht direkt neben ihm steht.

»Du!«, kreische ich. »Was in aller Welt machst du hier?«

Er setzt sich auf und schaut sich mit trüben Augen um. Sein Haar ist noch zerzauster als normalerweise – an einer Seite ist es ganz platt gedrückt, weil er darauf geschlafen hat. Er zuckt leicht mit den Schultern.

»Ich war wohl für eine Weile weggetreten.«

»Du … Aber …« Meine Wangen laufen rot an. »Du darfst nicht hier sein! Wir haben geschlossen.«

»Verdammt. Dann habe ich wohl die letzte Runde verpasst«,

murmelt er und wirkt niedergeschlagen, als er sich in der leeren Bar umschaut. »Wäre es zu viel verlangt, wenn ich dich bitten würde, mir einen Schlummertrunk einzuschenken?«

Ich beuge mich vor, um die leere Whiskeyflasche aufzuheben, die neben seinen Füßen auf dem Boden liegt. Ich stelle sie mit einem dumpfen Klirren auf den Tisch. »Ich glaube, dass du mehr als genug hattest.«

»Nicht mal ansatzweise.«

Als ich seinen düsteren Tonfall höre, ziehe ich die Augenbrauen hoch. Ich will ihn fragen, warum er so schlechte Laune hat und welche Sorgen er so dringend ertränken will, doch ich halte den Mund. Ich weigere mich, auch nur ein Quäntchen Mitgefühl für den Mann zu zeigen, der mich erst vor wenigen Stunden so heftig beleidigt hat. Die Stille breitet sich eine ganze Weile lang zwischen uns aus, bis er schließlich die ungleichen blau-braunen Augen hebt und mich anschaut. Sein Blick ist vom Whiskey gerötet, aber als er mich mustert, ist der Ausdruck in seinen Augen unmissverständlich. Ich sehe Schmerz … und Mitleid.

Von all den Leuten, die hätten hören können, wie ich dieses Lied singe … Warum musste es ausgerechnet er sein?

Meine Reaktion ist körperlicher Natur. Ich weiche vor seinem Gesichtsausdruck zurück. Ich hasse es, dass er meine Worte gehört hat, dass er Zeuge eines so verletzlichen Moments geworden ist. Ich öffne den Mund, um ihm mitzuteilen, dass er verschwinden soll, bevor ich die Polizei rufe und ihn wegen unerlaubten Betretens und Vagabundierens anzeige, doch er kommt mir zuvor.

»Wovon handelt das Lied?«, fragt er mit entwaffnend sanfter Stimme.

»Das geht dich nichts an«, schnauze ich.

»Es ist ziemlich gut.«

»Ich habe dich nicht nach deiner Meinung gefragt.«

»Es braucht einen Refrain.«

»Es *hat* einen Refrain.«

»Dann lass ihn mal hören.«

»Auf gar keinen Fall!« Mein Puls donnert so laut, dass ich nicht überrascht wäre, wenn er ihn aus zwei Meter Entfernung hören könnte. »Ich wusste nicht, dass noch jemand hier ist. Ganz offensichtlich. Das war nicht für deine Ohren bestimmt!«

»Ich konnte mir ja schlecht die Ohren zuhalten.«

»Tja … Du hättest dich aber bemerkbar machen können, nachdem du aufgewacht bist. Du hättest mich am Weitersingen hindern können!«

»Wenn ich das getan hätte, hätte ich nie erfahren, dass du so gut singen kannst.«

Er klingt absolut unverfroren, als er hinter dem Tisch hervorrutscht und sich aufrappelt. Er schwankt ein bisschen, und ich strecke automatisch eine Hand aus und umfasse seinen Unterarm, um ihn zu stützen.

Ich höre, wie er scharf einatmet, als meine kühlen Finger seine warme Haut berühren. Diese eine Stelle, an der unsere Körper miteinander in Kontakt gekommen sind, ist mir schmerzlich bewusst. Ich merke, wie dicht wir beieinanderstehen, allein hier in diesem leeren Raum, mitten in der Nacht.

Ich bin nicht die Einzige, die um Atem ringen muss, während der Moment andauert und sich keiner von uns auch nur einen Zentimeter bewegt. Wir sind zwei Schützen in einem Duell und haben unsere Waffen auf den jeweils anderen gerichtet.

Keine plötzlichen Bewegungen.

Ein Schuss, und du bist tot.

Ich schaue in sein Gesicht hoch und stelle fest, dass er mit diesen faszinierenden zweifarbigen Augen auf mich herunterstarrt. Er richtet sie so fest auf meine wie einen Traktorstrahl. Ihre Anziehungskraft ist auf diese kurze Entfernung sogar noch stärker. Ich erinnere mich an den Fachbegriff, den ich im Biounterricht auf der Highschool gelernt habe: Irisheterochromie. Aber kein körniges Lehrbuchfoto könnte diesen Augen je gerecht werden. Das linke ist so durchdringend blau, das rechte beinahe vollkommen braun, abgesehen von einem winzigen blauen Fleck in der oberen Ecke seiner Iris.

Auf diesem Planeten leben sieben Milliarden Menschen, und ich wette, dass nicht einer von ihnen Augen hat, die seinen ähneln.

Ich spüre den Herzschlag der Zeit, als Ryder den Blick auf meinen Mund senkt. Seine Pupillen weiten sich, und der Ausdruck in seinen Augen erinnert an Begierde. Er schwankt nach vorn, nur den Bruchteil eines Zentimeters. Und vielleicht verliere ich den Verstand … Vielleicht ist er von dem ganzen Whiskey immer noch wacklig auf den Beinen … Aber wenn ich es nicht besser wüsste, könnte ich schwören, dass er versuchen will, mich zu küssen.

Es ist ein so unerwarteter Zug, dass ich sofort von seinem Bann befreit bin. Ich lasse ihn los und weiche ein paar Schritte zurück.

»Geht es dir gut?«, frage ich und erröte heftig. Ich konzentriere mich auf sein Kinn, damit ich ihm nicht in die Augen schauen muss.

Er nickt und starrt mich mit einem undeutbaren Ausdruck an. Er sieht fast so verunsichert aus, wie ich mich in meinem Inneren fühle.

»Toll.« Ich trage die leere Flasche Jack Daniel's zur Theke und hoffe, dass er sich einfach in Luft auflösen wird, wenn ich ihn ignoriere. Ich sollte es besser wissen.

Ryder Woods kann man nicht ignorieren.

»There's fire in my blood. A beat in my veins …«, singt er mit weicher, starker Stimme, die wie eine Klinge in mein Herz schneidet. *»The forecast tonight calls for nothing but pain.«*

Ich erstarre auf halbem Weg zur Theke. Ich bin nicht sicher, ob es lediglich daran liegt, dass ich ihn Worte singen höre, die ich geschrieben habe, oder ob der Grund dafür die kleine Änderung ist, die er am Text vorgenommen hat … Aber es klingt absolut perfekt. Besser als je zuvor. Bevor ich mich davon abhalten kann, wirbele ich herum, um ihn anzuschauen. Ich habe die Augen weit aufgerissen, und mein Herz rast.

»The forecast tonight calls for nothing but pain«, wiederhole ich und probiere die neue Zeile aus. Ich bin zu aufgeregt, um Befangenheit zu empfinden, weil ich vor ihm singe. »Oh mein Gott, das ist es!«

Ich klemme mir die Flasche unter den Arm, ziehe den Bestellblock aus meiner Schürze und schreibe die Worte schnell auf, bevor ich sie vergesse.

»Freut mich, wenn ich helfen konnte«, sagt Ryder gedehnt und kommt auf mich zu. »Wann kann ich mit meinem Vorschuss für die Beteiligung als Koautor rechnen?«

Ich verdrehe die Augen.

»Also gut – ich werde mich mit einer Erwähnung im Begleitheft deines ersten Albums begnügen.«

Ich lache ihm direkt ins Gesicht.

In seinen Augen leuchtet ein neckendes Licht auf. »Sorg nicht dafür, dass ich dich wegen Urheberrechtsverletzung verklage.«

»Erstens bist du so betrunken, dass du dich morgen vermutlich gar nicht mehr an diese Unterhaltung erinnern wirst, ganz zu schweigen von der Tatsache, dass du mir bei einer geringfügigen Textänderung geholfen hast.« Ich lege den Kopf schief.

»Ich denke, dass ich das Risiko eines Gerichtsverfahrens eingehen werde.«

Er gibt einen unbeeindruckten Laut von sich, widerspricht mir aber nicht. »Und zweitens?«

Ich verstaue meinen Bestellblock wieder in meiner Schürze und gehe an die Theke. »Zweitens … Selbst wenn ich dich gut genug leiden könnte, um dich im Begleitheft zu erwähnen … was übrigens nicht der Fall ist … wird es kein Album *geben*. Ich singe nicht in der Öffentlichkeit. Niemals.«

Die Stille ist beinahe ohrenbetäubend, als er meine Worte verarbeitet.

Ich mache mich nützlich, werfe die leere Flasche in den Mülleimer, stelle das Putzmittel zurück an seinen Platz unter dem Spülbecken und schnappe mir den Schlüsselbund aus der Schublade an der Kasse. Als es für mich nichts mehr zu tun gibt, kann ich ihn nicht länger ignorieren. Ich drehe mich mit hochgezogenen Augenbrauen um und stelle fest, dass er an der Theke lehnt und mich mit undurchschaubarer Miene mustert.

»Was?«, frage ich.

»Ich versuche nur herauszufinden, warum eine Person wie du, die mehr Talent im kleinen Finger hat als die meisten Leute in ihrem ganzen verdammten Körper, nicht das machen will, wofür sie eindeutig geschaffen wurde.«

»Glaub mir, ich wurde nicht geschaffen, um Sängerin zu sein.«

»Warum nicht? Weil du deine wahre Bestimmung beim Kellnern gefunden hast?« Er schnaubt. »Ich bitte dich.«

»Warum kümmert dich das überhaupt?« Ich ziehe die Augenbrauen zusammen. »Was für eine Rolle spielt das für dich?«

»Gar keine.« Er spannt den Kiefer an. »Es kümmert mich nicht.«

Ich starre ihn an.

Er öffnet den Mund, um mich etwas zu fragen, verkneift es sich aber in letzter Sekunde.

»Spuck es einfach aus«, sage ich müde. »Was auch immer es ist. Spuck es aus, damit ich nach Hause gehen kann, bevor die Sonne aufgeht.«

»Es … es tut mir leid.« Sein Adamsapfel hüpft in seiner Kehle, als wäre er nervös. Ich habe den Eindruck, dass ihm diese Worte nicht sehr oft über die Lippen kommen.

»Was genau tut dir leid?« Ich verschränke die Arme vor der Brust. »Dass du in der Bar weggetreten bist? Oder dass du dich vorhin wie ein Vollidiot aufgeführt hast?«

»Nimm es ruhig als Pauschalentschuldigung für meine vielen Fehltritte.« Seine Lippen zucken nach oben und verziehen sich zu diesem typischen Grinsen, mit dem er überall in der Stadt die Herzen der Frauen bricht. Ich frage mich, wie viele Frauen er damit schon in die Knie gezwungen hat. Wie viele sind vor mir schon bei dem Anblick dahingeschmolzen und haben ihren Schmerz verdrängt, nur um ein paar weitere Sekunden seiner Aufmerksamkeit zu bekommen?

Zur Torte damit.

Ich presse die Lippen zu einer flachen Linie zusammen und erwidere sein Lächeln nicht. Auch seine Entschuldigung nehme ich nicht an. »Ich werde jetzt gehen. Wenn du also nicht die Nacht auf dem Boden des Lagerraums verbringen und dich morgen Nachmittag mit Adam anlegen willst, wenn er herkommt, um Inventur zu machen …« Ryder verzieht beim Gedanken daran das Gesicht. »… würde ich vorschlagen, dass du mir folgst.«

Ich warte seine Erwiderung nicht ab, sondern gehe ins Hinterzimmer. Er stößt einen schweren Seufzer aus und trottet hinter mir her. Ich spüre seine Augen auf mir, als ich meine Schürze aufbinde und sie an den Haken in meinem Mitarbeiterschrank hänge. Ihm liegt etwas auf der Zunge – ich kann es spüren, wie man einen Blitz in der Luft spürt, bevor er einschlägt – elektrisch und ungestüm. Er hält jedoch den Mund, selbst als ich das Licht ausschalte und mich zum Ausgang am Ende des Flurs drehe.

Ich bin nahezu davon überzeugt, dass er nicht mehr zu mir sagen wird. Erst als wir draußen im Dunkeln stehen – wir atmen in der warmen Sommerluft beide zu schnell und stehen an der Stelle, an der wir uns zum ersten Mal begegnet sind, halten aber vorsichtig ein wenig Abstand zueinander –, bricht er endlich das Schweigen.

»Ich habe gelogen.«

Ich ziehe die Augenbrauen hoch.

Er atmet geräuschvoll aus. »Was du vorhin mitbekommen hast – all dieser Mist, den ich über dich zu Lincoln gesagt habe. Das war gelogen. Ich meinte kein Wort davon.«

»Warum hast du es dann gesagt?«

»Ich dachte, dass es Lincoln vielleicht entmutigen würde, wenn ich so täte, als wäre ich nicht an dir interessiert. Er ist ein toller Kerl, aber er wäre nicht gut für dich.«

»Darüber hast du nicht zu entscheiden.«

Er zuckt mit den Schultern.

Ich starre ihn böse an. »Ist dir je in den Sinn gekommen, dass ich vielleicht *gerne* von jemandem umworben werden würde?«

Seine Augen werden dunkler. »Nicht von Lincoln.«

»Ich bin ein großes Mädchen. Ich kann auf mich aufpassen. Du musst dich nicht in mein Liebesleben einmischen.«

»Das muss ich eindeutig doch tun, wenn du Lincoln für eine gute Wahl hältst.«

»Weil du mich so unglaublich gut kennst?« Ich schnaube. »Wir sind uns gerade erst begegnet. Du weißt nicht mal, wie ich heiße. Wenn ich mich richtig erinnere, *wolltest* du meinen Namen gar nicht erfahren. Du warst zu sehr damit beschäftigt, mich vor deiner Freundin herumzukommandieren.«

»Ich habe keine Freundin, Süße. Das ist nicht so mein Ding. Viel zu viel Theater.« Er seufzt. »Aber ich gebe zu, dass das vorhin vermutlich ein wenig … unfreundlich war.«

»*Vermutlich?* Du hast mich als billige Cocktailkellnerin bezeichnet!«

»Ich bin ein Mistkerl, okay? Und du hast recht – ich kenne dich nicht. Aber ich kenne Lincoln. Er ist ein Frauenheld.«

»Oh, und du bist natürlich ein Mönch, oder, Mr ›Freundinnen sind nicht so mein Ding‹?«

»Das habe ich nie behauptet. Aber Linc …« Er stößt den Atem aus. »Ihm geht es nur darum, flachgelegt zu werden. Für ihn ist das so was wie ein Sport. Er behandelt Frauen, als wären sie wie diese kleinen Pappbecher, die man an Wasserspendern bekommt – einmal benutzen, leer machen, in den Müll werfen.«

»Wie charmant.«

»Ich versuche nicht, charmant zu sein. Ich versuche, ehrlich zu sein.«

»Hör zu …« Ich kaue auf der Innenseite meiner Wange herum. »Ich weiß, dass du versuchst, Wiedergutmachung zu leisten. Aber ehrlich gesagt ist das nicht nötig. Ich brauche keine Entschuldigung von dir.«

»Aber …«

»Es ist drei Uhr früh. Ich bin seit neun Stunden ununterbrochen auf den Beinen. Ich bin *erschöpft*. Ich will nur in mein Bett steigen und vergessen, dass dieser Abend je stattgefunden hat. Gute Nacht, Ryder.«

Ich drehe ihm den Rücken zu, um davonzumarschieren, doch er hält mich so schell auf, dass ich nicht mal zwei Schritte weit komme. Ich schaue auf seine Hand an meinem Arm, als bestünde sie aus giftigem schwarzem Schimmel, und bemühe mich, die plötzliche Panik, die durch meinen Körper rauscht, unter Kontrolle zu halten. Er hält mich nicht mit Gewalt fest, aber die Berührung löst in mir trotzdem eine Kampf-oder-Flucht-Reaktion aus, die ich kaum unterdrücken kann.

»Lass mich los.«

»In einer Minute. Ich will nur mit dir reden …«

»Sofort.«

Er muss so etwas wie Verzweiflung in meiner Stimme hören, denn er lässt mich umgehend los. Ich sehe, wie Gedanken in seinen Augen aufsteigen. Fragen über meine Vergangenheit, die wieder an die Oberfläche kommen. Er will wissen, warum mein Puls mit doppelter Geschwindigkeit rast, nur weil mich ein Mann ohne Erlaubnis angefasst hat.

»Hey. Ich wollte dich nicht erschrecken …«

»Ist schon gut.« Ich falle ihm ins Wort und versuche, meinen hektischen Herzschlag zu beruhigen. »Wirklich.«

Sein Blick ist durchdringend. In seinen Augen braut sich ein Sturm zusammen, und ich weiß nicht genau, ob es einen Ort gibt, an dem ich mich in Sicherheit bringen kann, wenn er schließlich losbricht.

»Ryder …« Ich verstumme, weil ich nicht weiß, was ich sagen soll. Ich fühle mich vollkommen entblößt. Erst das Lied und jetzt das hier … Vermutlich kann er mich mühelos durchschauen und alles sehen. All meine Geheimnisse. All meinen Schmerz. Ich will weglaufen, weil ich Angst habe, dass er das in einem Krieg, den ich nicht gewinnen kann, als Munition gegen mich einsetzen wird.

»Es tut mir leid, dass ich heute so ein Arschloch war«, murmelt er mit leiser Stimme. Diesen Tonfall habe ich zuvor noch nie bei ihm gehört. Von all dem aufgesetzten Charme und dem falschen Selbstbewusstsein ist nichts mehr übrig. Er reibt über seine Bartstoppeln. Es ist eine nervöse Geste, die ich liebenswert finden würde, wenn ich nicht immer noch so nervös wäre. »Diese Sache mit Lincoln war nicht in Ordnung. Ich … ich wollte nur nicht, dass du verletzt wirst, okay? Du hast etwas Besseres verdient.«

Ich starre ihn an und spüre, wie meine Wut ein wenig nachlässt. Das alles war in Wahrheit seine verkorkste Art … mich zu *beschützen?*

Ich will lachen. Ich will weinen. Das Konzept ist mir so fremd, dass ich kaum weiß, wie ich es verarbeiten soll. Ich hatte nie zuvor jemanden, der meine Kämpfe für mich austrägt. Ich hatte nicht mal jemanden, der bereit war, es zu versuchen.

»In Ordnung«, sage ich nach einer langen angespannten Pause. »Entschuldigung angenommen.«

Erleichterung macht sich auf seinem Gesicht breit. Er hält sorgsam Abstand zu mir. Vielleicht ist ihm klar geworden, dass hinter meiner nervösen Haltung mehr steckt als bloße Schüchternheit. Doch als er spricht, spüre ich seine Worte wie eine Hand, die sich um mein Herz gelegt hat.

»Du hast gesagt, dass ich deinen Namen nicht wissen will. Das stimmt nicht. Ich will ihn wissen, seit wir uns letztens genau hier an dieser Stelle zum ersten Mal begegnet sind. Eigentlich wollte ich ihn sogar schon vorher wissen. Seit dem Moment, in dem ich dich während meines Auftritts zum ersten Mal in der Menge sah. Du hattest einfach etwas an dir …«

Mein Mund fühlt sich plötzlich ganz trocken an. Ich lecke mir über die Lippen, atme ein bisschen zu schwer und beobachte, wie er die Bewegungen meiner Zunge mit aufmerksamen Blicken verfolgt.

»Ich musste dich kennenlernen«, sagt er einfach. »Und ich wollte nicht, dass es sozusagen aus zweiter Hand durch meinen

Bandkollegen geschieht. Ich wollte deinen Namen von deinen Lippen hören, während du mir in die Augen schaust.«

»Ich …« Meine Stimme ist so hauchig, dass ich sie fast nicht wiedererkenne. Ich halte seinem Blick stand und versuche, mich zusammenzureißen, damit er nicht sieht, wie sehr mich seine Worte innerlich Stück für Stück zerreißen.

Tatsächlich gibt es jetzt nur noch eins zu sagen.

»Ich bin Felicity.«

7. KAPITEL

Ryder

Ich bin Felicity.

Natürlich ist sie das.

Es ergibt absolut Sinn, dass ihr Name reine Freude bedeutet. Ich will lachen, als sie ihn mir nennt, aber ich bin immer noch zu wütend. Ich schaffe es, meine Wut unter der Oberfläche zu halten und vor ihr zu verbergen. Aber ich kann spüren, wie sie durch meinen Körper rauscht wie ein bösartiger Angriff.

Als ich ihren Arm packte, *wusste* ich es. Sie bemühte sich, es zu verbergen, aber ich sah, wie ihr Gesicht blass wurde, und spürte die plötzliche Anspannung in ihrem Körper. Diese Art von Reaktion kommt nicht von ungefähr.

Jemand hat sie geschlagen. Und es kann noch nicht allzu lange her sein, wenn sie immer noch zusammenzuckt, wann immer sich ein Mann in ihrer Gegenwart zu schnell bewegt. Wenn man das mit dem Liedtext kombiniert, den sie vorhin gesungen hat – die qualvollste, herzzerreißendste Melodie, die ich je gehört habe –, sehe ich rot.

Wer ist der Mistkerl, der durch ihr Leben gefegt ist wie ein Tornado?

Ihr Vater?

Ein Freund?

Ein Exfreund?

Ich will sie fragen, wer er ist – verdammt, ich will ihn aufspüren und ihm zeigen, wie sich ein echter Schlag anfühlt. Aber ich sehe den wilden Blick in ihren Augen und weiß, dass sie sich bereits darauf vorbereitet, davonzulaufen. Wenn ich sie jetzt noch mehr bedränge, wird sie vielleicht nie wieder mit mir reden.

Also beiße ich mir auf die Zunge und warte ab.

Nicht jetzt. Nicht hier.

Aber irgendwann – irgendwann *bald* – wird sie mir erzählen, wer sie ist, woher sie kommt und was sie zurückgelassen hat.

Ich starre sie an und atme kaum. *»Felicity.«*

Ein Teil der Angst weicht aus ihren Augen, als ich ihren Namen ausspreche. Ich mache einen vorsichtigen Schritt auf sie zu. »Es freut mich, deine Bekanntschaft zu machen. Offiziell.«

Sie erwidert nichts, doch auf ihrem Gesicht blüht ein kleines Lächeln auf. Es ist so ein süßer Anblick, dass ich fast vergesse, wie ätzend mein Abend bis zu diesem Zeitpunkt verlaufen ist.

»Es wird spät. Du solltest dich auf den Weg machen.« Ich schaue mich auf dem Parkplatz um, aber er ist leer. »Ist dein Auto hier?«

»Ich habe kein Auto.«

»Du gehst um diese Uhrzeit nicht allein nach Hause.« Ich runzle angesichts dieser Vorstellung die Stirn und greife, ohne nachzudenken, nach ihrer Hand. »Lass uns gehen.«

Dieses Mal zuckt sie nicht zusammen, als ich sie berühre. Tatsächlich lässt sie sich von mir ein halbes Dutzend Schritte weit mitziehen, bevor sie die Füße in den Boden stemmt. »Wo genau willst du mit mir hin?«

»Ich werde dich nach Hause begleiten. Oder mir wenigstens eine Uber-Fahrt mit dir teilen. Ich habe ein Loft direkt am

Fluss, das ich mir mit Linc und Aiden teile, aber es macht mir nichts aus, dich nach Hause zu bringen.«

Sie reißt die Augen auf. »Ich hätte nie gedacht, dass Ryder Woods der ritterliche Typ ist.«

»Ich bin kein bisschen ritterlich«, versichere ich ihr. »Meine Motive sind rein egoistisch.«

»Inwiefern?«

So darf ich noch mehr Zeit mit dir verbringen, denke ich, spreche es aber nicht aus.

»Ich kann ins Bett gehen, ohne mir Sorgen machen zu müssen, dass du von einem Serienmörder entführt worden sein könntest. Damit kann ich mein Gewissen nicht belasten, Süße. Das stört meinen Schönheitsschlaf.«

»Oh, und davon brauchst du *so* viel.«

»Gute acht Stunden. Neun, wenn ich am nächsten Abend einen Auftritt habe.«

Sie verdreht die Augen. »Tja, ich kann dich beruhigen, denn ich werde nirgendwohin gehen. Also besteht nicht die geringste Gefahr, dass ich entführt werden könnte.«

Ich muss wohl skeptisch wirken, denn sie hält einen Schlüsselbund hoch und schüttelt ihn vor mir wie eine Rassel. »Siehst du die?«

Ich nicke.

Sie nickt in Richtung der Treppe, die in die Wohnung im ersten Stock direkt über der Bar führt, und verzieht die Lippen. »Ich wohne da oben.«

»Verdammt. Wirklich?«

»Ja.«

Ich reibe über meine Bartstoppeln und komme mir wie ein totaler Idiot vor. Ich befinde mich so weit außerhalb meiner Wohlfühlzone, dass es fast lächerlich ist. Mit Flirten und Vögeln kann ich problemlos umgehen. Aber das hier – dieses

Zeug, das *anständige Kerle* machen – bringt mich ins Straucheln. Vermutlich weil ich nie Übung darin hatte.

»Ich schätze, dann sollten wir uns jetzt Gute Nacht sagen.« Ich schaue nach unten und bemerke, dass ich immer noch ihre Hand halte. Sie sieht so klein in meiner aus. Zerbrechlich. Ich sage mir, dass ich sie loslassen sollte, aber meine Finger spielen nicht mit. »Tut mir leid, dass ich dich heute Nacht mit meinem betrunkenen Schwachsinn belästigt habe. Das war nicht meine beste Stunde.«

»Ich bin mir sicher, dass der Kater Strafe genug sein wird. Und eigentlich war es ziemlich amüsant.«

»Ich freue mich immer, wenn ich anderen eine Freude machen kann.« Mit Mühe lasse ich ihre Hand los. Dann balle ich meine zur Faust, damit sie sich nicht so leer anfühlt. »Gute Nacht, Felicity.«

»Gute Nacht, Ryder«, murmelt sie und geht auf die Treppe zu. Ich schaue ihr hinterher und stehe wie angewurzelt da. Ich komme mir wie eine erbärmliche Version von Romeo vor, der zu Julias Balkon hinaufstarrt und etwas will, das er niemals haben kann. Etwas, das von Anfang an zum Scheitern verurteilt war.

Sie schließt die Tür auf, dreht sich aber noch mal um, um ein letztes Mal über das Geländer zu mir nach unten zu schauen, bevor sie im Gebäude verschwindet.

»Spielt ihr bald wieder hier?«

Bin ich verrückt, oder höre ich da Hoffnung in ihrer Stimme?

»Erst mal nicht«, sage ich und verspüre einen Anflug von Bedauern. »Wir haben nächsten Freitag einen Auftritt im *Tootsie's* auf dem Broadway. Und danach sind wir eine der Vorgruppen auf dem ›Let Freedom Sing‹-Festival.«

Sie schaut mich verständnislos an.

»Mist, ich habe vergessen, dass du hier neu bist.« Ich grinse.

»Jedes Jahr am vierten Juli werden die Straßen gesperrt, und unten am Fluss wird eine Bühne aufgebaut. Den ganzen Tag über gibt es Livemusik und nach Sonnenuntergang natürlich ein großes Feuerwerk. Unser Auftritt ist dieses Jahr zeitlich ziemlich gut platziert, also sollte die Band genug Aufmerksamkeit bekommen.«

Vorausgesetzt, dass wir noch zusammen spielen.

Vorausgesetzt, dass ich dann nicht schon in L. A. bin.

»Oh«, sagt Felicity und zieht die Augenbrauen hoch. »Das klingt toll.«

Ich nicke und beiße die Zähne zusammen, um mich davon abzuhalten, etwas Idiotisches zu tun – wie zum Beispiel, sie zu fragen, ob sie mit mir auf das Festival gehen will. Ich kann mich auf niemanden einlassen und schon gar nicht auf jemanden wie sie. Sie braucht Stabilität. Sicherheit. Im Grunde genommen das genaue Gegenteil von dem, was ich zu bieten habe. Ich kann ihr lediglich bedingungslosen Sex anbieten. Und selbst wenn ich versuchen würde, mich zu ändern … für sie anders zu sein …

Wie lange würde es dauern, bis ich gehe?

Ein paar Tage?

Ein paar Wochen?

Die simple Wahrheit ist, dass ich diese Stadt verlassen werde. Je mehr Verbindungen ich habe, wenn dieser Tag kommt, desto schwerer wird es werden, diesem Leben den Rücken zuzukehren. Sosehr ich mich auch dafür treten will … Ich halte den Mund und lasse die Gelegenheit verstreichen, ohne sie um eine Verabredung zu bitten oder irgendwelche Pläne zu schmieden, sie wiederzusehen.

Sie gähnt ausgiebig und lenkt meine Aufmerksamkeit damit auf ihren Mund.

»'tschuldigung.« Sie lächelt und lehnt sich müde gegen das

Geländer. Ihr Pferdeschwanz löst sich, und mehrere lange Strähnen umrahmen ihr Gesicht. Der Drang, sie zu berühren, wird beinahe unerträglich.

»Geh schlafen, bevor du umkippst, Kleine!«, zwinge ich mich zu rufen. Es klingt selbst in meinen Ohren blasiert. »Nashville ist ein Nest. Ich bin mir sicher, dass ich dich irgendwann wiedersehen werde.«

Überraschung – oder ist es Enttäuschung? – huscht über ihr Gesicht, doch sie nickt lediglich.

»Oh. Ja. Wir sehen uns«, sagt sie tonlos und dreht sich um.

Es könnte Einbildung sein, aber ich glaube, dass sie ihre Tür ein wenig fester als nötig zuschlägt. Ich rede mir ein, dass es so langfristig am besten ist, aber es ist nicht wirklich überzeugend. Ich bin so versucht, die Treppe mit drei schnellen Schritten zu erklimmen, an ihre Tür zu klopfen und sie in meine Arme zu ziehen. Ich will meine Hände in ihr Haar schieben, meine Lippen auf ihre pressen und sie küssen, bis ihr Körper mit meinem verschmilzt. Bis ihr egal ist, dass ich ein verkorkstes Arschloch bin, das ihr nicht guttut. Bis ich mich nicht länger daran erinnere, dass ich sie nur verletzt zurücklassen würde, wenn ich irgendwann unweigerlich davongehen werde.

Die Versuchung ist stark genug, dass ich es bis zur unteren Stufe schaffe, bis ich mich schließlich am Riemen reiße.

Romeo ist auf diesen Balkon geklettert, und am Ende waren sie beide tot.

Ich zünde mir eine Zigarette an, nehme einen tiefen Zug und genieße das Gefühl des Rauchs, der durch meine Lunge wirbelt. Der Rausch des Nikotins ist wie beruhigender Balsam auf den scharfen Klingen, die mich immer noch innerlich zerschneiden. Es ist nur ein Pflaster, ein vorübergehendes Betäubungsmittel, aber es ist besser als nichts.

Ich nehme ein paar Seitenstraßen und mache mich dann auf den zwanzigminütigen Fußweg in Richtung Fluss. Es ist spät – fast schon vier Uhr –, und die Stadt ist, so weit von der Hauptvergnügungsmeile entfernt, still, was mir nur recht ist. Es ist immer leichter, allein in der Dunkelheit zu grübeln.

Ich bin jetzt halbwegs nüchtern, was beachtlich ist, wenn man bedenkt, wie viel Alkohol ich im Laufe des Abends in mich hineingekippt habe. Nachdem ich Lacey nach dem Treffen mit den Leuten von *Red Machine* stehen ließ, machte ich mich daran, die Flasche Whiskey zu leeren, die wir für unseren Tisch bestellt hatten. Lincoln und Aiden versuchten, mich zum Gehen zu bewegen, als sie sich auf den Heimweg machten – jeder mit einem Groupie im Schlepptau –, aber ich weigerte mich. Verdammt, ich fühlte mich so verflucht schuldig, weil ich ihnen nichts von dem potenziellen Plattenvertrag erzählt hatte, dass ich ihnen kaum in die Augen schauen konnte.

Es wäre vollkommen idiotisch von mir, diese Gelegenheit nicht in Betracht zu ziehen. Das ist mein Traum. Alles, worauf ich hingearbeitet habe, seit ich als schlaksiger Sechzehnjähriger anfing, in dieser Stadt Musik zu machen. Damals hatte ich keine Ahnung, was ich auf einer Bühne machte, und noch weniger Ahnung davon, wie das Leben abseits der Bühne verlief.

Ein Plattenvertrag.

Los Angeles.

Freiheit.

Das sind schon so lange meine Ziele gewesen, dass ich mich kaum noch an eine Zeit erinnere, in der ich etwas anderes wollte. Also ja, natürlich ziehe ich das Angebot in Betracht. Ich wäre verrückt, es nicht zu tun … selbst wenn ich der schlechteste Freund aller Zeiten wäre, wenn ich es annehmen würde.

Wenn man sich auf der Titanic *befindet, nachdem sie den Eisberg gerammt hat, und es nur noch einen freien Platz im Rettungsboot gibt …*

Schnappt man ihn sich?

Lässt man seine Freunde zurück, damit sie mit dem Schiff untergehen, während man sich selbst in Sicherheit bringt?

Ich stellte mir diese Fragen, während ich mir ein Glas des bernsteinfarbenen Alkohols nach dem anderen in den Rachen kippte, als könnten sich auf dem Boden der Flasche Antworten verstecken.

Ich fand jedoch keine.

Ich erinnere mich nicht daran, wie ich in der Sitznische weggedämmert bin … Aber ich werde niemals vergessen, wie ich zum Klang der verdammt noch mal schönsten Stimme aufwachte, die ich in meinem ganzen Leben je gehört hatte. Sie war nicht so dünn und übermäßig schrill, wie Laceys Sopranstimme manchmal klingt. Diese Stimme hallte in meinen Sinnen nach, sank in mein Nervensystem und übernahm die Kontrolle über mich. Es war eine beeindruckende, volltönende Altstimme, die dafür sorgte, dass ich die Augen weit aufriss, noch bevor ich ihre Besitzerin erkannte.

Felicity.

Ich sagte ihr, dass das Lied gut sei. Es war nicht gut. Es war verdammt noch mal unglaublich. Es war Poesie und Schmerz, die Art von Musik, die Fremde beim Herzen packt, sobald sie sie im Radio hören, und zudrückt, bis sie innere Blutungen erleiden und um Gnade flehen.

Sie singen zu hören, zu wissen, dass sie Lieder schreibt … Das alles macht diese unerklärliche Anziehung, die ich empfinde, nur noch stärker. Unbekannte Gefühle zerren an mir, als ich am Cumberland River entlanglaufe und durch meine Nasenlöcher Zigarettenrauch in den Nachthimmel hinausblase.

Die Gedanken, die unaufhörlich in meinem Kopf kreisen, haben nur mit ihr zu tun – Musik, die sie nicht singen wird, Versprechen, die ich nicht halten kann, Liebe, die nicht von Dauer sein wird.

Ich will Erinnerungen mit ihr schaffen.

Ich will sie kennenlernen. Ihre Geheimnisse Schicht für Schicht enthüllen. Sie entblößen.

Nicht ihren Körper. Ihre gottverdammte Seele.

Ich drücke meine Zigarette aus und greife sofort nach einer weiteren. Ich weiß nur zu gut, dass keine noch so große Menge an Nikotin ausreichen wird, um diesen Schmerz in mir zu lindern.

Als ich schließlich die Tür zu unserem Loft aufschließe, höre ich ein Schnarchkonzert durch die dünnen Wände von Aidens und Lincolns Zimmern. Ich krieche allein in mein Bett, starre zur Decke hoch und denke über Plattenproduzenten mit Roboterlächeln und Freunde, die zu Feinden werden, nach. Über Feiglinge, die Frauen schlagen, und Singvögel, die nur dann singen, wenn niemand in der Nähe ist, der sie hören könnte.

Ich wälze mich immer noch von einer Seite auf die andere, als die Sonne aufgeht.

8. KAPITEL

Felicity

Es ist glühend heiß – das Thermometer zeigt jetzt schon über dreißig Grad an, und es ist noch nicht mal Mittag. Die Sonne brennt auf mich herab wie eine Heizlampe auf einen Tag alte Fritten. Ich fühle mich knusprig und ausgetrocknet, während ich auf der Bank sitze und auf meinen Bus warte. Nun, da Dotty wieder in Teilzeit im *Nightingale* arbeitet, habe ich tatsächlich mal einen ganzen Tag frei – zum ersten Mal seit meiner Ankunft in Nashville. Ich habe nicht vor, ihn zu vergeuden.

Ein Blick auf meine Armbanduhr verrät mir, dass der Bus jetzt schon zwanzig Minuten Verspätung hat. Ich würde aufgeben und die knapp zwanzig Kilometer zu Fuß gehen, wenn es nicht so heiß wäre. Zwei Stunden in dieser Hitze würden dafür sorgen, dass ich tot am Straßenrand ende, bevor ich auch nur die Hälfte des Wegs hinter mich gebracht habe. Ich löse meine überkreuzten Füße, die in Sandalen stecken, damit meine Oberschenkel nicht zusammengepresst sind. Dann ziehe ich mein klebriges Sommerkleid von meiner Haut und fächere mir mit dem Stoff Luft zu. Das macht es auch nicht viel besser. Mein Haar, das von der Dusche immer noch feucht ist, fängt langsam an, sich zu kräuseln. Ich sollte es zu einem Knoten zusammenbinden, aber ich will hübsch für sie aussehen.

Sie hat mich das letzte Mal vor über zwei Jahren gesehen.

Ein weiterer Schweißtropfen rinnt in meinem Nacken von meinem Haaransatz an meiner Wirbelsäule entlang nach unten. Wenn das so weitergeht, werde ich bei meiner Ankunft aussehen, als bestünde ich aus Kerzenwachs. Ich rutsche unbehaglich auf der harten Bank hin und her und versuche, den Bus mit meiner Willenskraft dazu zu bringen, aus dem Nichts aufzutauchen. Und zum hundertsten Mal wünsche ich mir, dass ich Zugang zu einem Auto hätte. Ich weiß, dass ich Carly wahrscheinlich hätte darum bitten können, mich zu fahren, aber sie muss heute Abend arbeiten, und ich würde nur ungern der Grund dafür sein, dass sie zu spät zu ihrer Schicht kommt, weil das hier länger dauert als erwartet. Mein Besuch ist längst überfällig. Zum Teil weil ich keine Freizeit hatte … aber hauptsächlich weil ich mich davor gedrückt habe, hinzugehen. Ich habe mich in letzter Zeit vor einer Menge Dinge gedrückt.

Begegnungen mit dunkelhaarigen, teufelszüngigen Musikern eingeschlossen.

Seit ich Ryder in jener Nacht schlafend im *Nightingale* vorfand, sind vier Tage vergangen. Und seitdem habe ich es mir nicht gestattet, an seine Augen oder sein Lächeln zu denken und auch nicht daran, wie er meinen Namen aussprach. Zumindest nicht oft.

Kleine, wiederhole ich in Gedanken wie ein Rettungsanker, wann immer ich in gefährliche Regionen abschweife. *Er nannte mich Kleine.*

Normalerweise genügt dieser Gedanke, um mich aus der Besessenheitsspirale zu ziehen. Um mich daran zu erinnern, dass er eindeutig nicht an mir interessiert ist, egal was ich empfinden mag. Kerle, die einem die Zunge in den Hals stecken wollen, nennen einen normalerweise nicht »Kleine«, es sei denn, sie leiden an ernsthaften, nicht diagnostizierten Störungen, um die sich besser ein ausgebildeter Psychiater kümmern sollte. Irgendwie bezweifle ich, dass das hier das Problem ist.

Er steht einfach nicht auf dich, Felicity.

Find dich damit ab.

Ich wünschte, ich könnte ihn komplett aus meinem Kopf verbannen, aber er hat sich zu fest darin eingenistet, als dass ich ihn einfach so abschütteln könnte. Er ist wie ein Teil eines nervigen Hits, den man einmal hört und dann immer wieder singen muss, obwohl man nicht mal den kompletten Text kennt.

Die Frau, die neben mir auf der Bank wartet, steht auf, als ein Uber an der Bordsteinkante hält.

»Geben Sie auf?«, frage ich und ziehe die Nase kraus.

»Ich habe gerade mal in die App für die öffentlichen Verkehrsmittel geschaut – dort steht, dass es technische Probleme gibt«, informiert sie mich und steckt ihr Handy zurück in ihre Handtasche. »Es könnte noch eine weitere Stunde dauern, bis der Bus hier vorbeikommt, und ich habe einen Termin, den ich nicht verpassen darf.«

»Mist«, fluche ich leise.

»Viel Glück!« Sie zieht die Tür des Autos auf und steigt ein. Ein Schwall kühler Luft von der Klimaanlage bläst mir entgegen. Ich stöhne beinahe. Die Kühle hat ein Ende, als sich die Tür schließt, und die kurze Erleichterung, die ich verspürt habe, wird mir von der erdrückenden Hitze genommen.

Ich weiß nicht, wie lange ich das noch aushalten kann.

Wenn ich ein Handy hätte, hätte ich ebenfalls bereits ein Uber bestellt. Da ich jedoch auf primitivere Optionen beschränkt bin, beäuge ich das Münztelefon an der Ecke. Ich bin kurz davor, einzuknicken und etwas von dem schwer verdienten Geld zu benutzen, das ich in meiner Tasche verstaut habe, um ein Taxi zu rufen, als ein weißer Kleintransporter an der Bordsteinkante vor meiner Bank anhält. Er sieht wie etwas aus einem schlechten Film aus, mit dem man die Öffentlichkeit auf die Gefahr von Kindesentführungen aufmerksam machen will.

Die Scheiben sind dunkel getönt, also kann ich nicht hindurchsehen. Aber auf der Seite befindet sich ein mir unbekanntes Logo: ein Baum im Inneren einer Glühbirne. Die mit einer Schablone gemalten Großbuchstaben, die darunterstehen, bilden die Worte WOODS ELEKTRIK. Ich sehe auf, als das Beifahrerfenster heruntergelassen wird. Ich weiß nicht, wen ich am Steuer erwarte, aber es ist ganz sicher nicht Ryder.

Herrgott, der Mann taucht immer da auf, wo ich am wenigsten mit ihm rechne.

Ich vermute, dass das Teil seines Charmes ist.

»Hey!«, ruft er und lehnt sich über die Mittelkonsole.

»Ich glaube, dein Text lautet eher: ›Willst du was Süßes, Kleine?‹« Ich schüttle den Kopf. »Netter Versuch, gruseliger Typ im Kleintransporter.«

Ich sehe, wie im Halbdunkel der Fahrerkabine sein Grinsen aufblitzt. »Kann ich dich irgendwohin mitnehmen?«

»Nein.«

»Komm schon, du siehst aus, als würdest du da draußen gegrillt werden.«

»Es geht mir gut.« Ich wische mir mit dem Handrücken den Schweiß von der Stirn. »Der Bus wird jede Minute hier sein.«

»Wie du willst.« Er lässt ganz leicht den Motor aufheulen. »Aber du solltest wissen … dass ich eine Klimaanlage habe. Und eine Tüte mit frischen Donuts.«

Ich recke stur das Kinn vor, auch wenn mir das Wasser im Mund zusammenläuft. Ich hatte seit Ewigkeiten nichts Süßes mehr.

Ryder hebt die Tüte hoch und schüttelt sie verlockend.

»Was für Donuts?«, frage ich, bevor ich mich davon abhalten kann.

»Steig einfach ein, Felicity.«

»Du weißt doch noch nicht mal, wo ich hinwill«, argumentiere ich.

»Befindet sich dein Ziel innerhalb der Staatsgrenze?«

Ich zögere kurz. Dann nicke ich.

»Gut. Dann steig ein.«

Meine Willenskraft knickt vollkommen ein. Angesichts von Donuts und kalter Luft bin ich machtlos. Ich beuge mich vor, hebe meine Gitarre auf, ziehe die Schiebetür des Transporters auf und hieve den Koffer hinein. Der hintere Teil des Transporters ist mit allerlei Ausrüstungsgegenständen gefüllt – Kabel und Drähte und technische Geräte, die mir nichts sagen.

»Wirf deine Gitarre einfach irgendwohin«, sagt Ryder, der sich halb herumgedreht hat, um mich zu beobachten.

Ich sichere den Gitarrenkoffer zwischen zwei Behältern mit Ausrüstungsgegenständen. Dann klettere ich auf den Beifahrersitz. Sobald die Tür zuschlägt, lehne ich mich gegen den kühlen Sitz, schließe die Augen und seufze tief. Ich fühle mich fiebriger als damals in meinem ersten Jahr auf der Highschool, als ich mit einer Halsentzündung im Krankenhaus landete. Meine Körpertemperatur muss mittlerweile kritische Werte erreicht haben.

Ich höre, wie Ryder an den Knöpfen der Klimaanlage herumhantiert und sie auf die maximale Einstellung für Kühlung dreht. Ich genieße den Schwall aus kalter Luft, als etwas auf meinem Schoß landet.

»Iss einen davon. Das wird dir neues Leben einhauchen.«

Ich öffne die Augen einen Spaltbreit. Gierig ziehe ich einen Donut aus der Tüte und beiße hinein. Die Honigglasur trifft auf meine Zunge und ist so süß, dass ich sofort in ein diabetisches Koma fallen könnte. Wenn ich ehrlich bin, schmeckt dieser Donut nach Wochen voller Müsliriegel und kalter Sandwiches aus dem Gemischtwarenladen so unfassbar gut, dass er das Koma wert wäre.

»Oh mein Gott«, sage ich mit vollem Mund. »Das ist unglaublich.«

Ryder lacht leise und legt den Gang ein. Wir fahren einen halben Block weit, bevor wir an einer roten Ampel anhalten müssen. Er schaut zu mir, während ich den letzten Bissen verputze und mein Magen zufrieden grummelt.

»Nur zu«, sagt er leichthin, als er mich dabei erwischt, wie ich erneut die Papiertüte beäuge.

»Nein, ist schon gut. Ein Donut genügt mir.«

Er zieht die Augenbrauen hoch.

»Okay, *zwei* genügen mir. Aber ich werde dir nicht all deine Donuts wegessen.«

»Am nächsten Tag schmecken sie ohnehin nicht mehr so gut.« Er zuckt mit den Schultern. »Ich teile gern.«

Ich nehme mir einen zweiten und grinse verlegen. »Danke.«

»Also, wo geht es hin?«

»Etwa zwanzig Kilometer über die Route 65 in Richtung Süden«, sage ich kauend. *»Elmwood Estates.«*

Er wirkt neugierig, stellt aber keine Fragen, während er unser Ziel in sein Navi eintippt. An der nächsten Kreuzung wenden wir und folgen den Schildern in Richtung Fernstraße.

»Mir gefällt übrigens dein Kleid«, sagt er beiläufig. »Ich habe dich bislang immer nur in deiner Arbeitskleidung vom *Nightingale* gesehen.«

»Ich habe vergessen, wie schön es sich anfühlt, ein Kleidungsstück zu tragen, das nicht meinen kompletten Bauch entblößt und das man unter keinen Umständen als Hotpants bezeichnen kann.«

Er lacht.

»Da wir gerade von Arbeitskleidung sprechen …« Ich mustere das weiße Logo von WOODS ELEKTRIK, das auf sein schwarzes Polohemd gestickt ist. »Was hat es mit dem Transporter auf sich?«

»Oh, das hier? Das ist nur mein glamouröser regulärer Job.« Seine Worte klingen unbeschwert, aber in den Falten um seine Augen herum liegt ein Anflug von Verbitterung.

»Ich störe dich doch nicht etwa bei der Arbeit, oder?«, frage ich plötzlich besorgt.

»Nein. Ich habe für den Rest des Nachmittags keine Termine. Größtenteils teile ich mir meine Arbeitszeit selbst ein.«

»Du musst einen sehr verständnisvollen Chef haben.«

»Das ist der Vorteil, wenn man für das Familienunternehmen arbeitet.« Er tippt mit einem Finger auf das Logo auf seiner Brust. »Mein Dad ist Tontechniker für viele der örtlichen Bars, Restaurants und Clubs. Nachdem ich letzten Sommer meinen Abschluss an der Vandy gemacht hatte, fing ich an, ihm auszuhelfen.«

»Du warst auf der Vanderbuilt University?«

Er wirft mir einen Blick zu. »Wenn du noch ein wenig überraschter klingen würdest, wäre ich beleidigt.«

»Ich dachte nur, dass du durch und durch Musiker wärst. Du kommst mir nicht wie der Collegetyp vor.«

»Ehrlich gesagt bin ich auch nicht der Tontechnikertyp, aber versuch mal, das meinem Vater zu erklären. Er würde nichts lieber sehen, als dass ich in ein paar Jahren die Firma übernehme, damit er und meine Mutter sich in einem Golfclub für Eltern mit erwachsenen Kindern zur Ruhe setzen können.«

»Und ich schätze, dass du diesen Plan nicht so toll findest.«

»Das könnte man so sagen.« Er schüttelt den Kopf. »Ich habe großen Respekt vor meinem Vater. Er arbeitet verflucht hart, hat meine Collegeausbildung bezahlt und sich diese

Firma aus dem Nichts aufgebaut … Aber ich wollte nie sein Leben haben.«

»Du willst auf der Bühne stehen«, murmle ich.

Er wirft mir einen Blick zu. »Ich wette, du findest das dämlich, was?«

»Nein! Natürlich nicht.«

»Das überrascht mich, wenn man bedenkt, wie sehr du darauf beharrst, niemals ein eigenes Album aufnehmen zu wollen.«

Ich schnaube leise. »Lass meinen Lebenswandel da raus.«

»Wenn du mir erklären würdest, warum du dich so sehr gegen musikalische Darbietungen sträubst, könnte ich dich vielleicht verstehen. Vielleicht würde ich dann sogar aufhören, dich deswegen zu nerven.«

»Das bezweifle ich.«

»Versuch's doch mal.«

»Vielleicht habe ich Lampenfieber«, erwidere ich ausweichend.

»Du? Mit deiner frechen Einstellung?« Er lacht. »Das glaube ich nicht.«

»Vielleicht kennst du mich nicht so gut, wie du denkst.«

»Wenn du mal über dich reden würdest, würde ich dich besser kennen.«

»Nur Narzissten reden ständig über sich selbst.«

»Ich habe nicht ›ständig‹ gesagt. Ich habe ›mal‹ gesagt.«

»Okay, dann bin ich eben kein offenes Buch.«

»Felicity, du bist ein verschlossenes Buch. Ein Buch, das mit einem Vorhängeschloss versehen ist. Und in Geheimschrift verfasst ist, damit man, nur für den unwahrscheinlichen Fall, dass es doch mal jemandem gelingt, das Schloss zu knacken, einen Entschlüsselungscode braucht, um den Inhalt zu verstehen.«

Ich verdrehe die Augen. »Was willst du von mir? Eine Runde mit zwanzig Fragen?«

»Nein – zwei oder drei sollten genügen.« Er hält inne. »Fürs Erste.«

»Ich bereue das jetzt schon.«

»Zu spät. Du hast zugestimmt. Jetzt kannst du keinen Rückzieher mehr machen, und lügen darfst du auch nicht.«

»Meinetwegen.«

»Erste Frage – und die ist eine echt harte Nuss, also mach dich bereit …« Er trommelt mit den Händen theatralisch auf dem Lenkrad herum.

»Die Spannung wurde bestmöglich aufgebaut«, sage ich ungeduldig.

»Drei Lieblingsdinge – Cocktail, Farbe und Stellung.« Seine Augen funkeln schelmisch. »Damit meine ich natürlich die Schlafstellung.«

Ich laufe rot an. »Von all den Dingen, die du mich fragen könntest, willst du ausgerechnet *das* wissen?«

»Ich bleibe bei meiner Frage.«

»Schön.« Ich werfe die Hände in die Luft. »Ich habe keinen Lieblingscocktail, weil ich keinen Alkohol trinke. Das habe ich noch nie getan, und ich habe auch nicht vor, es in Zukunft zu tun.«

»Interessant …«

»Psst.« Ich starre ihn böse an. »Meine Lieblingsfarbe hat keine Bezeichnung, oder falls doch, dann kenne ich sie nicht. Aber es ist die Farbe, die der Himmel kurz vor einem großen Sturm annimmt, wenn alles trüb und dunkel ist. Nicht schwarz oder grün oder blau oder lila, sondern irgendwie alles zusammen.« Ich lege den Kopf schief. »Oh, und meine liebste Schlafstellung ist auf der Seite, vorzugsweise mit eingeschaltetem Licht und verbarrikadierter Tür.«

In seinen Augen blitzt etwas Scharfes auf, und ich weiß, dass er versucht herauszufinden, ob ich scherze. Ich scherze nicht, aber ich habe nicht vor, ihn das wissen zu lassen.

»Siehst du, das ist das Problem mit dir«, murmelt er. »Ich denke, dass ich dich ein wenig besser durchschauen kann, indem ich dir Fragen stelle, aber nun habe ich bloß noch mehr Fragen.«

»Das ist nicht meine Schuld.«

»Deine Lieblingsfarbe ist … *Düsternis?*« Er schüttelt den Kopf. »Herrgott.«

Ich versuche ein Lachen zu unterdrücken, doch es gelingt mir nicht. »Was ist denn deine Lieblingsfarbe? Oh, ist es etwas Klischeehaftes wie die Farbe des letzten Höschens, das eine Frau in deiner Wohnung zurückgelassen hat?«

Er schnaubt. »Freut mich zu hören, dass du eine so hohe Meinung von mir hast, aber *eigentlich* ist meine Lieblingsfarbe Schwarz.«

»Wie deine Seele?«

»Nein, wie deine.«

Ich lache erneut. »Touché.«

»Nächste Frage.« Er räuspert sich. »Um wen geht es in dem Lied, das du letztens gesungen hast?«

Das Lachen bleibt mir sofort im Hals stecken. Ich schaue aus dem Fenster. »Um meine Eltern.«

Im Transporter ist es vollkommen still.

»Frag mich etwas anderes«, flehe ich nach einem Moment.

»Okay.« Seine Stimme ist sanft. »Wenn dir morgen jemand einen Plattenvertrag über eine Million Dollar anbieten würde, würdest du ihn annehmen?«

»Fällt es dir so schwer zu glauben, dass ich einfach keinerlei Ambitionen habe, ein Star zu werden?«

»Mit einer Stimme wie deiner? *Ja.*« Er legt den Kopf schief und betrachtet mich. »Es fällt mir leichter zu glauben, dass du wenigstens einen guten Grund dafür hast, der Welt dein Talent vorzuenthalten.«

»Was genau geht denn in Ryder Woods' Regelbuch als ›guter Grund‹ durch?«

»Keine Ahnung.« Seine Stimme wird ernst, als er die Spur wechselt und ein Auto überholt, das im Schneckentempo fährt. »Vielleicht musst du dich ja unauffällig verhalten. Vielleicht versteckst du dich vor etwas oder jemandem. Ich vermute, dass das ziemlich schwierig wäre, wenn dein Name überall in Leuchtschrift stehen würde.«

Ich spüre, wie mir bei seinen Worten sämtliches Blut aus dem Gesicht weicht. Ich weiß nicht, ob er einfach gut geraten hat oder ob es reine Intuition gewesen ist, aber plötzlich ist mir ein bisschen schwindelig.

»Nichts annähernd so Dramatisches«, sage ich scherzhaft und versuche eine gleichgültige Miene aufzusetzen. Doch ich bin mir beinahe sicher, dass er sie mühelos durchschaut. »Ich bin einfach der klassische introvertierte Typ. Meine Gitarre, ein Stift und ein leeres Blatt Papier sind mir jederzeit lieber als eine Arena voller kreischender Fans. Ich bin glücklicher, wenn ich Lieder schreibe, als ich es je sein könnte, wenn ich sie für Fremde spielen würde.«

»Hast du es einmal versucht?«

»Was versucht?«

»Für Fremde zu spielen.« Er schaut mich an. »Auf der Bühne zu stehen – das ist ein Rausch, den du dir nicht vorstellen kannst.«

Ich schweige.

»Ich schätze, das ist meine Antwort.« Er zieht die Augenbrauen zusammen. »Wie kannst du beschließen, dass du niemals in der Öffentlichkeit singen wirst, wenn du es nie versucht hast? Das ist, als würdest du sagen, dass du Weltraumfahrten oder Pinkeln im Stehen hasst. Du kannst erst dann eine richtige Entscheidung treffen, wenn du es versucht hast.«

»Wie sind wir überhaupt auf dieses Thema gekommen?«, schnauze ich. »Wir haben doch über *deine* musikalischen Ambitionen geredet, nicht über meine.«

»Und …?«

»Ich bin nicht sicher, ob es dir aufgefallen ist, Ryder, aber du und ich, wir sind sehr unterschiedliche Menschen.«

»Du meinst im Brustbereich?« Er löst den Blick kurz von der Straße und beäugt mein Dekolleté. »Denn diesen Teil von dir zähle ich zu deinen besten Eigenschaften, Felicity.«

Wenn er nicht fahren würde, würde ich ihn schubsen. Ich begnüge mich mit einem bösen Blick.

»Entspann dich, ich ziehe dich doch nur auf.« Er wackelt frech mit den Augenbrauen. »Das machen Freunde.«

Mein Herz verkrampft sich, und ich wende mich schnell ab und schaue aus dem Fenster. Als ich schließlich etwas erwidere, klingt meine Stimme sanfter als normalerweise. »Sind wir jetzt Freunde?«

Eine deutliche Pause entsteht. »Nun ja … Ich teile meine Donuts nicht mit jedem …«

Ich lache. »Na gut.«

»Da wir gerade davon sprechen, würdest du mir einen geben?«

Ich greife in die Tüte, ziehe einen glasierten Donut heraus und reiche ihn ihm. Ich versuche, nicht zu sehr zu sabbern, während ich zuschaue, wie er einen großen Bissen davon nimmt.

»Sabberst du schon wieder, weil ich so gut aussehe?«, fragt er mit vollem Mund und lenkt nur mit einer Hand.

Ich ignoriere ihn und lecke die zuckrige Glasur von meinen

Fingerspitzen. Plötzlich höre ich ein ersticktes Geräusch und stelle durch einen Blick nach links fest, dass mich Ryder beobachtet. Er hat die Augen fest auf meinen Zeigefinger gerichtet. Als ich ihn zwischen meinen Lippen hervorziehe, entsteht ein feuchter ploppender Laut.

»Sabberst du schon wieder, weil ich so schön bin?«, necke ich ihn.

Dieses Spiel kann man zu zweit spielen.

Er lacht dünn und schaut wieder auf die Straße. Mir entgeht nicht, dass seine Knöchel ganz weiß sind, weil er das Lenkrad so fest umklammert hält. Ich schlucke schwer, schaue aus dem Fenster und tue so, als würde ich die plötzliche Anspannung zwischen uns nicht bemerken.

Offensichtlich habe ich ihm Unbehagen bereitet.

Aber er ist derjenige, der mit dem koketten Wortgeplänkel angefangen hat! Ich habe lediglich darauf reagiert.

Kleine, wiederhole ich in meinem Kopf und berufe mich auf mein rettendes Wort, um mich daran zu erinnern, dass er so süß und charmant sein kann, wie er will … Wir sind nur Freunde. Selbst das kaum. Und ganz sicher nicht mehr als das.

Kleine.

Kleine.

Kleine.

Ich wiederhole es so oft, dass das Wort jegliche Bedeutung verloren hat, als wir von der Straße auf den Parkplatz von *Elmwood Estates* abbiegen. Er fährt in eine freie Parklücke, die mit einem Schild mit der Aufschrift BESUCHER gekennzeichnet ist und sich in der Nähe der Vordertür befindet, und stellt den Motor ab.

»Danke fürs Mitnehmen.« Ich weiche seinem Blick aus, während ich mit einer Hand nach dem Türgriff taste. »Und für die Donuts.«

»Jederzeit.«

Ich hüpfe aus dem Auto, schlinge mir meine Handtasche über die Schulter und schlage die Tür hinter mir zu. Bevor ich meine Gitarre aus dem Laderaum holen kann, taucht Ryder neben mir auf. Ich blinzle überrascht, denn ich habe nicht mal gehört, wie er ausgestiegen ist.

»Oh, das musst du nicht tun, ich kann sie …« Ich verstumme.

Er zieht meinen Gitarrenkoffer aus dem Auto und reicht ihn mir. Mein Mund wird trocken, als er plötzlich sein Hemd auszieht und mir seine muskulöse Brust und ein Sixpack präsentiert, wie ich es so aus der Nähe noch nie gesehen habe. Sein Duft trifft mich wie eine Welle – Schweiß und Zigarettenrauch und etwas eindeutig Männliches. Es ist eine berauschende Kombination. Ich versuche, mich abzuwenden, aber meine Augen scheinen an seiner Haut festzukleben.

»W… Was machst du?«, stammele ich. Ich habe die Hand so fest um den Griff meines Gitarrenkoffers gelegt, dass ich überrascht bin, dass er nicht in zwei Hälften zerbricht.

Ryder zwinkert mir zu und wirft sein Polohemd in den Laderaum des Transporters. Nachdem er ein paar Sekunden lang darin herumgewühlt hat, findet er ein ausgeblichenes graues Band-T-Shirt und zieht es sich über den Kopf. Ich kann die Buchstaben nicht erkennen. Lediglich der Schriftzug »Live im *Ryman*« ist am unteren Rand noch zu lesen.

Er schließt die Schiebetür mit einem leisen Klicken und sieht mir ins Gesicht. Ich muss ein wenig erschüttert wirken, denn er grinst breiter als je zuvor.

»Keine Sorge, diese Wirkung habe ich oft auf Frauen. Das geht vorbei. Warte einfach ein paar Minuten.« Er senkt die Stimme, um den monotonen Tonfall einer medizinischen Dauerwerbesendung nachzuahmen. »Wenn Ihr Zustand länger als vier Stunden anhält, konsultieren Sie bitte Ihren Arzt.«

Ich erröte und schlage ihm leicht auf den Arm. »Halt die Klappe.«

Er nimmt mir den Gitarrenkoffer aus der Hand und schaut mich erwartungsvoll an. »Bereit?«

»Wofür …?«

»Für das, weswegen wir hergekommen sind, was auch immer das sein mag.« Er schaut mich an, als hätte ich den Verstand verloren.

Ich werfe ihm den gleichen Blick zu. »Du kommst nicht mit mir.«

»Du willst mich im Auto warten lassen wie einen Hund, dem man das Fenster einen Spaltbreit auflässt? Hier draußen herrscht glühende Hitze! Das ist unmenschlich, Felicity.«

»Du musst nicht auf mich warten! Ich schaffe es allein nach Hause.«

»Wie?«

»Ich werde mir ein Taxi rufen.«

Er schüttelt den Kopf. »Das ist doch Unsinn. Ich bin doch schon hier.«

»Aber …«

»Hör zu … Das hier ist eine Einrichtung für betreutes Wohnen, richtig?«

»Ein Pflegeheim«, murmle ich. »Woher wusstest du das?«

»Hier befinden sich etwa siebzig Behindertenparklätze in einem Radius von hundert Metern.«

Ich muss lächeln. Das stimmt.

»Ich vermute, dass es ein Wartezimmer gibt.« Er starrt mich an. »Korrigiere mich, wenn ich falschliege.«

»Du liegst nicht falsch.«

»Toll. Dann werde ich in besagtem Wartezimmer warten. Du erledigst das, weswegen du hergekommen bist. Und wenn du zum Aufbruch bereit bist, werde ich dich nach Hause fahren. So einfach ist das. Ich verspreche, dass ich dir keine weiteren Fragen über deine geheime Mission hier im schönen Ashcroft stellen werde.«

»Elmwood«, berichtige ich ihn leise.

»Was auch immer.«

Mein Herz hämmert gegen meine Rippen, während ich zu ihm hochblicke. Mir fällt keine andere Frage ein außer: *»Warum?«*

Er wirkt verwirrt. »Warum was?«

»Warum würdest du das für mich tun?«

»Weil wir *Freunde* sind, Felicity. Erinnerst du dich?«

Was für eine merkwürdige Vorstellung für eine Frau, die nie welche hatte.

Ich atme scharf ein. »Tja … Was willst du im Gegenzug dafür?«

Etwas Trauriges blitzt in seinen Augen auf. Seine Stimme ist beinahe feierlich, als er spricht. Es hört sich seltsam an – normalerweise wirkt er vor lauter Begeisterung und Charisma immer so voller Elan.

»Was ich will?«, wiederholt er.

Ich nicke.

Er macht einen Schritt auf mich zu und kommt mir damit ein wenig zu nah. Seine Augen sind fest auf mich gerichtet.

»Ich will, dass du lächelst und es auch so meinst. Ich will, dass du lachst, ohne zweimal darüber nachzudenken. Ich will, dass du das Gefühl hast – auch wenn es nur für diesen einen Nachmittag ist –, dass du dich auf jemanden verlassen kannst, ohne dass dir der Boden unter den Füßen weggezogen wird.« Er betrachtet mich mit einer solchen Bedeutungsschwere, dass ich seinen Blick wie eine Liebkosung auf meiner Haut spüre. »Ich will alles Mögliche, Felicity.«

Mir stockt der Atem.

»Okay.«

Er zieht die Augenbrauen hoch. »Okay?«

»Du kannst mit mir reinkommen.«

Wir gehen schweigend durch einen Flur. Die Wände um uns herum weisen ein fröhliches gelbes Blumenmuster auf, das Wärme und Geborgenheit vermitteln soll.

Ich verspüre jedoch nur Grauen.

Hierherzukommen zerrt meine Vergangenheit auf eine Art und Weise ans Licht, auf die ich nicht richtig vorbereitet bin. Ich werfe einen verstohlenen Blick zu Ryder. Wenn mir jemand vor ein paar Wochen erzählt hätte, dass ich mich eines Tages mit ihm an meiner Seite in einem Pflegeheim wiederfinden würde, hätte ich dieser Person den Rat gegeben, wegen Halluzinationen umgehend einen Neurologen zu konsultieren. Er wirkt hier auffallend fehl am Platz, aber er stellt sich ziemlich gut an, wenn man bedenkt, dass das gesamte Gebäude nach Desinfektionsmittel und pürierten Hamburgern riecht. Er hätte wie versprochen im Eingangsbereich gewartet, aber ich überraschte uns beide, indem ich ihm einen laminierten Besucherausweis reichte, den ich von der Dame am Empfangsschalter bekommen hatte.

Da er nun schon mal hier ist, kann er ebenso gut bleiben, um sich das hier anzusehen.

Er scheint meinen Blick auf seinem Gesicht zu spüren, denn er schaut in meine Richtung. »Was ist los?«

»Nichts.«

Er verzieht die Lippen, bedrängt mich aber nicht.

Wir bleiben vor einem Zimmer mit der Nummer 102 stehen. Meine Hand zittert ein wenig, als ich nach der Klinke greife und sie hinunterdrücke. Die Tür schwingt lautlos nach innen auf, und ich hole Luft, um mich zu sammeln, bevor ich eintrete. Ich schaue mich suchend im Zimmer um, aber sie ist nicht hier.

Ryder stößt einen leisen Pfiff aus, als er über die Schwelle tritt. Ich schaue ihn an, doch er starrt wie gebannt auf all den Kram an den Wänden. Ich habe ihn schon öfter gesehen, aber es ist trotzdem eine ziemlich beeindruckende Ansammlung. An den Wänden hängen Dutzende von Fotos von der legendären Bethany Hayes, die bis zu ihren ruhmreichen Tagen in den 1950ern zurückreichen. Ich lasse die Augen über das Schwarz-Weiß-Foto gleiten, auf dem sie eine junge Patsy Cline umarmt. Ein weiteres zeigt sie dabei, wie sie sich auf der Bühne des *Grand Ole Opry* ein Mikrofon mit Loretta Lynn teilt. Ich lächle, als ich den Schnappschuss von ihr und Elvis entdecke, auf dem sie beide lachen.

»Sie muss im Gemeinschaftsraum sein«, murmle ich.

Ryder reagiert nicht. Er starrt ehrfürchtig auf die mit einem Autogramm versehene puderblaue Gitarre, die in einem Glaskasten über dem Bett hängt.

»Ist das …?« Er muss schlucken. »Ist das eine alte Gibson? Unterschrieben von Bethany Hayes?«

»Ja.«

Er starrt mich mit weit aufgerissenen Augen an. »Wo *sind* wir?«

»Das wirst du in einer Minute sehen. Komm mit.«

»Felicity …«

Ich ignoriere seinen Protest und gehe in den Flur hinaus. Mein letzter Besuch ist zwei Jahre her, aber meine vagen Erinnerungen sagen mir, dass ich nach links gehen muss. Ein Lächeln breitet sich auf meinem Gesicht aus, als ich um eine Ecke biege und ihre Stimme durch die geöffneten breiten Türen des Gemeinschaftsraums hallen höre. Sie wird von leisen Klaviertönen begleitet.

Ich bleibe im Durchgang stehen und beobachte sie. Ryder steht so dicht bei mir, dass ich spüren kann, wie seine Brust meinen Rücken streift, wann immer er ein- und ausatmet. Seine Ehrfurcht ist greifbar.

Ich verstehe das – schließlich hört man Bethany Hayes nicht jeden Tag singen.

Ihre Stimme ist mittlerweile fast verschwunden. Sie klingt trillernd und schwach. Aber sie bietet immer noch einen beeindruckenden Anblick, selbst mit einer Häkeldecke über den Knien und einem Schopf aus schneeweißem Haar. Auch mit neunzig Jahren trägt sie immer noch ihren berühmten knallroten Lippenstift. Ich habe sie noch nie ohne gesehen.

»Das ist Bethany Hayes«, murmelt Ryder.

»Ja«, bestätige ich leise.

»Felicity.«

Ich schaue zu ihm auf. »Was?«

»Warum sind wir hier?« Er nickt in Richtung des Klaviers. »Dir ist doch klar, dass diese Frau eine der berühmtesten Countrysängerinnen ist, die die Bühnen dieser Welt je mit ihrer Anwesenheit geehrt haben, oder? Sie ist Mitglied in der Country Music Hall of Fame. Sie hat zwei Grammys gewonnen.«

»Das magst *du* so sehen.« Ich verziehe die Lippen. »Aber für mich ist sie hauptsächlich einfach nur meine Oma.«

9. KAPITEL

Ryder

Ich wäre weniger überrascht gewesen, wenn ich erfahren hätte, dass wir hier sind, um das Pflegeheim mit vorgehaltener Waffe auszurauben. Zu erfahren, dass Felicity von einer Königin der Countrymusik abstammt, haut mich vollkommen um.

Bethany Hayes ist ihre Großmutter.

Das ist so, als hätte man Johnny Cash als Großonkel oder Hank Williams als Stiefvater oder Willie Nelson als Nachbarn. Die Frau ist eine Legende. Diese signierte Gibson, die über ihrem Bett hängt, ist mindestens einhunderttausend Dollar wert. Vielleicht mehr, wenn sie je versteigert werden sollte.

Also warum arbeitet ihre Enkelin in einer Bar und wohnt in einer besseren Abstellkammer?

Ich bleibe im Hintergrund, während Felicity in den sonnigen Gemeinschaftsraum geht und den ältlichen Bewohnern zulächelt, die überall im Raum verteilt sitzen. Ihr hübsches Sommerkleid weht bei jedem Schritt um ihre Beine herum. Sie ist heute so umwerfend, dass ich ganz abgelenkt bin. Ihr offenes Haar fällt ihr in weichen Wellen über die Schultern. Nun, da es nicht wie üblich zu einem Zopf zusammengebunden ist, ist es wild und frei. Es schmerzt beinahe, sie direkt anzusehen.

Sabberst du schon wieder, weil ich so schön bin?, neckte sie mich im Wagen.

Wenn man bedenkt, dass ich beinahe von der verdammten Straße abgekommen wäre, als ich sah, wie sie sich Zucker vom Finger leckte, würde ich diese Frage mit Ja beantworten. Tatsächlich sogar mit einem »verdammt noch mal Ja«.

Ich sehe zu, wie sie sich mit einem sanften Lächeln auf den Lippen neben Bethany auf die Klavierbank gleiten lässt. Die Musik verstummt, als die alte Frau aufschaut. Ich warte auf den Moment des Erkennens. Auf die typische Umarmung zwischen Großmutter und Enkelin.

Doch das alles passiert nicht.

Stattdessen beobachte ich, wie Felicity eine Frage stellt, die ich auf die Entfernung nicht verstehen kann. Was auch immer sie fragt, Bethany scheint ihr zuzustimmen, denn eine Sekunde später legen beide die Fingerspitzen auf die Tasten. Ohne Umschweife beginnen sie zu spielen, als hätten sie das Duett den ganzen Tag lang geprobt. Die Musik ist wundervoll, aber alles wirkt recht … *höflich*.

Andererseits, was weiß ich schon? Meine Großmutter war Grundschullehrerin, kein Superstar.

Ich lasse mich langsam auf einen Stuhl am Fenster sinken, da ich den Moment nicht stören will. Eine vorbeigehende Pflegerin steckt den Kopf in den Raum und hält inne. Der Anblick der beiden Frauen am Klavier fesselt sie ebenso sehr wie mich.

»Es ist immer schön, Bethany lächeln zu sehen«, murmelt sie. »Sie haben Glück, dass Sie an einem guten Tag vorbeigekommen sind. Sie ist natürlich nicht klar im Kopf, aber sie hat gute Laune. Musik ist so ziemlich das Einzige, was noch zu ihr durchdringt.«

»Oh …« Ich versuche, sie zu unterbrechen und ihr mitzuteilen, dass mich das nichts angeht, doch sie redet einfach weiter.

»Schrecklich, dass sie nicht mal mehr ihre eigene Familie erkennt. Einfach schrecklich.« Sie schnalzt mit der Zunge. »Aber es ist gut, dass Sie sie besuchen kommen. Sie hatte schon seit Ewigkeiten keinen Besuch mehr. Und sie mag ihre Enkelin nicht erkennen, aber sie weiß, dass sie jemand ist, der ihr wichtig ist. Das können Sie an der Art erkennen, wie sie sie anschaut. Sehen Sie?«

Ich schaue zu den beiden Frauen auf der Klavierbank hinüber, und mein Herz verkrampft sich, während sie die schleppenden Noten eines vertrauten Lieds spielen. Ich brauche einen Augenblick, um es einzuordnen, aber schließlich erkenne ich die Melodie – »I Fall to Pieces« von Patsy Cline.

»Ja«, bringe ich schnaufend hervor und habe das Gefühl, als hätte mir jemand mit einem Stahlkappenstiefel in den Magen getreten. »Ich sehe es.«

Die Pflegerin seufzt leise. »Rufen Sie mich, wenn Sie irgendetwas brauchen, okay?«

Mit einem Quietschen ihrer Turnschuhe auf dem gefliesten Boden verschwindet sie den Flur hinunter.

Ich schaue wieder zu Felicity. Ich dachte, dass ich ein paar Antworten auf meine Fragen erhalten würde, indem ich sie hierherbrachte, aber nun habe ich noch mehr Fragen als je zuvor. Das Verlangen, diese Frau zu durchschauen, das Rätsel zu lösen, das Felicity darstellt, beherrscht nach und nach jeden meiner Gedanken. Seit unserer Begegnung in jener Nacht bekomme ich sie nicht mehr aus dem Kopf, und das treibt mich fast in den Wahnsinn. Als ich sie vorhin an dieser Bushaltestelle sitzen sah, dachte ich fast, dass ich halluzinieren würde – dass ich eine Vision der Person heraufbeschworen hätte, die ich am dringendsten sehen wollte.

Ich bin mir nicht sicher, warum sie mir so wichtig ist. Sie ist es einfach. Irgendwo in meinem Inneren ist ein Schalter umgelegt worden, und egal wie sehr es mir gegen den Strich geht, ich kann ihn offenbar nicht wieder in seine ursprüngliche Position bringen.

Sind wir Freunde?, fragte sie mich und sah dabei so jung und schutzlos aus, dass es mich fast umgebracht hätte. Ich wollte Nein sagen. *Teufel nein.* Ich will nicht mit ihr befreundet sein. Ich will ihr dieses Sommerkleid vom Leib reißen und jede Kurve erforschen, die darunterliegt. Aber eine nagende Stimme erinnert mich an meine bevorstehende Abreise nach L. A.

Lass sie in Ruhe.

Du wirst ihr nur wehtun.

Ihr wurde schon genug wehgetan.

Mir wird klar, dass ich sie ziemlich intensiv angestarrt haben muss, als sie einen Blick über ihre Schulter wirft und amüsiert eine Augenbraue hochzieht. Bevor ich mich abwenden kann, winkt sie mich zu sich hinüber. Ich öffne den Koffer zu meinen Füßen und hole die Gitarre heraus. Sie sieht ein wenig mitgenommen aus. Die Saiten sind brüchig und vom vielen Spielen abgenutzt, aber sie wird es noch tun. Ich stimme sie ein wenig, während ich den Raum durchquere, um mich neben das Klavier zu stellen. Ich warte auf die Überleitung, um einzusteigen, und finde die Akkorde per Gehör.

Bethany schaut auf, als sie die Gitarre hört, und lächelt breit. Auf ihrer perlweißen Zahnprothese ist eine kleine Schliere ihres roten Lippenstifts. Ich schaue Felicity in die Augen und halte ihren Blick, während wir zu dritt unseren Rhythmus finden. Bethany singt die letzte Strophe. Ihre Stimme ist zittrig und dünn, aber auf ihre Weise immer noch wunderschön.

»You tell me to find someone else to love … Someone who love me too …«

Ich kann Felicity nicht in die Augen schauen, während diese Textzeilen zwischen uns in der Luft hängen. Das ist zu viel für mich.

Ich verlagere meinen Fokus auf Bethany, behalte die Finger auf den Saiten und schlucke den Kloß hinunter, der sich in meiner Kehle gebildet hat.

Ich bin so dermaßen erledigt.

»Du hättest es mir erzählen können, weißt du?«

Sie zuckt mit den Schultern. »Und die Überraschung verderben? Das hätte doch keinen Spaß gemacht, oder?«

Ich schaue sie an, während sie ihre Großmutter anschaut, die nun am Klavier Hof hält. Ein halbes Dutzend ihrer Freunde haben sich um sie herum versammelt. Wir sitzen auf einer plüschigen Couch in der Ecke. Die Nachmittagssonne scheint durchs Fenster wie Butter und beleuchtet jeden faszinierenden Winkel von Felicitys Gesicht. Ich kann die Augen nicht von ihr lassen.

»Wie weit ist er fortgeschritten?«, frage ich sanft. »Der Gedächtnisverlust?«

Sie starrt mir blitzartig in die Augen.

»Die Pflegerin erwähnte etwas …«

»Es ist eine präsenile Form von Demenz. Und sie ist weit fortgeschritten.« Sie rattert diese Begriffe mit so viel Leidenschaft herunter, wie sie für eine Einkaufsliste aufbringen würde. Doch ich sehe den rohen Schmerz in ihren Augen. »Den Pflegerinnen zufolge … ist das hier der beste Tag, den sie seit Monaten hatte. Sogar seit Jahren.« Ich beobachte, wie sie den Hals reckt und den Kopf zur Decke neigt, damit sie nicht anfängt zu weinen. Ihre Worte sind kaum mehr als ein Flüstern, als könnte sie sie nur schwer aussprechen. »Sie hat mich großgezogen, weißt du? Nur für ein oder zwei Jahre, als ich noch sehr klein war. Aber das war die beste Zeit meines Lebens.«

Ihre Stimme bricht, und bei Gott, das macht mich fertig.

»Sie war mein Sicherheitsnetz. Mein Ersatzfallschirm. Die eine Option, die ich hatte, falls es zu Hause wirklich mal richtig schlimm werden sollte ... Was im Grunde genommen ständig der Fall war, aber wenigstens wusste ich immer, dass ich in einen Bus steigen oder ein paar Stunden lang trampen konnte und sie da sein und mit ihrem roten Lippenstift an der Tür auf mich warten würde. Alter Hollywoodglanz und ein Haus voller Musik statt Streitereien und Angst und ...« Als sie zu mir schaut, sind ihre Augen voller Tränen. »Doch als ich zehn war ... fing sie an abzubauen. Sie wurde vergesslich. Zuerst waren es nur Kleinigkeiten, so klein, dass sie mir nicht mal auffielen, wenn wir miteinander telefonierten.« Eine Träne rinnt über ihre Wange, und ich muss scharf einatmen, um mich davon abzuhalten, eine Hand auszustrecken und sie wegzuwischen. Am liebsten würde ich sie in meine Arme ziehen und sie fest an meine Brust drücken.

Ich muss sie berühren – der Drang bringt mich förmlich um. Aber ich habe Angst, dass sie sich hinter die Mauer zurückziehen wird, die sie so hoch um sich herum errichtet hat, wenn ich es tue. Also beiße ich die Zähne zusammen und presse die Fingerspitzen gegen meine Jeans, während sie den Rest erzählt.

»Ich hätte merken sollen, dass etwas nicht stimmte.« Sie schüttelt den Kopf. »Ich hätte etwas unternehmen sollen ...«

»Mit zehn Jahren?«, frage ich sanft. »Felicity ...«

»Ich war alt genug!« Nun kommen ihre Tränen schneller. Sie wischt sie mit ihrem Handrücken weg. »Ich war so zufrieden damit, sie als meinen Rettungsanker anzusehen, dass mir nicht klar war, dass sie mich im Gegenzug auch als ihren gebraucht hätte. Erst als ...«

»Erst als was?«

»Eines Abends machte sie sich vor dem Zubettgehen eine Tasse Tee und vergaß, die Flammen an ihrem Gasherd auszuschalten. Die Küche fing Feuer. Wenn ein Nachbar nicht die Flammen bemerkt und die Feuerwehr verständigt hätte … Sie wäre gestorben.«

»Herrgott.«

»Danach blieb uns keine Wahl. Ihr Arzt meinte, sie könne nicht mehr allein leben. Ich war zu jung, um mich um sie zu kümmern, und meine Eltern …« Sie schüttelt den Kopf. »Ihre Anwälte kümmerten sich um das, was von ihrem Vermögen übrig war, und steckten sie hierher in dieses Heim. Diese Sachen in ihrem Zimmer – das ist alles, was nach dem Feuer noch übrig war. Das ist alles, was sie auf der Welt noch hat.«

»Nein«, sage ich leise.

In ihren Augen schimmern Tränen, als sie in meine schaut. »Was?«

»Das ist *nicht* alles, was sie noch hat.« Ich bewege mich langsam genug, dass sie mich kommen sieht, strecke eine Hand aus und lege sie auf ihre. »Sie hat dich.«

Ich warte darauf, dass sie ihre Hand wegzieht, dass sie zurückzuckt … Doch stattdessen dreht sie ihre Hand unter meiner um und verschränkt unsere Finger miteinander. Dann drückt sie so fest zu, dass die Knochen in meinen Fingern schmerzen. Es ist, als würde sie ertrinken und ich wäre ihre Rettungsleine, die in die Wellen geworfen wurde, um sie an Land zu ziehen. Ich suche nach den richtigen Worten, aber mein Kopf ist leer. Ich sitze da, halte ihre Hand und fühle mich in etwa so selbstsicher wie ein Fünfzehnjähriger bei seiner ersten Verabredung. Aber ich kann einfach nicht anders. Diese Frau …

Sie macht mich fertig.

»Ich bin seit zwei Jahren nicht mehr hier gewesen«, flüstert sie, und in ihrer Stimme liegt so viel Schuldgefühl, dass ich zusammenzucke. »Ich wäre früher gekommen, aber meine Familie … meine Eltern … es ist kompliziert.«

»Hey.« Ich drücke beruhigend ihre Hand. »Du musst mir nichts erklären.«

»Das weiß ich.« Sie blinzelt auf unsere Finger hinunter, die fester miteinander verschlungen sind als Schlingpflanzen, und ein Lachen entringt sich ihrer Kehle. »So habe ich mir meinen Tag *wirklich* nicht vorgestellt.«

»Was meinst du damit?« Sie schüttelt den Kopf, wodurch seidige Haarsträhnen wie Wellen über ihre Schultern fallen. »Das kommt so unerwartet. Ich weiß, dass ich es dir nicht leicht gemacht habe, weil ich nicht wollte, dass du mit reinkommst. Aber ich bin wirklich froh, dass du mitgekommen bist. So ungern ich es auch zugebe, allein hierherzukommen wäre schwer gewesen. Und …« Sie scheint nach den richtigen Worten zu suchen.

Ich warte und wage es kaum, mich zu bewegen, während sie mich anschaut. Der Ausdruck in ihren Augen trifft mich wie ein Schlag.

»Es ist schön, zur Abwechslung mal jemanden zu haben, auf den man sich stützen kann«, murmelt sie. »Danke, Ryder.«

Mein Herz verkrampft sich. Das war's.

Zum Teufel mit der Tatsache, dass ich bald von hier verschwinde.

Zum Teufel mit der Tatsache, dass es falsch ist.

Zum Teufel mit der Tatsache, dass sich die ganze Welt gegen uns verschworen hat.

Wenn ich diese Frau jetzt nicht küsse, werde ich es für den Rest meines Lebens bereuen.

Ich lehne mich vor. »Felicity …«

»Weißt du was?«, fragt sie und fällt mir damit ins Wort. »Diese Freundschaftssache ist ziemlich cool.«

Ich erstarre und spüre, wie sich meine Absichten in meinem Magen in Blei verwandeln. Die Realität trifft mich mit voller Wucht.

Freunde.

Wir sind Freunde.

Das muss ich jetzt für sie sein. Ich darf das nicht verbocken, indem ich mich wie ein selbstsüchtiger Idiot aufführe. Nicht wenn sie mich so anschaut und ihr Grinsen so breit und so voller Hoffnung ist.

Ich tue mein Bestes, um dieses Grinsen zu erwidern, und hoffe, dass sie nicht bemerkt, wie meine Selbstbeherrschung an den Nähten langsam ausfranst.

10. KAPITEL

Felicity

Wir verbringen den kompletten Nachmittag bei meiner Großmutter in Elmwood. Sie mag sich nicht an mich erinnern, aber die Erinnerungen an ihre ruhmreichen Tage sind immer noch intakt, und sie hat jede Menge Geschichten zu erzählen. Eine kleine Gruppe versammelt sich um sie herum, während sie von der Zeit erzählt, als sie und ein paar andere frischgebackene Stars in den frühen 1950ern zwischen zwei Auftritten eine Autopanne auf der Fernstraße hatten und den ganzen Weg von Tulsa nach Tallahassee per Anhalter zurücklegen mussten. Sie tauschten Lieder gegen Mahlzeiten und Unterkünfte ein. Außerdem erzählt sie, wie Johnny June hinter der Bühne anschaute, und zwar lange bevor sie ein Paar wurden. Und dann ist da noch die Erinnerung an die schwere Zeit, die sie alle durchleben mussten, nachdem sie Patsy durch einen Flugzeugabsturz verloren hatten.

Immer mal wieder schaue ich zu Ryder, um sicherzugehen, dass er sich nicht langweilt. Doch er scheint genauso gebannt zu sein wie alle anderen im Raum, während sie eine Geschichte nach der anderen erzählt. Es gibt viel Gelächter und mehr als ein paar Tränen. Beweise eines guten Lebens.

Bevor alles den Bach runterging.

In gewisser Weise bin ich froh über ihre Demenz. Sie hat ihr zusammen mit ihren Erinnerungen auch den Schmerz genommen. Natürlich bin ich traurig, dass sie mich vergessen hat … Aber es tröstet mich, dass auch ein paar Jahre des Leidens durch meine Mutter und meinen Vater gelöscht wurden. All die Rechtsstreite und die einstweiligen Verfügungen … all die Kämpfe und Anwälte und Gerichtssäle …

Wenn Bethany Hayes ein Kapitel ihres ereignisreichen Lebens vergessen muss, dann bin ich froh, dass es das letzte ist. Das traurigste. Das Kapitel, das ihr das Herz brach.

Und mir meins.

Die Stunden vergehen wie im Flug, und ich merke kaum, wie spät es geworden ist, bis die Pflegerinnen mit den Abendessentabletts hereinkommen. Ich stehe auf, suche den Raum nach Ryder ab und entdecke ihn in einer Ecke, wo er mit dem Handy telefoniert. Ich bin nicht sicher, mit wem er redet, aber es sieht wie ein angespanntes Gespräch aus, denn seine Miene ist steinern. Ein Teil des Lichts ist aus seinen Augen gewichen, als er zu mir herüberkommt. Er steckt sein Handy in seine Gesäßtasche, als wäre es giftig.

»Alles in Ordnung?«

»Nur ein wenig Theater mit der Band.«

Mit anderen Worten: Theater mit Lacey.

Er führt das nicht aus, und sosehr ich auch wissen will, was los ist, habe ich nicht das Recht, ihm Einzelheiten abzuverlangen. Ich werfe einen Blick auf meine Armbanduhr und stelle verblüfft fest, dass es schon fast achtzehn Uhr ist.

»Ach herrje, ich habe dich den ganzen Tag lang in Beschlag genommen. Vermutlich musst du nach Hause.« Ich greife nach unten, um meine Handtasche vom Boden aufzuheben. »Lass uns fahren.«

Sein Blick ist auf meine Großmutter und ihre Freunde gerichtet, die mit ihren Rollstühlen und Gehhilfen um den erhöhten Tisch herumsitzen und zu Abend essen wollen. Die

Pflegerinnen stellen Teller mit Hackbraten und Kartoffelbrei vor sie, und ich spüre, wie mein Magen knurrt. Ich hatte schon so lange keine warme Mahlzeit mehr, dass selbst püriertes Rindfleisch und matschige Erbsen himmlisch erscheinen.

»Wir können noch ein wenig länger bleiben, wenn du willst«, murmelt er. »Ich habe es nicht eilig, zurückzufahren und mich um diesen Mist mit Lacey zu kümmern. Und ich habe keine anderen Termine.«

»Du willst mir erzählen, dass *Ryder Woods* an einem Dienstagabend nichts Besseres zu tun hat, als mit mir in einem Altenpflegeheim herumzuhängen?«

Er tut so, als würde er kurz darüber nachdenken, und reibt mit äußerst konzentrierter Miene über seinen Bart. »Hmmm … Nein. Mir fällt nichts ein.«

Ich schnappe nach Luft. »Ich glaube nicht, dass sich dein Ruf von diesem Schlag erholen wird.«

»Süße, zerbrich dir nicht deinen hübschen kleinen Kopf über meinen Ruf. Wenn man so Gitarre spielt wie ich, kommt man sogar mit Mord davon.«

»Dann lassen Sie mal hören!«, ruft meine Großmutter, die unsere Unterhaltung schamlos belauscht hat.

Ryder dreht den Kopf zu ihr herum. »Wie bitte?«

»Wie wäre es mit ein wenig musikalischer Untermalung während des Essens?«

Eine der Pflegerinnen schürzt die Lippen. »Es ist spät, Mrs Hayes. Schon fast Schlafenszeit. Denken Sie nicht …?«

»Ich denke, dass wir alt sind, nicht tot. Und wenn wir gern ein wenig Musik hätten, um diesen Fraß, den Sie uns vorsetzen, genießbarer zu machen, dann sollten wir sie bekommen.« Sie zwinkert mir zu. »Wie wäre es, wenn du deinen Liebsten davon überzeugst, etwas für uns zu spielen, Schätzchen?«

»Oh, er ist nicht mein …«, setze ich zu einer Erklärung an.

»Ich werde spielen«, sagt Ryder und fällt mir ins Wort. Er schaut zu mir. »Aber nur, wenn sie mit mir singt.«

»*Was?*« Ich werde blass. »Ich?«

»Du.«

»Du weißt, dass ich nicht in der Öffentlichkeit singe«, zische ich durch ein verkrampftes Lächeln.

»Heute Abend wirst du es tun.«

»Ryder!«

»Würdest du dich mal entspannen?« Er legt eine Hand auf mein Kreuz – wodurch sich zu der Panikattacke, die ich gerade erleide, auch noch Herzklopfen gesellt – und führt mich zu zwei Hockern. Er senkt den Mund an mein Ohr, und ich erschaudere, als sein warmes Flüstern auf meine Haut trifft. »Wir sind hier nicht in der Öffentlichkeit. Die Hälfte dieser Leute wird sich nicht mal mehr an uns erinnern, sobald wir zur Tür hinausgehen. Das ist der perfekte Zeitpunkt für dich, um es auszuprobieren.«

»Aber …«

»Komm schon, du Feigling.«

»Ich kann nicht.«

»Du *kannst*. Für sie.«

»Aber …«

»Felicity.« Er setzt mich auf den Hocker. »Was ist das Schlimmste, das passieren kann? Dass du erstarrst? Dass du dich verschluckst? Das wird nicht passieren. Und selbst wenn … bin ich bei dir. Du bist nicht auf dich allein gestellt.«

Ich zögere und schwanke, als sich unsere Blicke treffen. Ich bin unglaublich nervös … Aber ein kleiner Teil von mir fragt sich, wie es wohl wäre. In der Öffentlichkeit zu singen. Mit ihm zu singen.

Was ist das Schlimmste, das passieren kann?

Du bist nicht auf dich allein gestellt.

Ich wickele seine Worte um mein Herz wie eine schützende Decke, atme scharf aus und nicke zustimmend. »In Ordnung. Ich werde es tun … Für sie.«

Der Triumph, der in seinen Augen aufflammt, sorgt dafür, dass mein Herz schneller schlägt. »Gut. Was singen wir?«

Ich fahre mit einer Hand durch mein Haar, während ich im Geiste eine Liste mit den Lieblingsliedern meiner Großmutter durchgehe. Die Lieder, die sie auf ihrem alten Plattenspieler spielte, als ich noch zu klein war, um zu verstehen, warum die nette Dame vom Jugendamt sagte, dass ich eine Weile lang nicht in meinem Zuhause wohnen könne. Jene Jahre, in denen wir auf ihrer abgeschirmten Veranda herumtanzten und sie mir all die Klassiker vorsang, waren die besten Jahre meiner Kindheit und die letzten meiner Unschuld.

Ein kurzer, heller Punkt in der Dunkelheit.

Das Auge des Sturms.

»Hey, Bethany!«, rufe ich und warte darauf, dass sie den Kopf hebt, um mir in die Augen zu schauen. »Johnny und June oder George und Tammy?«

»Als ob das eine Frage wäre!« Sie schnaubt undamenhaft in ihren Hackbraten. »Um Himmels willen, wer hat dich großgezogen, Mädchen?«

Das warst du. Ich wünschte, dass du dich daran erinnern würdest, Oma.

Ich blinzle Tränen weg und zwinge mich zu einem Lächeln, während ich zu Ryder hinüberschaue. In seinen Augen schimmert Mitgefühl.

»Johnny und June natürlich«, murmle ich.

Er nickt. »›Ring of Fire‹?«

Der Text rauscht verschwommen durch meinen Kopf. Die Vorstellung, hier zu sitzen und zu singen, ist schon schlimm genug. Aber *dieses* Lied zu singen … mit ihm … während es darum geht, dass man vor wildem Verlangen verbrennt …

»Ähm.« Ich schlucke. »Ich dachte an etwas, das ein wenig lebhafter ist – wir könnten ›Jackson‹ singen. Das ist ein lustiges Lied.«

Gedanken wirbeln hinter seinen Augen, während er über meinen Vorschlag nachdenkt. »Haben sie nicht eine Coverversion von Bob Dylans ›It Ain't Me Babe‹ gemacht? Warum singen wir nicht lieber das? Da kenne ich die Akkorde besser.«

»Klar«, stimme ich automatisch zu, da ich zu nervös bin, um über die Liedauswahl zu diskutieren. Meine Hände zittern, also schiebe ich sie unter meine Oberschenkel und konzentriere mich auf seinen Fuß, mit dem er rhythmisch auf den Parkettboden tippt, um das Tempo vorzugeben. Im Raum wird es still, als seine Finger den ersten Akkord spielen. Ich halte den Blick fest auf das Gesicht meiner Großmutter gerichtet, um mir vor Augen zu führen, warum ich das hier mache. Ihr Lächeln ist breiter, als es den ganzen Tag über gewesen ist.

Für sie. Ich tue das hier für sie.

Ryder übernimmt die erste Strophe und singt Johnnys Text perfekt. Jede Frau im Publikum, von den Pflegerinnen bis hin zu den Achtzigjährigen, schmilzt angesichts seiner tiefen, rauen Stimme, die durch die Luft rollt, dahin.

»I'm not the one you want, babe. I'm not the one you need …«

Als er zum Refrain kommt, hole ich tief Luft, falle mit ein und füge meine Stimme seiner hinzu. Er schenkt mir ein ermutigendes Grinsen, als wir im Einklang singen. Zuerst befürchte ich, dass ich wie eine Maus klingen könnte – dass sich meine Altstimme neben seinem starken Bariton wie ein armseliges Quieken ausnehmen könnte. Doch zu meiner großen Überraschung ist das Gegenteil der Fall. Seine Stimme macht meine irgendwie stärker und hebt sie auf eine Plattform, dass alle sie hören können. Meine Noten klingen klarer und deutlicher, als sie es tun, wenn ich allein in meinem kleinen Zimmer über dem *Nightingale* vor mich hin singe.

»It ain't me, babe«, singen wir gemeinsam, und unsere Stimmen harmonieren perfekt miteinander. *»It ain't me you're lookin' for.«*

Ich habe meine Augen fest auf seine gerichtet. Ich kann den Blick nicht abwenden. Zwischen uns gibt es eine Verbindung wie ein Stromkabel. Unsichtbare Fäden verweben die Luft zu einem unzerreißbaren Seil, während wir über zwei Liebende singen, die nicht falscher füreinander sein könnten. Mit jedem Wort, das über meine Lippen kommt, werde ich ein wenig stärker von ihm angezogen, und ich bin absolut nicht in der Lage, es zu verhindern.

In der Art, wie seine tiefen Töne meine höheren abrunden und meine Süße seine Rauheit abmildert, liegt eine natürliche, nicht zu leugnende Chemie. Es ist ein Ganzes, das sehr viel größer ist als die Summe seiner Teile, eine sich ergänzende Paarung, die uns beide besser macht. Die Erkenntnis ist erschütternd, und ich sehe, wie sich die gleiche Überraschung in Ryders ungleichen Augen spiegelt, als er meinen Blick erwidert.

Wir können wohl mit Sicherheit sagen, dass keiner von uns das erwartet hat. Nicht mal ansatzweise.

Als mein Teil endet, schaue ich einfach zu, wie er die letzte Strophe alleine singt.

»I'm not the one you want, babe«, singt er und schaut mir dabei unablässig in die Augen. *»I'll only let you down.«*

Vielleicht bilde ich es mir nur ein, vielleicht hat mich das Lied so sehr in seinen Bann gezogen … Aber ich könnte auf einen ganzen Stapel Bibeln schwören, dass er versucht, mir etwas mitzuteilen, das nichts mit dem Text zu tun hat. Er spielt die letzten Noten, und Stille senkt sich über den Raum. Und … ein Moment entsteht. Nur ein schmerzhafter, herzzerreißender Moment, bevor der Applaus losbrandet, bevor die Jubelrufe und Pfiffe von unserem kleinen Publikum ertönen … bevor die Magie wie Glas zersplittert …

Ich schwanke in seine Richtung …

Er lehnt sich näher an mich heran, und zwischen uns liegt nur noch der kleinste Hauch von Abstand …

Meine Augen sind auf seine Lippen gerichtet, seine Hand liegt auf meinem Knie … und diese Kilometer, die uns normalerweise trennen, scheinen zu einem Nichts zu schrumpfen …

Ein Moment.

Ein hauchzarter, funkelnder Moment, in dem es tatsächlich möglich erscheint.

Er und ich.

Zusammen.

Doch dann ertönt der Applaus wie ein Schuss, und sofort erinnern wir uns daran, wo wir sind. *Wer* wir sind.

Wir ziehen uns beide im gleichen Augenblick zurück und wenden die Blicke ab. Und ich bemerke, dass er mir für den Rest der Zeit, die wir in Elmwood verbringen – selbst als wir meine Großmutter zurück in ihr Zimmer begleiten und ihr eine gute Nacht wünschen –, nicht mehr in die Augen schaut. Nicht ein einziges Mal.

Die Fahrt zurück nach Nashville verläuft unheimlich still.

Nach einem Tag voller Gelächter und tiefgründiger Lebensgespräche fühlt es sich seltsam an, sich in unsere jeweiligen Ecken zurückzuziehen. Seltsam … aber definitiv sicherer.

Ryder fährt über die Nebenstraßen und öffnet die Fenster ein wenig, um etwas von der Nachtluft hereinzulassen. Er zündet sich eine Zigarette an, nimmt einen tiefen Zug und bläst den Rauch durch das Fenster hinaus, damit ich ihn nicht einatmen muss. Ich beiße mir auf die Zunge, um mich davon abzuhalten, ihm zu sagen, dass er mit dem Rauchen aufhören sollte.

Ich bin nicht mit ihm zusammen. Ich habe kein Recht, mich in sein Leben einzumischen.

Als wir auf den Mitarbeiterparkplatz hinter dem *Nightingale* fahren, ist es schon nach zwanzig Uhr, und der Offene-Mikro-Abend ist in vollem Gange. Bevor ich auch nur aus dem Transporter gestiegen bin, kann ich bereits hören, wie die Musik die Wände zum Wackeln bringt. Ich werde auf keinen Fall schlafen können, bis die Bar zumacht.

»Sieht so aus, als könnte ich meinen Plan, heute mal früher ins Bett zu gehen, vergessen.« Ich lächle zaghaft.

Er nickt nur. Seine Miene ist ausdruckslos.

»Wie dem auch sei …« Ich schlucke schwer und starre auf meine Hände. »Vielen Dank für den heutigen Tag, Ryder. Es war … Es hat mir eine Menge bedeutet. Und meiner Oma ebenfalls. Auch wenn sie es nicht weiß …« Ich lege meine Hand auf mein Herz.

»Ich weiß, dass sie es gespürt hat.«

Er gibt tief in seiner Kehle einen leisen Laut von sich. Ein Stöhnen. Es klingt beinahe … gequält.

Ich schaue in seine Augen und hoffe, dass er endlich etwas sagen wird. Irgendetwas.

Ich fand es auch toll, Felicity.

Danke, dass du mit mir gesungen hast.

Lass uns das irgendwann wiederholen.

Doch er sagt kein Wort. Er starrt einfach nur stur geradeaus und hält das Lenkrad mit beiden Händen so fest umklammert, dass seine Knöchel ganz weiß geworden sind. In seinem Kiefer zuckt rhythmisch ein Muskel.

Ich schätze, das bedeutet, dass der Abend offiziell vorbei ist. Dass dieses – was auch immer das zwischen uns ist – ebenfalls vorbei ist.

Meine Augen füllen sich mit demütigenden Tränen, also drehe ich mich um und strecke eine Hand nach dem Türgriff aus, bevor er es bemerkt.

»Wie dem auch sei, tausend Dank!«, rufe ich mit aufgesetzt fröhlicher Stimme und springe auf den Bordstein. »Wir sehen uns, Ryder.«

Die Tür schlägt mit erschreckender Endgültigkeit hinter mir zu, während ich zur Treppe laufe und meinen Schlüsselbund aus meiner Tasche zerre, bevor ich die oberste Stufe erreicht habe. Ich schaue nicht zurück, während ich an dem Schloss herumhantiere. Nicht ein einziges Mal.

Ich verkrieche mich in meinem Zimmer und höre, wie sein Motor aufheult wie ein wildes Tier, als er in die Nacht davonfährt. Langsam lasse ich mich auf die Knie sinken und kauere mich zu einem Knäuel aus Elend zusammen, während die Musik von unten die Fußbodenbretter unter mir zum Vibrieren bringt.

11. KAPITEL

Ryder

Ich fahre den Transporter so schnell zurück zur Lagerhalle, dass ich zweimal beinahe einen Telefonmast ramme. Ich rauche eine halbe Schachtel Zigaretten weg, weil ich hoffe, dass mich das irgendwie beruhigen wird. Doch es hilft ganz und gar nicht, die brodelnde Frustration in mir aufzulösen. Ich umklammere das Lenkrad so fest, dass ich Angst habe, dass ich es zerbrechen könnte.

Lacey.

Ich schwöre, dass diese Frau eins der sieben Vorzeichen der Apokalypse ist. Eine Plage, die schlimmer als Heuschrecken, Hunger und Pestilenz zusammen ist. Als sie mich in Elmwood anrief, hätte ich nicht drangehen sollen. Ich hätte den verdammten Anruf auf die Mailbox gehen lassen sollen. Stattdessen presste ich mir das Handy ans Ohr und durfte fünf Minuten damit verbringen, meine Wut hinunterzuschlucken, während ich ihrem Geplapper über die Abmachungen lauschte, die sie mit Clay getroffen hatte, natürlich ohne sich die Mühe zu machen, mich hinzuzuziehen.

»Sie lassen uns am vierten Juli für eine Vorführung nach L. A. einfliegen – ist das nicht toll? All die wichtigen Vorstandsmitglieder von *Red Machine* werden wegen des Feiertags in L. A. sein. Wir reisen am Samstagmorgen ab. Sie veranstalten an diesem Abend für all ihre Künstler eine riesige Poolparty auf dem

Dach … Das wird eine *unglaubliche* Einführung in die Musikszene von L. A. sein!«

Als ich sie daran erinnerte, dass wir am vierten Juli nicht in L. A. sein könnten, da wir zugestimmt hätten, auf dem »Let Freedom Sing«-Festival zu spielen, schnaubte sie einfach nur abfällig.

»Ich rede hier von einem Plattenvertrag, Ryder. Hier geht es um den Rest deines *Lebens*, nicht um irgendein kleines Festival am Flussufer.«

Ich versuchte, sie hinzuhalten und ihr zu erklären, dass ich mehr Zeit bräuchte, um mit Aiden und Linc zu reden. Tief im Inneren hoffte ich immer noch, dass es eine Chance geben könnte, den Vertrag auf sie auszuweiten. Dass wir uns zusammen vielleicht einen Plan überlegen könnten, um Clay umzustimmen. Doch Lacey hatte kein Interesse daran – sie hat ihre emotionalen Bindungen zu allem, was sie hier noch hält, bereits gekappt.

»Noch ein letztes Konzert mit ihnen zu spielen wird nichts an der Sache ändern«, fauchte sie durchs Telefon. »Versau uns nicht unsere einzige Chance, nur wegen ein paar kleiner Schuldgefühle. Gelegenheiten wie diese erhält man nicht jeden Tag, Ryder. Willst du wirklich für immer in dieser Stadt festsitzen, weil du Angst hattest, die Gefühle von zwei Kerlen zu verletzen, an deren Namen du dich in zehn Jahren nicht mal mehr erinnern wirst?«

Ich legte voll blinder Wut einfach auf. Ich habe schon immer gewusst, dass Lacey in etwa so loyal wie eine Büroklammer in einem Zimmer voller Magneten ist – da muss man nur Adam und jeden anderen Kerl fragen, den sie je hintergangen hat. Von daher überrascht es mich nicht, dass sie so teilnahmslos reagiert, wenn es um die Auflösung der Band geht, mit der wir jetzt schon seit gut zwei Jahren Musik machen. Da ist allerdings noch etwas, das mich tief im Inneren wirklich wurmt, auch wenn ich es nicht zugeben will …

Ich weiß, dass sie recht hat.

Noch ein letztes Konzert mit den Jungs zu spielen wird nicht das Geringste ändern. Wenn ich Clay nicht davon überzeugen kann, uns alle vier mit nach L. A. zu nehmen … ist unsere Freundschaft vorbei. Ich kann das Loft meiden, so viel ich will. Ich kann die Sache vor mir herschieben und ihnen erst in allerletzter Minute davon erzählen, wenn ich mich bereits auf den Weg zum Flughafen mache … Aber damit zögere ich den unvermeidlichen Moment, in dem ihnen klar werden wird, was für ein mieser Typ ich bin, weil ich meine Träume über ihre gestellt habe, nur hinaus.

Nach diesem Telefonat hätte ich meinen Kummer normalerweise in einer Flasche Alkohol ertränkt. Da ich mich zu jenem Zeitpunkt jedoch in einem Altenpflegeheim befand, war das keine Option. Ich gab mir große Mühe, all die Schuldgefühle und die Wut, die in mir ihr Unwesen trieben, zu verdrängen. Doch als ich zurück zu Felicity ging und sah, wie sie mich mit reinem Vertrauen in den Augen anschaute, dachte ich, dass ich vollkommen ausrasten würde.

Schenk mir nicht dein Vertrauen, wollte ich sie warnen. *Ich verdiene es nicht.*

Leg dein Herz nicht in meine Hände, wollte ich sie anschreien. *Ich werde es nur brechen.*

Stattdessen versuchte ich, es ihr auf die einzige mir mögliche Weise mitzuteilen.

It ain't me, babe, sang ich für sie und flehte sie an, mich zu verstehen. *It ain't me you're looking for.*

Doch mit ihr zusammen zu singen war mein größter Fehler von allen. Dort zu sitzen, zu hören, wie unsere Stimmen perfekt miteinander harmonierten, in ihre Augen zu schauen …

diese Anziehungskraft zwischen uns zu spüren … das veränderte alles. Denn aus dem Nichts, wie ein Blitzschlag, traf mich die erschreckende Erkenntnis: Wenn mich diese Frau – diese umwerfende, geheimnisvolle, witzige, gebrochene Frau – bitten würde, hier bei ihr zu bleiben … Wenn sie mich bitten würde, Lacey, *Red Machine* und die gottverdammten Träume, die ich schon so lange verfolge, wie ich mich zurückerinnern kann, hinter mir zu lassen …

Dann würde ich das vielleicht tun.

Das jagte mir sehr viel mehr Angst ein, als jede Konfrontation mit meinen Mitbewohnern oder Diskussion mit meinem Dad über meine bevorstehende Kündigung es je könnte. Meine Träume sind das Einzige, was ich habe. Meine Träume, meine Stimme, und diese beiden Hände, mit denen ich Gitarre spiele.

Wenn man mir das nimmt …

Habe ich gar nichts.

Ich fahre den Transporter in die Lagerhalle und drücke auf einen Knopf, um das Garagentor hinter mir zu schließen. Ich lade die Ausrüstung aus dem Wagen und zucke zusammen, als ich sehe, dass Felicitys Gitarre immer noch darin liegt. Sie hatte es so eilig, von mir wegzukommen, dass sie sie vergessen hat. Ich mache ihr keinen Vorwurf. Ich habe mich wie ein totales Arschloch verhalten.

Ich *bin* ein totales Arschloch.

Wenigstens begreift sie das jetzt. Nun wird sie sich von mir fernhalten.

Nun wird sie sicher vor mir sein.

Das Licht im Büro ist an, was bedeutet, dass mein Vater noch hier ist. Ich nähere mich der Tür und fürchte mich bereits vor der Begegnung. Im Durchgang bleibe ich stehen. Er sitzt an seinem Schreibtisch, hat den Kopf über ein Bestandsbuch gebeugt und hält mit der rechten Hand einen halb leeren

Tumbler mit Scotch umklammert, während er mit der linken die Seiten umblättert. Ich hole tief Luft, um mich zu sammeln, und klopfe mit den Knöcheln an den Türrahmen.

»Dad.«

Kip Woods schaut auf. Seine enttäuschte Miene ist ein ebenso vertrauter Anblick wie das Glas in seiner Hand. »Wo zum Teufel bist du den ganzen Tag gewesen?«

»Ich habe einer Freundin bei etwas geholfen.«

»Ich habe dich vor Stunden zurückerwartet. Wo in aller Welt liegen deine Prioritäten?«

Ich beiße die Zähne zusammen und versuche, ruhig zu bleiben. Ich weiß, dass es nichts bringt, sich auf einen Streit mit ihm einzulassen, wenn er getrunken hat. »Ich hatte meine Termine für den Tag bereits erledigt …«

»Spar dir das. Ich will deine Ausreden nicht hören.« Er steht auf. Trotz seines Alters gibt er mit seinen knapp eins neunzig immer noch eine einschüchternde Gestalt ab. Als ich ein Kind war, dachte ich, dass seine Hände so groß wie Schinkenkeulen wären. Um die Wahrheit zu sagen, sehen sie auch jetzt nicht viel kleiner aus. »Ich hätte dich hier im Büro gebraucht. Einer unserer Kunden benötigte dringend Hilfe, und du warst nicht hier.«

»Du hättest mich anrufen können. Ich hatte mein Handy dabei.«

»Darum geht es nicht. Es geht darum, dass du in der Lage sein musst, sofort zu reagieren, wenn es einen Notfall gibt – nicht erst nach der einen Stunde, die du brauchst, um von der Spritztour zurückzukehren, die du unternommen hast.«

»Gab es denn einen Notfall?«

Er beißt die Zähne zusammen. »Nein.«

»Tja, ich kann keine Probleme lösen, die du nicht hast. Ich bin weder allwissend noch allmächtig.«

Er ballt die Hände zu Fäusten – eine Warnung. »Pass auf, was du sagst.«

Ich hebe abwehrend die Hände. »Tut mir leid.«

»Wie war das?«

»Tut mir leid, *Sir*«, presse ich zwischen zusammengebissenen Zähnen hervor und verkneife mir den weniger schmeichelnden Ausdruck, den ich ihm gerne an den Kopf werfen würde.

Seine Augen sind glasig und ein wenig unfokussiert, als er um seinen Schreibtisch herumkommt. Sein schwerfälliger Gang verrät mir, dass das heute Abend nicht sein erstes Glas Scotch war.

Ich weigere mich, vor ihm zurückzuweichen, selbst als er sich direkt vor mir aufbaut und mir viel zu nah kommt. Er mag wie ein Truck gebaut sein, aber ich bin jetzt größer als er. Und selbst ohne diese zusätzlichen paar Zentimeter habe ich seit meinem vierzehnten Lebensjahr nicht mehr zugelassen, dass er rohe Gewalt anwendet, um mich einzuschüchtern.

»Wann wirst du aufhören, mit Musik herumzualbern, und endlich anfangen, dich um die Dinge zu kümmern, die wirklich wichtig sind?«

»Musik ist wichtig«, widerspreche ich, bevor ich mich zurückhalten kann. »Vielleicht nicht für dich, aber sie ist wichtig.«

»Diese Firma ist das Einzige, was wichtig ist. Sie ist deine Zukunft.«

»Nein. Sie ist nicht meine Zukunft.«

»Was zum Teufel soll das bedeuten?«, knurrt er.

»Das bedeutet, dass ich eine ernst zu nehmende Chance auf einen Plattenvertrag habe.« Meine Stimme ist emotionslos. Mein Herz fühlt sich in meiner Brust wie Stein an. »Ich fliege am Samstag nach L. A., um die Sache unter Dach und Fach zu bringen.«

»Das ist es also.« Seine Brust schwillt an, während sich die Wut in ihm aufbaut. »Das ist der Dank, den ich bekomme, nachdem ich alles für dich getan habe. Ich habe für deine Collegeausbildung bezahlt, dir einen Platz am Firmentisch gegeben, dir den Weg zum Erfolg bereitet …«

»Genau das ist es ja, Dad. Hierzubleiben, diese Firma zu übernehmen …« Ich deute um mich in dem verzweifelten Versuch, es ihm begreiflich zu machen. »Das ist *deine* Vorstellung von Erfolg. Nicht meine. Und ich weiß, dass du das niemals verstehen wirst. Ich weiß, dass du mich niemals verstehen wirst. Aber meine Träume sind immer noch meine Träume, selbst wenn sie dich enttäuschen. Selbst wenn du sie nicht unterstützt.«

»Du undankbarer kleiner Scheißer.« Sein Kiefer zuckt vor Wut. »Denkst du wirklich, dass du es in L. A. zu etwas bringen wirst? Das wirst du nicht. Dafür hast du nicht den nötigen Mumm. Die Wahrheit ist, dass dich deine Mutter verhätschelt hat. Du bist *verweichlicht*. Und wenn du dann mit eingekniffenem Schwanz hierher zurückgeschlichen kommst, nachdem dir die echte Welt in die Eier getreten hat, erwarte ja nicht, dass dieser Job dann noch auf dich wartet. Soweit es mich betrifft, haben du und ich einander nichts mehr zu sagen. Niemals wieder.«

Dieser Schlag trifft mich direkt ins Herz und lässt mich zurücktaumeln. »Dad …«

»Nenn mich nicht so.« Er ist noch nie ein warmherziger Mann gewesen, aber jetzt gerade wirkt er kälter, als ich ihn je zuvor erlebt habe. »Wenn du durch diese Tür hinausgehst, bist du nicht länger mein Sohn.«

Die Luft kristallisiert. Die Zeit kriecht nur noch dahin.

Er hat die blutunterlaufenen Augen zusammengezogen. »Und mach dir nicht die Mühe, deine Mutter anzurufen, um sie auf deine Seite zu ziehen. Wir sind uns in diesem Fall einig. Wenn du gehst, verlierst du uns beide.«

Wie erstarrt schaue ich dem Mann, der mich großgezogen hat, in die Augen. Ich spüre, wie mein Herz gegen meinen Brustkorb hämmert. Ich will so viel sagen. Ich will schreien, bis er mich hört. Ich will dafür sorgen, dass er versteht, dass ich das einfach tun muss. Dass das nichts mit ihm oder seiner Firma oder der Art, wie er mich erzogen hat, zu tun hat.

Aber ich kann in seinen leeren Augen sehen, dass nichts, was ich tue, auch nur das Geringste bewirken wird.

Ich greife in meine Gesäßtasche, ziehe die Schlüssel des Transporters heraus und lege sie mit einem leisen Klimpern auf den Schreibtisch. Ich räuspere mich nur ein einziges Mal.

»Du und ich sind nicht immer einer Meinung gewesen. Aber du hast mir beigebracht, meine eigenen Entscheidungen zu treffen, eigenständig zu denken und den richtigen Weg einzuschlagen, selbst wenn andere versuchen, mich in die falsche Richtung zu lenken.« Ich gehe zur Tür und halte auf der Schwelle kurz inne. »Ich habe eine Chance auf das Leben erhalten, das ich immer haben wollte. Ich muss sie ergreifen.«

Ich schnappe mir Felicitys Gitarre, die ich im Flur abgestellt habe, und lasse meinen Vater, mein Erbe und die einzige Sicherheit, die ich je gekannt habe, hinter mir.

Ich schaue nicht zurück.

Das Handy tutet zweimal, bevor sich ihre Mailbox meldet. Schon wieder.

»Hi, hier ist Lacey! Ich bin gerade nicht da. *Offensichtlich.* Hinterlasst eine Nachricht nach dem Piepton! Oder, ihr wisst schon, schreibt mir eine Textnachricht, denn wir leben nicht mehr im Jahr 1995.«

Ich tippe wütend mit dem Finger auf das Display, als ein schriller Piepton aus dem Lautsprecher dringt. Das ist der fünfte Anruf, dem sie ausgewichen ist, seit wir am Dienstagabend miteinander telefoniert haben. Ich habe Chris, Clays Assistenten bei *Red Machine*, drei Nachrichten hinterlassen, aber er ruft mich auch nicht zurück. Mein Magen ist seit drei Tagen ein einziges Nervenbündel, und es wird nur noch schlimmer, je näher der Samstag rückt. Das Flugticket, das gestern per Kurier geliefert wurde, ist für einen Flug ausgestellt, der um die Mittagszeit geht.

In weniger als vierundzwanzig Stunden werde ich in Los Angeles sein.

Ich darf diese Chance nicht vermasseln. Nicht jetzt, da ich im Grunde genommen arbeitslos bin und von meiner Familie verstoßen wurde. Aber ich kann auch meine Freunde nicht hintergehen. Zuerst muss ich jede andere Option ausschöpfen. Das schließt auch ein, Clay – und falls nötig auch Lacey – anzuflehen, unseren Vertrag zu überarbeiten, damit Aiden und Linc nicht außen vor gelassen werden.

Es ist riskant. Ich könnte alles verlieren. Aber ich habe kaum eine andere Wahl, wenn ich mir meine Freundschaften und meine Integrität erhalten will.

Als ich mein Schlafzimmer verlasse und in den Wohnbereich des Lofts gehe, sitzen die Jungs auf der Couch und trinken Bier.

»Gibt es was Neues von Lacey?«, fragt Lincoln und wirbelt gedankenverloren einen Trommelstock zwischen den Fingern herum.

Ich schüttle den Kopf.

»Also wird sie heute Abend nicht zum Auftritt kommen?«

»Ich bezweifle stark, dass sie auftauchen wird.«

»Perfekt. Wirklich perfekt, verdammt noch mal.«

Aiden trinkt einen ordentlichen Schluck Bier und stellt die Flasche dann auf den Wohnzimmertisch, bevor er sich in die Unterhaltung einschaltet. »Ich wollte das erst erwähnen, wenn ich mit Sicherheit wissen würde, dass es sich bezahlt machen wird, aber ich habe letztens mit ein paar Typen geredet, die bei *Route 66 Records* arbeiten. Wir haben uns ganz locker bei ein paar Bier unterhalten. Ich habe keine Ahnung, warum, aber sie haben tatsächlich zugestimmt, heute Abend vorbeizukommen und sich unseren Auftritt anzusehen.«

»*Alter!*«, ruft Lincoln.

Mein Mund klappt auf. »Ist das dein Ernst?«

Aiden schnaubt eine grimmige Bestätigung.

»Gottverdammt.« Lincolns Augen funkeln wild. »Von all den verdammten Abenden, an denen Lacey beschließt, uns hängen zu lassen, musste sie sich ausgerechnet diesen aussuchen …«

Aiden leert sein Bier und starrt mir unverwandt ins Gesicht. Er ist noch nie besonders gesprächig gewesen, aber er starrt mich schon so seltsam an, seit ich letztens nach der Konfrontation mit meinem Vater nach Hause gekommen bin. Dieser scharfsinnige Mistkerl. Es ist, als wüsste er irgendwie, dass ich ihnen schlechte Neuigkeiten mitzuteilen habe, bevor ich den Mund aufmache.

Ich muss ihnen von der Sache mit *Red Machine* erzählen. Den ganzen Tag über habe ich versucht, den richtigen Zeitpunkt zu finden. Ich trinke einen Schluck Bier und bereite mich innerlich vor. »Jungs …«

»Ich kann einfach nicht glauben, dass Lacey diese Nummer schon wieder abgezogen hat.« Lincoln murmelt vor sich hin und fährt mit einer Hand durch sein kurz geschorenes blondes Haar. »Seit wir angefangen haben, miteinander zu jammen, habe ich auf meine Chance gewartet, im *Tootsie's* zu spielen. Das ist verdammt noch mal nicht fair.«

Meine Schuldgefühle heben wieder ihr hässliches Haupt.

Aiden seufzt tief. »Wir sollten in der Bar anrufen und ihnen sagen, dass sie unseren Platz vergeben können.«

»Was?« Linc explodiert. »Heute Abend kommen Plattenproduzenten, um uns zuzuschauen! *Uns!* Ist dir klar, wie wichtig das ist?«

»Da ich derjenige bin, der sie davon überzeugt hat, zu dem Auftritt zu kommen, kannst du mir ruhig glauben, wenn ich sage: Ja, das ist mir klar.« Aidens Augen sind ernst. »Und genau deswegen sollten wir absagen. Wir können nicht auf diese Bühne gehen und Coverversionen spielen.«

»Nein«, stimme ich zu. »Das können wir nicht.«

»Soll ich anrufen?«, fragt Aiden und zückt bereits sein Handy.

»Nein.«

Sie schauen mich beide an. Ich leere mein Bier in einem langen Zug.

»Zum Teufel mit Lacey«, sage ich knapp. »Wir werden ohne sie auftreten.«

»Wir können nicht ohne sie auftreten«, sagt Linc ungläubig. »Sie ist die komplette Show.«

»Nein, das ist sie nicht«, schnauze ich gereizt. Ich habe Lacey Briggs so satt, dass ich kotzen könnte. »Ich habe diese Lieder geschrieben. Ihr könnt sie vorwärts und rückwärts spielen.«

»Worauf willst du hinaus?«

»Wenn ich ein paar der Texte so anpasse, dass sie zu unserem Stil passen und die Oktave ein bisschen nach unten verlagere … denke ich, dass ihr Jungs das Tempo entsprechend manipulieren könnt, damit wir weniger wie Taylor Swift und mehr wie Tim McGraw klingen …« Ich zucke mit den Schultern. »Es könnte eine Katastrophe werden. Oder wir retten damit den Abend.«

»Er hat nicht ganz unrecht«, murmelt Aiden. »Wir verzichten einfach auf ›Liar‹ und ›Warn Ya‹ und all die anderen zuckersüßen Popprinzessinnenlieder. Aber ›Hurts Like Hell‹ und ›Burning Stars‹ können wir problemlos spielen, vor allem wenn wir Laceys elendes Hüftgewackel weglassen. Und selbst ›Told You So‹ könnte funktionieren, wenn wir die Zeilen über den betrügerischen Freund streichen.«

Ich lache. »Ja, die müssen weg.«

Aiden schnappt sich einen Bleistift und macht sich daran, sich ein paar Notizen zu machen und die Lieder umzumodeln. »Wenn wir die Tonart nach dem Refrain von Dur zu Moll wechseln …«

Ich gehe zu ihm, schließe mich ihm an und schaue interessiert über seine Schulter.

»Nur damit ich das richtig verstehe: Ihr zwei wollt unsere komplette Setliste überarbeiten?« Linc schaut zwischen mir und Aiden hin und her, als hätten wir beide den Verstand verloren. »Euch ist schon klar, dass der Auftritt in drei Stunden stattfindet, oder?«

»Dann sollten wir besser keine Zeit mehr mit Diskussionen verschwenden und uns an die Arbeit machen«, murmelt Aiden.

Linc lacht. »Ihr verrückten Mistkerle.«

Ich grinse. »Heißt das, dass du dabei bist?«

12. KAPITEL

Felicity

Tinte tropft aus meinem Stift, während ich den Text überfliege, den ich gerade zu Papier gebracht habe.

He said make a little music with me, baby
Sit here by my side
Starin' into my eyes
Don't worry 'bout that crowd going crazy
It's you and me now
Just you and me now

Wütend streiche ich die Worte durch, bis nur noch ein schwarzer Tintenfleck zu sehen ist. Das reicht mir immer noch nicht, also zerknülle ich das Blatt und werfe es in Richtung Wand.

Mir fehlt meine Gitarre, ganz zu schweigen von meinem Notizbuch, das im Gitarrenkoffer steckt. Ohne diese beiden Gegenstände kann ich nicht anständig komponieren. In meinem Notizbuch befindet sich jedes Lied, das ich je geschrieben habe. Jeden tiefen, dunklen Fetzen Poesie, der mir je in den Sinn gekommen ist, habe ich an die tränenbefleckten Ränder der Seiten geschrieben. Ich bin wütend auf mich selbst, weil ich den Gitarrenkoffer in Ryders Transporter vergessen habe. Ganz zu schweigen davon, dass ich schreckliche Angst davor habe, dass er mein Notizbuch finden könnte.

Der bloße Gedanke daran, dass er es aufklappen und meine Lieder lesen könnte …

Nein. Das würde er nicht tun. Das ist ein totaler Eingriff in meine Privatsphäre.

Besorgt kaue ich auf der Innenseite meiner Wange herum. Seit drei Tagen bin ich ein emotionales Wrack. Wut und Schmerz und Verwirrung und etwas, das ich nicht benennen kann, das aber im oberen linken Bereich meiner Brust wehtut wie ein körperliches Gebrechen, quälen mich.

Meine Schichten im *Nightingale* sind abends eine willkommene Ablenkung gewesen, aber in den frühen Morgenstunden, wenn die Welt dunkel und mein Kopf voll ist, will ich nur eins tun: *schreiben*. Leider ist das ohne mein Notizbuch nahezu unmöglich.

Schönen Dank auch, Ryder.

Falls ich ihn je wiedersehe, habe ich vor, ihm ordentlich die Meinung zu geigen. Verflixt, wenn er es wagen sollte, mir unter die Augen zu kommen, werde ich …

Eine Faust hämmert so heftig an meine Tür, dass sie in den Angeln wackelt.

Oh, Torte noch mal. Ich musste *das Schicksal ja unbedingt herausfordern …*

Ich atme ein wenig zu schnell, als ich mit zitternden Beinen aufstehe.

»Wer ist da?«

»Carly!« Sie hämmert erneut an die Tür. »Mach auf!«

Ich atme erleichtert aus und durchquere das Zimmer, um sie hereinzulassen. Ich werfe einen Blick auf meine Armbanduhr. Es ist vier Uhr an einem Freitagnachmittag – sie sollte unten sein und die Bar für die Gäste vorbereiten. »Was ist los? Musst du heute Abend nicht arbeiten?«

»Das musste ich, bis mich Adam anflehte, meine Schicht

zu tauschen.« Grinsend zwängt sie sich in mein Zimmer und lässt sich auf meine quietschende Matratze fallen. »Hier sieht es besser aus als bei meinem letzten Besuch.«

Das stimmt – als wir uns das erste Mal in meinem Zimmer trafen, um Zeit miteinander zu verbringen, war ich gerade erst in Nashville angekommen, und meine kleine Unterkunft war ein spärlich ausgestattetes, muffiges Chaos. Im Laufe des vergangenen Monats habe ich den Staub beseitigt, die Rostflecken von den Armaturen im Bad geschrubbt und die Fenster vom Schmutz befreit. Ich habe mir sogar einen Satz hellblauer Bettlaken und marineblauer Dekokissen gegönnt, die ich letzte Woche in der Abteilung mit den preisreduzierten Artikeln eines Discountladens ein paar Blocks von hier entfernt entdeckt habe.

Auf meiner Kommode steht ein Kaffeebecher aus Plastik, den ich mit frisch gepflückten Blumen aus dem Park bestückt habe. Außerdem habe ich mehrere Hochglanz-Bandposter aus dem Müll des *Nightingales* stibitzt und sie strategisch zu Wandschmuck umfunktioniert. Sie verleihen dem Zimmer nicht nur eine dringend benötigte künstlerische Atmosphäre, sondern verdecken auch noch den Großteil der Wasserflecken.

Eine Win-win-Situation.

»Wenn ich heute Abend deine Schicht übernehmen soll, macht mir das nichts aus«, sage ich zu Carly. »Ich muss mich nur schnell umziehen …«

»Nein! Deswegen bin ich nicht hier.« Sie lächelt mich an. »Ich bin hergekommen, um dich zu entführen.«

Ich ziehe die Augenbrauen hoch. »Wie bitte?«

»Wir gehen heute Abend aus.«

Ich starre sie ausdruckslos an.

»Es ist Freitagabend! Wir sind jung! Wir haben ausnahmsweise beide mal frei!« Sie hält inne. »Außerdem hatte ich einen riesigen Streit mit meinem Quasifreund, der eigentlich mein richtiger Freund ist, aber nicht an ›Etikette‹ glaubt.« Sie verdreht die Augen. »Und nun muss ich mir etwas Scharfes anziehen und tanzen gehen, um ihn so eifersüchtig zu machen, dass er zur Vernunft kommt und zugibt, dass er mein amtlich bestätigter, Etikette liebender Freund ist.«

»Aber …«

»Felicity. Ich brauche das. Und was noch wichtiger ist, du brauchst das.« Ihr Blick ist ernst. »Du hast seit deiner Ankunft hier praktisch jeden Abend gearbeitet. Du lebst seit einem Monat in Nashville, hast das *Nightingale* aber so gut wie nie verlassen, um Himmels willen!«

»Ich erkunde die Stadt tagsüber«, verteidige ich mich. »Ich spaziere überall herum. Ich war in den Parks, unten am Fluss, in der Music Row, im Gulch und in der Printers Alley. Letztens war ich sogar draußen bei Five Points und bin dort ein wenig herumgelaufen, bevor ich mich auf den Rückweg machen musste, um meine Schicht rechtzeitig antreten zu können.«

»Ja, ja, das ist alles schön und gut, aber abends ist es an diesen Orten vollkommen anders.« Sie steht auf. »Nashville ist eine Stadt, die man am besten im Schutz der Dunkelheit genießt. *Glaub mir*, dann passiert die echte Magie.«

»Magie?«

»Musik.«

Ich kaue auf meiner Unterlippe herum. »Ich habe nichts anzuziehen …«

»Das dachte ich mir. Deswegen habe ich das hier mitgebracht!« Sie präsentiert mir ihre riesige Umhängetasche. Bevor ich sie aufhalten kann, kippt sie den Inhalt auf mein Bett. Alles Mögliche fällt heraus – ein Schminktäschchen, zahlreiche unterschiedliche Klamottenkombinationen, Haarbürsten und sogar ein Lockenstab.

»Das hast du alles mit dir herumgeschleppt?«, frage ich verblüfft.

»Mein Arm ist vor einer halben Stunde taub geworden.« Sie zuckt mit den Schultern. »Wie dem auch sei. Du hast doch einen gefälschten Ausweis, oder?«

Ich blinzle sie schockiert an.

»Oh, entspann dich, ich werde dich nicht verraten. Isaac mag dir abkaufen, dass du einundzwanzig bist, aber ich bin nicht von gestern.«

»Ja, ich habe einen gefälschten Ausweis.«

»Lass mal sehen.« Sie streckt ihre Hand aus.

Mit einem Seufzen wühle ich in meiner Tasche herum und ziehe die kleine laminierte Karte heraus. Ich erröte, als ich sie in ihre Hand lege.

»Das Ding ist Mist«, verkündet sie, nachdem sie sich den Ausweis gerade mal eine Sekunde lang angeschaut hat.

»Ich weiß.« Ich fahre mit einer Hand durch mein Haar. »Ein Typ, mit dem ich zur Highschool ging, hat ihn für mich gemacht. Er war nicht gerade ein Profi.«

»Eindeutig nicht.«

»Ich trinke nicht mal, also sollte das kein Problem sein.«

»Am Eingang wird man trotzdem kontrolliert. Aber mach dir keine Gedanken. Das bedeutet nur, dass wir ein paar Türsteher bezirzen müssen.«

»Na, toll.«

»Das wird Spaß machen. Versprochen.« Sie zieht die Augenbrauen hoch, als meine vorherige Aussage bei ihr ankommt. »Moment, du trinkst überhaupt nicht? Nie?«

»Nie.«

»Hm. Was sagt man dazu?« Sie hält inne. »Aber du tanzt doch, oder?«

»Ich tanze.«

»Ausgezeichnet.« Sie stemmt die Hände in die Hüften und mustert mich von Kopf bis Fuß. »Ich schätze … neunzehn?«

»Achtzehn«, gestehe ich.

»Ein Baby!« Sie schnappt mit gespieltem Entsetzen nach Luft. »Ich kann es gar nicht abwarten, dich zu verderben. Da ich mit zweiundzwanzig deutlich älter bin als du, habe ich jede Menge Weisheiten auf Lager, die ich dir vermitteln kann.«

»Zum Beispiel …?«

»Die meisten Bars am Broadway haben nicht öffentliche Seiteneingänge, also kann man die Schlangen umgehen, wenn man von hier ist oder die Türsteher kennt. Im *Tootsie's* gibt es drei Bühnen, aber im obersten Stockwerk hat man nach Mitternacht immer am meisten Spaß. Die Toilettenreinigungskräfte werden dich wie eine Göttin behandeln, wenn du ihnen regelmäßig Trinkgeld gibst. Du solltest *immer* ein wenig Bargeld in deinem BH dabeihaben, nur für den Fall, dass du deine Geldbörse verlierst. Und du darfst dich *niemals* zu nah an die Seitenwände der Gebäude im Bezirk mit den Nachtkneipen stellen, sonst riskierst du es, von jemandem angekotzt zu werden, der sich plötzlich schwallartig über das Geländer einer Dachbar übergibt.« Sie verzieht das Gesicht und erinnert sich offenbar an eine Erfahrung, die sie persönlich gemacht hat. »Falls dich allerdings doch mal jemand vollkotzt, bekommst du den Gestank mit Backpulver beim Waschen raus.«

Ich blinzle sie an. »Wow.«

»Betrachte mich als deine spirituelle Führerin.« Sie schnappt sich den Lockenstab. »Also, bist du dabei oder nicht?«

Ich grinse breit. »Oh, ich bin dabei.«

Carly nimmt ihre Rolle als meine spirituelle Führerin sehr ernst.

Nachdem sie mich zu ihrer Zufriedenheit aufgebrezelt hat – ein Prozess, der mehr Augen-Make-up erforderte, als ich in meinem ganzen Leben je getragen habe, und außerdem so viel Haarspray, dass ich bezweifle, dass ich diese Locken je wieder rausbekommen werde –, steckt sie mich in ein rotes Kleid, das sehr viel körperbetonter als die fließenden Sommerkleider ist, die einen Großteil meiner Garderobe ausmachen. Dazu trage ich Riemchensandalen, bei denen ich mir nicht ganz sicher bin, ob ich darin laufen kann. Ich äußere nicht den geringsten Widerspruch, rechne aber damit, dass ich am Ende des Abends mehrere Blasen davontragen werde.

Diesen kleinen Preis zahle ich jedoch gerne für die Freundschaft.

Wir begeben uns auf die Suche nach etwas zu essen und schlendern ein wenig durch die Gegend, bis wir uns schließlich für einen hübschen Laden an der Hauptstraße entscheiden, der einen Bereich für Außengastronomie hat. Wir genießen die letzten paar Sonnenstunden und beobachten Leute. Wir lachen über die Touristinnen, die in Schärpen mit der Aufschrift »Bride to be« und schlecht sitzenden Cowboyhüten herumstolpern, an denen noch die Preisschilder hängen. Sie nippt an einem Gurkenmojito, während ich ein erfrischendes Mineralwasser trinke. Wir unterhalten uns über unsere Kollegen im *Nightingale*, die Bands, mit denen sie jeden Abend zu tun hat, ihre Wirtschaftskurse an der Belmont University und ihre Kindheit in einem Vorort von Denver. Sie kam mit achtzehn her, um aufs College zu gehen, und kehrte nie wieder nach Hause zurück.

»Und, was ist deine Geschichte?«, fragt sie, während wir Stück für Stück eine große vegetarische Pizza verschlingen.

»Meine Geschichte ist noch nicht passiert«, murmle ich mit

einem großen Bissen im Mund. »Deswegen bin ich hergekommen. Ich bin bereit dafür, dass sie endlich anfängt.«

Ihr Blick ist neugierig. »Und? Wie sieht dein Traum aus?«

»Was meinst du damit?«

»Jeder, der nach Nashville kommt, hat einen Traum. Die Leute wollen entweder ein Star werden, einen Star heiraten oder für einen Star arbeiten. In welche Kategorie fällst du?«

»Bislang in keine.« Ich zucke mit den Schultern. »Ich weiß nur, dass ich Lieder schreiben will. Und irgendwann will ich vielleicht sogar ein paar verkaufen, wenn sie gut genug sind.«

»Dann bist du also eine Liedermacherin! Das ergibt total Sinn.« Sie legt den Kopf schief und kaut auf ihrem Strohhalm herum, während sie mich mustert. »Du hast die gequälte Seele einer Autorin.«

Ich schnaube. »Da bin ich mir nicht so sicher.«

»Lach nur, wenn du willst, aber es ist wahr! Das wusste ich schon bei unserer ersten Begegnung.« Ihre Augen funkeln. »Du hast Geschichten zu erzählen. Ich kann sie hinter deinen Augen sehen.«

Ich erröte.

»Oh, das muss dir nicht peinlich sein! Das ist etwas Gutes, Babe.« Sie zwinkert mir zu. »Herzschmerz bringt immer die besten Lieder hervor.«

»Ich schätze, das stimmt.«

»Das stimmt absolut!« Ihr Lächeln strahlt in der zunehmenden Dunkelheit. »Ich kann dir versichern, dass du eines Tages ganz groß rauskommen wirst, Felicity Wilkes.«

Ich zucke kurz zusammen, als ich den falschen Nachnamen höre, aber ich glaube nicht, dass es ihr auffällt. »Danke, Carly.«

»Du hast keine Ambitionen zu singen, oder?«

Aus mir unbekannten Gründen blitzt Ryders Gesicht vor meinem inneren Auge auf. Ich schüttle den Kopf, um es loszuwerden. Ich wünschte, ich könnte aufhören, an ihn zu denken. Doch er ist mir so tief unter die Haut gegangen, dass ich befürchte, ihn nie wieder abschütteln zu können.

»Nein, ich bin keine Sängerin.«

»Schade«, murmelt Carly und hebt ihre Finger in die Luft, um mein Gesicht damit einzurahmen wie mit einer Kameralinse. »Mit deinen Liedern und deinem Aussehen hättest du das Gesamtpaket, falls du dich je entscheiden solltest, vor Publikum aufzutreten. Sie würden dein Gesicht auf jede Plakatwand in dieser Stadt kleben.«

Genau davor habe ich Angst.

Wir leeren unsere Teller, während die Sonne langsam hinter dem Horizont verschwindet. Die Menge auf der Straße wird mit jeder Minute dichter, denn immer mehr Leute begeben sich auf der Suche nach einem tollen Abend auf die Vergnügungsmeile. Bierfahrräder fahren vorbei, und ihre betrunkenen Gäste singen schief, während sie wie Paradewagen die Straße entlangradeln. Musik erfüllt die Luft und dringt aus jedem offenen Fenster im Umkreis von einem knappen Kilometer. Gleichzeitig erwachen um uns herum die Leuchtreklamen flackernd zum Leben.

»Du weißt, dass du mit mir reden kannst, oder?«, meint Carly schließlich und lenkt meine Aufmerksamkeit wieder auf sich. Sie wirkt untypisch ernst. »Wenn du je jemanden brauchst, dem du dein Herz ausschütten oder an dessen Schulter du dich ausweinen kannst, oder wenn du einfach nur mal mit jemandem tanzen gehen willst, um dich abzulenken … dann bin ich für dich da.«

»Danke, Carly.«

Sie zwinkert mir zu. »Wofür sind spirituelle Führer da?«

Letztendlich landen wir im *Tootsie's*.

Die berühmte *Orchid Lounge*, die aufgrund ihres grellen lilafarbenen Anstrichs so genannt wurde, ist eine feste Einrichtung in Nashville. Es gibt drei Stockwerke mit Livemusik sowie eine Bar auf dem Dach. Direkt daneben liegt das *Ryman*, und jedes Wochenende treiben sich hier Hunderte von Besuchern herum. Jeder von Kenny Chesney bis hin zu Keith Urban wurde hier schon gesichtet, ob nun bei einem Bier an der Theke oder singend auf der Bühne. Als wir das lilafarbene Gebäude erreichen, ist die Sonne komplett untergegangen, und die Schlange vor dem Eingang ist so lang, dass sie um die Ecke des Hauses herumgeht.

Ich stöhne. »Wir werden mindestens eine Stunde lang warten müssen.«

»Halte dich an mich, Kleine.« Carly zwinkert mir zu, legt ihren Arm um meinen und zieht mich am Haupteingang vorbei in eine schmale Gasse. Ein riesiger Türsteher, der ganz in Schwarz gekleidet ist, bewacht den Seiteneingang, doch er lächelt, sobald er uns entdeckt.

»Carly! Ich wusste nicht, dass du heute Abend kommst. Wie geht es dir, Süße?«

»Hey, Hübscher! Ich kann nicht klagen.« Sie drückt mich. »Das ist meine Freundin Felicity.«

Er schaut mir in die Augen und mustert dann den Rest von mir. Ich versuche, nicht zappelig zu werden, als sein Blick ein wenig zu lange auf meinem Dekolleté verweilt.

Carlys Stimme ist kokett und fröhlich. »Meine Freundin ist brandneu in Nashville, und ich will ihr das Nachtleben in der Stadt zeigen. Da war mir klar, dass unser erster Halt das *Tootsie's* sein musste. Hier bekommt man noch richtige Honkytonk-Musik zu hören.«

»Neu, was?« Er schaut mir wieder in die Augen. »Carly hat

gut daran getan, dich herzubringen. Wir werden dafür sorgen, dass du dich wie zu Hause fühlst.«

»Ich bin ja *so* aufgeregt«, sprudelt es aus mir heraus. Ich tue mein Bestes, um Lacey Briggs nachzuahmen.

Carly zwickt mich in den Arm und versucht, nicht zu kichern. »Könntest du irgendetwas tun, um dafür zu sorgen, dass wir nicht in dieser Schlange anstehen müssen? Dann wärst du unser Held!«

»Ach verdammt.« Der Türsteher zwinkert ihr zu und zieht die Tür ein paar Zentimeter weit auf. »Du weißt, dass du dich auf mich verlassen kannst.«

Sie quietscht aufgeregt. Doch bevor wir durch die Tür gehen dürfen, muss Carly einen Wegezoll bezahlen. Der Türsteher streckt seine Arme aus und zieht Carly in eine erdrückende Umarmung, bei der er ausgiebig ihren Hintern begrabscht.

Igitt.

Carly zuckt nicht mal mit der Wimper. Sobald sie wieder frei ist, zieht sie mich ins Gebäude, bevor er mich ebenfalls umarmen kann. Dann ruft sie dem Türsteher über die Schulter zu: »Danke noch mal, Schönster!«

Wir bahnen uns einen Weg durch die Bar im Erdgeschoss. Ich betrachte die Wände, die mit Fotos von Berühmtheiten bedeckt sind, von denen einige ein paar Jahrzehnte alt sein müssen. Der dunkle Raum ist so überfüllt, dass man kaum atmen kann. Alle trinken Bier und bewegen die Köpfe im Takt, während ein Mann mit einer E-Gitarre auf der Bühne in der Ecke vollkommen ausrastet. Carly hält kaum inne, um mich alles betrachten zu lassen. Stattdessen zerrt sie mich eine Treppe hoch in den ersten Stock.

Hier ist der Raum größer, aber nicht weniger überfüllt. Eine reine Frauenband singt eine Coverversion eines Lieds von Martina McBride, was allerdings nicht besonders gut klingt.

Ein Großteil des Publikums ist zu betrunken, um Anstoß daran zu nehmen, dass die Leadsängerin die Töne nicht hundertprozentig trifft, wenn sie sich an die höheren Noten heranwagt.

Carly verzieht das Gesicht und schüttelt den Kopf, was wohl bedeutet, dass es ihr im ersten Stock auch nicht gefällt. Schnell zieht sie mich in den zweiten. Als wir oben ankommen, dünnt sich die Menge ein wenig aus, sodass ich endlich genug Raum habe, um wieder richtig zu atmen. Wir haben die Treppe zur Hälfte hinter uns gebracht, als die Frauenband endlich von den Musikern im obersten Stockwerk übertönt wird. Das Lied klingt seltsam vertraut, aber ich kann es nicht richtig einordnen … bis wir durch den Bogengang treten und ich einen ersten Blick auf die Bühne werfen kann.

Nein, nein, nein.

»Carly, warte …!«, rufe ich und versuche, sie aufzuhalten. Doch die Musik ist so laut, dass sie mich nicht hört. Und dann ist es zu spät. Sie entdeckt Ryder, Aiden und Lincoln auf der Bühne und grinst, als wäre das die beste Überraschung ihres Lebens. Sie dreht sich zu mir um und brüllt: »Oh mein Gott! Sieh mal, wer hier heute spielt!«

Ich wäre überzeugt, dass sie dieses ganze Szenario extra arrangiert hat, um mich zu quälen, wenn die Verblüffung auf ihrem Gesicht nicht so vollkommen aufrichtig wäre. Außerdem hat sie keinen Grund zu denken, dass ich ein Problem damit haben könnte, hier zu sein. Niemand weiß von meinen seltsamen Problemen mit Ryder, weil ich niemandem davon erzählt habe. Wie immer.

Es ist, wie er letztens sagte …

Felicity, du bist ein verschlossenes Buch. Ein Buch, das mit einem Vorhängeschloss versehen ist. Und in Geheimschrift verfasst ist, damit man, nur für den unwahrscheinlichen Fall, dass es doch mal jemandem gelingt, das Schloss zu knacken, eine Entschlüsselungsmethode braucht, um den Inhalt zu verstehen.

Er hatte recht.

Das macht mich wütender als zu sehen, wie gut er aussieht, während er dort mit seiner Gitarre steht und im Licht der Bühnenscheinwerfer leidenschaftlich ins Mikro singt. Seine Stimme hallt in meinem Knochenmark wider – es ist dieselbe Stimme, die ich in der vergangenen Woche jede Nacht in meinen Träumen gehört habe und die mich wie ein Geist heimgesucht hat.

Nun wird mir klar, warum mir das Lied so bekannt vorkam. Er singt eine von Laceys Nummern, aber sie klingt vollkommen anders, wenn sie aus seinem Mund kommt. Es ist eine verlangsamte, vereinfachte Version, und ich muss sagen, dass sie verglichen mit Laceys übertriebenem Gequäke deutlich besser klingt. Ich bin nicht die Einzige mit dieser Meinung – vor der Bühne drängt sich eine ganze Reihe Frauen. Sie hüpfen auf und ab und haben die Blicke fest auf Ryders Gesicht gerichtet, als wäre er eine Droge und als bräuchten sie dringend einen Schuss.

Das verführerische Schmunzeln auf seinen Lippen treibt ihre Leidenschaft nur noch weiter an.

»Ich hatte keine Ahnung, dass sie hier sein würden!«, ruft Carly und grinst mich an. »Wir haben echt Glück!«

»Großes Glück«, erwidere ich tonlos und gedehnt.

Sie verschränkt ihren Arm mit meinem. »Komm schon, besorgen wir uns etwas zu trinken!«

Ich nicke und folge ihr an die Theke. Nachdem wir uns unter Einsatz unserer Ellbogen einen Weg nach vorne erkämpft haben, versucht Carly, den Barkeeper auf uns aufmerksam zu machen. Meine Aufmerksamkeit ist jedoch fest auf die Bühne hinter uns gerichtet. Ich bezweifle, dass er mich in der dunklen

Menge bereits entdeckt hat, aber ich habe das Gefühl, dass das nur eine Frage der Zeit sein wird.

»Hier.« Carly reicht mir ein Mineralwasser und nimmt einen großen Schluck von ihrem Cocktail. »Lass uns näher herangehen!«

»Eigentlich finde ich es hier ganz gut.«

Sie schaut mich an, als hätte ich den Verstand verloren. »Wir sind hergekommen, um zu tanzen!«

Sie hat recht.

Das sind wir.

Ich sollte mir von irgendeinem Idioten nicht den Abend verderben lassen.

Ich habe siebzehn Jahre damit verbracht, mir von einem Mann jede meiner Handlungen vorschreiben zu lassen. Ich habe in Angst vor seinen Reaktionen gelebt, mich in seiner Gegenwart wie auf Eiern bewegt und versucht, mich unsichtbar zu machen. Außerdem konnte ich beobachten, wie meine Mutter dasselbe tat, und es schien sie nie auch nur ansatzweise glücklich zu machen.

Ich bin nach Nashville gekommen, weil ich dieses Leben hinter mir lassen wollte. Ich habe die Nase voll davon, in Angst vor anderen Menschen zu leben, und ich will mich nicht länger darum scheren, was andere über mich oder meine Art zu leben denken.

Selbst wenn es umwerfende Musiker sind, die mein Herz doppelt so schnell schlagen lassen.

»Dann mal los!«, rufe ich und hake mich bei Carly unter. »Lass uns tanzen.«

13. KAPITEL

Ryder

Ich weiß nicht, wie zum Teufel wir das hinbekommen haben, aber es funktioniert.

Die Lieder sind nicht so spektakulär, wie sie es sind, wenn Lacey sie singt, aber das scheint keine Rolle zu spielen. Wer hätte gedacht, dass unter den sexy Hüftbewegungen und hauchigen Pausen tatsächlich anständige Musik lag, die darauf wartete, gehört zu werden?

Wir spielen eine abgespeckte Version unseres üblichen Programms – fünf eigene Lieder und zwei unserer besten Coverversionen –, und die Menge flippt förmlich aus. Zum ersten Mal seit Langem habe ich tatsächlich Spaß auf der Bühne. Vielleicht liegt das an der Abwesenheit einer gewissen wasserstoffblonden Diva. Vielleicht ist es aber auch einfach die Tatsache, dass mir im Hinterkopf bewusst ist, dass dies durchaus das letzte Mal sein könnte, dass ich zusammen mit meinen besten Freunden auftrete.

Ich stehe mit meiner Gitarre in den Händen im Scheinwerferlicht und lasse alles andere los – die abwegigen Erwartungen meines Vaters, Laceys unverfrorene Manipulationen, den Druck, einen Plattenvertrag an Land ziehen zu müssen, die Gefühle, die ich für eine Frau empfinde, die ich nicht haben kann, und mit denen ich deswegen hadere …

Das alles ist für einen Augenblick nicht mehr wichtig, und

ich *spiele* einfach. Ich spiele, als hätte ich nichts mehr zu verlieren. Denn so ist es. Und so einsam diese Vorstellung auch ist, hat sie auch etwas absolut Befreiendes an sich.

Lincoln und Aiden haben einen Heidenspaß. Ich habe sie noch nie so sehr mit dem Publikum interagieren sehen. Eine Frau reißt sich tatsächlich den BH vom Leib und wirft ihn Linc zu, als er während »Hurts Like Hell« sein Solo spielt. Als wir unser letztes Lied anstimmen, frisst uns die Menge aus der Hand. Ich könnte verdammte Kinderlieder singen, und sie würden uns anhimmeln.

»Das ist unser letztes Lied«, sage ich ins Mikro und atme schwer. Die Frauen in der ersten Reihe schreien nach mir, und in ihren Augen schimmert Lust. »Das ist das erste Mal, dass wir dieses Lied live spielen, aber ich bezweifle, dass es das erste Mal ist, dass ihr es hört. Also wenn ihr den Text kennt, dann singt bitte mit …«

Ich nicke Aiden zu, der das Intro spielt. Linc tippt mit seinen Stöcken sanft auf die Trommeln, um eine subtile akustische Begleitung beizusteuern. Und als ich mich ans Mikro lehne und es mit beiden Händen umfasse, als würde ich es küssen wollen, schließe ich die Augen und denke an sie.

»Saw you in the crowd the other day
You were ten years older, ten years colder
When your gaze wandered my way …«

Die Frauen in der ersten Reihe singen mit. Dieses Lied ist etwa dreißig Jahre älter als die meisten von ihnen, doch sie kennen den Text trotzdem auswendig. Das ist die Magie eines Lieds von Bethany Hayes. Es wurde geschrieben, um die Zeit zu überdauern.

»Wish that I could tell you that you're hated
All those tears I cried, 'cause you never tried
And still, for years, I waited …«

Als ich fast den Refrain erreicht habe, öffne ich die Agen und sehe ein Meer aus Lichtern – einhundert Handys leuchten auf und schwanken hin und her wie Sternschnuppen. Als ich anfange, den Refrain zu singen, schließen sich meiner Stimme viele andere an. Sie kommen von überall – sowohl aus der ersten Reihe als auch aus der hintersten Ecke der Bar.

»'Cause love don't burn out, even though you're gone
And hate don't come just 'cause you write it in a song …«

Sie singen mit voller Kraft, denn es ist eine der beliebtesten Textzeilen in der Geschichte der Countrymusik.

»Sure it's sad but it isn't complicated …
You're my only memory that never faded …
You never faded … Oh …«

Die Instrumente verstummen komplett, und meine Stimme verklingt. Es gibt nur noch mich und die Menge, und wir teilen diesen Moment miteinander. Ich schaue in die Gesichter, lasse den Blick durch den Raum wandern und versuche, vor der letzten Strophe mit so vielen Leuten wie möglich eine Verbindung herzustellen.

Ich übersehe sie beinahe.

Sie steht etwa sechs Reihen entfernt hinter einem großen Kerl, fast so als würde sie sich vor mir verstecken. Ihr Haar ist lockig, und sie trägt zu viel Make-up, das ihre natürliche Schönheit verdeckt, aber ich erkenne sie trotzdem.

Felicity.

Meine Felicity.

Ich kann kaum glauben, dass sie dort steht und zu mir hinaufschaut. Ich weiß, dass ich wegschauen sollte, aber ich tue es nicht. Der Rest des Raums existiert für mich nicht länger. Ich schaue in ihre Augen und auf die unübersehbaren Tränen, die sich in den Augenwinkeln sammeln, während ich das berühmteste Lied ihrer Großmutter singe, und zwar fünf Jahrzehnte nachdem es in exakt diesem Gebäude zum ersten Mal vor Publikum dargeboten wurde.

»Sure it's sad but it isn't complicated.
You're my only memory that never faded …
You never faded …
Faded …«

Als wir das Lied beenden, ist der Applaus ohrenbetäubend.

»Ich bin Ryder Woods, das am Bass ist Aiden, und Lincoln ist der Mann am Schlagzeug. Vielen Dank fürs Kommen, Nashville!«

Ich springe praktisch von der Bühne und bahne mir einen Weg durch die wild gewordene Menge. Frauen schnappen nach meinen Armen, springen hoch, um mir etwas ins Ohr zu flüstern, und rufen Worte des Lobes. Ich ignoriere sie. Es ist unhöflich und unprofessionell, aber das ist mir egal. Ich dränge mich in die Mitte des Publikums und lasse meinen panischen Blick nach links und rechts schweifen. Ich betrachte jedes Gesicht.

Ich entdecke sie nirgends.

Ist sie gegangen?

Ich wirbele herum, um mich erneut umzuschauen, und stoße beinahe mit ihr zusammen. Da ist sie, nur anderthalb Meter von mir entfernt und so schön wie immer in einem engen roten Kleid, das mir den Atem raubt. In ihren Augen schimmern Tränen, als sie sie auf meine richtet. Ich sehe zu, wie eine Träne über ihre Wange rollt, und bin für den Bruchteil einer Sekunde wie gelähmt.

Sie öffnet den Mund, als würde sie etwas sagen wollen. Doch ich habe die Nase voll vom Reden.

Ich setze mich in Bewegung.

Meine Füße überwinden die letzten Meter Distanz zwischen uns.

Ich lege die Arme um sie.

Sie lehnt sich gegen meine Brust.

Und dann küsse ich sie.

Ich küsse sie, wie ich es seit Wochen tun will, wie ich es schon bei unserer ersten verdammten Begegnung im *Nightingale* hätte tun sollen. Mein Mund labt sich an ihrem wie ein Verhungernder an einem Festmahl. Ich versuche, dieses brennende Bedürfnis in meinen Venen zu stillen.

Doch ich kann mein Verlangen nicht befriedigen. Es ist zu stark, und ich habe ihm zu lange das verwehrt, wonach es sich verzehrt.

Ich könnte sie verdammt noch mal verschlingen.

Sie zerstören und zugrunde richten.

Und doch wäre es immer noch nicht genug.

Ich lege die Hände auf ihr Kreuz und drücke sie so fest an mich, dass ich spüren kann, wie sich jede ihrer Kurven an meine Brust schmiegt. Sie schiebt die Hände an meinen Schultern vorbei in mein Har und zieht meine Lippen energischer nach unten, als würde sie sich ebenso sehr nach mir verzehren wie ich mich nach ihr.

Wir stehen eng umschlungen und gierig da, bis die summende Menge um uns herum verschwimmt und undeutlich wird. Bis die Welt auf diesen einen Augenblick zusammenschrumpft. Auf dicsen Kuss. Es gibt nur noch sie und mich, und unsere Arme sind so fest um unsere Körper geschlungen, dass das Atmen schwerfällt.

Aber das Atmen ist mir egal.

Wir ertrinken ineinander, und keiner von uns macht auch nur den geringsten Ansatz, nach Luft zu schnappen.

14. KAPITEL

Felicity

Meine Lippen sind ein Funke, seine sind der Zündstoff.

Wir gehen in eine lodernde Flamme auf, sobald sie sich berühren, und brennen lichterloh inmitten einer johlenden Menge aus Fremden. So bin ich noch nie geküsst worden – als wäre ich etwas Lebenswichtiges wie Sauerstoff oder Nahrung oder Zuflucht. Etwas, ohne das er sterben könnte, wenn er zu lange ohne es auskommen muss.

Er legt die Hände auf meine Wangen und schiebt sie nach oben in meine Locken. Dann spannt er die Finger an, um mich näher an sich heranzuziehen.

Näher.

Näher.

Nie nah genug.

Sind wirklich erst wenige Augenblicke vergangen, seit ich wütend auf ihn war?

Habe ich nicht früher an diesem Tag noch seinen Namen verflucht?

Ich kann mich nicht erinnern, warum ich das getan habe. Ich weiß nur, dass das hier – sein Mund auf meinem und seine Hände in meinem Haar – der reinste, ergreifendste Augenblick meines Lebens ist. Ich will, dass er niemals endet. Ich will niemals aufhören, ihn zu berühren. Ich will ihm das T-Shirt über den Kopf ziehen und jeden Muskel mit dem Finger nachzeichnen. Ich will meine nackte Haut an seiner reiben und eine vollkommen andere Art von Musik erzeugen, die aus Keuchlauten und Seufzen und Stöhnen besteht statt aus Rhythmen und Noten und Melodien.

Als er mich berührt, fällt es mir viel zu leicht zu vergessen, dass wir mitten in einer überfüllten Bar stehen und uns die ganze Welt zuschauen kann. Zumindest … bis die Pfiffe so laut werden, dass ich sie unmöglich ignorieren kann.

Ryder findet als Erster die Kraft, sich zurückzuziehen. Er löst seine Lippen mit einem gequälten Knurren von meinen. Dann legt er seine Stirn an meine. Seine Atemzüge sind abgehackte Keuchlaute des Verlangens. Seine Augen sind vor Lust so dunkel geworden, dass ich mich für mehrere endlose Sekunden in ihren Tiefen verliere, bis ich es schließlich schaffe, Worte zu bilden.

»Dieses Lied«, flüstere ich, und meine Stimme bricht. »Ich kann nicht glauben, dass du dieses Lied gesungen hast. Als ich es hörte, dachte ich, ich würde träumen …«

»Ich habe jetzt das Gefühl, als würde ich träumen.« Seine Worte sind beinahe ein Knurren. Er lässt die Hände aus meinem Haar gleiten, streicht über meine Schulter und legt sie schließlich auf mein Kreuz, um mich an sich zu ziehen und den winzigen Abstand zwischen uns aufzuheben. Ich schnappe nach Luft, als sich unsere Körper berühren, und sofort flackern wieder Funken der Lust in mir auf. Seine Erektion an meinen Hüften ist hart wie Stahl. Meine Knochen fühlen sich plötzlich ein bisschen labberig an.

»Das ist kein Traum«, flüstere ich und blicke auf seinen Mund. »Eine Fantasie vielleicht. Aber kein Traum.«

»Felicity.« Er legt seine Stirn mit einem leisen Stöhnen wieder an meine. »Komm mit mir.«

»Wohin?«

»Irgendwohin. Zu dir. Zu mir.« Sein Blick ist verzweifelt, und er saugt mich damit förmlich in sich auf. »Es spielt keine Rolle. Ich brauche nur … Ich brauche …«

Die Worte werden scharf abgeschnitten, als er die Nasenflügel bläht. Er scheint um Kontrolle zu ringen und nach den richtigen Worten zu suchen. Doch ich verstehe ihn auch so perfekt.

Ich brauche dich.

Ich muss dich berühren. Dich schmecken. Meine Gliedmaßen um deine schlingen, bis wir uns ineinander verlieren.

Ich zögere keine Sekunde.

»Lass uns gehen.«

Mit fest umklammerten Händen bahnen wir uns einen Weg durch die Menge in Richtung Ausgang. Wir sind mehr als erpicht darauf, von hier zu verschwinden. Ich erhasche einen Blick auf Carly, die bei Lincoln und Aiden neben der Bühne steht, während sie ihre Ausrüstung abbauen und einpacken. Sie wirken alle drei gleichermaßen verblüfft, als sie uns an sich vorbeigehen sehen. Ich winke kurz mit meiner freien Hand, und Carly erwidert die Geste schlaff. Der Ausdruck auf ihrem Gesicht könnte nicht deutlicher sein.

Hast du vergessen, etwas zu erwähnen, Felicity?

Ein Lachen blubbert in meiner Kehle hoch. Ich richte den Blick nach oben, um Ryder anzuschauen, und will ihn gerade auf unsere Freunde aufmerksam machen, als ich spüre, wie sich Krallen in meinen Arm bohren. Noch bevor ich auch nur überrascht nach Luft schnappen kann, werde ich von Ryders Seite weggezerrt. Seine Hand rutscht aus meiner, und ich verliere in meinen hochhackigen Schuhen das Gleichgewicht und stolpere mitten in eine Ansammlung aus fremden Frauen mit Bierflaschen in den Händen. Ihre Getränke fallen zu Boden, als sie mich auffangen, und ergießen sich auf unsere Füße mit einem Schwall aus Schaum und Glasscherben.

Fassungslos gelingt es mir, mich aufzurichten. Sofort schaue ich zu Ryder und reiße angesichts der Szene, die sich nur ein paar Schritte von mir entfernt abspielt, die Augen auf.

»Du Mistkerl!«, kreischt eine Frau mit einer weinerlichen, viel zu vertrauten schrillen Stimme und schlägt mit den Händen nach seinem Gesicht, als wären es Klauen. »Du gottverdammter Mistkerl!«

Sieht so aus, als wäre Lacey endlich doch mal zu einem Auftritt erschienen.

Ryder weicht den schlimmsten Schlägen aus und hebt die Hände, um Lacey abzuwehren. Ich bin wie erstarrt und nicht in der Lage, mich zu bewegen oder irgendetwas zu tun. Ich kann nur zusehen, wie Lincoln und Aiden auf ihre gestörte Leadsängerin zustürmen. Carly ist ihnen dicht auf den Fersen, macht aber einen großen Bogen um das Chaos und kommt an meine Seite gelaufen.

»Mist! Geht es dir gut?«, ruft sie und starrt entsetzt auf meinen Arm, wo fünf hässliche rote Streifen die helle Haut verunstalten. »Das Miststück hat dich übel zugerichtet!«

Ich nicke stumm. Mein Arm könnte mir nicht gleichgültiger sein. Ich bin zu sehr damit beschäftigt, zuzusehen, wie Lincoln Lacey um den Bauch herum packt und hochhebt wie ein Kleinkind, das einen Wutanfall hat. Er hievt sie einfach von Ryder weg. Sie schlägt und tritt mit Armen und Beinen um sich und kratzt ins Leere. Mordlust blitzt in ihren Augen, als sie wütende Blicke in Richtung ihres Leadgitarristen wirft, während der Abstand zwischen ihnen immer größer wird.

Ich kann nicht verstehen, was sie brüllt, weil die Musik aus den Deckenlautsprechern so laut ist. Aber danach zu urteilen, wie die Leute in ihrer Nähe zusammenzucken, kann es nichts Nettes sein. Die Gäste treten beiseite, um Lincoln vorbeizulassen. Er zerrt Lacey von der Tanzfläche und auf die offene Dachterrasse hinaus. Aiden und Ryder laufen hinter ihm her.

»Tja, das war dramatisch«, stellt Carly fest, als sie aus unserer Sichtweite verschwinden. Sie schaut zu mir. »Sollen wir hinterhergehen?«

Ich hole tief Luft. »Ich schätze … ja. Das sollten wir.«

Ich murmele eine Entschuldigung in Richtung der Frauen, die mich aufgefangen haben, als ich gestolpert bin, und folge Carly auf die Dachterrasse hinaus. Furcht erstickt langsam, aber sicher die aufgeregten Schmetterlinge, die noch vor einer Minute in meinem Bauch umhergeflattert sind.

Was auch immer gleich passieren wird …

Ich bezweifle stark, dass es etwas Gutes sein wird.

15. KAPITEL

Ryder

Erstaunlich, wie schnell sich das Leben gegen einen wenden kann.

In einer Minute hält man noch die Frau im Arm, die dafür sorgt, dass man vor Leidenschaft brennt, und in der nächsten will einem jemand die Augen auskratzen. Mein Gesicht schmerzt immer noch von dem Angriff. Ich werfe einen Blick nach links, um mich zu vergewissern, dass es Felicity gut geht, bevor ich hinter Linc hereile, der aussieht, als würde er Lacey jede Sekunde fallen lassen. Wir müssen dieses durchgeknallte Miststück hier rausschaffen, bevor die Türsteher auftauchen und uns alle in hohem Bogen rauswerfen.

Wir befördern Lacey unter großen Anstrengungen auf die Dachterrasse. Sie wehrt sich die ganze Zeit über wie eine wild gewordene Katze. Die wenigen Paare, die sich am Geländer versammelt haben, machen sich schnell davon, da sie nicht in unseren Schlamassel hineingezogen werden wollen. Ich mache ihnen keinen Vorwurf – so wie Lacey faucht und zetert, sieht sie aus, als hätte sie einen äußerst ansteckenden Fall von Tollwut.

»Du Mistkerl!«, schreit sie mir zum zehnten Mal entgegen.

Sie muss wirklich mal ihr Repertoire an Schimpfwörtern erweitern.

»Was zum Teufel geht hier vor?«, brüllt Lincoln, der seine liebe Not damit hat, Lacey weiterhin in Schach zu halten. Ich sehe, wie er das Gesicht verzieht, als sie ihm die klauenartigen Fingernägel in den Unterarm krallt. »*Au!* Miststück!«

»Du hättest alles ruinieren können! Alles!«, kreischt Lacey in meine Richtung. Sie wirbelt die Beine in der Luft herum, während sie faucht. Ihre mit Strasssteinen besetzten Cowboystiefel blitzen auf wie Stroboskoplichter. »Du kannst verdammt noch mal von Glück reden, dass ich die Wogen für uns glätten konnte!«

Aiden steht neben mir. Er ist gespannt wie ein Flitzebogen und stumm wie ein Fisch.

»Lass mich los, Lincoln!«, kreischt Lacey und strampelt immer noch. »Lass mich runter!«

»Das werde ich gern tun, sobald du dich wieder unter Kontrolle hast. Du führst dich auf wie eine Verrückte!«

»*Ich* soll verrückt sein?«, keift sie und hört endlich auf, sich zu wehren. »Ich bin hier nicht die Verrückte. Wenn hier jemand verrückt ist, dann *er*.«

Lincoln schaut mich an. »Hast du irgendeine Ahnung, wovon zum Teufel sie redet?«

»Oh, und ob«, faucht sie und atmet schwer. »Er weiß ganz genau, was er getan hat.«

Ich verschränke die Arme vor der Brust und balle die Hände zu Fäusten, während ich sie anschaue. Sie scheint sich langsam zu beruhigen, aber ich werde sie in absehbarer Zukunft trotzdem nicht in die Nähe meiner Augen lassen. Linc setzt sie ab, sodass sie wieder Boden unter den Füßen hat, behält die Arme aber um ihren Bauch geschlungen, nur für den Fall, dass sie sich erneut auf mich stürzen will.

»Ist es, weil er diese Kellnerin aus dem *Nightingale* geküsst hat? Denn ich weiß, dass zwischen euch beiden vor einer ganzen Weile mal was lief, aber …« Lincoln zuckt mit den Schultern. »Ich will ja nicht kleinlich sein, aber du bist auch nicht gerade ein Muster an Tugendhaftigkeit, Lacey.«

»Du denkst, dass ich eifersüchtig bin, weil er eine kleine Barmaus geküsst hat?« Sie wirft den Kopf zurück und lacht gackernd. »Das ist köstlich.«

Aiden schaut zwischen ihr und mir hin und her. Ich kann beinahe sehen, wie sich die kleinen Räder in seinem Kopf drehen, während er versucht zu begreifen, was hier vorgeht. Ich fühle mich mieser als ein Stück Hundescheiße unter einem Schuh.

»Wenn wir es hier nicht mit einer Yoko-Ono-Situation zu tun haben, was zum Teufel ist es dann?« Lincoln klingt mit jeder Sekunde, die vergeht, frustrierter. »Ich meine, du tauchst einfach hier auf – übrigens nachdem du uns den wichtigsten Auftritt versaut hast, den wir je hatten – und stürzt dich auf Ryder. Ich wusste schon immer, dass du nicht mehr alle Tassen im Schrank hast, aber das geht wirklich zu weit, sogar für deine Verhältnisse …«

In ihren Augen liegt ein gefährliches Funkeln. »Ich vermute, die Tatsache, dass ihr ihn immer noch verteidigt, bedeutet, dass er es euch nicht erzählt hat.«

»Uns was nicht erzählt hat?«, fragt Aiden leise.

»Lacey …«, sage ich warnend.

Sie lacht wieder und genießt das Schauspiel. »Oh? Du willst nicht, dass ich es ihnen erzähle?«

»Das hier ist weder der richtige Zeitpunkt noch der richtige Ort dafür«, schnauze ich.

»Nein, ich denke, dass ich das hören will«, sagt Lincoln. Er lässt Lacey los, tritt neben sie und schaut mich mit zusammengekniffenen Augen an. »Wovon zum Teufel redet sie, Ryder?«

Ich schweige, als sie sich alle drei herumdrehen, um mich anzusehen.

»Lacey redet nur Quatsch.« In meiner Kehle arbeitet es, und ich schlucke den Klumpen aus Bedauern hinunter, der darin feststeckt und mir die Luft abschnürt. »Noch ist nichts in Stein gemeißelt, also wollte ich warten, bevor ich es euch erzähle …«

»Du wolltest also bis zur letzten Minute warten. Wie tapfer«, höhnt Lacey. »Hast du ernsthaft geglaubt, dass du mich übergehen könntest und ich das einfach so hinnehmen würde? Dass du diesen Auftritt ohne mich machen und *meine* gottverdammten Lieder singen könntest und ich es nicht herausfinden würde?« Ihre Stimme steigt eine Oktave höher. »Hast du ernsthaft geglaubt, dass du Clay anrufen und versuchen könntest, die Bedingungen hinter meinem Rücken neu zu verhandeln?«

»Ja«, knurre ich. »Ich habe ihn angerufen. Ich habe versucht, das Durcheinander, das *du* verursacht hast, indem du all diesem Mist zugestimmt hast, dem du gar nicht alleine hättest zustimmen dürfen, wieder in Ordnung zu bringen!«

»Was gibt es da noch zu diskutieren? Sie sind *verdammter* Ballast. Ich weiß es, Clay weiß es, scheiße, ich wette, sogar *sie* wissen es!« Sie deutet wild fuchtelnd auf Linc und Aiden. »Die einzige Person, die das offenbar nicht akzeptieren kann, bist du, Ryder!«

Wenn sie ein Mann wäre, hätte ich ihr längst eine runtergehauen. Stattdessen beiße ich einfach die Zähne zusammen, balle die Hände an meinen Seiten zu Fäusten und versuche, meine Wut im Zaum zu halten.

»Was zum Teufel geht hier vor, Mann?« Lincs Stimme ist todernst. »Was genau habt ihr verhandelt?«

Aiden schaut direkt durch mich hindurch. »Erzähl es uns einfach.«

»Das kannst du nicht, oder?« Lacey klingt wie ein stichelndes Mädchen auf einem Grundschulhof, das seinen Feind unter Kichern vernichtet. Sie macht einen Schritt auf mich zu und starrt mich unverwandt an. »Findest du nicht, dass sie ein Recht darauf haben, zu erfahren, dass das hier euer letzter gemeinsamer Auftritt war?«

»Was?«, knurrt Lincoln.

Aiden flucht.

Lacey macht einen weiteren Schritt in meine Richtung. »Willst du unsere guten Neuigkeiten bezüglich des Plattenvertrags nicht weitergeben?«

Die Luft scheint vollkommen zu erstarren.

Ich werfe einen Blick zu Lincoln und sehe absolute Fassungslosigkeit auf seinem Gesicht. Aiden wirkt weniger überrascht, aber ebenso finster.

Ich atme scharf ein. Als ich es endlich schaffe, mir die Worte abzuringen, liegt keinerlei Emotion in ihnen. »Nach unserem letzten Auftritt im *Nightingale* kam dieser Kerl von *Red Machine* auf uns zu. Er bot uns an, uns nach L. A. zu fliegen, damit wir dort vorspielen können. Wenn alles gut läuft, bekommen wir einen Plattenvertrag. Wir müssen nur auf der gepunkteten Linie unterschreiben.«

»Das ist verdammt noch mal großartig!«, platzt es aus Lincoln heraus. »Warum sollte das schlimm sein …?«

»Das war noch nicht alles«, mutmaßt Aiden.

Ich nicke. »Die Abmachung … gilt nur für mich und Lacey. Sie sagten, dass sie uns nicht unter Vertrag nehmen würden, wenn ihr beide mit an Bord wärt.«

Linc schaut mir fest in die Augen. »Und was haben sie gesagt, als du ihnen mitgeteilt hast, dass sie sich umgehend zum Teufel scheren können?«

Mein Kiefer verkrampft sich. Die Luft ist so voller Spannung, dass ich kaum atmen kann.

Laceys klirrendes Lachen fühlt sich an meinem Trommelfell wie Glas an.

»Oh, *Jungs*. Ihr und eure verkorkste Vorstellung von Loyalität.« Sie schüttelt spöttisch den Kopf. »Das ist alles, was Ryder je wollte. Warum in aller Welt sollte er dem Mann, der ihm den Schlüssel zum Paradies überreicht, sagen, dass er sich zum Teufel scheren soll?«

»Nein«, sagt Linc tonlos. »Ich glaube das nicht.«

»Glaub es ruhig«, schießt Lacey zurück. »Denn morgen um diese Zeit werden wir weg sein.«

Lincoln kommt auf mich zu. »Sag mir, dass sie lügt, Ry.«

Ich beiße die Zähne zusammen. »Sie lügt nicht.«

Für eine Sekunde herrscht vollkommene Stille. Dann stürzt er sich auf mich.

»Du verdammter Mistkerl!«, brüllt er und läuft knallrot an. »Du selbstsüchtiges, beschissenes Arschloch!«

Ich versuche nicht mal, dem Schlag auszuweichen. Ich lasse ihn auf mich einprügeln – ein, zwei, drei Schläge ins Gesicht. Vor meinen Augen explodieren Sterne. Meine Lippe platzt auf, und sofort läuft Blut über mein Kinn.

»Wehr dich, du verdammter Feigling!«, schreit Linc. Seine Knöchel sind blutig. »Steh nicht einfach nur so da!«

Ich wehre mich nicht. Ich hebe nicht mal die Hände, um mich zu verteidigen.

Ich verdiene jeden einzelnen gottverdammten Schlag.

Meine Nase knirscht widerlich. Ich schmecke etwas Metallisches, als Blut meinen Mund flutet.

Ich höre einen herzzerreißenden weiblichen Schrei, als ich taumele und sich die Welt um mich herum dreht. Schmerz vibriert in sämtlichen Nervenenden. Ich drehe den Kopf und zucke zusammen, als ich Felicity entdecke, die in der Menge steht, die sich versammelt hat, um bei der Schlägerei zuzuschauen. Ihre Augen sind vor Entsetzen weit aufgerissen. Ihr Gesicht ist weiß und blutleer.

Ich hätte beinahe alles auf der Welt gegeben, um zu verhindern, dass sie das hier sehen musste.

Ich öffne den Mund, um nach ihr zu rufen, und schmecke Kupfer und Bedauern auf meiner Zunge. Schnell wird mir klar, dass es nichts zu sagen gibt. Ich kann ebenso wenig um sie kämpfen, wie ich mit Lincoln kämpfen kann.

Ich verdiene sie nicht. Ich habe sie nie verdient.

Die Aussicht auf Blut und Drama zieht die Leute an. Sie strömen auf die Dachterrasse heraus und schubsen sich gegenseitig, um näher an das Geschehen heranzukommen. Die Türsteher werden jeden Moment hier sein, um den Pulk aufzulösen. Und wahrscheinlich wird auch die Polizei aufkreuzen.

»Carly, bring sie hier raus!«, rufe ich und wende den Blick ab. »Bevor es noch hässlicher wird.«

Ich höre eine gedämpfte Diskussion – eine von ihnen kämpft darum zu gehen, die andere kämpft darum zu bleiben –, aber ich gestatte es mir nicht, in ihre Richtung zu schauen. Carly wird sich um sie kümmern. Und ehrlich gesagt würde ich mich lieber Lincolns ungestümer Wut stellen als dem herzzerreißenden Anblick, wenn Felicity ein letztes Mal davongeht und ich zurückbleiben muss.

»Du kannst mich also hintergehen, aber nicht wie ein Mann zuschlagen?« Lincoln ist direkt vor mir und fordert mich wieder heraus. »Komm schon! Wenn du mich schon verarschen willst, kann ich dem auch ins Auge blicken!«

»Ich werde nicht gegen dich kämpfen, Linc.« Blut fällt wie Regentropfen von meiner Nasenspitze. Ich bin vollkommen nüchtern, aber meine Worte klingen undeutlich, als sie aus meinem Mund kommen – das liegt vermutlich an meiner aufgeplatzten Lippe und daran, dass sich in meinem Kopf alles dreht. »Ich würde mir selbst in den Hintern treten, wenn ich der Ansicht wäre, dass ich es dadurch wieder in Ordnung bringen könnte.«

»Das lässt sich nicht wieder in Ordnung bringen«, keift er und hebt erneut seine Faust.

Aiden hält ihn zurück, indem er mit stahlhartem Griff seinen Bizeps umfasst. »Das reicht, Linc.«

Sie starren mich beide an. Ich bin mir sicher, dass mein Gesicht wie ein zermatschtes Steak aussieht, geschwollen und blutig. Ich bemerke kaum, dass Lacey verschwunden ist. Sie rettet immer zuerst ihre eigene Haut, wenn die Fäuste fliegen.

»Du und ich?«, spuckt Linc. »Wir sind fertig miteinander. *Für immer.* Wenn du deinen Kram aus dem Loft suchst, findest du ihn draußen im Müllcontainer. Ich wünsch dir noch ein schönes Leben.«

Er dreht sich um und marschiert davon.

Aiden hält kurz inne, bevor er ihm folgt. Seine Augen sind traurig. »Falls es dich tröstet … Ich verstehe, warum du es getan hast, Mann. Ich verstehe nur nicht, wie du damit leben willst.«

Dann sind sie beide fort.

Ich stehe allein da, blutend und gebrochen.

Keine Familie. Keine Freunde. Keine Felicity.

Als Trost bleiben mir nur meine Träume.

Seltsam, wie leer sie sich anfühlen, wenn es niemanden mehr gibt, mit dem man sie teilen kann.

16. KAPITEL

Felicity

Ich sitze in meinem dunklen Zimmer und kaue auf meiner Unterlippe herum.

Es ist spät. Ich kann hören, wie Adam, Isaac und Jay unten die Bar schließen und die Leute zur Tür hinausgeleiten. Ihr Gelächter macht das Elend, das mich verzehrt, nur noch deutlicher.

Wie schnell sich Liebe, Licht und Musik in Blut, Dunkelheit und Chaos verwandelt haben.

Carly hat mich vom *Tootsie's* aus zu Fuß nach Hause begleitet. Die ganze Zeit über hielt sie fest meine Hand und plapperte pausenlos, während sie mich durch die Straßen führte. Doch selbst wenn mein Leben davon abhinge, könnte ich nicht wiedergeben, was sie sagte. Ich war ganz in meinen Gedanken verloren und sah immer wieder Ryders Gesicht vor mir. Ich sah, wie er hochschaute und mich in der Menge entdeckte. Ich sah, wie Blut aus seinem Mund lief. Ich sah einen unumstößlichen Abschied in seinen Augen, als er sie fest auf meine richtete.

Carly, bring sie hier raus!

Ich wehrte mich. Ich versuchte zu bleiben. Doch Carly zerrte mich weg wie eine Besessene. Auf unserem Weg zur Tür kamen wir an mehreren Türstehern vorbei, die alle mit Vollgas und grimmigen Mienen in Richtung Dachterrasse liefen.

Zwei uniformierte Polizisten waren ihnen dicht auf den Fersen.

Ryder könnte jetzt im Gefängnis sein. Oder *Schlimmeres*, falls Lincoln seinen Willen durchgesetzt hat.

Ich greife nach oben und streiche mit einer Fingerspitze über meine Lippen. Wenn ich die Augen schließe, kann ich immer noch spüren, wie er mich mit seinem Kuss verschlungen hat. Das war mit Abstand der beste Kuss meines Lebens. Die paar ungeschickten Jungs, mit denen ich beim Flaschendrehen und ähnlichen Spielen auf der Highschool rumgemacht habe, sind absolut kein Vergleich.

Das liegt nicht nur daran, dass Ryder mehr Erfahrung hat. Es liegt daran, dass er *er* ist.

Er legte seine Lippen auf meine, und ich spürte es überall, wie Defibrillator-Elektroden, die das Herz während eines Notfalls wieder zum Schlagen bringen. Mir war nicht klar, dass ich halb tot war, bis er mein angeschlagenes, versagendes Herz auf Touren brachte. Er küsste mich, und plötzlich bin ich zum ersten Mal seit Jahren zum Leben erwacht. Ich *lebe.*

… und er verlässt die Stadt.

Darum ging es bei der Schlägerei. Deswegen war er letztens so seltsam, nachdem Lacey ihn angerufen hatte. Er hat einen Plattenvertrag von einer Firma in Los Angeles angeboten bekommen. In ein paar Stunden wird er in einem Flugzeug sitzen und in die weite Ferne fliegen.

Weit weg von mir.

Ich fühle mich, als wäre ich gegen jede Wahrscheinlichkeit aus einem Koma aufgewacht, ein medizinisches Wunder, nur um dann zu erfahren, dass ich nur noch wenige Stunden zu leben habe. Es ist nicht fair, dass der einzige Mann, in den ich mich wirklich hätte verlieben können, der einzige Mann, mit dem so viel mehr hätte sein können …

Nein.

Ich verdränge diesen Gedanken, bevor er sich vollständig in meinem Gehirn einnisten kann. In meinem Lieblings-T-Shirt lasse ich mich unter die Bettdecke gleiten und rolle mich dort zusammen. Ich weiß nur zu gut, dass es keine Rolle spielen wird, wie lange ich hier liege. Ich werde heute Nacht sehr lange darauf warten müssen, dass mich der Schlaf endlich übermannt.

Ich bin nicht sicher, was mich aufweckt.

Ein leises, gedämpftes Geräusch auf der Treppe vor meinem Zimmer. Oder vielleicht reagiert mein Körper einfach auf seine Anwesenheit, weil er diese magnetische Strömung spürt, die unter seiner Haut zu verlaufen scheint und jedem, der ihm zu nah kommt, Stromschläge verpasst.

Vor meinem Fenster ist es noch dunkel, als ich vorsichtig aufstehe und nach draußen spähe. Es gibt keine Lebenszeichen, aber als ich in die Schatten blinzle, kann ich gerade so eben eine klobige, vertraute Gestalt auf meinem kleinen Treppenabsatz ausmachen. Mein Herz rast, als ich den schweren Schaukelstuhl, den ich jede Nacht als Barrikade benutze, beiseiteschiebe, die Sicherheitskette wegziehe und die Tür aufreiße.

Mein Gitarrenkoffer lehnt am Treppengeländer und wartet auf mich. Von demjenigen, der ihn hier abgestellt hat, gibt es keine Spur, aber in meinem Herzen weiß ich, dass nur eine einzige Person auf der Welt dahinterstecken kann.

»Ryder?«, rufe ich in einem zögerlichen Flüsterton und suche mit den Augen den leeren Parkplatz ab. Ich bekomme keine Antwort. Nirgends ist ein Zeichen von ihm. »Ryder!«

Er ist bereits weg.

Ich denke nicht nach. Verflixt, ich ziehe mir noch nicht

einmal Schuhe an. Ich renne einfach los – vorbei an meiner Gitarre, die Treppe hinunter und über den geteerten Parkplatz. Ich muss ihn unbedingt erwischen. Mein Herz hämmert gegen meine Rippen, als ich um eine Ecke des Gebäudes biege und in die Gasse laufe. Ich hoffe inständig, dass er noch nicht zu weit weg ist. Da ich lediglich ein zu großes T-Shirt und eine knappe Unterhose trage, bin ich nicht wirklich für einen langen Ausflug durch die Straßen von Nashville gerüstet.

Ich bleibe ruckartig stehen.

Er sitzt genau an der Stelle, an der wir uns zum ersten Mal begegnet sind – auf den Stufen des Hintereingangs. In seinem Mundwinkel hängt eine Zigarette, und er bewegt den Daumen rhythmisch über die Reibradzündung seines Feuerzeugs. Jedes Mal wenn sich die Flamme entzündet, wird sein Gesicht in der tiefschwarzen Dunkelheit kurz erhellt.

»Ryder.«

Er zuckt zusammen, als er meine Stimme hört, schaut aber nicht auf.

»Wolltest du dich nicht mal verabschieden?« Meine Stimme bricht.

»Ich habe mich verabschiedet«, murmelt er und zündet erneut das Feuerzeug an. »Auf der letzten Seite deines Notizbuchs steht eine Nachricht.«

Ich vertage die Diskussion, die wir über das Eindringen in die Privatsphäre anderer Leute führen werden, und mache ein paar Schritte auf ihn zu. Ich verziehe das Gesicht, als sich meine nackten Füße über den steinigen Boden bewegen. Er hört meinen leisen schmerzerfüllten Atemzug und schaut mir in die Augen.

Sein Anblick sorgt dafür, dass ich nach Luft schnappe. Sein Gesicht ist eine Katastrophe aus Schwellungen und Blutergüssen. Sein linker Wangenknochen verfärbt sich bereits schwarz und blau. Seine Unterlippe ist aufgeplatzt und auf das Doppelte ihrer normalen Größe angeschwollen. Seine Nase sieht schiefer aus, als ich sie in Erinnerung habe. Aber seine Augen jagen mir am meisten Angst ein. In ihnen liegt keinerlei Hoffnung mehr. Sie sind voller … *Qual.*

»Oh, Ryder«, flüstere ich und mache einen weiteren Schritt.

»Du solltest wieder reingehen.« Seine Stimme ist tonlos. Er tritt seine Zigarette mit dem Absatz seines Stiefels aus. »Es ist spät, und du bist nicht angezogen.«

»Das ist also alles, ja?«

Er schweigt.

Ich spüre, wie mir Tränen in die Augen steigen, und kämpfe mit meiner ganzen noch verbliebenen Selbstkontrolle dagegen an. »Das ist der Abschied, den ich bekomme? Nach allem, was passiert ist?«

»Was willst du von mir, Felicity?« Seine Stimme bricht, als er meinen Namen ausspricht, und wenn ich es nicht besser wüsste, würde ich schwören, dass er kurz vor einem Zusammenbruch steht. »Ich habe nichts mehr, was ich dir geben kann.«

»Weil du gehst«, sage ich leise.

Er schaut ruckartig auf, und ich sehe, dass ich recht habe – seine Augen schimmern in der Dunkelheit feucht.

»Weil ich gehe«, wiederholt er mit brüchiger Stimme.

Eine schwere Stille legt sich über uns. Das einzige Geräusch kommt vom Wind, der Abfall hochweht und ihn in kleinen Wirbeln über den Boden der Gasse tanzen lässt. Ich trete von einem Fuß auf den anderen und verschränke die Arme vor der Brust.

»Du siehst furchtbar aus«, sage ich geradeheraus.

Er verzieht die Lippen zu einem düsteren Grinsen. Es ist nur ein Schatten seines üblichen Charmes. »Danke.«

Mit einem Seufzen bringe ich die verbliebene Entfernung zwischen uns hinter mich und lasse mich neben ihm auf die Stufen sinken. Dabei stoße ich mit meiner Schulter absichtlich fest gegen seine, um ihn aus seiner Benommenheit zu reißen. Er schaut zu mir und zieht die Augenbrauen hoch. Ich glaube, einen Hauch von Humor in den Tiefen seiner Augen zu erkennen.

»Wofür war das denn?«

»Dafür, dass du versucht hast abzuhauen, ohne dich zu verabschieden.«

»Tut mir leid.« Er atmet geräuschvoll aus. »Ich dachte, dass es leichter wäre, wenn …«

»Wenn du einfach verschwinden würdest? Bitte entschuldige, wenn ich da anderer Meinung bin.«

»Ich habe darüber nachgedacht, an deine Tür zu klopfen. Dich zu wecken.«

»Warum hast du es nicht getan?«

Das Feuerzeug in seiner Hand erwacht erneut flackernd zum Leben. Er schaut mir nicht in die Augen. »Ich hatte Angst, dass ich morgen nicht in der Lage sein würde, in dieses Flugzeug zu steigen, wenn ich dich sehen würde, wenn ich die Nacht bei dir verbringen würde … Vielleicht würde ich dann nicht mehr in der Lage sein, dich gehen zu lassen.«

Ich atme scharf ein. »Ryder …«

Er dreht sich zu mir um, greift mit einer Sanftheit, die ich bei ihm noch nie zuvor erlebt habe, nach dem Haargummi am Ende meines Zopfes und zieht es ab. Ich versuche krampfhaft weiterzuatmen, während er seine Finger in den dicht geflochtenen Zopf schiebt und ihn mit großer Konzentration systematisch löst. Als mein Haar offen ist und wie ein dichter Vorhang bis auf meinen Rücken fällt, streicht er mit flachen Händen von meinem Scheitel bis zu meinen Haarspitzen, die sich an meinem Bizeps kräuseln. Es ist nur eine einzige, ehrfürchtige Liebkosung. Dann zieht er seine Hand weg, ballt sie zu Fäusten und setzt eine ausdruckslose Miene auf. Als ob diese kurze Berührung alles ist, was er sich gestatten wird.

Ich spüre, wie der Abschied über uns in der Luft hängt. Er lauert dort wie ein Geist in der Dunkelheit.

Nein. Noch nicht.

Verlass mich noch nicht.

»Weißt du«, murmle ich. »Für jemanden, der gerade alles bekommen hat, was er je wollte, siehst du ziemlich mitgenommen aus.«

»Nicht alles«, erwidert er nach einem langen Moment des Schweigens.

Mir stockt der Atem. Bevor er mich davon abhalten kann, lehne ich mich vor und küsse ihn. Vorsichtig. Mit der ganzen Zärtlichkeit, die ich aufbringen kann. Es ist ganz anders als unser erster Kuss. Nicht verzweifelt oder verschlingend. Ich presse meinen Mund auf seinen, als würde ich ein Geheimnis mit ihm teilen. Mit der Zunge fahre ich behutsam über seine geschwollene Unterlippe und schmecke Blut. Dann bewege ich sie nach oben, um ganz leicht an der unverletzten Oberlippe zu saugen. Er stöhnt tief in seiner Kehle.

»Felicity«, murmelt er. Er bleibt ganz steif, um sich davon abzuhalten, mich zu berühren. »Das ist nicht …«

»Schhh«, atme ich gegen seinen verletzten Mund. »Sag nichts.«

Ich verschränke meine Finger mit seinen und halte ihn fest. Dann stehe ich auf, ziehe ihn mit mir hoch und setze mich in Bewegung. Wir sagen kein Wort, als wir die Treppe zu meinem Zimmer hinaufsteigen. Er hält kurz auf dem Absatz inne, um meine Gitarre mitzunehmen, bevor er mir hineinfolgt. Ich beobachte sein Gesicht, als er eintritt. Seine Augen zucken umher und nehmen jedes Detail wahr. Sein Blick verweilt sehr lange auf meinem Schaukelstuhl, den ich benutze, um die Tür zu verrammeln.

»Ich weiß, dass es nicht viel ist …« Ich zucke mit den Schultern. »Aber ich komme hier klar.«

Er schließt die Tür hinter sich. Das Zimmer wirkt plötzlich unendlich viel kleiner.

Ich schlucke schwer und gehe rückwärts auf mein nicht gemachtes Bett zu. Er beobachtet mich und mustert mich von Kopf bis Fuß, so als würde er sich meinen Anblick einprägen, damit er sich später daran erinnern kann, wenn er weit von mir entfernt ist.

Ich will nicht daran denken, also verdränge ich den Gedanken.

»Ich würde dir Eis oder Erste Hilfe anbieten, aber ich habe nichts hier.« Meine Stimme zittert. »Ich kann dir lediglich eine Schmerztablette und Wasser geben. Du hast doch bestimmt Schmerzen.«

»Ich komme schon klar.« Er ist drei Schritte von mir entfernt, aber es fühlt sich wie drei Kilometer an.

»Kann ich irgendetwas tun, damit es dir besser geht?«

In seinen Augen flackert ein Lebensfunke auf. Ich werte das als gutes Zeichen. »Eine Sache gäbe es da.«

»Was denn?« Mein Herz pocht heftig. »Ich werde alles tun.«

Er kommt einen Schritt näher, und sofort ist der Abstand zwischen uns nur noch halb so groß. »Alles?«

Ich nicke und bekomme plötzlich kaum noch Luft. Ich spüre, wie meine Brustwarzen unter dem Stoff meines Schlaf-T-Shirts steif werden, während Lust durch meinen Körper schießt wie ein Blitz.

Ja, alles.

Ich werde alles für diesen Mann tun.

Ryders Kehle verkrampft sich, als er schwer schluckt. Er macht den letzten Schritt, bis wir Brust an Brust stehen und nur wenige Zentimeter von meinem Bett entfernt sind. Wir müssten uns nur fallen lassen und würden in einem Bündel aus zerwühlten Laken und umschlungenen Gliedmaßen enden. Ich lecke mir über die Lippen, als er sich vorlehnt. Seine Bartstoppeln kratzen an meiner Ohrmuschel, als er mir zuflüstert, was er will.

»Sing für mich.«

»Ich … ich …« Das habe ich nun wirklich nicht erwartet.

»Du hast gesagt, dass du *alles* tun würdest«, ruft er mir ins Gedächtnis und zieht sich zurück, damit er mir in die Augen schauen kann. »Und genau das will ich.«

Ich schlucke heftig. »Hast du irgendein bestimmtes Lied im Sinn?«

»Wie wäre es mit dem letzten, das du geschrieben hast?«

Hitze strömt in mein Gesicht, als er mein letztes Lied erwähnt. Es ist das Lied, das ich schrieb, nachdem ich ihn am frühen Morgen schlafend in der Bar vorgefunden hatte.

»Das ist noch nicht fertig.«

»Das macht nichts. Genau das will ich hören.«

»Weißt du, wenn du nicht schon grün und blau geprügelt worden wärst, würde ich dich jetzt dafür prügeln müssen, dass du ohne meine Erlaubnis mein Notizbuch gelesen hast«, sage ich und kneife die Augen zusammen. »Das ist eine ernsthafte Verletzung meiner Privatsphäre, Ryder.«

»Ich weiß. Tut mir leid. Ich verspreche, dass ich kaum einen Blick riskiert habe.« Er verzieht den Mund und zuckt dann vor Schmerz zusammen. »Aber ich konnte nicht widerstehen, einen Blick in deinen Kopf zu werfen.« Er streicht mit dem Daumen sanft über meine Schläfe. Ich muss meine ganze

Willenskraft aufbringen, um meinen Kopf nicht an seine Hand zu schmiegen.

Ich kann wegen des Notizbuchs nicht wütend auf ihn bleiben. Nicht jetzt. Nicht wenn das hier unsere letzte gemeinsame Nacht ist – möglicherweise *für immer*. Selbst eine Minute, die wir mit Streiten verbringen, wäre eine unverzeihliche Verschwendung.

»Ein Lied«, willige ich ein.

Seine Augen leuchten triumphierend auf.

Ich gehe um ihn herum und schnappe mir meinen Gitarrenkoffer, der neben der Tür steht. Er lässt sich unterdessen aufs Bett sinken. Das Quietschen der Federn in der Matratze sorgt dafür, dass mein Puls rast. Als ich mich umdrehe, stelle ich fest, dass er sich nach hinten gegen meine Kissen gelehnt und die Arme hinter dem Kopf verschränkt hat. Seine Füße baumeln über den Rand der Matratze.

Ich muss lachen.

»Was ist?«, fragt er.

»Du siehst auf diesem winzigen Bett einfach zu komisch aus.« Ich schüttle den Kopf, während ich mit der Gitarre in der Hand auf ihn zugehe. »Ich weiß nicht, ob darin Platz genug für uns beide ist.«

Er rutscht ein paar Zentimeter zur Seite. »Hier ist jede Menge Platz«, flüstert er und sieht zu, wie ich mich ihm nähere.

Ich lasse mich auf die Matratze sinken und schlage die Beine unter mir zusammen. Mein nackter Oberschenkel ist an seine Hüfte gedrückt. Der grobe Stoff seiner Jeans reibt an meiner empfindlichen Haut, wann immer sich einer von uns auch nur einen Millimeter bewegt. Ich beiße mir angesichts dieser Empfindung auf die Unterlippe.

»Okay, es geht los …«

Ich stimme die Gitarre und räuspere mich leise. Ich will gerade anfangen, als er meinen Namen sagt.

»Ja?«, murmle ich und schaue auf.

»Tust du mir einen Gefallen?«

»Was denn?«

»Verbirg deine Augen nicht vor mir. Ich weiß nur deswegen ständig, was du denkst, weil du so verdammt ausdrucksstarke Augen hast.« Sein Adamsapfel hüpft auf und ab. »Ich will sie beobachten, während du singst.«

Ich atme scharf ein. Als wäre dieser Augenblick nicht schon intensiv genug. Jetzt will er auch noch Augenkontakt halten. Die Vorstellung, für ihn zu singen, während wir uns tief in die Augen schauen, hat etwas schockierend Intimes an sich. Ich werde nicht in der Lage sein, mich vor ihm zu verbergen – weder meine Gedanken noch meine Gefühle noch meine Ängste.

»Bitte, Felicity.«

Ich nicke und schlage die Saiten an, bevor ich einen Rückzieher machen kann. Meine Stimme ist ein wenig belegter als normalerweise, aber ich schaffe es, die Töne hervorzubringen, während er mich mit seinen blau-braunen Augen gefangen hält.

»I was asleep at the wheel for so long
Didn't know where I was going
But when the road gets tired and your heart needs rest
You dream of a home, not a hotel bed ...«

Ryder beobachtet mich so gebannt, dass es mir schwerfällt, mich an den Text zu erinnern. Seine Miene ist konzentriert, während er zuhört, aber als ich die Strophe singe, die ich für ihn geschrieben habe, kann er sich ein ironisches Lächeln nicht verkneifen.

»You were asleep in a bar when I found you
Burning off a bottle of whiskey
You reached out, grabbed my heart in your fist
I dream you're mine, not hers instead …«

Der ganze funkelnde Humor verschwindet aus seinen Augen, als ich meine letzte Strophe singe. Ich zittere, weil dieser Augenblick so bedeutsam ist, und bin kaum in der Lage, die richtigen Saiten anzuschlagen.

»We were asleep in a watercolored memory
Staring back at a long road of regret
But that future's bright when your hand's in mine
We're the dream that I never thought I'd get …«

Ich spüre, wie ich in der heftigen Lust in seinen Augen ertrinke, während ich den letzten Rest der Melodie spiele. Danach verstumme ich für eine Weile. Die Luft summt geradezu vor Energie. Elektrisch und wild. Ich beobachte, wie der Puls in seiner Halsschlagader pocht, und weiß, dass er es ebenfalls spürt.

Er bewegt sich keinen Zentimeter, als ich aufstehe und langsam das Zimmer durchquere, um meine Gitarre zurück in den Koffer zu legen. Als ich mich umdrehe, spüre ich seinen Blick auf mir – heiß und schwer. Bevor ich blinzeln kann, steht er vor mir. Sein Atem geht genauso schnell wie meiner. Er streicht mir das Haar aus dem Gesicht und lehnt sich näher an mich heran.

»Du bist so verdammt wunderschön«, flüstert er, als sein Mund auf meinen trifft. Ich stöhne und schiebe meine Hände unter sein T-Shirt, um seine festen Bauchmuskeln zu erforschen. Als seine Zunge die meine streift, spüre ich, wie mein Herz kurz aussetzt.

Ich habe keine Ahnung, was ich hier mache, also handele ich

rein instinktiv. Es gelingt mir, ihm sein T-Shirt über den Kopf zu ziehen und es quer durchs Zimmer zu werfen. Doch als ich auf seine gebräunte und glatte Haut unter meinen Fingern schaue, erstarre ich. Ryder küsst meinen Hals, aber ich weiß nicht, was ich als Nächstes machen soll.

»Hey.« Er zieht sich zurück. Zwischen seinen Augen ist eine kleine Sorgenfalte. »Was ist los?«

»Nichts.«

»Ich kenne dich mittlerweile gut genug, um zu merken, wenn etwas nicht stimmt, Felicity.« Er stupst mit seiner Nase beruhigend gegen meine. »Erzähl es mir. Bitte.«

»Es könnte sein, dass es dir nicht gefallen wird.«

»Du könntest nichts sagen, was mir nicht gefallen würde. Versprochen.«

Ich hole tief Luft. »Ich habe so was wie das hier noch nie gemacht.«

Er zuckt zurück, als hätte ich ihn geschlagen. *»Was?«*

»Ich bin noch nie mit jemandem zusammen gewesen.« Ich schlucke schwer. »Ich habe noch nie … mit jemandem geschlafen.«

Er ist plötzlich ganz blass. Er lässt die Hände von meinen Schultern sinken und taumelt einen Schritt zurück, um Abstand zwischen unsere Körper zu bringen. »Felicity …«

»Das ändert nichts.« Ich hebe das Kinn an. »Es spielt keine Rolle.«

»Da liegst du falsch.«

»Ryder.« Meine Stimme ist beinahe nicht zu hören. »Ich will … Ich will, dass du es bist. Du *musst* es sein.«

Sein Kiefer ist so angespannt, dass ich befürchte, dass seine Zähne zerbrechen könnten. »Willst du mich umbringen?«

»Nein, ich will dich verführen.« Ich halte inne. »Aber offenbar gelingt mir das nicht besonders gut.«

»Niedlich.« Er lacht nicht. »Aber ich werde dich nicht, ein paar Stunden bevor mein Flugzeug abhebt, entjungfern.«

»Warum nicht?« Ich verziehe die Lippen zu einem Grinsen. »Betrachte es als eine Art … Abschiedsgeschenk.«

Er starrt mich an.

»Ein Andenken, damit du dich an deine Zeit in Nashville erinnerst.« Ich lache hohl.

»Das ist nicht witzig.«

»Da bin ich anderer Ansicht.«

Er funkelt mich schweigend an.

»Du willst, dass ich mich ernst verhalte? *Meinetwegen.*« Ich senke die Stimme zu einem feierlichen Tonfall. »Ich will dein sein. Ich will zu dir gehören. Selbst wenn es nur für heute Nacht ist.«

Er stöhnt, als würde ich ihn foltern.

Ich mache einen weiteren Schritt. »Ich will mich in dir verlieren, mir jeden Zentimeter deiner Haut einprägen, damit ich nichts von dir jemals vergesse, selbst dann nicht, wenn du fort bist.«

»Felicity.« Er wendet den Blick ab, und in seinem Kiefer zuckt ein Muskel. *»Hör auf.«*

»Ich soll aufhören?«

Sein Nicken ist kaum wahrnehmbar. Als könnte selbst die kleinste Bewegung dafür sorgen, dass er die Kontrolle über sich verliert.

»Ich will nicht aufhören.«

Er flucht und weicht weiter zurück, bis er mit dem Rücken gegen die Wand stößt.

»Warum bewegst du dich von mir weg?«

»Weil ich nicht in der Lage sein werde, mich zurückzuhalten, wenn du mir noch näher kommst, verdammt noch mal.« Er keucht heftig. »Hast du eine Ahnung, wie sehr ich dich will? Wie oft ich von all den Dingen geträumt habe, die ich mit dir anstellen würde, wenn du so vor mir stehen würdest, wie du es jetzt tust? Gott, hast du auch nur irgendeine Ahnung, wie sehr es mich quält, dass ich dich nicht berühren kann?«

»Du kannst mich berühren.«

»Felicity …«, seine Stimme bricht. »Ich reise in ein paar Stunden ab.«

»Das weiß ich«, flüstere ich.

»Das hier … Du und ich … Das wird es nur schlimmer machen, wenn ich gehe. Eine Nacht reicht nicht aus.«

»Eine Nacht reicht nicht aus«, stimme ich zu und mache die letzten paar Schritte. Kurz außerhalb seiner Reichweite bleibe ich stehen. »Eine Nacht wird niemals ausreichen. Aber es ist alles, was wir haben.«

Meine Augen sind fest auf seine gerichtet, während ich mit zitternden Fingern nach unten greife, den Saum meines T-Shirts umfasse und es mir über den Kopf ziehe. Mein Haar streift meine nackten Brüste, als ich mich nach vorne beuge, um auch noch die Unterhose auszuziehen. Ich höre ein Zischen von Ryder, der scharf einatmet. Ich stehe nackt vor ihm, und er betrachtet mich. Das Verlangen in seiner Miene ist fast greifbar. Dann streckt er eine Hand aus, streicht über meine Haut und umfasst meine Brust unter dem Vorhang aus Haar. Ich schnappe nach Luft, als ich seine warme Handfläche an meiner Haut spüre, und dränge mich gegen seine Berührung. Ich will mehr von diesem Verlangen spüren, das sich in meinem Körper ausbreitet wie eine Droge.

Mehr.

Mehr.

Mehr.

»Ryder«, keuche ich.

Er schaut mir in die Augen, und in seinen schimmert geschmolzene Hitze.

»Wir haben diese eine Nacht«, sage ich zu ihm und strecke die Hand aus, um seinen Gürtel zu öffnen. Meine Finger zittern nicht mehr, als ich das Leder durch die Schnalle ziehe. »Wir sollten besser dafür sorgen, dass sie es wert ist.«

Seine Hose fällt im selben Augenblick zu Boden, in dem sein Mund auf meinen trifft.

17. KAPITEL

Ryder

Ich habe so lange von ihr geträumt, dass ich kaum glauben kann, dass ich sie nun endlich in meinen Armen halte.

Ich mache mir nicht die Mühe, sanft zu sein. Ich verschwende keine Zeit mit Tugendhaftigkeit. Unsere Stunden miteinander sind begrenzt. Wie haben keine Zeit, um langsam vorzugehen. Ich kann bereits spüren, wie sie mir mit jeder verstreichenden Sekunde ein wenig mehr entgleitet. Ich umklammere sie fester, um dem entgegenzuwirken, und bohre die Finger in ihre Haut, als wollte ich dort ein Brandzeichen hinterlassen. Meine Kontrolle ist offiziell außer Kraft getreten.

Ich presse meine Lippen fest auf ihre – sinnlich, fast schon brutal. Ich ignoriere den stechenden Schmerz von Lincs Schlägen, während ich mit der Zunge in ihren Mund vordringe. Sie stöhnt, als sie den Kuss erwidert, und klammert sich mit den Händen an meine nackten Schultern. Sie spürt es ebenfalls: die Dringlichkeit, die zwischen uns in der Luft liegt – heiß und schnell wie ein Flächenbrand.

Sie verschlingt uns beide.

Wir schaffen es in einem verschwommenen Wirbel aus Lippen und Gliedmaßen zu ihrem Bett. Ich lande auf ihr, Haut an Haut, und huldige jedem Teil ihres Körpers, den ich erreichen kann. Mit der Zunge fahre ich über die feinen Venen an ihrem schlanken Hals. Gleichzeitig schiebe ich eine Hand zwischen ihre Beine. Sie verkrampft sich regelrecht, als ich sie zum ersten Mal berühre, und als ich mit zwei Fingern in sie eindringe, sind ihre Augen vor Staunen und Begierde weit aufgerissen. Ich schaue ihr die ganze Zeit über in die Augen, während ich sie mit meinen Händen verwöhne und versuche, es langsam angehen zu lassen. Ich will, dass sie ihr erstes Mal genießen kann. Aber es ist mir so gut wie unmöglich, mich zurückzuhalten, so heftig und bereitwillig, wie sie auf meine Berührungen reagiert. Mein Herz schlägt wie eine verdammte Trommel.

Sie drängt sich gegen meine Handfläche und verliert langsam die Kontrolle, während sich die Lust in ihr aufbaut und sie kurz vor dem Höhepunkt steht. Ich sehe Vergessenheit in ihren Augen, höre, wie sie nach Luft schnappt, und spüre, wie ihr Puls schneller schlägt.

Sie ist so kurz davor.

»Komm für mich, Süße.« Ich erobere sie mit meinem Mund und bewege gekonnt die Finger. »Ich will zusehen, wie du explodierst.«

Und das tut sie – in eine Million Stücke. Sie ist wie ein Feuerwerk, das in meinen Händen hochgeht. Sie schreit meinen Namen wie einen Fluch und ein Gebet. Mein Mund findet ihren, während sie Erlösung findet. Ich küsse sie, bis ich jedes Quäntchen Lust aus ihrem Körper gepresst habe. Es dauert sehr lange, bis das Nachbeben nachlässt und ihre Gliedmaßen schlaff auf die hellblauen Laken sinken.

»Wow«, haucht sie und schaut zu mir hoch. Ihre Augen sind so weit aufgerissen, dass ich hineinfallen und darin ertrinken könnte. »Ich hätte nie gedacht, dass es sich so anfühlen könnte …«

Ich lasse mich von ihr hinuntergleiten, lege die Hände um ihre Hüften und lehne mich vor, um ihren Bauch zu küssen.

Dabei beschreibe ich mit der Zunge neckende Kreise um ihren Nabel. Sie atmet scharf ein und schiebt die Hände in mein Haar.

»Hattest du noch nie zuvor einen Orgasmus?«, flüstere ich und neige mein Kinn nach oben, damit ich sie besser sehen kann. Sie liegt ausgestreckt vor mir und leuchtet förmlich. Ihre kleinen Brüste heben sich mit der Kraft eines jeden Atemzugs, während das Mondlicht auf ihre Haut scheint. »Nicht mal mit dir selbst?«

Ich sehe zu, wie sie den Kopf schüttelt und meine Vermutung damit bestätigt.

»Oh, Süße.« Ich grinse. »Wir haben eine Menge Arbeit vor uns.«

»Was meinst du …?«

Ihre Frage bricht jäh ab, als ich sie an den Hüften packe und ihre Beine über meine Schultern hieve. Mein Mund trifft auf ihre Mitte, und sie stößt einen verzweifelten Schrei aus und krallt die Finger rechts und links von mir in die Laken.

»Oh mein Gott.« Sie windet sich, während ich sie verschlinge und dabei mit den Händen ihre Hüften ruhig halte. »Oh. Mein. Gott. *Ryder!*«

Ich drücke meinen grinsenden Mund noch enger gegen sie.

Ja, Süße.

Heute Nacht bist du mein, und ich bin dein.

Ihr zweiter Orgasmus kommt so schnell und so heftig, dass ich nicht darauf vorbereitet bin. Ihre Oberschenkel ziehen sich zusammen, als die Wellen der Lust unerbittlich durch ihren Körper peitschen. Während sie wieder zu Atem kommt, schnappe ich mir das Kondom aus der Geldbörse in meiner Jeans. Ich spüre ihren Blick auf mir. Sie beobachtet mich dabei, wie ich das Kondom über meinen pochenden Schwanz rolle. Sie hat mich kaum berührt, und doch bin ich härter, als ich es je zuvor gewesen bin. Allein das Gefühl, das sie in mir auslöst, indem sie mich anschaut, sorgt dafür, dass sich alles in mir zusammenzieht.

Ich muss in ihr sein.

Auf der Stelle.

Hinter der verbleibenden Lust in Felicitys Augen blitzt kurz Angst auf, als sie die Größe meiner Erektion registriert. Doch sie streckt trotzdem die Hände nach mir aus.

»Herrgott«, stöhne ich und beobachte, wie sie mit den Fingerspitzen langsam über meine Bauchmuskeln streicht. Ich fühle das Verlangen nach ihr so stark, dass es schon fast wehtut.

»Sag mir, dass du das hier wirklich willst. Dass du es morgen nicht bereuen wirst«, flüstere ich. Es ist ein letztes Flehen, bevor ich komplett die Kontrolle verliere.

Sie setzt sich auf dem Bett auf und schaut mir tief in die Augen, während sie die Hände auf meine Hüften legt. Ihr Mund ist leicht geöffnet, und ihre Wangen sind rosig vor Lust.

»Ich habe in meinem ganzen Leben noch nie etwas so sehr gewollt.«

Mit einem Knurren drücke ich sie zurück aufs Bett, spreize ihre Beine so weit wie möglich und dringe langsam in sie ein. Sie stöhnt lauf auf, und ich erstarre auf der Stelle, da ich ihr nicht wehtun will.

»Alles okay?«, bringe ich zwischen zusammengebissenen Zähnen hervor. Sie fühlt sich so verdammt gut an, dass ich meine ganze Selbstbeherrschung aufbringen muss, um nicht loszustoßen wie ein dämlicher Fünfzehnjähriger.

»Alles okay«, keucht sie und schaut mir mit vollkommenem Vertrauen in die Augen. Sie schlingt die Beine um meine Hüften und passt ihren Körper an mich an. Mit einem Stöhnen sinke ich noch tiefer in sie hinein, und die Lust steigert sich in einem Maß, dass ich fast die Kontrolle verliere.

»*Gott*, Felicity.«

Meine Stimme ist heiser. Sie reckt den Hals, um mich zu küssen, und zieht mich dichter an sich heran. Mehr Ansporn brauche ich nicht. Ich setze mich in Bewegung, zuerst langsam, dann schneller, während sie sich gegen mich drängt und sich meinem Rhythmus mit jedem Stoß anpasst. Sie ist so feucht, so eng, dass ich kaum noch weiß, wo mir der Kopf steht. Sie …

Gehört mir.

Mir allein.

Jeder verdammte Zentimeter von ihr.

Dieser Moment, in dem ich tief in ihr bin … und unsere Körper in völligem Einklang miteinander sind und unsere Herzen in einer perfekten Melodie miteinander harmonieren …

Das ist die beste Musik, die ich je gemacht habe.

18. KAPITEL

Felicity

»Felicity.«

Ich drehe den Kopf, um ihn anzuschauen. Wir liegen in der Dunkelheit und halten einander fest. Dabei tun wir beide so, als würde die Morgendämmerung nicht mit jeder verstreichenden Minute näher rücken. Wir verschließen beide die Augen vor der Tatsache, dass er in nur ein paar Stunden …

Fort sein wird.

Er streicht mit den Fingern durch die losen Haarsträhnen, die mein Gesicht einrahmen und sich in einer dunklen Welle auf dem Kissen ausgebreitet haben. Seine Miene ist unlesbar.

»Was ist los?«, frage ich sanft. Meine Worte sind kaum mehr als ein Flüstern.

»Bitte mich zu bleiben.«

Ich zucke zusammen. Ich hätte vieles von ihm erwartet, aber das stand nicht mal ansatzweise oben auf der Liste. Verflixt, es war eher so etwas wie die letzte ärmliche Zeile, die halbherzig mit Bleistift am unteren Ende geschrieben stand. Und doch … kenne ich meine Erwiderung darauf, und sie liegt mir sofort auf der Zunge.

Bleib bei mir.

Bleib.

Bleib.

Bleib.

Aber ich weiß, dass das nicht die Erwiderung ist, die ich ihm geben kann, sosehr ich es auch will. Ich hole tief Luft und versuche, mich zusammenzureißen, bevor ich spreche.

»Das kann ich nicht tun«, murmle ich.

»Warum nicht?«

»Weil ich dich l…« Ich schlucke das Wort, das ich sagen will, das Wort, das ich sagen sollte, hinunter, weil es mir mehr Angst einjagt als alles andere auf der Welt. Dieses Wort bedeutet vollkommene Hingabe. Es bedeutet, dass es keine Grenzen mehr gibt. Dass man sich jemand anders vollkommen überlässt und darauf vertraut, dass einen diese Person nicht zerstören wird.

Ich habe am eigenen Leib erlebt, was dieses Wort anrichten kann, wenn es in die falschen Hände gerät.

Ich verbanne es in die hintersten Ecken meines Verstands, atme erneut tief ein und fange noch einmal neu an. »Weil du mir wichtig bist und ich nicht dabei zusehen kann, wie du etwas, das du schon immer wolltest, einfach so aufgibst. Du wirst es für immer bereuen, wenn du es nicht wenigstens versuchst.«

Und irgendwann … vielleicht nicht sofort, aber irgendwann … würdest du mich dafür hassen, dass ich dich davon abgehalten habe, zu gehen.

Der Gedanke bringt mich beinahe um. Auch wenn es mir schwerfällt, mir vorzustellen, dass er in ein paar Stunden aufbrechen wird, wissen wir beide, dass es die richtige Entscheidung für ihn ist. Die einzige Entscheidung. Ich schmiege mich dicht an seine Brust, lausche seinem Herzschlag, ignoriere den kommenden Tag und konzentriere mich auf die Gegenwart.

Auf das hier. Auf uns. Auf das Hier und Jetzt.

Etwas anderes gibt es nicht.

Meine Augenlider werden schwer, und ich schlafe halb, als er mich mit einer weiteren Bitte schockiert.

»Felicity?«

»Mmm?«

»Komm mit mir.«

Ich reiße die Augen weit auf und neige den Hals zurück, damit ich ihn richtig anschauen kann. Wenn sein erster Vorschlag ganz unten auf der Liste der Möglichkeiten stand, steht dieser hier gar nicht erst auf der Liste. Er ist so weit davon *entfernt*, jemals darauf zu landen, dass ich zuerst denke, dass ich ihn falsch verstanden habe. Und doch … liegt mir meine Erwiderung innerhalb von Sekunden auf den Lippen.

Ja, ich werde dir überallhin folgen.

Ja.

Ja.

Ja.

Aber ich weiß, dass diese Erwiderung genauso schlimm wäre wie die erste. Vielleicht sogar noch schlimmer. Also beuge ich mich stattdessen vor und presse einen sanften Kuss auf seinen Mund, um den Schock abzumildern, als ich es ihm sage.

»Das kann ich nicht.«

»Warum nicht?«

»L. A. ist nichts für mich.«

»Bist du schon mal dort gewesen?«

»Nein.«

»Woher weißt du dann, dass es dir dort nicht gefallen wird?«

Die Partys, die Drogen, die Menschenmengen, der geistlose Materialismus …

Ich schlucke meine Liste aus Beleidigungen für seine zukünftige Heimat hinunter und zucke leicht mit den Schultern. »Ich bin introvertiert.«

»Na und? Warum sollte das eine Rolle spielen?«

»So spricht ein echter Extrovertierter.«

Er schnaubt. »Felicity, jetzt mal im Ernst.«

»Es ist mir ernst. Ich trinke nicht, ich gehe nie auf Partys. Ich besitze nicht mal ein Handy. Ich lese gern und schreibe im Park. Meine Tagträume drehen sich um Schwimmen im See, einen schönen Sonnenuntergang, eine Gitarre und ein warmes Lagerfeuer, dessen Funken in einen Himmel voller Sterne aufsteigen.« Meine Stimme wird leise. »Denkst du bei irgendwas davon an L. A.?«

»Nicht wirklich.« Er verzieht die Lippen. »Aber verrate mir eins: In diesem Traum …«

Ich ziehe die Augenbrauen hoch.

»Bist du da allein? Oder sitzt an diesem Lagerfeuer am Seeufer jemand neben dir und spielt auf dieser Gitarre?«

»Ähm … kann schon sein, dass jemand bei mir ist.«

Kann schon sein, dass du dieser Jemand bist.

»Wir könnten neue Träume erschaffen«, murmelt er. In seinen Augen liegt ein beinahe flehender Ausdruck. »Neu anfangen. Wir hätten eine ganze Stadt, die wir gemeinsam erkunden könnten. Stell dir das nur mal vor.«

»Ryder … Ich kann hier nicht weg. Ich bin gerade erst hergekommen. Ich lebe mich endlich richtig ein und baue mir endlich ein Leben auf.« Er öffnet den Mund, um mir zu widersprechen, doch ich rede weiter. »Und ich weiß, dass du jetzt sagen wirst, dass ich das überall tun könnte … Aber ich will es nicht an einem anderen Ort tun. Ich mag Nashville. Es gefällt mir, in der Lage zu sein, an meinen freien Tagen meine Großmutter zu besuchen. Ich arbeite gerne in dieser Bar. Ich mag es, dass man hier in jedem Laden und jedem Restaurant Musik hört. Ich mag die ungestümen Touristen und die Honkytonk-Bars und die grellen Leuchtreklamen.«

»Das verstehe ich. Wirklich. Aber …«

»Nein.« Meine Stimme wird leiser. »Ich fühle mich hier sicher. Und für mich, eine Frau, die fast ihre komplette Kindheit damit verbracht hat, sich nie sicher zu fühlen … ist das etwas sehr Wichtiges. Es ist *alles*.« Ich lächle, obwohl mir eigentlich nach Weinen zumute ist. »Aber du … du bist dein ganzes Leben lang sicher gewesen. Deswegen willst du so dringend aus dieser Stadt verschwinden. Zum ersten Mal wählst du einen Weg, der *nicht* sicher ist. Einen Weg, der beängstigend und unbeständig und voller Abenteuer ist. Und ich freue mich so sehr für dich.« *Auch wenn es mir das Herz bricht.*

Er seufzt tief in seiner Brust. »Gegensätze ziehen sich an, schätze ich.«

»So sagt man.«

»Ich … ich will nicht, dass das hier unser Abschied ist.« Er legt den Mund an mein Haar und atmet meinen Duft ein. »Ich will dich nicht verlassen, wenn die Sonne aufgeht, ohne zu wissen, ob ich dich je wiedersehen werde.«

»Ich weiß. Das will ich auch nicht.« Ein paar rebellische Tränen rinnen aus meinem Augenwinkel, obwohl ich mein Bestes tue, um sie zurückzuhalten. »Aber du und ich … Wir haben einfach schlechtes Timing.«

»Schiffe, die sich in der Nacht begegnen?«

»Eine Liebe, die unter einem schlechten Stern steht.«

»Skorpion und Orion«, murmelt er düster.

Ich ziehe die Augenbrauen hoch. »Wer?«

»Die Sternbilder.« Er hält inne. »Orion ist nur im Winter zu sehen, der Skorpion nur im Sommer. Sie erscheinen nie zur gleichen Zeit, weil sie sich ständig in unterschiedlichen Hemisphären befinden. Sie sind zwei Gegensätze, die sich unablässig quer durch den Kosmos verfolgen.«

Nun fließen meine Tränen schneller und landen auf seiner nackten Brust.

Er legt den Mund an mein Ohr und flüstert mir mit heiserer Stimme etwas zu.

»Keine Sorge, Felicity. Für dich würde ich die Sterne bewegen.«

Obwohl ich fest entschlossen bin, nicht einzuschlafen, da ich keine Minute unserer gemeinsamen Zeit verschwenden will, nicke ich irgendwann doch ein. Ich wache mit Ryders Lippen auf meinen auf, als er mich wach küsst. Ich öffne langsam die Augen, um ihn anzuschauen, und spüre, wie das Lächeln von meinen Lippen weicht.

»Du bist angezogen«, flüstere ich und mustere ihn von oben bis unten. Er ist vollständig bekleidet, sitzt neben mir auf dem Bett und streicht mit den Fingern durch mein Haar. Seine Blutergüsse sehen bei Tageslicht noch schlimmer aus, aber wenigstens sind die Schwellungen ein wenig zurückgegangen.

»Ich muss los.«

»Schon?«

»Mein Flug geht in weniger als zwei Stunden«, sagt er mit einer Stimme, in der großes Bedauern liegt. »Wenn ich jetzt nicht gehe, werde ich ihn verpassen. Wenn ich jetzt nicht gehe …«

Wird er niemals gehen.

»Ich kann nicht glauben, dass ich eingeschlafen bin!« Ich setze mich ruckartig auf und suche meine Klamotten zusammen. Ich ziehe mir das Schlaf-T-Shirt über den Kopf und versuche, eine Jeans zu finden. »Gib mir zwei Minuten, damit ich mich anziehen kann. Ich werde dich zum Flughafen begleiten, dann können wir uns an der Sicherheitskontrolle verabschieden …«

»Felicity.« Er legt die Hände auf meine Schultern, und ich erstarre. »Lass es gut sein, Süße.«

Ich versuche, tapfer zu sein, aber es nützt nichts. Ich kann spüren, wie sich die Tränen in meinen Augen sammeln, bevor ich den Blick hebe, um ihn anzuschauen. »Du willst nicht, dass ich mitkomme?«

»Wenn du es tust, werde ich niemals in dieses verdammte Flugzeug steigen.«

»Aber …«

Er wartet nicht ab, bis ich die Worte ausgesprochen habe. Er senkt den Mund auf meinen und lässt den Kuss für sich sprechen. Mit seinen Lippen sagt er all die Dinge, zu denen wir nie Gelegenheit hatten, all die Dinge, die wir miteinander hätten teilen können, wenn nur das Timing oder die Umstände besser gewesen wären. Ich schmecke den bittersüßen Abschied auf seiner Zunge. Ich versuche, mir seinen Duft einzuprägen – rauchig und würzig. Die Art, wie sich sein Bart anfühlt, wenn er über meine Haut kratzt. Wie seine unterschiedlich farbigen und faszinierenden Augen im schwachen Morgenlicht aussehen. Als er sich zurückzieht, verliere ich die Kontrolle. Als die Tränen aus meinen Augen fließen, umfasst er meine Wangen und küsst sie fort.

»Ich wünschte …«, murmelt er und betrachtet mein Gesicht.

… dass ich bleiben könnte.

… dass du mitkommen würdest.

… dass wir mehr Zeit hätten.

»Ich weiß. Ich auch.« Ich streife mit meinem Mund ein letztes Mal den seinen. »Und jetzt geh. Verschwinde von hier, bevor du noch deinen Flug verpasst.«

Er tritt einen Schritt von mir zurück und zögert dann kurz, bevor er die Hände an die Seiten fallen lässt. Ich versuche, mich zusammenzureißen, als wir zur Tür gehen. Ich will nicht, dass das letzte Bild, das er von mir im Kopf hat, ein trauriges ist – mit rotem, verheultem Gesicht. Das Lächeln auf meinen Lippen ist zittrig, aber es ist ein Lächeln.

Ich öffne die Tür, und wir treten auf den Treppenabsatz hinaus. Das blasse Licht der Morgensonne strömt auf uns herunter und ist überall um uns herum. Ich recke den Hals, damit ich ihm in die Augen schauen kann.

»Du wirst es den Leuten drüben in L. A. so richtig zeigen, Ryder Woods.«

»Danke, Felicity …« Er zieht die Augenbrauen zusammen. »Weißt du, ich kenne nicht mal deinen Nachnamen.«

Ich will ihm automatisch den falschen Namen nennen, den ich benutze. Doch ich kann mich nicht dazu durchringen, ihn anzulügen.

»Er lautet Wilde«, sage ich und strecke ihm meine Hand entgegen, als wären wir zwei Fremde, die sich zum ersten Mal begegnen.

»Felicity Wilde?« Er ergreift meine Hand, und auf seinen Lippen breitet sich ein Schmunzeln aus. »Ist das dein Ernst?«

»Natürlich ist das mein Ernst.«

»Dir ist schon klar, dass dein Name buchstäblich ›fröhlich-verrückt‹ bedeutet, oder?«

»Tja, *jetzt* schon.«

Er kneift die Augen zusammen. »Bist du sicher, dass du mir nicht einen falschen Namen genannt hast, damit ich dich nicht aufspüren kann?«

»Ich schwöre es«, sage ich und verkneife mir ein Lachen. *Wenn er nur wüsste …*

»Felicity Wilde«, murmelt er und schüttelt den Kopf, als wäre das das Witzigste, was er je gehört hat.

»Allerdings. Vergiss den Namen nicht, wenn du ein berühmter Rockstar bist.«

Gott, ich wünschte, meine Stimme würde nicht brechen.

Die Belustigung weicht aus seinem Blick. »Ich werde dich niemals vergessen.«

Wieder kommen mir die Tränen, also drehe ich den Kopf schnell in Richtung Treppe. »*Geh.* Du wirst noch deinen Flug verpassen. Ich meine es ernst.«

Er seufzt tief. Mit bedauernder Miene steigt er die Treppe hinunter. Unten bleibt er noch einmal stehen und wirft einen letzten Blick zu mir hoch. Es gibt nichts, was er sagen könnte. Keine Versprechen, die er mir geben könnte. Keine Schwüre, die er leisten könnte. Es gibt nur noch eins zu sagen.

»Leb wohl, Felicity.«

Meine Kehle schnürt sich zu, als ich zusehe, wie er aus meinem Leben verschwindet. Ich warte, bis er um die Ecke gegangen ist und ich ihn nicht mehr sehen kann. Dann stoße ich den heiseren Schluchzer aus, den ich in meiner Kehle festgehalten habe.

Leb wohl, Liebster.

Den Rest des Morgens verbringe ich damit, zusammengekauert auf meinem Bett zu liegen und mir ganz fest ein Kissen, das immer noch nach ihm riecht, an die Brust zu drücken. Auf meiner Armbanduhr beobachte ich, wie die Sekunden in langsamen Kreisen vorbeiticken. Ich zähle die Stunden bis zum Mittag herunter. Bis ich mit absoluter Sicherheit weiß, dass er im Flugzeug sitzt. Dass er aus meinem Leben verschwunden ist.

Dass er fort ist.

Drei winzige Blutstropfen auf meinen hellblauen Laken sind der einzige Beweis dafür, dass Ryder Woods für eine einzige Nacht mir gehörte – und ich ihm. Nun ja … abgesehen von dem dumpfen Schmerz zwischen meinen Schenkeln und dem schwachen Knutschfleck an meinem Hals. Mit der Zeit wird das alles verblassen, ohne eine Spur an unsere Begegnung zu hinterlassen.

Aber nichts, *nichts* wird je wieder so sein wie früher, nun, da er fort ist.

Irgendwann zwinge ich mich, mit dem Trübsalblasen aufzuhören – allerdings eher aus Notwendigkeit als aus tatsächlichem Verlangen. Ich dusche und ziehe mich für meine Schicht im *Nightingale* an. Mit mürrischer Miene schlüpfe ich in das bauchfreie Oberteil und die Hotpants. Egal wie oft ich dieses Outfit trage, es scheint nie besser zu werden.

In der Bar ist an diesem Abend viel los. Ich bin so sehr damit beschäftigt, Bestellungen aufzunehmen, dass ich kaum Gelegenheit habe, mit Carly zu reden. Sie ist mit der Organisation der Bühne ebenso beschäftigt. Mit einer Unermüdlichkeit, die ich bewundere, führt sie die unterschiedlichen Künstler auf die Bühne und dann wieder herunter. Ich gestatte es mir nicht, an Ryder zu denken und auch nicht daran, was er gerade macht, weil ich mir ziemlich sicher bin, dass es sich nachteilig auf mein Trinkgeld auswirken würde, wenn meine Tränen in die Cocktails der Gäste tropfen. Ich zwinge mir ein Lächeln aufs Gesicht und lege ein wenig Schwung in meine Schritte, während ich durch meinen Bereich flitze, leere Gläser einsammle und Schälchen mit Erdnüssen nachfülle.

Kurz vor Feierabend kommt Adam mit einem säuerlichen Gesichtsausdruck auf mich zu.

»Da ist ein Anruf für dich.«

Mein Herz hüpft angesichts der Nachricht. Ich spüre, wie ein Grinsen an meinen Lippen zupft. »Wirklich?«

»Du kannst ihn in meinem Büro entgegennehmen«, brummt er. »Aber das sollte nicht zur Gewohnheit werden, okay? Du bist zum Arbeiten hier, nicht zum Plaudern.«

Ich fliege praktisch ins Hinterzimmer und renne durch den

Flur zu Adams Büro, als hätte ich Flügel an den Schuhen. Ich kann mir wirklich nur eine Person vorstellen, die mich hier anrufen würde. Mein Puls schlägt schneller, als ich versuche, mir auszumalen, was er zu mir sagen wird. Ich schnappe mir den Hörer vom Apparat und presse ihn an mein Ohr.

»Hallo?«, sage ich atemlos und voller Vorfreude darauf, Ryders heisere Stimme zu hören.

Am anderen Ende der Leitung herrscht vollkommene Stille.

»*Hallo?*«, wiederhole ich, während meine Euphorie ein wenig nachlässt. »Ist da jemand?«

Stille.

Mein Grinsen verblasst, und Sorge verdrängt die Freude, die ich vor wenigen Sekunden noch empfunden habe. Ich lege die Hand fester um den Kunststoffhörer.

»Wenn da niemand ist, werde ich jetzt auflegen …«

Das vertraute dunkle Lachen sorgt dafür, dass mir das Blut in den Adern gefriert.

»So solltest du nicht mit deinem Vater sprechen, Felicity.«

Ich knalle den Hörer so heftig auf den Apparat, dass der Stapel Papier auf dem Schreibtisch wackelt. Ich starre das Telefon an, als wäre es eine Spinne, und spüre, wie sich meine Gliedmaßen in Blei verwandeln. Ich bin vollkommen gelähmt, während sich in meinem Kopf immer wieder der gleiche Gedanke dreht wie eine Schallplatte, die in einer Endlosschleife feststeckt.

Er hat mich gefunden.

19. KAPITEL

Ryder

Ich stehe am Geländer und starre auf den Dunst hinaus, der die Skyline von Los Angeles einhüllt, während die Sonne langsam in Richtung Pazifik sinkt. Hinter mir tobt eine Party auf dem Dach des Hotels. Zweihundert Leute trinken und lachen und unterhalten sich, doch ich achte gar nicht darauf. Ich leere mein Glas in einem Zug und schmecke den Whiskey kaum, während er meine Kehle hinunterfließt. Es ist der erste Drink seit meiner Ankunft hier, aber die vier, die ich im Flugzeug hinuntergekippt habe, um Laceys permanentes Gelaber zu dämpfen, schwappen immer noch in meinem leeren Magen hin und her.

Ich weiß nicht, warum sie der Meinung war, dass ich nach dem Mist, den sie gestern Abend abgezogen hat, mit ihr sprechen wollen würde. Tatsächlich versuchte ich gleich zweimal, die Flugbegleiterinnen dazu zu bringen, mir einen anderen Platz zuzuweisen, bevor wir an Bord gingen. Doch leider ohne Erfolg. Lacey fiel meine Gleichgültigkeit entweder nicht auf, oder es war ihr einfach egal, denn sie plapperte die ganzen viereinhalb Stunden, die wir in der Luft waren.

Ich könnte nicht wiedergeben, was sie sagte. Ich trank meinen Whiskey, starrte aus dem Fenster und konzentrierte meine Gedanken nur auf eine einzige Frau – und es war ganz sicher keine wasserstoffblonde Psychopathin, die von Kopf bis Fuß in Kaugummipink gekleidet war.

Felicity blitzt immer wieder bruchstückhaft in meinen Gedanken auf.

Ihr Mund, der zu einem Stöhnen geöffnet ist.

Ihre Augen, in denen Hitze aufflammt.

Ihre Finger, die sich in meine Haut krallen.

Ich drehe mich um und bahne mir einen Weg durch die Menge in Richtung Theke. Ich brauche einen weiteren Drink, wenn ich diese abendliche Zusammenkunft bis zum Schluss überstehen soll. Die Leute von *Red Machine* haben diese Party bis zum Anschlag mit neu unter Vertrag genommenen Künstlern, Influencern aus den sozialen Netzwerken und Managern der Plattenfirma vollgestopft. Es soll eine Poolparty sein, aber die meisten Leute hier tragen nicht mal Badekleidung. Und falls doch, wird sie als modisches Statement präsentiert und ist nicht dazu gedacht, tatsächlich in Wasser getaucht zu werden.

Alle scheinen einfach einen Tick zu perfekt zu sein, während sie in Sarongs und Designerpumps herumlaufen – ihre Körper sind zu straff, ihre Zähne sind zu gebleicht, ihre Bräunungen sind zu gleichmäßig, ihre Begeisterung ist zu echt. Sie beäugen mein verletztes Gesicht, meine schwarze Jeans und mein ausgeblichenes T-Shirt mit Blicken, die zwischen skeptisch und angewidert rangieren, so als hätte jemand versehentlich zugelassen, dass die Aushilfe an der Party teilnimmt.

Ich habe die Theke fast erreicht, als Laceys vertrautes Kreischen meine Trommelfelle attackiert wie Fingernägel, die über eine Tafel kratzen. Ich drehe mich gerade noch rechtzeitig herum, um zu sehen, wie ein blonder Surfertyp sie hochhebt und mit ihr in den Pool springt. Drei Frauen in äußerst knappen Bikinis und unfassbar hohen High Heels setzen finstere Mienen auf, als sie das Spritzwasser trifft, und werfen meiner Gesangspartnerin vernichtende Blicke zu.

Lacey Briggs, meine Damen und Herren. Wo sie auch hingeht, schließt sie sofort neue Freundschaften.

An der Theke warte ich auf einen verfügbaren Barkeeper. Sie sind alle damit beschäftigt, komplizierte Cocktails für jede Frau in der Menge zu mixen, die einen aufmerksamkeitsheischenden, aber kalorienarmen Drink haben will. Ich bekomme mit, wie jemand etwas namens Skinny Cucumber Cosmo – *mit Umdrehungen* – bestellt und schnaube in mich hinein. Offenbar habe ich die »Ein Kurzer und ein Bier«-Menge in Nashville zurückgelassen.

Schade.

Eine Frau mit rabenschwarzem Haar in einem schrillen pinkfarbenen Kleid lässt sich auf den Barhocker neben meinem sinken, um zu warten. Sie lächelt, und ich nicke zur Erwiderung höflich.

»Hey«, sagt sie nach einer Minute unangenehmen Schweigens.

Ich schaue zu ihr. »Hey.«

»Also, sollte ich den anderen Kerl sehen, oder …?«

Ich ziehe die Augenbrauen hoch. »Verzeihung?«

»Dein Gesicht«, stellt sie klar und deutet auf meine lädierte Wange und meine aufgeplatzte Lippe. »Wenn man jemanden auf offensichtliche Kampfverletzungen anspricht, sagt derjenige normalerweise: ›Du solltest den …‹ Ach vergiss es. Ein Witz, den man erklären muss, ist es nicht wert, wiederholt zu werden.« Sie lacht. »Ich bin Becca.«

»Ryder.«

»Ziemlich lahme Party, oder?«

Ich zucke mit den Schultern. »Ich habe keine Vergleichswerte. Das ist mein erster Abend in L. A.«

»Versprich mir, dass du uns nicht alle anhand dieser Menge hier über einen Kamm scherst.« Sie verzieht das Gesicht. »Ich schwöre, dass die Partys hier normalerweise mehr Spaß machen.«

»Woher willst du wissen, dass ich keinen Spaß habe?«

»Du meinst abgesehen von der Tatsache, dass du die ganze Zeit finster in die Gegend schaust …?« Sie kichert. »Keine Sorge, die Gruppenorgie im Pool sollte die Dinge später ein wenig auflockern.«

Ich starre sie an.

»Das war ein *Witz!*« Sie kichert erneut. »Gott, meine Witze zünden heute wirklich nicht, oder?«

»Könnte sein, dass das nicht an dir liegt. Ich habe wirklich schlechte Laune.«

»Bist du notgeil, hast du ein gebrochenes Herz, oder brauchst du dringend einen Schuss?«, fragt sie mit einem Augenzwinkern. Zum ersten Mal fällt mir auf, wie geweitet ihre Pupillen sind. Das Schwarz verdrängt das Hellblau ihrer Augen fast komplett. »Falls es Letzteres ist, gibt es hier jede Menge Leute, die dir etwas besorgen können.«

»Nein, schon gut.«

»Wie du willst.« Becca seufzt. »Gott, wie lange dauert es denn, hier einen Wodka Tonic zu bekommen? Diese Barkeeper haben noch kein einziges Mal in meine Richtung geschaut.«

»Wenn du ihnen deine Brüste zeigst, kannst du den Vorgang vielleicht beschleunigen. Für sie scheint das funktioniert zu haben.« Ich deute mit einem Nicken nach links, wo eine Blondine mit riesigen falschen Brüsten an ihrem Himbeer-Rum-Punsch mit Zuckerrand nippt.

Becca zögert keine Sekunde. »Das habe ich schon mal versucht. Dadurch verringert man die Lieferzeit der Getränke selten um mehr als eine Minute. Willkommen in L. A., wo jeder entweder Schönheitschirurg ist oder einen in Bereitschaft hat. Schicke Brüste sind hier nichts Besonderes.«

Ich muss zum ersten Mal an diesem Tag lächeln. »Dann wirst du wohl einfach warten müssen.«

»Das ist schon in Ordnung. Die Gesellschaft ist ja nicht *schrecklich*.« Sie grinst mich an. »Also, gehörst du zur Plattenfirma?«

»Ich denke über einen Vertrag nach.«

»Ah, also haben sie dich hergeflogen, um dich mit Poolpartys und ehemaligen Pornostars in Bikinis zu umwerben.« Sie wirft einen vielsagenden Blick zu der Blondine mit den großen Brüsten. »Oh, du meine Güte! Warte! Ryder *Woods*, oder?«

Ich blinzle. »Du hast von mir gehört?«

»Dein Ruf eilt dir voraus.«

»Mir war nicht klar, dass ich hier bereits einen Ruf habe.«

»Vielleicht nicht in der Öffentlichkeit, aber bei *Red Machine* ist der Name Ryder Woods durchaus schon öfter gefallen. Ich bin Clays zweite Assistentin. Auch bekannt als Chris' Assistentin. Auch bekannt als Assistentin des Assistenten, wenn man so will.« Sie schlägt sich auf die Stirn. »Tut mir leid, ich hätte darauf kommen sollen, als du dich vorgestellt hast.«

»Kein Problem.«

»Sie haben dich für die Nacht im Hotel untergebracht, oder? Chris trug mir vor ein paar Tagen auf, die Reservierungen zu tätigen.«

»Ja, das ist ziemlich schick. Die Aussicht auf die Stadt ist toll.«

»Und es ist praktisch – wenn man betrunken ist und sein Bett finden muss, ist es nur ein paar Stockwerke weiter unten.«

»Das hängt einzig und allein davon ab, ob ich noch in der Lage sein werde, einen weiteren Whiskey zu bekommen.« Ich drehe mein leeres Glas zwischen meinen Handflächen. »Zwei

Barkeeper, um zweihundert Leute zu bedienen? Ich werde stocknüchtern sein, wenn diese Party vorbei ist.«

»Nicht wenn ich da noch ein Wörtchen mitzureden habe!« Becca stößt mit ihrem leeren Glas an meins, greift in ihre Handtasche und zieht einen kleinen Beutel mit weißen Pillen hervor. Sie schnappt sich meine Hand und lässt etwa ein Dutzend davon auf meine Handfläche fallen. »Für später. Falls denen hier der Whiskey ausgeht.«

»Was ist das?«

»Oh, nur ein kleiner Muntermacher.« Sie zuckt mit den Schultern. »Nichts zu Heftiges.«

»Ehrlich, ich weiß die Geste zu schätzen, aber ich bin eher ein Whiskeytrinker. Diese Pillen wären an mich nur verschwendet.« Ich will sie ihr zurückgeben, doch sie legt ihre Hand um meine und schließt die Pillen in meinem Griff ein.

»Ich bestehe darauf! Betrachte sie als Willkommensgeschenk für L. A.« Sie wackelt spielerisch mit den Augenbrauen. »Du kannst mir später danken.«

Anstatt deswegen mit ihr zu diskutieren, verstaue ich die Pillen in meiner Tasche, damit ich sie wegwerfen kann, sobald Becca außer Sichtweite ist.

»Äh, danke«, murmle ich, da mir nichts Besseres einfällt. Ich frage mich, in was für einer verrückten Welt ich hier gelandet bin, in der Leute Drogen wie Smarties verteilen, nachdem sie einen gerade mal fünf Minuten lang kennen.

»Also …« Becca schaut zu Lacey, die immer noch mit ihrem neuen Freund im Pool herumplantscht. »Das ist deine Gesangspartnerin, richtig?«

»Manchmal.«

»Ist sie deine Freundin?«

»Definitiv nicht.«

»Hast du eine Freundin?«

Als ich sie einfach nur schweigend anstarre, wirft sie den Kopf zurück und lacht. »Ach, komm schon. Du kannst einer Frau nicht vorwerfen, dass sie es versucht.«

Ich ringe mir ein Grinsen ab und verbanne Felicitys Gesicht zurück in meinen Hinterkopf.

Sie ist nicht meine Freundin. Das war sie nie.

Also warum kann ich nicht aufhören, an sie zu denken? Warum kann ich nicht aufhören, mich zu fragen, wie es ihr geht? Warum stelle ich mir diese kleine Falte vor, die zwischen ihren Augen erscheint, wenn sie versucht, nicht zu lachen, oder die Art, wie sie die Hüften im Takt schwingt, wenn sie leise eine neue Melodie vor sich hin summt? Warum kann ich nicht aufhören, mich zu fragen, was sie sagen würde, wenn sie die Frau wäre, die neben mir auf diesem Barhocker sitzt?

L. A. ist nichts für mich, teilte sie mir gestern Nacht mit und verzog dabei das Gesicht.

Sie würde es hier hassen. Sie würde das alles hassen. Den Pool, in dem niemand schwimmt, die prahlerische Zurschaustellung von Reichtum, die höhnische Herablassung, die in jeder Unterhaltung mitschwingt. Die Drogen, die Getränke, den oberflächlichen Small Talk.

Das ist der Albtraum eines introvertierten Menschen.

Ich bin sauer, dass ihre Meinung in meinem Kopf so viel Gewicht hat, obwohl sie nicht mal hier ist, um sie auszusprechen. Ich weiß nicht, wann mir ihre Sicht auf die Dinge so wichtig geworden ist. Wann *sie* mir so wichtig geworden ist. Ich bin noch nie der Kerl gewesen, der ein Problem damit hat, nach dem Sex alle Verbindungen zu kappen. Am Morgen danach zu verschwinden ist praktisch meine Wahlsportart. Verdammt, wenn ich ehrlich bin, habe ich mir in den meisten Fällen noch nicht mal die Mühe gemacht, bis zum Morgen zu bleiben – normalerweise verschwinde ich, bevor die Laken trocken sind, und zwar ohne ein »Ich ruf dich an« oder einen Abschiedskuss.

Aber letzte Nacht … wollte ich nicht gehen. Und als ich heute Morgen mit Felicity in den Armen aufwachte, brauchte ich meine ganze Kraft, um aus dem Bett zu steigen und mich anzuziehen.

Sie zurückzulassen hat mich beinahe umgebracht.

Ihr fernzubleiben könnte tatsächlich mein Tod sein.

Als der Barkeeper endlich vor mir auftaucht, zwinge ich mich in die Realität zurück. Ich bestelle einen doppelten Whiskey ohne Eis, und der Mann wirft mir einen anerkennenden Blick zu, während er ein paar Fingerbreit der bernsteinfarbenen Flüssigkeit in einen Tumbler gießt und ihn zu mir schiebt. Ich nehme einen großen Schluck, sobald das Glas in meiner Hand ist.

»Mir gefällt diese grüblerische James-Dean-Nummer, die du abziehst«, sagt Becca gedankenverloren. »Das ist gut. Ausgefallen. Damit hebst du dich von allen anderen ab.«

Ich ziehe die Augenbrauen hoch. »Das ist keine Nummer.«

»Du meinst, dass du *tatsächlich* so grüblerisch bist?« Sie schnappt mit gespielter Überraschung nach Luft. »Wie furchtbar un-Zen von dir.«

»Zen gehört nicht unbedingt zu den Worten, die ich benutzen würde, um mich zu beschreiben. Im Großen und Ganzen.«

»Das ist schade.« Sie schüttelt den Kopf. »L. A. steht total auf Zen.«

»Ich habe eher den Eindruck, dass L. A. total darauf steht, jede Menge Geld zu scheffeln und es anderen Leuten unter die Nase zu reiben, während es *so tut*, als wäre es Zen.« Ich zucke mit den Schultern und trinke einen weiteren großen Schluck Whiskey. »Ich bin mir nicht sicher, ob irgendjemand, den ich bislang gesehen habe, wirklich Zen ist.«

»Oh Mann.« Becca lacht wieder, als wäre ich der witzigste Mensch, dem sie jemals begegnet ist. »Ich kann kaum *erwarten* zu sehen, was Clay mit euch vorhat. Wie Öl und Wasser. Bette und Joan. Tay und Kanye. Das wird großartig werden. Komm schon, lass uns nachschauen, wo er steckt.«

Ich sorge dafür, dass mir der Barkeeper noch einmal nachschenkt, bevor ich ihr ins Partygewühl folge.

»Da ist er ja! Ryder!«, ruft Clay, als wir auf die Dachterrasse hinausgehen. »Wie geht es Ihnen? Gut? Oh, freut mich so, das zu hören.«

Offenbar haben wir eine vollständige Unterhaltung geführt, ohne dass ich auch nur ein verdammtes Wort sagen musste. Zumindest in seinem Kopf. Clay sitzt mit einem Weinglas in der einen und seinem Handy in der anderen Hand auf einem üppigen weißen Sofa. Sein braunes Haar ist an den Seiten zu einem angesagten Undercut frisiert, wie man ihn normalerweise eher bei Teenagern als bei Männern Anfang vierzig sieht. Chris sitzt ihm gegenüber und tippt hektisch auf seinem Handy herum.

Was auch sonst.

Ich schnaube beinahe – ich bin dem Kerl jetzt schon zweimal begegnet, und er hat mir noch kein einziges Mal in die Augen geschaut.

»Wie war der Flug? Gut?« Clay hebt sein Glas, als wollte er mir zuprosten, und grinst breit. »Und wie ich sehe, haben Sie bereits Becca kennengelernt. Zweifellos an der Theke. Sie wird Sie unter den Tisch trinken, passen Sie bloß auf! Diese Frau säuft wie ein Loch.«

Sie wirft den Kopf zurück und kichert wie eine Hyäne. Als sie es zum ersten Mal tat, dachte ich, ihre Belustigung wäre echt, doch jetzt wird mir klar, dass das alles nur gespielt ist.

»Ich musste ihn retten«, sagt sie und lässt sich neben Chris auf das Sofa fallen. »Er sah absolut unglücklich aus!«

»Tja, das können wir natürlich nicht zulassen. Kommen Sie, setzen Sie sich.« Clay deutet auf den freien Sessel auf der anderen Seite des eleganten gläsernen Tischs. Durch die Mitte verläuft eine Gasfeuerstelle, in der niedrige funkenlose Flammen in einer ordentlichen Reihe brennen. »Ryder, ich bin so begeistert, Sie endlich hier bei uns zu haben, wo es wirklich zur Sache geht! Nun müssen Sie sich nicht länger in der Provinz verstecken und in heruntergekommenen Spelunken spielen, habe ich recht?«

»Es ist toll, hier zu sein«, sage ich, während ich mich setze. Ich wünschte wirklich, dass ich es auch so meinen würde. »Danke, dass Sie uns eingeladen haben.«

»*Uns?* Ist Ihre liebreizende Partnerin ebenfalls hier?«

»Ja, Lacey …« Ich lasse den Blick über die Dachterrasse schweifen und seufze. Sie steht bis zur Taille im Pool und hat sich um den blonden Kerl gewickelt wie ein Oktopus.

»Genießt die Party, wie es scheint.« Clays Zähne blitzen in der zunehmenden Dunkelheit grell auf. »Ganz zu schweigen von dem Bassisten von Hot Shot.«

Ich ziehe die Augenbrauen hoch. »Ich wusste gar nicht, dass Hot Shot bei *Red Machine* unter Vertrag ist.«

»Das ist eine unserer wenigen noch verbliebenen Punkbands. Leider kann ich Emo nicht mehr verkaufen. Ich versuche ständig, sie dazu zu bringen, etwas leichtere Musik zu machen, aber …« Er zuckt mit den Schultern, als könnte er nicht begreifen, warum ein Künstler ein Problem damit haben könnte, seine ganze musikalische Identität vollkommen auf den Kopf zu stellen. »Wie dem auch sei! Sie sind hier. Trinken Sie was.«

Ich hebe mein Glas voller Whiskey.

»Oh, Sie haben bereits etwas zu trinken. Gut, gut. Das ist ausgezeichnet.«

»Hören Sie, Clay.« Ich räuspere mich. »Ich bin dankbar, hier sein zu dürfen. Wirklich. Aber es gibt etwas, das ich gerne mit Ihnen besprechen würde, bevor wir anfangen.«

Er zieht die Augenbrauen hoch. »Oh? Und das wäre?«

»Ich habe versucht, Kontakt mit Ihnen aufzunehmen, bevor ich Nashville verlassen habe. Eigentlich sogar mehrfach. Ich weiß nicht, ob Sie meine Nachrichten erhalten haben, aber ich wollte mit Ihnen über meine Bandkollegen reden …«

»Klar, klar. Natürlich! Aber wir müssen *jetzt* nicht übers Geschäft reden!« Er lacht und lässt sich mit einem Seufzen in die Sofakissen sinken. »Sie müssen sich entspannen, Ryder! Amüsieren Sie sich ein wenig. Das hier ist eine Party.«

»Oh, ich habe durchaus Spaß«, lüge ich. Ich beiße die Zähne zusammen und ringe mir ein Lächeln ab, das sich eher wie eine Grimasse anfühlt. Ich trinke einen weiteren Schluck von meinem Whiskey.

»Freut mich, das zu hören. Ich will unbedingt, dass Sie zufrieden sind!« Er ist so voller Energie, dass es beinahe unangenehm ist. Zugegeben, ich bin ihm nur dieses eine Mal im *Nightingale* begegnet, aber seine Augen wirken ein wenig wilder, als ich sie in Erinnerung habe, und sein ganzes Auftreten ist vollkommen hektisch. Man muss kein Genie sein, um zu erkennen, dass er etwas Stärkeres zu sich genommen hat als den Weißwein in seinem Glas.

»Sind Sie wegen der Präsentation aufgeregt? Nervös? *Das müssen Sie nicht sein.*« Er lehnt sich zu mir vor, als wären wir engste Freunde und als wollte er sich mir anvertrauen. »Sie haben den morgigen Tag ganz für sich, um sich ein wenig umzuschauen. Aber für Montagmorgen haben wir für Sie und Lacey in aller Frühe einen Termin im Studio gebucht, damit wir ein paar Soundchecks machen können. Am Nachmittag kümmern wir uns dann um die Promofotos. Keine Sorge wegen der blauen Flecken – unsere Make-up-Abteilung könnte mit genug Zeit und Mitteln dafür sorgen, dass Sie wie Gwen Stefani aussehen. Und was sie nicht abdecken können, kann mit Airbrush entfernt werden.«

Clays Angewohnheit, Fragen zu stellen und dann einfach weiterzureden, ohne die Antworten abzuwarten, genügt, um mich in den Wahnsinn zu treiben. Er macht es so nahtlos, dass man kaum merkt, dass man manipuliert wird.

»Clay, wegen dieser Präsentation …«, falle ich ihm ins Wort, doch er unterbricht mich sofort.

»Oh, machen Sie sich deswegen keine Sorgen. Das ist eine reine Formalität. Sie schauen am Dienstag bei unserer jährlichen Vorstandssitzung vorbei, singen ein Lied für die hohen Tiere, und die werden uns daraufhin grünes Licht geben, damit wir Ihnen offiziell ein Angebot machen können. Sie haben gerne das Gefühl, dass sie immer noch ein Wörtchen mitzureden haben, obwohl sie ehrlich gesagt nur Aushängeschilder sind. Wir sind diejenigen, die alle Entscheidungen treffen, wenn es um Talentfragen geht.« Er schaut abrupt zu Becca. »Da wir gerade von Talent reden, haben wir schon was von der Agentur dieser neuen Frau gehört? Wer vertritt sie? Gott, ich hoffe, es ist nicht Cynthia Firestone. Ich schwöre, die ist halb Frau und halb Pitbull. Eine totale Schreckschraube …«

Chris, Clay und Becca reden über eine andere Künstlerin, die sie unter Vertrag nehmen wollen, die Zweitplatzierte der letzten Staffel von *America's Got Tunes*, dem beliebtesten Gesangswettbewerb des Landes. Ich schalte nach ein paar Minuten einfach ab und schaue mich auf der Party erfolglos nach Anzeichen für intelligentes Leben um.

Wie zum Teufel bin ich hier nur gelandet?

So habe ich mir das alles nicht vorgestellt. Ganz und gar nicht.

Natürlich bin ich in meinen Vorstellungen immer davon ausgegangen, dass Aiden und Lincoln bei mir sein und jeden Moment mit mir genießen würden. Ich versuche, mir einzureden, dass es besser werden wird, sobald wir tatsächlich im Studio sind. Sobald ich den Plattenvertrag in den Händen halte. Sobald ich auf einer Bühne stehe und das Einzige tue, das ich schon immer einigermaßen gut konnte: eine Show abliefern.

Ich klammere mich mit beiden Händen fest an diesen Gedanken, weil er alles ist, was mir noch geblieben ist. Mein einziger Rettungsanker. Ich ertrinke in einem Sturm aus Scham und Selbsthass, der so heftig ist, dass er droht, mich unter den Wellen zu begraben.

Ein Plattenvertrag.

Los Angeles.

Freiheit.

Ich lebe den Traum.

Warum fühle ich mich dann so verdammt elend?

Zwei Stunden, drei Whiskeys und vier Zigaretten später fühle ich mich langsam besser. Oder wenn schon nicht besser, dann zumindest … gefühllos. Mit leerem Blick beobachte ich, wie Chris schließlich doch mal sein Handy weglegt. Ich dachte schon, dass das verdammte Ding an seiner Hand festgewachsen wäre. Er zieht etwas, das beinahe wie ein Zippo-Feuerzeug aussieht, aus seiner Gesäßtasche und dreht den Deckel ab. Ich sehe zu, wie er ein Häufchen Kokain auf den Glastisch streut und sich daranmacht, mit der Kante seiner Kreditkarte dünne Linien zu ziehen.

»Hey, Boss!«, ruft er und winkt Clay von der Terrasse aus zu. »Brauchst du einen Muntermacher?«

Clay kommt mit einer Frau im Bikini im Schlepptau herüber. Sie ist etwa halb so alt wie er – sie könnte eher seine Tochter als eine Eroberung sein –, doch niemand zuckt auch nur mit der Wimper, während sich beide hinsetzen, Kokain schnupfen und dann anfangen, auf dem Sofa herumzumachen.

Becca gönnt sich ebenfalls etwas von dem Kokain und macht einen markigen Witz darüber, dass sie sich »die Nase pudern« muss, bevor sie einen Dollarschein zusammenrollt und tief einatmet. Ihr ganzer Körper zittert, als die Droge durch ihren Kreislauf rauscht.

»Ryder?« Chris dreht den Kopf ruckartig zu mir. »Wollen Sie auch?«

»Nein, mir reicht das hier.« Ich hebe mein Glas und kippe den Rest des Inhalts hinunter. Dann stehe ich schwankend auf. »Tatsächlich denke ich, dass ich jetzt ins Bett gehen werde. Es war ein langer Tag.«

Er hängt schon wieder an seinem Handy.

»Arschloch«, murmle ich, als ich mich abwende und in Richtung Ausgang gehe. Ich schaue mich nach Lacey um, doch sie ist mit ihrer neuesten Eroberung verschwunden. In der Aufzugskabine schließe ich die Augen und lehne mich nach hinten gegen die Wand, während die Kabine nach unten in den neunten Stock fährt. Ich bin froh, den Lärm der Party hinter mir zu lassen. Ich muss betrunkener sein, als mir klar ist, denn ich stolpere ein paar Minuten lang durch das Labyrinth aus Fluren, bis ich mein Zimmer finde. Danach brauche ich wieder ein paar Minuten, um meine Schlüsselkarte in den dafür vorgesehenen Schlitz zu stecken.

Als ich endlich in meinem dunklen Hotelzimmer bin, ziehe ich mich bis auf die Boxershorts aus, werfe meine Klamotten in einem Haufen auf den Boden und lasse mich aufs Bett fallen. Vielleicht liegt es am Whiskey, aber dieses Palmenparadies fühlt sich eher wie die Hölle auf Erden an, während ich aus dem Fenster auf die Skyline von L. A. starre und das endlose Meer aus Lichtern vor meinen müden Augen verschwimmt. Die Stadt scheint in der Dunkelheit ewig weiterzugehen, und die Luft ist sogar nachts stark vom Smog verschmutzt. Die einzigen sichtbaren Sterne hier sind die Berühmtheiten – der Dunst ist so dicht, dass man keine Chance hat, je ein echtes Sternbild zu entdecken.

Orion oder Skorpion, die einander quer über den Himmel jagen …

Verdammt.

Ich bin stockbesoffen. Der Alkohol rast durch meinen Kreislauf wie ein Zug mit defekten Bremsen. Ich kann seine Auswirkungen nicht mehr aufhalten. Ich habe nicht länger die Fähigkeit, mich zu belügen. Ich bin gezwungen, mich den Tatsachen zu stellen.

Ich bin am Ende. Ich bin einsam. Und ich hasse diesen verdammten Ort. Ich hasse diese verdammten Leute.

Ich vermisse meine Freunde. Ich vermisse das *Nightingale.* Ich vermisse *sie.*

Ihr Gesicht, ihren Duft, ihr Lächeln.

Ohne über die Tatsache nachzudenken, dass sie nicht mal ein Handy besitzt, stolpere ich zu dem Haufen aus herumliegender Kleidung in der Ecke hinüber, schnappe mir meine Jeans vom Boden und greife in die Tasche, um mein Handy herauszuholen. Während ich daran herumhantiere, ertönt ein leises Klackern. Beccas Pillen fallen auf den Teppichboden, prallen daran ab und rollen in alle Richtungen. Ich starre sie eine Sekunde lang an und blinzle angestrengt, um den Nebel loszuwerden, der mein Gehirn einhüllt. Dann werfe ich einen Blick auf mein Handy.

Keine verpassten Anrufe.

Keine Nachrichten.

Nicht dass ich irgendwas erwartet hätte. Das passiert eben, wenn man alle Brücken hinter sich abbricht, die einem je wichtig waren. Es gibt kein Zurück mehr.

»Verdammt!«, brülle ich und schleudere mein Handy gegen die Wand, wo es sofort in mehrere Einzelteile zerbricht. Ich atme schwer, senke den Blick zu Boden und schließe die Augen in dem Versuch, mich zusammenzureißen, bevor ich vollkommen die Kontrolle verliere.

Reiß dich am Riemen, Ryder.

Das hier ist genau das, was du wolltest. Worauf du hingearbeitet hast.

Es wird langsam Zeit, dass du anfängst, es zu genießen.

Als meine Atmung langsamer wird und ich die Augen öffne, ist das Erste, was ich sehe, eine kleine weiße Pille, die harmlos neben meinen Füßen liegt. *Ein kleiner Muntermacher*, sagte Becca.

Ich denke nicht nach, als ich mich vorbeuge und sie auf meine Zunge fallen lasse.

20. KAPITEL

Felicity

»Ich weiß nicht, wann ich in der Lage sein werde, wiederzukommen«, teile ich ihr sanft mit. »Es könnte gut sein, dass ich für eine Weile fortbleiben muss.«

»Eine Reise? Wie aufregend!«

Ich nicke. »Vielleicht werde ich dir schreiben. Würde dir das gefallen?«

»Das ist nett, Liebes.« Sie lächelt, wie man einen Fremden im Lebensmittelladen anlächeln würde, und streckt einen Arm aus, um meine Hand zu tätscheln. »Aber mach dir keine Sorgen um mich. Ich bin sicher, dass mich meine Tochter bald besuchen kommen wird.«

Ich zucke zusammen, als sie meine Mutter erwähnt. Ich weiß, dass meine Großmutter die Zeit durcheinanderbringt – dass ihre Tochter für sie immer noch eine hoffnungsvolle junge Frau ist, die in einen Mann verliebt ist, von dem sie glaubte, dass sie ihn ändern könnte.

»Meine Jüngste. Sie ist schwanger, habe ich dir das erzählt?« Meine Großmutter strahlt. »Ich werde Oma.«

»Ich gratuliere.« Meine Kehle ist wie zugeschnürt. »Das ist wundervoll.«

»Ich hoffe, dass es ein Mädchen wird. Ich denke, dass eine Enkelin perfekt wäre, findest du nicht?«

»Ja«, krächze ich. »Absolut perfekt.«

Ich werfe einen Blick aus dem Fenster und wische mir eine Träne von der Wange.

»Allerdings bin ich nicht sicher, ob es mir gefallen wird, ›Großmutter‹ genannt zu werden.« Sie rümpft die Nase. »Ich denke, ich werde stattdessen lieber eine ›Omi‹ oder eine ›Oma‹ sein.«

»›Oma‹«, sage ich mit erstickter Stimme. »Du solltest dich definitiv für ›Oma‹ entscheiden.«

»Geht es dir gut, Liebes?«

»Oh ja. Alles in Ordnung.«

Das ist natürlich eine Lüge, aber das muss sie nicht wissen. Die Wahrheit ist, dass ich nicht mehr in Ordnung gewesen bin, seit das Telefon gestern Abend geklingelt hat.

»Würdest du mit mir spielen?«, fragt sie hoffnungsvoll und deutet auf das Klavier.

»Es wäre mir eine Ehre.«

Wir sitzen in der Morgensonne nebeneinander und spielen Lieder von Patsy, Etta, Dolly und Loretta. Ich versuche, mir das Unbehagen, das wie Gift durch meine Venen fließt, nicht anmerken zu lassen. Aber ich werde einfach das Gefühl nicht los, dass ich jeden Moment zusammenbrechen werde.

Ich hasse es, dass ich mich von meiner Oma verabschieden muss und nicht weiß, wann ich in der Lage sein werde, wieder herzukommen, um sie zu besuchen. Aber ich habe keine Wahl.

Er weiß, wo ich bin.

Ich habe keine Ahnung, wie er es herausgefunden hat – ich habe keiner Menschenseele erzählt, dass ich herkommen würde … außer Devyn. Meine Cousine war diejenige, die vorschlug, dass ich versuchen sollte, eine Stelle im *Nightingale* zu bekommen. Sie versprach, meine Pläne für Nashville niemandem gegenüber zu erwähnen. Aber falls ihr doch etwas herausgerutscht ist und sie es ihrer Mutter erzählt hat, ist der Weg zwischen den Schwestern nicht mehr weit, und damit könnte es auch *meine* Mutter erfahren haben. Und schließlich er.

Mein letzter Stand der Dinge ist, dass meine Eltern mit niemandem aus der Familie sprechen. Das Verhältnis verschlechterte sich vor ein paar Jahren während des Streits um die Kontrolle über das Vermögen der allseits geschätzten Bethany Hayes. Sobald meine Oma ihre Diagnose erhalten hatte, träumten meine Verwandten von dicken Tantiemenschecks. Sie waren wie besessen davon – egal wie viele Äste sie von unserem Familienstammbaum hacken mussten, um sie zu bekommen. Sie kamen aus ihren Löchern gekrochen, Cousins und angebliche Onkel, von denen ich bis zu diesem Zeitpunkt nicht mal gewusst hatte. Und sie alle behaupteten, meine Großmutter mehr als ihr eigenes Leben zu lieben. Sie alle waren mehr als eifrig darum bemüht, derjenige zu werden, der sich um ihre Angelegenheiten kümmern sollte, nun, da sie nicht länger dazu in der Lage war.

Ein einziger Haufen Geier.

Als der Richter sein Urteil verkündete und die medizinischen Entscheidungen über meine Großmutter meiner Tante überließ, war von unserem Familienstammbaum nur noch ein Stumpf übrig. Ich war erleichtert. Kim ist der am wenigsten bösartige der kreisenden Raubvögel. Trotz großer Streitereien zog das Gericht auch das existierende Testament meiner Großmutter in Betracht und kam den darin festgehaltenen Bestimmungen nach. Ihr komplettes verbliebenes Vermögen wurde auf ein Treuhandkonto eingezahlt und verbleibt dort bis zu ihrem Tod. Wer das Geld bekommen wird, sobald dieser Tag eintritt, bleibt ein Geheimnis, aber ich bin froh, dass meine Oma wenigstens für den Moment geschützt ist.

Meine Mutter war vollkommen entsetzt, als sie erfuhr, dass sie nicht an den Entscheidungen in Bezug auf die Pflege meiner Großmutter beteiligt sein würde. Ich war jedoch nicht im Geringsten überrascht. Die Geschichten, die Tante Kim vor Gericht über das erzählte, was im Haus meiner Eltern vorging, waren mehr als ausreichend, um die Entscheidung des Richters zu ihren Gunsten ausfallen zu lassen. Kein Diener des Gesetzes, der bei klarem Verstand ist, würde zwei Süchtigen mit einer Polizeiakte, deren Liste mit Vorfällen von häuslicher Gewalt länger ist als die Bibel, auf die sie schworen, die Wahrheit, die ganze Wahrheit und nichts als die Wahrheit zu sagen, die Kontrolle über ein Multimillionendollarvermögen überlassen.

Ich mache Tante Kim keinen Vorwurf dafür, dass sie sich ihre Tochter geschnappt hat und sofort aus Nashville verschwunden ist, als die Gerichtsverhandlungen abgeschlossen waren. Wenn sie geblieben wären, hätten die Chancen gut gestanden, dass mein Vater sie aufgespürt und sein Missfallen auf die einzige Art ausgedrückt hätte, die er kennt.

Durch gewalttätigen Zorn.

Niemand, der auch nur einen Funken Verstand hat, würde wollen, dass dieser Mann weiß, wo man zu finden ist.

Und genau deswegen bin ich jetzt hier und verabschiede mich von dem einzigen Familienmitglied, das je für mich da gewesen ist. Nicht dass ich es wollte, aber mir bleibt keine Wahl. Wenn er weiß, wo ich arbeite, ist es nur eine Frage der Zeit, bis er auch weiß, wo ich wohne. Bis er herkommt und versucht, mich zurück nach Hause in mein altes Leben in Hawkins zu zerren.

Ich würde lieber sterben, als dorthin zurückzukehren.

Ich werde sterben, wenn ich dorthin zurückkehre.

»Meine Mom war ebenfalls Sängerin, weißt du?«, murmle ich, als wir zu Ende gespielt haben.

»Das überrascht mich nicht – du hast eine wundervolle Stimme, Liebes.« Meine Großmutter lächelt sanft. »Die muss ja irgendwoher gekommen sein.«

Die habe ich von dir, Oma.

»Sie sang mir immer etwas vor, als ich noch ganz klein war«, erzähle ich ihr und streiche mit den Fingerspitzen ganz leicht über die Oberfläche der Tasten. »Das ist eine meiner ersten Erinnerungen.«

»Wie schön, Liebes.«

»Meinst du …« Ich verstumme kurz. »Meinst du, dass du ein Lied für mich singen könntest?«

»Oh, ich singe meine eigenen Lieder nicht mehr. Es ist einfach nicht mehr so wie früher. Meine Stimme ist nicht mehr das, was sie einmal war.«

»Deine Stimme ist perfekt. Und es … es würde mir sehr viel bedeuten.«

Sie starrt mir in die Augen, als würde sie darin etwas suchen. Doch in ihrem Blick liegt kein Erkennen, nur Mitgefühl für eine Fremde, die sie um einen Gefallen bittet.

»Such dir ein Lied aus, Schätzchen.« Sie lächelt, und ihr knallroter Lippenstift ist so makellos wie immer. »Nur dieses eine Mal.«

Und so sitzen wir an unserem letzten gemeinsamen Tag zusammen da. Ich spiele auf meiner Gitarre, und sie singt. Ihre Stimme ist faserig und dünn, als sie durchs Zimmer hallt.

»Saw you in the crowd the other day …«

Ich versuche, nicht zu weinen … Doch ich kann die Tränen nicht zurückhalten, als sie den Refrain singt.

»Sure it's sad but it isn't complicated …
You're my only memory that never faded …«

Es ist mehr als nur ein wenig herzzerreißend, dass ihr größter Hit aller Zeiten davon handelt, dass man niemals vergisst …

obwohl sie sich selbst nicht an die letzten zwanzig Jahre erinnern kann. Obwohl sie sich nicht an mich erinnern kann.

»You're my only memory that never faded …«

Es ist eine grausame Laune des Schicksals. Ironie in Reinform.

Als würde man sich in der Nacht verlieben, in der man sich voneinander verabschiedet.

Als würde man ein Zuhause finden, nur um es dann gleich wieder verlassen zu müssen.

Die Tränen rollen ungehindert über meine Wangen, als ich in den Eingangsbereich hinausgehe, wo Carly auf mich wartet, um mich zurück zum *Nightingale* zu fahren, damit wir unsere Schicht antreten können.

Ein weiterer Abschied.

Ein weiteres gebrochenes Herz.

Ein weiterer Neuanfang.

Ich weiß nicht, wie oft ich das noch ertragen kann. Ich bin nicht sicher, wie viel ich überhaupt noch ertragen kann, bevor ich endgültig zerbreche.

»Du kannst nicht einfach gehen.«

»Ich habe keine Wahl, Carly.«

Sie hat die Augen vor Verwirrung weit aufgerissen, während wir auf meinen Treppenstufen sitzen. Die Juliluft ist trotz der späten Stunde noch recht warm. Unsere Schicht endete vor ein paar Minuten.

Meine letzte Schicht.

Ich kann es kaum glauben.

»Kannst du mir wenigstens erklären, warum du gehst? Oder mir sagen, wann du zurückkommen wirst?«

»Wenn ich das wüsste, würde ich es dir sagen. Ich bin mir noch nicht mal sicher, wann ich aufbrechen werde.«

»Wenn du mir erzählen würdest, was los ist, könnte ich dir vielleicht helfen.« Sie lässt den Blick über mein Gesicht wandern. »Vielleicht könnten wir zusammen eine Lösung finden, damit du nicht abhauen musst.«

»Meine Vergangenheit holt mich ein, Carly. So einfach ist das. Ich muss mich auf den Weg machen, bevor sie mich erreicht.«

»Ich hätte dich nicht für eine Gesetzlose auf der Flucht gehalten.« Sie lacht, aber es klingt traurig. »Was hast du angestellt? Eine Bank ausgeraubt?«

Ich ringe mir ein Grinsen ab. »Das würde eine sehr viel bessere Geschichte abgeben.«

»Hast du Isaac schon mitgeteilt, dass du gehst?«

»Er war heute Abend nicht hier, also werde ich morgen Nachmittag vorbeikommen, um mit ihm zu sprechen. Danach verlasse ich dann mit dem Abendbus die Stadt.«

»Morgen ist der vierte Juli! Bleib doch wenigstens noch für das Feuerwerk.«

Sofort verspüre ich schmerzhaftes Bedauern. Ich habe mich auf das Festival gefreut, seit ich davon erfahren habe. Carly und ich hatten vor, zusammen hinzugehen, um uns mit ein paar ihrer Freunde vom College die musikalischen Darbietungen am Fluss anzuschauen.

»Ich wünschte, ich könnte mitkommen«, murmle ich. »Glaub mir … ich will nicht gehen. Nashville ist für mich mehr ein echtes Zuhause gewesen als alles andere, was ich je hatte. Und deine Freundschaft hat eine Menge dazu beigetragen.«

»Hör auf, sonst bringst du mich noch zum Heulen. Und diese Wimperntusche kostet dreißig Dollar.«

»Das ist Wegelagerei.«

»Wem sagst du das?« Wir lachen beide trotz unserer Tränen.

Als sie wieder spricht, bricht ihre Stimme vor lauter Emotion. »Also … dann ist das unser Abschied?«

»Ich schätze schon«, murmle ich. »Danke.«

»Wofür? Ich habe nichts getan.«

»Du hast mir gezeigt, wie hier alles läuft. Du hast mich immer aufgemuntert. Du bist meine spirituelle Führerin gewesen.«

»Dafür musst du mir nicht danken, Felicity. Ich werde immer deine Freundin sein.« Sie wühlt in ihrer Handtasche herum, zieht einen Stift heraus und kritzelt eine Zahlenreihe auf ein Kaugummipapier, das sie mir hinhält, sobald sie fertig ist. »Ich weiß, dass du kein Handy hast, also werden wir es auf die altmodische Art machen müssen. Das ist meine Nummer. Falls du je Hilfe brauchst, ruf mich an. Ich bin da. Ohne Wenn und Aber.«

Ich lege die Finger um das Papier. Mein Herz verkrampft sich schmerzhaft. »Carly …«

»Und nur fürs Protokoll«, fügt sie hinzu und versucht, nicht zu weinen. »Ich denke, dass ich bei einem Banküberfall eine tolle Fluchtwagenfahrerin abgeben würde. Klar, mein Auto macht bei mehr als achtzig Kilometern pro Stunde schlapp … Aber ich kenne überall in der Stadt die besten Abkürzungen.«

Dieses Mal muss ich mir das Grinsen nicht abringen. Es breitet sich von ganz alleine auf meinem Gesicht aus und ist vollkommen echt.

Am nächsten Morgen brauche ich nicht lange, um zu packen. Ich besitze nicht viel. Meine Gitarre, meine Klamotten, die wenigen Besitztümer, die ich seit meiner Ankunft hier angesammelt habe, und den dicken Umschlag voller Geldscheine, den ich unter meinem losen Fußbodenbrett versteckt gehalten habe. Ich stopfe mir ein paar Zwanziger in den BH, nur für alle Fälle – meine spirituelle Führerin wäre so stolz auf mich –, und verstaue den Rest des Geldes ganz unten in den Tiefen meines Rucksacks, damit es sicher ist. Dabei stoße ich versehentlich mein Notizbuch zu Boden. Ich beuge mich vor, um es aufzuheben, und erstarre, als mein Blick auf eine mir nicht vertraute Kritzelei auf der letzten Seite fällt. Seltsam, das sieht nicht wie meine Handschrift aus …

Mein Herz bleibt schlagartig stehen. Ich habe ganz vergessen, dass mir Ryder einen Brief hinterlassen hat – er erwähnte, dass er ihn in mein Notizbuch geschrieben hatte, um es dann zusammen mit meiner Gitarre zurückzubringen. Ich zittere am ganzen Körper, als ich das Notizbuch auf meinen Schoß ziehe und zu lesen beginne.

Es ist gar kein Brief.

Es ist ein Lied.

Er hat ein Lied für mich geschrieben.

Nicht nur den Text, sondern auch eine ganze Seite Noten für die musikalische Begleitung. Es ist eine vollständig ausgearbeitete Melodie mit Akkordfolgen und Tonartwechseln. Das ist nicht das Ergebnis einer einzigen Nacht voller Arbeit. Er muss Tage gebraucht haben, um dieses Lied fertigzustellen. Vielleicht sogar Wochen.

Am oberen Rand der Seite steht ein Titel in seiner krakeligen Handschrift.

A GIRL NAMED FELICITY

Die Seite verschwimmt vor meinen Augen – ich muss dreimal eine Pause einlegen, um mich zusammenzureißen, bevor ich schließlich einmal den kompletten Text lesen kann. Und als ich es tue, scheint sich das klaffende Loch in der linken Seite meiner Brust, wo sich einst ein Herz befand, zum ersten Mal seit seiner Abreise ein wenig zu schließen.

Ich kann es nicht bereuen, dass ich dem Mann, der diese Zeilen geschrieben hat, ein Stück von mir gegeben habe, auch wenn er jetzt fort ist. Dieses Lied ist die romantischste Geste, die mir je zuteilwurde. Es könnte nur noch übertroffen werden, wenn er hier wäre, vor mir stehen und es mir persönlich vorsingen würde.

Ein Teil von mir will meine Gitarre aus dem Koffer holen, die Noten spielen und den Text in der Luft um mich herum zu einem Zauber verweben … Doch dieses Lied – *sein Lied* – ist nicht dafür gedacht, gespielt zu werden, während man Tränen zurückhält. Und in diesem Zimmer gibt es schon zu viele Erinnerungen. Von seinem Mund und seinen Händen … von seinem lüsternen Lächeln in der Dunkelheit und seinen ungleichen Augen, die sich im schwachen Licht des Morgens in meine brennen.

Ich streiche mit den Fingerspitzen ehrfürchtig über die Seite und fahre seine unordentliche Handschrift nach, als wäre sie ein Teil von ihm. Es gibt keine Unterschrift, abgesehen von einem einzelnen schiefen R, das in die untere Ecke gekritzelt wurde. Ich lese mir den Text noch einmal durch, bevor ich mich zum Aufhören zwinge. Mit einer letzten andächtigen Liebkosung der Seite zwinge ich mich, das Notizbuch zu schließen und in meinem Rucksack zu verstauen.

Ich muss mich verabschieden und einen Bus erwischen.

Ich finde Isaac dort, wo ich ihm zum ersten Mal begegnet bin – hinter der Theke, wo er mit einem weißen Lappen im Halbdunkeln Gläser poliert. Er dreht sich herum, als er hört, wie die Tür des Pausenraums nach innen aufschwingt, und beobachtet, wie ich schweigend hindurchtrete. Als er den Gitarrenkoffer in meiner Hand und den über meine Schulter geschlungenen Rucksack entdeckt, zieht er die Augenbrauen hoch.

»Ich hätte auf mein Bauchgefühl hören sollen«, brummt er. »Man sollte nie Sänger einstellen. Sie verlassen immer ohne Vorwarnung das verdammte Schiff.«

»Es tut mir leid, Isaac. Ich gehe wirklich nur ungern. Besonders nach allem, was Sie für mich getan haben.«

»Ach, zum Teufel, ich kann nicht mal behaupten, dass ich überrascht bin. Du bist hier als Minderjährige unter falschem Namen aufgetaucht, hattest keine Unterkunft und eine gewisse Vorliebe dafür, schwarz und in bar bezahlt zu werden …« Er zuckt mit den Schultern. »Ich wusste, dass eine ziemlich große Chance bestand, dass du eines Tages einfach abhauen würdest, ohne eine Nachsendeadresse zu hinterlassen.«

Ich blinzle. »Sie wussten das alles und haben mich trotzdem eingestellt?«

Er brummt erneut.

»Aber … warum?«

»Wegen deiner Großmutter«, gibt er mürrisch zu.

Mir fallen fast die Augen aus dem Kopf. »Sie kennen meine Oma?«

»Bethany Hayes ist eine Frau, die man nicht vergisst, wenn man ihr einmal begegnet ist, auch nicht nach vierzig Jahren.« Isaac verzieht die Lippen. »Wie geht es ihr? Das Letzte, was ich hörte, war, dass sie drüben im Elmwood ist …«

»Sie ist nicht mehr dieselbe. Sie wird nie wieder dieselbe sein.« Meine Augen brennen. »Aber sie singt immer noch.«

»Das freut mich. Deine Großmutter war einer der ersten großen Stars, die sich bereit erklärten, hier aufzutreten, als ich den Laden damals vor vielen Jahren eröffnete. Sie brachte auch all ihre berühmten Freunde mit. Sie half mir wirklich dabei, mir einen Namen zu machen.« In seinen Augen flackert unerwartete Wärme auf. »Ich dachte mir, dass ich ihr einen Gefallen schuldig bin. Vermutlich mehr als nur einen.«

»Nach allem, was Sie für mich getan haben, denke ich, dass sie sicher zustimmen würde, dass Sie beide jetzt quitt sind.« Ich lege den Kopf schief, als mir ein Gedanke kommt. »Woher wussten Sie, dass ich ihre Enkelin bin?«

»Das schlussfolgerte ich, als du deine Cousine Devyn erwähntest. Außerdem …« Er verzieht die Lippen zu einem seltenen Lächeln. »Hast du je ein Foto von deiner Großmutter gesehen, als sie in deinem Alter war? Du bist ihr wie aus dem Gesicht geschnitten.«

»Wirklich?«

Er nickt und geht zur Kasse hinüber. Ich sehe schweigend zu, wie er einen kleinen Stapel Scheine herauszieht und ihn mir hinhält. Als ich keinerlei Anstalten mache, das Geld zu nehmen, seufzt er. »Komm schon, ich habe nicht den ganzen Tag Zeit.«

»Ich werde kein Geld von Ihnen annehmen, Isaac.«

»Sei nicht arrogant. Das passt nicht zu dir.«

»Aber …«

»Das ist die übliche Abfindung. Du hast dir das Geld verdient. Du bist eine gute Kellnerin und arbeitest hart. Nimm es, bevor ich es mir anders überlege.«

Ich lege die Finger um die Geldscheine. Ich hasse es, Almosen anzunehmen, aber wenn man bedenkt, dass ich die Busfahrkarte und mindestens eine Übernachtung in einem Motel bezahlen muss, brauche ich das Geld mehr, als ich zugeben will.

»Danke, Isaac«, flüstere ich mit belegter Stimme. »Für die Stelle, für das Zimmer, für alles. Ich werde niemals in der Lage sein, Ihnen Ihre Freundlichkeit zu vergelten.«

»Ach, zum Teufel damit.« Er reibt sich den Nacken, der schnell rot wird. »Das war doch nichts.«

»Es war nicht nichts.«

Er wirft mir seinen strengsten Blick zu. »Pass auf dich auf, Kleine. Das ist eine verrückte Welt da draußen. Und wenn du je wieder nach Nashville kommen solltest … wartet hier ein Job auf dich. Ich hoffe, dass du das weißt.«

Ich verlasse Nashville genau so, wie ich vor Monaten angekommen bin – als einfaches Mädchen mit einer Gitarre, das einmal mehr ziellos umhertreibt. Nur dass ich dieses Mal ein Leben zurücklasse, das ich mir aufgebaut habe. Ein Leben, das ich gemocht habe.

Mein Kummer lenkt mich so sehr ab, dass ich nicht einmal merke, dass mir jemand folgt, während ich in der brennenden Nachmittagshitze in Richtung Bushaltestelle gehe.

21. KAPITEL

Ryder

Mein Stift schwebt über dem Vertrag.

Unterschrift, Datum und Paraphe.

Laceys mädchenhafte Unterschrift steht bereits auf der Linie neben meiner. Sie hat aus dem i-Punkt in ihrem Nachnamen ein gottverdammtes Herz gemacht. Ich bezweifle, dass sie den Vertrag überhaupt komplett gelesen hat, bevor sie ihren Namen auf das Papier gemalt hat.

Ich kann spüren, wie sie alle wenige Schritte von mir entfernt am anderen Ende des Konferenzraums lauern. Lacey, Becca, Chris, Clay. Sie alle warten darauf, dass ich ihnen meine künstlerische Freiheit mit einer Unterschrift übergebe, im Austausch für eine gewaltige Summe Geld. Mehr als ich je erwartet hätte.

Wie Clay vorhergesagt hatte, waren die Vorstandsmitglieder von *Red Machine* von unserer gestrigen Präsentation begeistert. Sie sahen mit Gier in den Augen zu, wie Lacey in ihren extrem knappen Hotpants durch den Raum stolzierte, und zählten bereits die Einnahmen, die sie ihnen mit einem Pop-Country-Crossover-Album einbringen würde, das aus den Lautsprechern jedes Radios von Los Angeles bis Miami schallen würde. Ich steuerte brav meinen Hintergrundgesang bei und spielte meine Akkorde, während irgendein Schlagzeuger, dem ich nie zuvor begegnet war, hinter mir Lincs Solo verunstaltete.

Willkommen bei der Plattenfirma.

Als Clay die Champagnerflasche öffnet, ertönt ein lautes Ploppen, und Schaum sprudelt hervor.

»Ein Toast!« Er macht sich daran, die Champagnerflöten zu füllen. »Auf den Unabhängigkeitstag! Und natürlich auf unsere neuesten Künstler bei *Red Machine Records*.«

»Hört, hört!«, tönt Becca kichernd.

»Lacey, wir würden gerne sofort damit anfangen, die Werbetrommel für dich zu rühren, sogar noch bevor wir uns daranmachen, das Album zu produzieren«, erklärt Clay. »Deine Präsenz in den sozialen Medien ist enorm wichtig. Das Gleiche gilt für die Interaktion mit den richtigen Leuten, nun, da du hier in L. A. bist. Es geht darum, wer deine Freunde sind, mit wem du Zeit verbringst, was für Klamotten du trägst … Das ist genauso wichtig wie die Musik. Heutzutage ist es vielleicht sogar noch wichtiger.«

Was zum Teufel könnte wichtiger sein als die Musik?, denke ich, doch meine Partnerin nickt einfach nur – wie ein hohler blonder Wackeldackel, der jedem Wort zustimmt, das aus Clays Mund kommt, als wäre es so wahr wie das Amen in der Kirche.

»Keine Sorge«, mischt sich Becca ein. »Ich habe bereits dafür gesorgt, dass ihr heute Abend auf den Gästelisten für ein paar der besten Partys in der Stadt steht. Ihr werdet mit einigen der schillerndsten Stars in Hollywood verkehren, wenn das Feuerwerk losgeht. Ich persönlich würde euch empfehlen, zu Grayson Dunns Grillparty drüben in Malibu zu gehen. *Alle* wichtigen Leute werden dort sein.«

Alle wichtigen Leute.

Wer zum Teufel redet denn so?

Lacey quietscht in einer so hohen Frequenz, dass ich überrascht bin, dass die Fenster nicht zerbersten. »Hast du Grayson

Dunn gesagt? *Der* Grayson Dunn? Der Kerl, der vom *People Magazine* zum Sexiest Man Alive gewählt wurde? Der Star aus *Break Even* und *Break Down?*«

»Genau der.«

»Oh. Mein. Gott.« Lacey klingt, als würde sie jeden Moment einen Anfall erleiden. »Da gehen wir *auf jeden Fall* hin!«

»Toll! Die Party beginnt mit Einbruch der Dämmerung und wird die ganze Nacht lang dauern. Sobald die Verträge unterschrieben sind, werden wir dich und Ryder in ein paar neue Klamotten stecken, die etwas …«, Becca macht eine vorsichtige Pause, »*besser* zu der Marke passen, die wir kreieren wollen.«

Lacey quietscht erneut und scheint kein Problem damit zu haben, ihre Identität einfach so gegen eine komplett neue einzutauschen, die *Red Machine* propagiert. Ich frage mich, in was für ein angesagtes Outfit sie mich stecken wollen. Vermutlich in eine Skinny Jeans und einen verdammten Fedora.

Viel Glück dabei, ihr Arschlöcher.

»Ryder, komm schon! Warum brauchst du denn so lange?« Lacey seufzt ungeduldig. »Beeil dich, ich will shoppen gehen.«

Mein Stift berührt das Papier, und an der Federspitze sammelt sich Tinte. Für einen Moment beobachte ich, wie sich der schwarze Tintenfleck ausbreitet, und denke an all diese Nullen am Ende meines Vorschusses sowie an all die Dinge, die ich mir mit diesem Geld kaufen könnte …

Und dann denke ich an die Tatsache, dass ich das Einzige, was ich wirklich will, nicht kaufen kann.

Ich lege den Stift weg, richte mich zu meiner vollen Größe auf und straffe die Schultern, während ich von Clay zu Lacey schaue.

»Es tut mir leid. Ich kann das nicht tun.«

Alle verstummen. Die Champagnerflöten verharren auf halbem Weg zu ihren Mündern. Chris hört tatsächlich auf, auf seinem Handy herumzutippen, und schaut hoch.

Clay blinzelt langsam und scheint nicht zu begreifen, was hier gerade passiert. »Was genau können Sie nicht tun?«

»Ich kann diesen Vertrag nicht unterschreiben.«

»*Wie bitte?*« Er wirkt vollkommen verblüfft.

»Danke für Ihre Zeit und dafür, dass Sie mich haben herfliegen lassen. Für alles. Ich weiß das wirklich zu schätzen.«

»Warten Sie!«, ruft mir Clay hinterher. »Ryder, wenn es wegen des Vorschusses ist, können wir Ihnen mehr Geld besorgen …«

»Es geht mir nicht um das Geld.« Ich bleibe auf der Türschwelle stehen. »Wenn Sie mich jetzt entschuldigen würden, ich muss los.«

Ich muss jemanden treffen.

Als ich zur Tür hinausgehe, zupft ein Grinsen an meinen Mundwinkeln. Ein echtes gottverdammtes Grinsen, zum ersten Mal seit meiner Abreise aus Nashville. Ich sollte mich vom Ausmaß dessen, was ich aufgebe, vermutlich erdrückt fühlen … Doch als ich durch den Flur gehe, dessen Wände mit eingerahmten Platinplatten geschmückt sind, fühle ich mich einfach nur frei.

»Ryder!«, kreischt Lacey und rennt hinter mir her. Sie holt mich gerade noch ein, bevor ich den Aufzug erreiche. In ihren Augen blitzt unverhohlene Wut auf. »Was zum Teufel hast du vor?«

»Das habe ich doch gesagt. Ich gehe.«

»Bist du *verrückt?* Geh wieder in diesen Konferenzraum, und entschuldige dich bei Clay!«, zischt sie und umklammert meinen Arm mit ihren pinkfarbenen Krallen. »Bring das in Ordnung, bevor sie beschließen, dass wir die Mühe nicht wert sind, und uns fallen lassen!«

Ich beiße die Zähne zusammen und greife nach unten, um ihre Fingernägel mit Gewalt von meiner Haut zu lösen. »Lacey … Das alles war von Anfang an falsch. Wir hätten niemals herkommen sollen. Nicht ohne Aiden und Lincoln. Wir hätten die Band niemals auflösen sollen. Wenn du das nicht begreifen kannst, weiß ich nicht, wie ich es dir beibringen soll.«

»Oh, heul mir nicht die Ohren voll! Du und dein blutendes Herz fangen wirklich an, mich zu langweilen.«

»Das ist dein Plan – du willst mich beleidigen, bis ich meine Meinung ändere und mich bereit erkläre zu bleiben?« Ich schnaube. »Lass mich wissen, wie gut das für dich funktioniert hat.«

Sie starrt mich finster an. »Du wirst das bereuen.«

»Vielleicht.« Ich zucke mit den Schultern. »Aber ich würde es sehr viel mehr bereuen, mit dir hierzubleiben.«

»Das liegt daran, dass du nicht klar denkst.«

»Tatsächlich ist mein Kopf noch nie klarer gewesen.« Ich wende mich von ihr ab und drücke auf den Knopf, um den Aufzug zu rufen.

Ein frustrierter Schrei zerreißt die Luft. »Niemand, der bei klarem Verstand ist, lässt sich so viel Geld entgehen, Ryder. *Niemand.*«

»Vor ein paar Wochen hätte ich dir vielleicht noch zugestimmt. Verdammt, womöglich hätte ich dir sogar vor ein paar Tagen noch zugestimmt. Aber Geld ist nicht alles, Lacey. Man muss erst etwas verlieren, das man nicht kaufen kann, um das zu erkennen.«

»Ist dir klar, wie sehr du mir gerade mein Leben versaust?« Ihre Miene flackert, und zum ersten Mal sehe ich unter ihrer wütenden Fassade so etwas wie Angst.

»Ich versuche nicht, dir dein Leben zu versauen. Du kannst bleiben. Du hast den Vertrag bereits unterschrieben. Nur zu, produziere ein Album mit *Red Machine*. Füll deinen Kleiderschrank mit Klamotten, die sie für dich aussuchen. Füll dein Sozialleben mit Leuten, die sie gutheißen. Ich hoffe, dass dich das glücklich macht.«

»Sie werden mich ohne dich nicht wollen! Du schreibst alle meine verdammten Lieder!«

Ich zucke mit den Schultern. »In Los Angeles gibt es jede Menge Leute, die Lieder schreiben, Lacey. Such dir jemanden.«

»Das kannst du mir nicht antun!« Sie kreischt. »Du kannst mich nicht einfach verarschen, weil du deine kostbare Freundin vermisst. Du kannst nicht alles aufgeben, weil du in Nashville unter dem Pantoffel einer unscheinbaren kleinen Kellnerin stehst. Tu uns beiden einen Gefallen – fahr mit diesem Aufzug zur nächstbesten Bar runter, schnapp dir die erste heiße Frau, die dir über den Weg läuft, und vögele sie so lange, bis du wieder klar denken kannst, bevor du unser beider Leben ruinierst.«

Ich hatte vor, ruhig zu bleiben. Höflich. Selbst nachdem sie sich in meinen Arm gekrallt und mich mit jeder Beschimpfung bedacht hat, die Teil ihres durchaus etwas beschränkten Vokabulars ist. Doch sobald sie ihr Gift gegen Felicity verspritzt, ist es mit meiner Höflichkeit vorbei.

Ich lehne mich dicht an sie heran und senke meine Stimme zu einem Flüstern.

»Das sind *meine* Lieder, Lacey. Sie gehörten nie dir. Du bist nur ein Sprachrohr in Hotpants.«

Sie steht immer noch da und starrt mich mit offenem Mund an, als ich in den Aufzug steige und mich auf den Weg nach unten zum Ausgang mache.

Ich muss ein Flugzeug erwischen.

Den ganzen Flug über trommele ich rastlos mit den Fingern auf den Armlehnen des Sitzes herum. Die Frau auf dem Sitz neben mir beobachtet mich misstrauisch, als würde sie denken, dass ich jeden Moment das Flugzeug entführen könnte. Ich kann nicht mal die Energie aufbringen, um ihr ein beruhigendes »Ich bin kein Terrorist«-Lächeln zu schenken. Ich bin zu nervös, um still zu sitzen.

Viereinhalb Stunden haben sich noch nie so verdammt lang angefühlt.

Während des gesamten Flugs quäle ich mich mit Gedanken daran, wie sehr ich die Sache mit Linc und Aiden verbockt habe.

Wie konnte ich nur so ein verdammtes Arschloch sein?

Das Geld und die nicht zu leugnende Verlockung, meinen Namen in Leuchtschrift in den Stadien im ganzen Land zu sehen, haben mich geblendet. Ich war so sehr darauf fixiert, mir selbst – und meinem Vater – zu beweisen, dass Musik keine Sackgasse ist, dass ich genau an die Leute geriet, die alles zerstört hätten, was ich am Musikmachen liebe. Aber ich würde lieber leidenschaftlich mit meinen besten Freunden in Spelunken spielen, als Millionen mit Radioeinheitsbrei mit Lacey zu verdienen.

Ich werfe einen Blick aus dem Fenster, während mir die hämischen Worte meines Vaters durch den Kopf gehen.

Und wenn du dann mit eingekniffenem Schwanz hierher zurückgeschlichen kommst, nachdem dir die echte Welt in die Eier getreten hat, erwarte ja nicht, dass dieser Job dann noch auf dich wartet.

Er wird denken, dass ich versagt habe, dass ich ohne Plattenvertrag zurück nach Hause krieche. In Wahrheit ist genau das Gegenteil der Fall. Wenn ich in L. A. geblieben wäre, wäre ich genau wie er – ein Sklave des Mannes, der Geschäft über

Leidenschaft stellt. Geld über Musik. Und ich hege nicht den Wunsch, einem Alkoholiker mit einem kurzen Geduldsfaden und einer doppelten Hypothek nachzueifern, der sein einziges Kind aus seinem Leben verbannt hat, weil dieses Kind es gewagt hat, seiner festgefahrenen Weltsicht zu widersprechen.

Ich schüttle den dünnen Flugzeugplastikbecher und trinke den letzten Schluck Whiskey in der Hoffnung, dass er meine Nerven ein wenig beruhigen wird. Doch es bringt nicht das Geringste. Ich weiß nicht mal, was mich zu Hause in Nashville erwartet. Ich weiß nicht, ob ich den Schaden, den ich angerichtet habe, wiedergutmachen kann. Während die Kilometer zwischen mir und meinem Ziel schwinden, fühlt sich der Druck in meiner Brust immer mehr wie ein Amboss an, der auf meiner Lunge lastet. Ich kann kaum atmen.

Ich hatte noch nie zuvor eine Panikattacke, aber ich bin mir ziemlich sicher, dass ich gerade eine durchlebe.

Ich werfe einen Blick zu der Frau auf dem Sitz neben mir, um sicherzugehen, dass sie schläft. Dann ziehe ich meine Geldbörse aus meiner Hosentasche und schüttle eine der kleinen weißen Pillen, die mir Becca gegeben hat, aus dem Fach, in dem ich normalerweise Kondome aufbewahre. Sie bezeichnete sie als »Muntermacher«, aber ich habe festgestellt, dass sie mich eher entspannen als aufputschen. Sie waren das Einzige, was mir dabei half, ruhig genug zu bleiben, um Lacey zu ertragen, während ich in L. A. war. Hoffentlich werden sie mich auch jetzt ausreichend beruhigen, damit ich nicht ausraste.

Ich winke eine Flugbegleiterin heran und bestelle einen weiteren Whiskey, um die Pille hinunterzuspülen.

Noch zwei Stunden.

Es fühlt sich eher wie zwei Jahre an.

Sie ist mein erster Halt.

Ich rede mir ein, dass ich zum Loft fahren sollte, um die Sache mit Aiden und Linc zu klären, bevor ich irgendetwas anderes mache. Doch dann sage ich dem Taxifahrer, dass er mich vor dem *Nightingale* absetzen soll. Ich laufe die Treppe zu ihrem Zimmer über der Bar hoch und hämmere halb von Sinnen gegen ihre Tür. Ich erhalte keine Reaktion. Nach einer Minute werfe ich einen Blick durch ihr Fenster. Sorge packt mich wie ein Schraubstock, als ich sehe, wie leer es im Inneren aussieht. An der Wand lehnt keine Gitarre, auf dem Nachttisch liegt keine silberne Armbanduhr, in dem Plastikbecher auf der Kommode sind keine frischen Blumen. Sogar die Bandposter sind von den Wänden entfernt worden.

Wo zum Teufel ist sie?

Ich renne die Treppe hinunter, biege in die Gasse ein und stoße die Hintertür der Bar auf. Der Laden hat noch nicht geöffnet, aber ich finde Adam in seinem Büro vor, wo er sich verkrochen hat. Er starrt mich finster an, als ich ohne Aufforderung hineinstürme.

»Was zum Teufel machst du hier? Ich dachte, du hättest irgendeinen tollen Plattenvertrag unterschrieben und wärst nach L. A. gezogen.« Er verzieht die Lippen. »Oder läuft es zwischen dir und Lacey nicht mehr so gut?«

Ich ignoriere ihn. »Wo ist sie?«

»Wer? Lacey? Woher zum Teufel soll ich das wissen? Sie geht mich seit Monaten nichts mehr an. Dafür hast du gesorgt, als du es mit ihr getrieben hast.«

»Nicht Lacey«, schnauze ich. Sein verletzter Stolz könnte mir nicht gleichgültiger sein. *»Felicity.«*

In Adams Augen blitzt Verstehen auf. »Ernsthaft? Gibt es in dieser Stadt noch jemanden, den du nicht flachgelegt hast? Ich werde das als Frage bei unseren Vorstellungsgesprächen hinzufügen, wenn ich neue Kellnerinnen einstelle. *Ryder Woods' Huren brauchen sich nicht zu bewerben.*«

Ich mache einen Schritt in seine Richtung, bevor ich mich davon abhalten kann, und balle die Hände zu wütenden Fäusten. Als es mir schließlich gelingt zu sprechen, ist meine Stimme eiskalt, weil ich mich enorm zusammenreiße. »Ich werde jetzt mal so tun, als hättest du das nicht gesagt. *Dieses eine Mal.* Aber wenn du in meiner Anwesenheit je wieder so über Felicity redest, werde ich dir deine verdammte Zunge herausreißen und sie dir in den Hintern schieben.«

»Du bist ja ganz schön reizbar.« Adams Grinsen ist unbekümmert, als er sich auf seinem Stuhl zurücklehnt und die Beine auf den Schreibtisch übereinanderlegt. Ich kämpfe gegen den Drang an, sie auf den Boden zu schlagen. »Mir war nicht klar, dass es dir mit dem neuen Mädchen so ernst ist. Aber ich schätze, ich kann verstehen, was du an ihr findest. Sie siehst in ihrer Arbeitskleidung wirklich zum Anbeißen aus.«

Ich beiße die Zähne zusammen.

»Sag mir einfach, wo sie ist. Sie ist nicht oben, und ihre Sachen sind weg.«

»Gut beobachtet, Sherlock.«

»Adam, so wahr mir Gott helfe.« Ich mache drei weitere Schritte auf ihn zu. »Offenbar verspürst du das dringende Bedürfnis, dein eigenes Arschloch zu schmecken, denn ich bin etwa zwei Sekunden davon entfernt, meine Drohung von gerade eben wahr zu machen. Warum ersparst du uns beiden nicht diese unangenehme Erfahrung und sagst mir, *wo zum Teufel sie ist?*«

Mein Brüllen ist so laut, dass er zurückzuckt und die Füße auf den Boden stellt. Ich hole bebend Luft, um mich davon abzuhalten, die Antwort aus ihm rauszuprügeln.

In seinen Augen liegt ein hämischer Ausdruck, als er sie auf mich richtet. »Weg.«

Ich erstarre. »Was?«

»Felicity. Sie ist weg.« Seine Lippen zucken. Der Mistkerl genießt jede Sekunde dieser Unterhaltung. »Isaac zufolge hat sie ihr Zimmer geräumt und ist irgendwann heute Nachmittag abgereist.«

»Warum?« Meine Stimme ist angespannt. »Hast du sie gefeuert?«

»Nein«, knurrt er. »Aber jetzt, da ich weiß, dass du so wild auf sie bist, wünschte ich, ich hätte es getan.«

»Sag mir, wo sie hingefahren ist. *Sofort.*«

Adam steht auf. »Hör zu, es ist nicht meine Aufgabe, den Müll im Blick zu behalten, den du wegwirfst …«

Er erhält keine Gelegenheit, den Satz zu beenden, weil ich ihn am Kragen seines Hemds packe und seinen Körper gegen die nächstbeste Wand ramme. Die Aktenschränke rappeln unheilvoll. Ein Bilderrahmen fällt klirrend zu Boden.

»Herrgott!« Er atmet hektisch, und in seinen Augen liegt Furcht. »Das ist alles, was ich weiß, das schwöre ich bei Gott!«

Ich mache mir nicht mal die Mühe, ihn zu schlagen, bevor ich auf dem Absatz kehrtmache und sein Büro verlasse. Er ist den Aufwand nicht wert. Mein Verstand ist mit wichtigeren Dingen beschäftigt.

Sie ist weg.

Sie ist verdammt noch mal weg.

Ich fühle mich hohl, als ich das *Nightingale* verlasse, wie ein Mann, der ohne Sinn und Ziel umhertreibt. Ich bin nicht nur wegen Felicity hierher zurückgekommen, aber ich würde mir selbst etwas vormachen, wenn ich so tun würde, als hätte sie bei meiner Entscheidung keine Rolle gespielt. Als ich mir dieses Szenario in meinem Kopf ausgemalt habe, ist es vollkommen anders abgelaufen. Ich dachte, dass ich an ihre Tür klopfen, sie in meine Arme ziehen und ihr …

Was genau sagen würde?

Dass ich sie so sehr vermisst habe, dass mir jeder Atemzug wehtat, während ich fort war?

Dass ich mich nie wieder einem Leben ohne sie stellen will?

Dass ich denke, dass ich mich vielleicht … dass ich sie tatsächlich …

Ich schüttle den Kopf. Was ich ihr sagen würde, spielt keine Rolle.

Nicht mehr.

Ich habe es verbockt, als ich nach L. A. geflogen bin.

Ich habe zu lange gebraucht, um zurückzukommen.

Jetzt habe ich sie tatsächlich verloren.

»Du«, knurrt Linc und versperrt mir den Zugang zum Loft. In seinen Augen liegt ein misstrauischer Ausdruck. »Was zum Teufel machst du hier, Ryder?«

»Mich entschuldigen«, murmle ich. »Zumindest versuche ich es. Ich habe darin nicht besonders viel Übung.«

Seine steinerne Miene verändert sich nicht, aber er zieht die Tür ein wenig weiter auf, als Aiden neben ihn tritt.

»Ihr müsst mich nicht reinlassen«, sage ich. »Hört mir einfach nur zu. Zwei Minuten. Dann werde ich gehen, und ich verspreche, dass ich nie wieder zurückkommen werde.«

Linc spannt den Kiefer an. »Keine Chance, du Mistke…«

»Lass ihn rein«, fällt Aiden ihm ins Wort. Sein Blick ist ein wenig milder als Lincs, aber auch nicht gerade einladend, als wir in eisigem Schweigen ins Loft hineingehen.

Sie lassen sich auf die Couch sinken, und ich setze mich auf den Sessel. Lincs Haltung verrät mir, dass er seine Faust gerne noch mal in mein Gesicht rammen würde.

»Die zwei Minuten haben vor vierzig Sekunden angefangen«, erinnert mich Aiden, als die Stille andauert.

»Klar.« Ich räuspere mich und versuche herauszufinden, was zum Teufel ich sagen soll. Ich hatte einen kompletten Flug lang Zeit, um mir zu überlegen, wie genau ich dieses Szenario angehen würde. Ich hatte mir eine Million unterschiedliche Möglichkeiten ausgedacht, um ihnen meinen Plan zu erklären und ihnen klarzumachen, dass ich vorhatte, sie zu einem Teil des Vertrags zu machen, sobald ich eine Gelegenheit finden würde, persönlich mit Clay zu reden. Doch irgendwie finde ich jetzt keine Worte, während ich den beiden Jungs gegenüberstehe, die ich mal als meine besten Freunde bezeichnet habe. Mir läuft die Zeit davon, also überspringe ich die Ausreden und entscheide mich stattdessen für einfache, brutale Ehrlichkeit. »Ich war ein Idiot.«

»Ein Idiot?«, Linc schnaubt. »Ich würde eher sagen, dass du ein verräterischer Mistkerl warst, aber das geht wohl nur mir so.«

»Du hast recht.« Ich schlucke schwer. »Du hattest mit allem recht. Ich hätte nie mit Lacey gehen sollen. Ich hätte Clay sagen sollen, dass er sich verpissen kann, sobald er vorschlug, dass ich den Vertrag ohne euch abschließe.«

»Stimmt«, pflichtet mir Aiden bei.

»Ist das alles?«, will Linc wissen. »Ich bin mir ziemlich sicher, dass deine zwei Minuten vorbei sind.«

»Hört zu, ich werde keine Ausreden erfinden, weil es an dem, was ich getan habe, nichts ändern wird. Ich bin nur hergekommen, um euch zu sagen, dass ich den Vertrag nicht unterschrieben habe.«

»*Was?*«, zischt Lincoln mit ungläubiger Miene.

Aiden schweigt, aber in seinem Blick liegt ein Hauch von Neugier.

»Ich habe den Vertrag angestarrt und über das ganze Geld nachgedacht, das auf dem Spiel stand … Und auch darüber, wie es wäre, alles zu bekommen, von dem ich dachte, dass ich es wollte.« Ich streiche mit einer Hand über meinen Bart. Er wird allmählich lang – ich habe mich seit über einer Woche nicht mehr rasiert. »Wie sich herausgestellt hat, bin ich ein sogar noch selbstsüchtigeres Arschloch, als du dachtest, Linc, denn ich konnte das verdammte Dokument nicht unterschreiben. Ich konnte ihnen nicht die Texte zur Verfügung stellen und zulassen, dass Lacey daraus den gleichen Mist macht, bei dem wir das Gesicht verziehen, wenn wir ihn im Radio hören. Also bin ich gegangen.«

»Du bist gegangen.« Lincoln blinzelt langsam. »Du hast auf den Vertrag mit *Red Machine* verzichtet.«

Ich nicke.

»Warum zum *Teufel* solltest du das tun?«

»Weil ich offensichtlich lieber mit euch beiden in heruntergekommenen Spelunken spielen würde, als mir eine extrem lukrative Karriere mit Lacey aufzubauen. Ich habe nur eine Weile gebraucht, um das zu begreifen.«

»Du bist ein Idiot.« Linc schüttelt den Kopf. »Ein gottverdammter, elender Idiot. Das ist dir doch klar, oder?«

»Tja.« Ich zucke mit den Schultern und stehe auf. »Ich habe nie behauptet, ein Genie zu sein. Ich dachte nur, dass ihr das wissen solltet.«

Ich gehe zur Tür. Ich drücke bereits die Klinke herunter, als Aiden schließlich ein Wort von sich gibt.

»Ry.«

Ich schaue zurück und ziehe die Augenbrauen hoch.

»Hast du heute Abend schon was vor?«

»Ihr meint, jetzt, da ich einen Plattenvertrag abgelehnt, meinen Job, mein Mädchen und meine Familie verloren habe und aus meiner Wohnung geworfen worden bin?« Ich atme geräuschvoll aus. »Nein, ich habe keine Termine.«

Linc schnaubt.

»Bleib hier.« Aiden grinst breit, als er sein Handy aus der Hosentasche zieht. Er wählt und geht dabei in Richtung seines Schlafzimmers. »Ich muss schnell jemanden anrufen.«

Ich schaue Lincoln fragend an.

»Frag mich nicht. Ich habe die halbe Zeit über keinen Schimmer, was im Kopf dieses verschwiegenen Spinners vor sich geht. Und ich weiß schon gar nicht, was für einen verrückten Mist er als Nächstes verzapfen wird. Er lässt sich nicht in die Karten schauen. Er hat seine Berufung verfehlt, denn er hätte professioneller Pokerspieler werden können.«

»In der Tat.«

»Willst du ein Bier?«, fragt er und geht zum Kühlschrank. Ich denke, dass das seine Art ist, mir zu sagen: »Ich vergebe dir.« In Lincs Welt ist das praktisch ein Friedensangebot.

»Ja. Ich hätte sehr gerne ein Bier.«

Wir sitzen schweigend da, trinken aus unseren Flaschen und warten darauf, dass Aiden zurückkehrt. Nach ein paar Minuten angespannter Stille lacht Linc leise. »Gott, ich hätte alles gegeben, um Laceys Gesicht zu sehen, als du ihr gesagt hast, dass du aus dem Vertrag aussteigst.«

Ich grinse. »Erinnerst du dich noch daran, wie sie ausgeflippt ist, weil dieser Kerl letztes Frühjahr während des Offenen-Mikro-Abends versehentlich sein Bier auf ihr Lieblingsoberteil gekippt hat?«

Er nickt amüsiert.

»Es war genauso, nur dass dieses Mal ich der Kerl war und das Oberteil fünfhunderttausend Dollar waren. Ehrlich gesagt bin ich überrascht, dass sie nicht schon wieder versucht hat, mir die Augen auszukratzen.«

Wir grinsen beide, und ich spüre, wie das Eis zwischen uns ein wenig schmilzt.

»Also, was wirst du jetzt machen?«

Ich seufze. »Mir einen Job suchen, schätze ich. Eine Wohnung finden. Herausfinden, was ich im Leben erreichen will, nun, da ich die eine Sache hinter mir gelassen habe, auf die ich die letzten acht Jahre lang jeden Tag hingearbeitet habe.«

»Weißt du ...« Er wirft mir einen spekulativen Blick zu. »Dein Zeug ist noch hier.«

»Ich dachte, dass du alles in den Müllcontainer werfen wolltest.«

»Das hätte ich auch noch getan. Irgendwann. Ich bin nur noch nicht dazu gekommen, es zusammenzupacken.« Er trommelt mit den Fingern auf der Flasche in seinen Händen herum. »Was ich damit sagen will: Wenn du dein Zimmer wiederhaben willst, solltest du es dir nehmen.«

Ich habe plötzlich einen Kloß im Hals, also trinke ich einen großen Schluck Bier. »Danke, Mann.«

»Jetzt werd mir hier bloß nicht sentimental.«

Ich zeige ihm den Stinkefinger. »Besser?«

»Sehr viel besser.«

Aiden kommt zurück ins Wohnzimmer und grinst breit. »Also. Ich habe herausgefunden, was wir heute Abend unternehmen werden ...«

22. KAPITEL

Felicity

Auf den Straßen ist jede Menge los. Sie sind bis zum Bersten mit Leuten gefüllt, die den vierten Juli feiern. Sie tragen Rot, Weiß und Blau und sind unterwegs zum Fluss, um dort das Festival zu besuchen. Draußen ist es wunderschön – ein perfekter Sommertag. Musik erfüllt die Luft von allen Seiten, während ich in der sengenden Nachmittagshitze durch den belebten Stadtteil südlich des Broadways gehe. Hin und wieder steigt eine Flaschenrakete mit einem durchdringenden Pfeifen in den Himmel auf – ein Vorbote auf das offizielle Feuerwerk, das die Stadt in nur wenigen Stunden erleuchten wird.

Ich werde dann allerdings nicht mehr hier sein, um es mir anzusehen.

Um mich herum ist so viel los, dass ich das Auto, das langsam an der Bordsteinkante entlangfährt, erst bemerke, als ich ein gutes Stück von der Menge entfernt bin und mich von der Innenstadt wegbewege. Zuerst denke ich, dass ich einfach nur paranoid bin. Aber als ich schneller gehe und höre, wie als Reaktion darauf der Motor aufheult, weiß ich, dass die Gefahr real ist. Jemand folgt mir wie eine Spinne, die in ihrem Netz auf die gefangene Fliege zukrabbelt.

Er ist hier.

Vor meinem geistigen Auge kann ich mir bereits die Wut auf dem Gesicht meines Vaters vorstellen, wenn er mich mit seinem eisernen Griff packt. Panik macht sich in mir breit. In dieser leeren Seitenstraße ist niemand, den ich um Hilfe bitten kann, und ich kann nirgendwohin. Die Geschäfte um mich herum haben wegen des Feiertags alle geschlossen. Ich bin vollkommen auf mich gestellt.

Ich bereite mich innerlich auf einen Sprint vor und werfe einen schnellen Blick über meine Schulter. Mein Körper wird schlaff, als mich Erleichterung überkommt. Anstelle des rostigen grünen Pick-ups, den ich erwartet habe … sehe ich ein vertrautes älteres Limousinenmodell, an dessen Steuer eine platinblonde Frau sitzt. Sie winkt mir fröhlich durch die Windschutzscheibe zu, als ich sie entdecke.

»Carly!« Ich werfe ihr einen finsteren Blick zu, als sie neben mir anhält. »Was in aller Welt soll das? Du hast mich fast zu Tode erschreckt.«

»Tut mir leid.« Sie sieht allerdings nicht aus, als würde es ihr leidtun, zumindest nicht, wenn man das Grinsen auf ihrem Gesicht bedenkt.

»Was machst du hier?«

»Ach, du weißt schon.« Sie zuckt mit den Schultern. »Ich mache nur eine kleine Spritztour.«

Ich ziehe skeptisch die Augenbrauen hoch.

»Okay, ich dachte mir, dass du vielleicht eine Mitfahrgelegenheit brauchen könntest. Als ich im *Nightingale* ankam, erzählte mir Isaac, dass du schon unterwegs zum Busbahnhof wärst. Ich bin etwa zwanzig Minuten lang herumgefahren und habe nach dir gesucht.« Sie schüttelt den Kopf. »Komm schon, wirf dein Zeug in den Kofferraum, bevor du schmilzt.«

»Aber …«

»Leg dich nicht mit mir an.«

Draußen ist es über dreißig Grad heiß. Ich habe mein Sommerkleid bereits durchgeschwitzt und noch nicht mal die

Hälfte des Wegs hinter mich gebracht. Mit einem resignierten Grummeln werfe ich meinen Gitarrenkoffer auf den Rücksitz und lasse mich dann auf den Beifahrersitz gleiten. Die kühle Luft der Klimaanlage fühlt sich himmlisch an. Ich schließe die Augen und atme tief ein, während Carly losfährt.

»Danke«, murmle ich nach ein paar Minuten, als ich nicht länger das Gefühl habe, jeden Moment einen Hitzschlag zu erleiden.

»Vielleicht solltest du mir lieber noch nicht danken.« In ihrer Stimme liegt ein schelmischer Unterton.

»Carly …« Ich öffne die Augen und sehe, dass wir nicht mal in der Nähe des Busbahnhofs sind. Stattdessen sind wir zum Fluss zurückgefahren. »Wo sind wir?«

»Sei nicht sauer!«, fleht sie, parkt vor einem mir unbekannten Wohngebäude aus Ziegelsteinen und stellt den Motor ab. »Hör mir einfach zu.«

Ich atme langsam aus. »Du hast dreißig Sekunden, um mir zu erklären, was das soll. Danach gehe ich zu Fuß weiter.«

»Du bleibst für ein paar Tage bei mir.« Sie bringt ihren geschäftsmäßigsten Tonfall zum Einsatz – den, den sie auch immer bei kapriziösen Musikern anwendet, die in letzter Minute ihre Auftrittszeit ändern wollen. Ich muss sagen, dass er ziemlich effektiv ist.

»Carly …«

Sie lässt mich nicht ausreden. »Nein. Das steht nicht zur Debatte. Ich habe es entschieden.«

»Das ist aber nicht deine Entscheidung. Es ist meine!«

»Zwei Worte.« Sie hält zwei Finger hoch. »Spirituelle. Führerin.«

Ich seufze tief. »Ich weiß es zu schätzen, dass du dich um mich kümmerst, aber wir haben doch schon gestern Abend darüber geredet …«

»Ja. Und dann bin ich nach Hause gegangen, habe darüber geschlafen und erkannt, wie *naiv* du bist, wenn du denkst, dass ich es unterstützen werde, dass du einfach so abhaust. Du weißt doch gar nicht, wo du hinwillst. Außerdem hast du nur das Trinkgeld von ein paar Wochen Kellnern dabei, und dein gefälschter Ausweis ist der schlechteste, den die Welt je gesehen hat.«

»Aber …«

»Kein Aber. Ich habe das bereits mit meiner Mitbewohnerin besprochen, und sie hat nichts dagegen, dass du für ein paar Tage auf unserer Couch übernachtest, während wir uns einen Plan überlegen. Sie übernachtet ohnehin meistens bei ihrem Freund.«

»Einen Plan?«, frage ich schwach.

Sie nickt. »Ja. Das ist diese verrückte Sache, die Menschen machen, wenn sie über Optionen reden, das Für und Wider abwägen und sich auf den Rat ihrer Freunde verlassen, statt sofort loszurennen wie ein scheues Pferd … Das solltest du bei Gelegenheit mal versuchen.«

»Du verstehst das nicht.« Ich atme tief ein. »Letztens kam während meiner Schicht ein Anruf für mich rein. Es war mein Vater.«

»Dem Ausdruck auf deinem Gesicht nach zu urteilen, wollte er wohl nicht bloß mal nachfragen, wie es dir so geht.«

»Sagen wir einfach, dass ich mein Zuhause nicht unter den besten Umständen verlassen habe, in Ordnung? Und wenn er weiß, wo ich arbeite …«

»Du denkst, dass er dich aufspüren und verfolgen wird.«

Ich nicke.

Sie legt ihre Hand auf meine und drückt sie. »Oh, Schätzchen.«

»Ist schon gut. Ich bin in Ordnung. Wirklich. Aber … jetzt

verstehst du es, oder? Jetzt begreifst du, warum ich weglaufen muss, ja?«

»Ich verstehe es. Aber ich denke trotzdem nicht, dass Weglaufen die Lösung ist. Was soll das langfristig bringen?«

»Du kennst meinen Vater nicht«, murmle ich düster.

»Wenn er so fest entschlossen ist, dich zu finden, wie du es darstellst, untermauert das mein Argument nur.« Sie lehnt sich vor und sagt mit Nachdruck: »Er wird niemals aufhören, dich zu verfolgen. Und du wirst niemals aufhören, davonzulaufen. Das ist doch kein Leben.«

»Was soll ich denn deiner Meinung nach tun, Carly?« In meinen Augen brennen Tränen. »Soll ich einfach zulassen, dass er mich findet? Soll ich mich von ihm zurück zu dem Haus zerren lassen, in dem ich aufgewachsen bin? Ich kann nicht dorthin zurückgehen. Ich habe meine Kindheit damit verbracht, die Tage bis zu meinem achtzehnten Geburtstag zu zählen, weil ich dachte, dass ich dann endlich frei sein würde.« Ich lache brüchig. »Jetzt bin ich endlich achtzehn, aber ich bin immer noch genauso gefangen wie zuvor.«

»Nein. Das bist du nicht.« Sie umklammert fest meine Hand. »Du bist erwachsen. Wenn du um Hilfe bittest, wird man dich nicht in irgendeine Pflegefamilie stecken oder dich dem Jugendamt ausliefern. Diese Zeiten sind vorbei. Wenn dich dieser Mistkerl wieder verfolgt, rufst du die verdammte Polizei und lässt ihn verhaften. Du suchst dir einen Anwalt, der für dich eine einstweilige Verfügung erwirkt. Du nimmst an Selbstverteidigungskursen teil, damit du dich schützen kannst, egal was passiert. *Du holst dir dein Leben zurück*, Babe. Lass nicht zu, dass er über dich bestimmt. Leb nicht länger in Angst.«

»Aber ich habe Angst«, gebe ich leise zu.

»Ich weiß. Glaub mir, das weiß ich wirklich. Ich habe selbst eine Menge Gründe, warum ich in Nashville ganz neu angefangen habe.« Ihre Augen sind trauriger, als ich sie je gesehen habe. »Menschen wie dein Vater nutzen das zu ihrem Vorteil aus. Zu sehen, wie du verängstigt wegläufst, in der Klemme steckst und dein Leben in Furcht verbringst … Das spornt sie geradezu an.«

Ich nicke. »Ich weiß. Aber ich habe keine Ahnung, wie ich diese Angst loswerden kann. Ich höre seine Stimme und … verfalle einfach in *Panik.*«

»Missbrauchstäter erzielen nur einen Bruchteil ihrer Macht durch körperliche Gewalt. Der Großteil ihres Einflusses rührt von der Angst her, die sie auslösen, ohne auch nur die Hand zu heben. Wenn man sich weigert, Angst zu haben … nimmt man ihnen damit einen Großteil der Macht, die sie über einen haben.«

»Aber wie? Wie hört man auf, Angst zu haben? Du lässt das so einfach klingen.«

»Es ist nicht einfach. Stärke statt Angst zu empfinden ist das Schwierigste auf der Welt.« Ihre Stimme wird leiser. »Vielleicht kann man die Angst nicht ausmerzen. Nicht komplett. Vielleicht geht es einfach nur darum, kleine Fortschritte zu machen, um sie zu überwinden.« Sie schaut mich an und lächelt leicht. »Eine ordentliche Mütze voll Schlaf und ein hausgemachtes Essen sind vermutlich ein guter Anfang.«

»Du bist eine ziemlich gute spirituelle Führerin, weißt du das?«, sage ich nach einer Weile.

»Ich weiß«, sagt sie und streichelt mein Haar.

Wir legen Countrymusik auf und tanzen lachend durch Carlys Küche, während wir frittiertes Hühnchen, grüne Bohnen und Kartoffelbrei zubereiten. Mein letztes Essen, das nicht aus einer Dose oder einer Schachtel kam, ist ewig her. Ich war sieben Jahre alt und lebte bei meiner Oma, während meine Eltern einen vom Gericht verordneten sechsmonatigen Aufenthalt in einer Entzugsklinik absaßen. Nach einem besonders üblen Oxycodonrausch vergaßen sie, mich an einem Freitag von der Schule abzuholen. Ich verbrachte das Wochenende bei Miss Potts, meiner Lehrerin, während die Behörden meinen Eltern einen Besuch abstatteten und sie nicht ansprechbar auf dem Wohnzimmerfußboden vorfanden.

Das ist nicht unbedingt meine schönste Kindheitserinnerung.

Außerdem war es kein Einzelfall.

Als Carly und ich uns zum Essen hinsetzen, wird unsere Unterhaltung immer wieder von lauten Rufen auf der Straße und fröhlichem Gelächter von Leuten unterbrochen, die unterwegs zum Festival sind. Es ist jetzt in vollem Gange. Wir können aus der Ferne Musikfetzen der jeweiligen Bands hören, die gerade spielen.

Wir schauen uns an, als wir unsere leeren Teller zum Spülbecken tragen. Sie sagt kein Wort, aber ihre Gedanken sind deutlich auf ihrem Gesicht zu lesen: Sie will da draußen sein und den Abend mit dem Rest der Stadt genießen.

»Schön«, murmle ich und hole tief Luft. »Lass uns gehen.«

»Wir müssen nicht, wenn du lieber hierbleiben möchtest. Wirklich nicht.«

»Ich weiß. Aber du hast recht.« Ich zucke mit den Schultern. »Ich kann nicht aufhören, mein Leben zu leben. Dann hat er gewonnen.«

Ihr Grinsen ist unfassbar breit. »Das Feuerwerk findet erst in einer guten Stunde statt. Wenn wir uns beeilen, können wir es noch rechtzeitig schaffen, um ein paar Bands auf der Bühne im Riverside Park zu sehen. Schnapp dir diese Decke, dann können wird uns draufsetzen, falls wir eine geeignete Stelle finden!«

Ich greife nach der marineblauen Wolldecke auf der Couch, und Carly holt ihre Schlüssel. Dann machen wir uns auf den Weg.

Draußen ist es noch warm, obwohl die Sonne bereits in Richtung Horizont wandert und der Abend dämmert. Die Menge wird dichter, je näher wir dem Fluss kommen. Boote, die darauf vor Anker liegen, schmücken die Wasseroberfläche. Sie sind festlich mit bunten Lichtern geschmückt, die um ihre Buge drapiert sind. Tausende von Leuten haben sich Plätze auf dem Gras gesichert und ihr Territorium mit Kühlboxen und Picknickdecken markiert. Sie alle freuen sich auf das Feuerwerk.

Von der Stadt geht an diesem Abend eine aufgeregte Energie aus. Alle sind gut gelaunt und wollen Amerikas Geburtstag feiern, von torkelnden Kleinkindern bis hin zu Großeltern in Rollstühlen. Ich lächle alles und jeden an und lasse mich von der ausgelassenen Stimmung der Menge anstecken, während wir in Richtung der Fußgängerbrücke in der Nähe der Shelby Avenue gehen, die über den Fluss führt. Carly hakt sich bei mir unter, damit wir uns in dem Chaos nicht verlieren.

Zum ersten Mal seit Ryders Abreise bin ich glücklich.

Trotzdem wünschte ich, dass er hier wäre. Ich kann einfach nicht anders. Ich würde ihn zu gerne für eine so große Menge spielen sehen. Andererseits bin ich mir sicher, dass er schon bald zusammen mit Lacey auf sehr viel größeren Veranstaltungen spielen wird – in Los Angeles und auf der ganzen Welt. Mein Lächeln gerät beim Gedanken daran ein bisschen ins Wanken.

Carly hat vorhin versucht, mir Einzelheiten zu entlocken, aber ich war nicht in der Stimmung, ihr alles zu erzählen. Diese Erinnerungen, die ich mit Ryder teile, sind für mich sehr kostbar. Etwas, das ich dicht an meinem Herzen aufbewahre und gut bewache. So etwas erzählt man nicht beiläufig während einer Unterhaltung beim Abendessen.

Er gehört immer noch mir.

Auch wenn es nicht so ist.

»Das ist der Wahnsinn!«, rufe ich Carly zu, als wir uns einer der Bühnen nähern und die riesige Menschenmenge bestaunen.

»Viel besser, als sich in meiner Wohnung zu verstecken, oder?«

Sie hat so recht.

Mindestens zwanzigtausend Menschen drängen sich auf der stufig angelegten Rasenfläche, die zum Fluss hinunterführt, und schauen der Band auf der Bühne zu. Ich erkenne sie wieder. Sie haben vor zwei Wochen im *Nightingale* gespielt. Die Leadsängerin hat eine Stimme wie Seide und spielt so schnell auf ihrer Geige, dass mir ganz schwindelig wird, wenn ich ihr zu lange dabei zuschaue.

Ursprünglich dachte ich, dass wir in der hintersten Reihe bleiben müssten, weil wir so spät angekommen sind. Doch mittlerweile sollte ich wissen, dass man nicht an Carly zweifeln darf. Sie marschiert direkt auf einen der Typen zu, die gerade einen Soundcheck durchführen, und gibt ihm einen neckischen Kuss auf die Wange. Auf diese Weise schafft sie es irgendwie, uns einen Platz direkt vorne an der Bühne im abgesperrten VIP-Bereich zu sichern.

»Er ist furchtbar im Bett, aber die Vorteile sind nicht von der Hand zu weisen«, informiert sie mich leise und zwinkert, als ihr Liebhaber uns an den samtenen Absperrseilen vorbeiführt. Wir sind so nah an der Bühne, dass ich den Hals nach hinten recken muss, um die Künstler sehen zu können. Wir finden eine kleine freie Stelle, auf der wir unsere Decke ausbreiten können. Ich lege mein Sommerkleid um meine Oberschenkel, schüttle die Sandalen von meinen Füßen und lasse meine Zehen vom Gras kitzeln, während die Sonne immer tiefer sinkt. Mittlerweile ist es fast vollkommen dunkel. In etwa einer Stunde geht das Feuerwerk los.

Carly spaziert zu der behelfsmäßigen Theke, die ein paar Meter entfernt steht, und holt sich ein Bier, während ich unsere Stelle bewache. Eine kurze Pause entsteht, während die Bands wechseln. Ich sehe zu, wie Roadies, die komplett in Schwarz gekleidet sind, Ausrüstung herumtragen, und frage mich gedankenverloren, wer wohl als Nächstes auftreten wird. Es wird die letzte Vorband sein, bevor der Hauptact auf die Bühne kommt.

Das Licht geht aus, um den Beginn des nächsten Auftritts anzukündigen, und die Menge jubelt. Ich kneife die Augen zusammen und versuche, die Gesichter der Musiker zu erkennen, doch ich kann lediglich die vagen Umrisse eines Schlagzeugs sehen. Plötzlich ertönt von allen Seiten laute Musik, als die ersten Gitarrenklänge aus den riesigen Lautsprechern schallen. Die Musik ist so laut, dass der Boden unter meinen Füßen bebt. Doch das ist nicht der Grund dafür, dass mir der Atem stockt und mein Körper vollkommen erstarrt.

»Hey.«

Ein Wort.

Es trifft mich wie ein Blitzschlag – es rast durch meine Nervenenden und erleuchtet mich von innen heraus. Schon bevor die Bühnenscheinwerfer angehen, um ihn sichtbar zu machen, weiß ich, dass mir der Mann, der dort steht, den Atem rauben wird.

»Nashville … Ich muss schon sagen, ihr seht heute Abend echt toll aus!«, ruft er ins Mikro, als das Licht angeht.

Die Menge jubelt und pfeift anerkennend, aber ich bin nicht

in der Lage, auch nur einen einzigen Ton herauszubringen. Irgendetwas steckt in meiner Kehle fest. Ich bin mir ziemlich sicher, dass es mein Herz ist.

»Wir freuen uns sehr, hier zu sein und mit euch allen den vierten Juli zu feiern!« Er schenkt der Menge sein bestes Grinsen – das Grinsen, das die Frauen in den Wahnsinn treibt. Das Grinsen, das *mich* in den Wahnsinn treibt. »Ich bin Ryder, das am Bass ist Aiden, und Lincoln ist der Typ am Schlagzeug … und wir sind hier, um Amerika einen unvergesslichen Geburtstag zu bescheren. Meint ihr, dass ihr uns dabei helfen könnt? Lasst uns hören, ob ihr bereit seid, Nashville!«

Die Reaktion ist ohrenbetäubend.

Ich warte atemlos auf den Moment, in dem diese unglaublichen blau-braunen Augen in meine Richtung schauen und Ryder mich in der Menge entdeckt … Aber ich bin nur ein einzelner, stiller Tropfen in einem Meer aus schreienden Leuten. In dieser Masse bin ich unsichtbar.

Die Jungs beginnen mit einer übermütigen Version von »Hard Luck«. Das war mal eins von Laceys Liedern, aber heute Abend ist sie nirgends zu sehen. Ich sitze wie gebannt da und lasse Ryder für keine Sekunde aus den Augen, während er sich die Bühne zu eigen macht. Er bewegt sich da oben so natürlich, als wäre das der Ort, für den er bestimmt ist, und fesselt die Menge allem Anschein nach mühelos. Ich kann sehen, wie ihn die Jubelrufe anspornen. Seine Augen leuchten, und seine Gliedmaßen lockern sich, während sich das Lied entfaltet. Er ist vor Tausenden von Leuten genauso selbstbewusst, wie er es ist, wenn er seine Gitarre vor einer Gruppe Demenzpatienten in einem Altenpflegeheim spielt.

Mir kommt der gleiche Gedanke, den ich auch schon beim ersten Mal hatte, als ich ihn auf der Bühne sah: Ryder Woods wurde geboren, um ein Star zu sein.

Also … warum ist er wieder hier? Mein Herz pocht. *Wofür – für wen – ist er zurückgekommen?*

»Heilige Scheiße!«, zischt Carly und lässt sich neben mir auf die Decke fallen. Sie reicht mir eine Flasche Wasser und nippt an ihrem Bier. »Ist das …?«

»Ja.«

»Ich dachte, er wäre abgehauen …«

»Das dachte ich auch.«

»Aber jetzt ist er wieder da …«

»Scheint so.«

»Ist das eine gute oder eine schlechte Neuigkeit?«

Ich schaue sie an und schlucke schwer. »Das weiß ich noch nicht.«

»Tja … Mist.«

»Das kannst du laut sagen, Carly. Das kannst du laut sagen.«

23. KAPITEL

Ryder

Es tut so verdammt gut, wieder zu Hause zu sein.

Wieder zusammen mit der Band auf der Bühne zu stehen. Meine Gitarre in den Händen zu halten und meine Lieder zu singen. Ich singe mit der ganzen Begeisterung, die ich aufbringen kann, für die Menge und lasse den Blick über das Flussufer schweifen. Wegen der grellen Scheinwerfer, die mir in die Augen scheinen, fällt es mir schwer, Gesichter zu erkennen, aber da draußen müssen etwa zwanzigtausend Leute sein. Sie sitzen auf Picknickdecken und lauschen unserer Musik.

Ich bin immer noch ein wenig sprachlos, dass Aiden in der Lage war, das hier zu organisieren. Ich weiß nicht, wie er es geschafft hat, uns unseren Platz auf der Bühne zurückzubeschaffen, aber ich wäre absolut nicht überrascht, wenn ich erfahren würde, dass er jemandem tief in den Hintern kriechen musste, um das zu bewerkstelligen. Für jemanden, der so schweigsam ist, kann er wirklich charmant sein, wenn es darauf ankommt.

Wir spielen ein paar unserer abgewandelten Lieder, die ursprünglich für Lacey gedacht waren, und zwei unserer besten Coverversionen. Wir bringen das Publikum auf Touren, bis sich alle im Takt der Musik bewegen und mitsingen. Bevor wir die nächste Nummer spielen, nicke ich Aiden zu, und seine Finger erstarren, während ich ans Mikro trete.

»Danke!«, rufe ich über den Applaus hinweg. »Mann, ihr seid toll. Wir haben heute Abend nur noch ein paar Lieder für euch, aber das nächste liegt mir ganz besonders am Herzen.«

Pfiffe und Rufe werden laut.

»Es handelt von einer Frau, von der ich mich nicht verabschieden wollte …«

Die Menge gibt ein einstimmiges gerührtes Seufzen von sich.

»Ich weiß nicht, wo sie ist oder ob sie das hier jemals hören wird … Aber, Felicity, wo auch immer du heute Abend sein magst … Das hier ist für dich, Baby.«

Ich weiß, dass sie fort ist, aber das spielt keine Rolle. Ich rufe mir ihr Bild vor Augen, um es in Gedanken festzuhalten – bernsteingoldene Augen, die fest auf meine gerichtet sind, ein langer, dichter Zopf, der ihr über den Rücken hängt wie ein Seil, ein eingerostetes Lächeln, das an ihren Mundwinkeln zupft. Ich umfasse das Mikro, schließe die Augen und singe für sie.

Nur für sie.

»Why would I look at the stars
when I could look at you?
Why would I close off my heart
when you'll just break through …?«

Die Menge ist vollkommen still. Vollkommen gebannt.

»'Cause I got too close to the flame
Blinded my sight, ruined my name.
Wasn't till I saw you that it hit me …
I was burning up …
For a girl named Felicity.«

Ich habe den Eindruck, dass unten am Rand der Bühne Unruhe entsteht, aber ich bleibe fest auf das Lied konzentriert.

»Why would I tear you apart
when I could walk away?
Why would I tell you the truth is,
I just want to stay?«

Aiden und Linc spielen lauter, als ich die letzte Strophe mit voller Kraft singe.

»'Cause I got too close to a star
Singed on my mind, scored on my heart
Wasn't till I left that it hit me,
I was in love …
With a girl named Felicity.
A girl named Felicity …«

Ich halte die letzte Note und sorge so dafür, dass ihr Name nachklingt. Als ich schließlich verstumme, reagiert das Publikum so heftig, dass ich zuerst glaube, dass sie aus einem anderen Grund jubeln. Ich kann kaum fassen, dass sie uns zujubeln. Nachdem ich L. A. verlassen hatte, dachte ich, dass dieser Teil meines Lebens vorbei wäre. Dass ich niemals wieder auf einer Bühne stehen, diesen unglaublichen Rausch erleben und meine Worte mit einem wogenden Ozean aus Fremden teilen würde.

Genau *so* sollte Musik sein. Es geht nicht darum, sich das richtige Outfit zuzulegen oder auf den hippsten Partys aufzutauchen oder die meisten Follower auf Instagram zu haben. Es geht um *das hier*. Um dieses Gefühl, das man empfindet, wenn sich die Luft aufgrund der Noten, die die Fingerspitzen verlassen, in Feuer verwandelt und sich das Herz über die Grenzen des Brustkorbs hinweg ausbreitet und sich mit jeder einzelnen Person dort draußen verbindet, die deiner Musik zuhört.

»Danke«, sage ich und öffne die Augen. »Ich danke euch allen so sehr.«

Ich kann meine eigenen Worte kaum verstehen, weil das Gebrüll so laut ist – das Publikum hat das Soundsystem überwältigt. Die meisten Leute sind aufgestanden und wedeln mit den Armen in meine Richtung. Es ist beinahe so, als würden sie auf etwas zeigen … als wollten sie unbedingt erreichen, dass ich etwas bemerke …

Ich drehe den Kopf.

Und mein verdammtes Herz bleibt stehen.

Sie steht barfuß in einem hauchdünnen weißen Kleid da und sieht wie ein gottverdammter Engel aus, der direkt vom Himmel geschickt wurde. Ihre Augen sind auf meine gerichtet, und in ihrer Miene liegt so viel Fassungslosigkeit und Freude und Sehnsucht, dass es mich fast in die Knie zwingt. Ich kann mir nicht vorstellen, wie mein eigenes Gesicht in diesem Moment aussieht.

Felicity.

Die Menge ist verstummt und wartet mit angehaltenem Atem ab, was als Nächstes passieren wird. Die Luft verdichtet sich vor Anspannung, und Elektrizität fließt durch das gesamte Amphitheater.

»Hi«, flüstert sie und macht einen winzigen Schritt auf mich zu.

Ich erwidere nichts. Ich kann nicht. Ich bin zu sehr damit beschäftigt, mir die Gitarre auf den Rücken zu schwingen, die Entfernung zwischen uns aufzuheben und sie in meine Arme zu schließen und hochzuheben. Unsere Lippen prallen aufeinander, und ich küsse sie, bis ich mir absolut sicher bin und nicht mehr den geringsten Zweifel daran hege, dass sie wirklich hier bei mir ist.

Die Menge rastet aus und schreit so laut, dass der ganze Himmel zu beben scheint.

Ich kann sie kaum hören.

Sie ist hier.

Sie ist zurück.

Sie gehört mir.

»Ich dachte, du wärst in L. A.!«

»Ich dachte, du hättest Nashville verlassen!«

»Du bist zurückgekommen?«

»Du bist nicht abgereist?«

Wir lachen beide, als wir einander so schnell mit Fragen bombardieren, dass wir gar nicht darauf antworten können. Ich halte sie immer noch fest an mich gedrückt, habe die Hände auf ihre Wangen gelegt und meine Stirn an ihre gepresst. Sie hat die Arme so fest um mich geschlungen, dass ich kaum atmen kann, als hätte sie Angst, mich loszulassen.

»Äh, Leute?« Linc taucht ein paar Schritte von uns entfernt auf und grinst wie ein Idiot. »Ich will euch ja nicht unterbrechen, aber … ihr habt ein Publikum. Im wahrsten Sinne des Wortes.«

Felicity gibt einen kleinen besorgten Laut von sich, als wir uns herumdrehen, um einen Blick auf die Menge zu werfen. Sie sind alle aufgestanden, klatschen und johlen und sind über alle Maßen begeistert, dass sie gerade zusehen durften, wie sich auf der Bühne eine echte Liebesgeschichte abspielte. Die Jubelrufe sind ohrenbetäubend. Ich halte Felicitys Hand fest umklammert, während wir ans Mikro in der Mitte der Bühne treten.

»Das tut mir echt leid, Leute. Ich hatte wirklich nicht damit gerechnet, dass mich mein Mädchen hier oben überraschen würde … Seht es uns bitte nach, wenn wir gerade ein bisschen über die Stränge geschlagen sind.«

Mehr Applaus lässt den Himmel erzittern.

Ich werfe von der Seite aus einen Blick zu Felicity und sehe, dass sie bis zum Haaransatz errötet. Sie trägt nicht mal einen Hauch von Make-up. Ihr Haar ist zu einem unordentlichen Zopf zusammengeflochten, der halb auseinanderfällt. Sie presst die nackten Zehen fest auf die Oberfläche der Bühne. Ihr Kleid ist für ihren gertenschlanken Körper ein paar Nummern zu groß. Vermutlich hat sie es sich von Carly geborgt.

Sie hat noch nie schöner ausgesehen.

»Meine Damen und Herren … Bitte begrüßen Sie Miss Felicity Wilde!«

Ich glaube, in Felicitys Augen Sorge aufblitzen zu sehen, aber ich wende mich bereits wieder dem Publikum zu. Ich senke die Stimme zu einem verschwörerischen Flüstern und lehne mich zum Mikro vor. »Leute, diese Frau hier … Ich muss euch sagen, dass sie eine der schönsten Stimmen hat, die ich je gehört habe. Und ich denke, da sie nun schon mal hier oben ist … Na ja, wenn ihr sie lautstark genug auffordert, könnten wir sie vielleicht überzeugen, ein Lied mit uns zu singen!«

Ich spüre, wie sie sich neben mir anspannt. »*Ryder!* Nein. Ich kann nicht.«

»Baby.« Ich lehne mich zu ihr und stupse mit meiner Nase gegen ihre. »Hör sie dir an.«

Ein Sprechgesang ist ausgebrochen.

Singen. Singen. Singen. Singen.

»All diese Leute …« Sie ist eindeutig beunruhigt. »All diese Lichter und Kameras …«

»Ich bin direkt neben dir. Ich bin hier.«

Der Sprechgesang wird sowohl lauter als auch schneller.

Singen. Singen. Singen. Singen. Singen. Singen. Singen. Singen.

Mittlerweile hat sie wirklich keine andere Wahl mehr. Sie nickt und lächelt schüchtern. Dann reckt sie mit neuer Entschlossenheit die Schultern und bewegt die Lippen ans Mikro.

»Hey, alle miteinander. Ihr werdet ein wenig Nachsicht mit mir haben müssen. Ich bin noch nie in der Öffentlichkeit aufgetreten. Aber ich freue mich wirklich sehr, mit euch hier zu sein.« Sie schaut zu mir, und ihre Augen strahlen so hell, dass sie mich versengen. »Und mit ihm.«

Sie schreien ihren Namen.

Später werde ich dafür sorgen, dass sie meinen schreit.

Ich grinse verwegen und fühle mich, als könnte ich Bäume ausreißen. So gut ging es mir noch nie.

»Nashville, ihr wart heute Abend absolut umwerfend. Das ist unser letztes Lied für euch …« Ich bedecke das Mikro und rufe Lincoln und Aiden etwas zu. Sie nicken und kämpfen beide ebenfalls gegen ein Grinsen an, während sie die bewundernde Menge betrachten. Ich richte den Blick wieder auf Felicity und lasse ihn dort verharren, während meine Stimme aus den Lautsprechern schallt.

»Wenn ihr den Text kennt, singt bitte mit … Dieses Lied heißt *Faded* und stammt von der großartigen Bethany Hayes …«

24. KAPITEL

Felicity

Ich kann nicht glauben, dass er mich dazu überredet hat, das hier zu tun.

Im Grunde genommen hat er mich *ausgetrickst.*

Aber ich bin so froh, hier bei ihm zu sein und an seiner Seite zu stehen, dass es mir fast gar nichts ausmacht, dass da draußen zwanzigtausend Leute stehen, die uns beobachten und uns lauschen, während sich unsere Stimmen in perfekter Harmonie miteinander verweben. Wir beide haben dieses Lied schon tausendmal gesungen, aber bis jetzt noch nie zusammen.

Ich würde es gerne leugnen, aber ich kann es nicht. Die Musik, die wir zusammen machen, hat etwas unglaublich Fesselndes an sich, das unweigerlich entsteht, sobald sich unsere Stimmen zu einer Melodie vermischen. Wie zwei unterschiedliche Ballen Stoff, die von einer einzelnen Nadel langsam miteinander verwoben werden.

Nahtlos.

Es ist genauso wie damals, als wir zusammen im Pflegeheim sangen, aber jetzt steht so viel mehr auf dem Spiel. Nicht nur weil wir jetzt ein viel größeres Publikum haben, sondern auch weil die schmerzhafte Mischung aus Begehren und Verzweiflung in Ryders Augen stärker ist als je zuvor.

»Wish that I could tell you that you're hated
All those tears I cried, 'cause you never tried
And still, for years, I waited …«

Ich erinnere mich kaum an den eigentlichen Auftritt. Ich bin so sehr in seinem Blick verloren, während wir ins selbe Mikrofon singen. So sehr auf die Berührung seines Ellbogens an meinem konzentriert, während er neben mir steht. So benommen vom Klang seiner rauen Stimme in meinen Ohren, dass es ein Wunder ist, dass ich mich überhaupt noch an den Text erinnern kann. Als wir die Bühne verlassen, vergesse ich beinahe, der Menge zuzuwinken. Mein Puls geht wie ein Vorschlaghammer und dröhnt zwischen meinen Ohren. Ich will *mehr* – von diesem Gefühl, von seiner Berührung, von seiner Stimme, von seinem Körper. Es fühlt sich an, als wäre seit unserer gemeinsamen Nacht in meinem Zimmer über dem *Nightingale* eine Ewigkeit vergangen.

Ich habe viel zu lange voller Sehnsucht auf ihn gewartet.

Damit ist jetzt Schluss.

Wir machen zwei Schritte in den seitlichen Bereich neben der Bühne hinein, damit uns die Menge nicht mehr sehen kann. Bevor ich auch nur ein einziges Wort von mir geben kann, wird mein Körper gegen einen Stapel Aufbewahrungskisten gepresst, und Ryder kommt nah an mich heran. In seinen Augen liegt ein dunkles Versprechen, als er entschlossen die Augenbrauen zusammenzieht.

Ja. Ja. Ja.

Weniger als eine Sekunde später erobert er meine Lippen mit seinen. Sein Kuss ist heftiger als in meiner Erinnerung und heißer als eine Feuersbrunst. Ich erkenne die Dringlichkeit, die darin liegt, denn sie entspricht meiner eigenen – ich bin genauso wild auf ihn. Meine Hände zittern, als ich sie in sein Haar schiebe und ihn so dicht wie möglich an mich heranziehe. Es ist nicht annähernd nah genug. Ich will ihn unter meiner Kleidung spüren, unter meiner Haut. Ich bin so sehr in seiner berauschenden Berührung verloren, dass mir beinahe egal ist, wer uns zusehen könnte, während er mit den Händen über meine Seiten streicht und jeden Zentimeter meines Körpers betastet, als wäre er vollkommen ausgehungert nach mir.

Er ist so umwerfend, dass es beinahe wehtut, ihn zu genau zu betrachten. Seine Blutergüsse sind verschwunden. Seine Lippe ist verheilt – ich sauge sie in meinen Mund, und er stöhnt tief in seiner Kehle.

»Felicity.« In seiner Stimme liegt Verzweiflung. Reine, unverfälschte und offene Bedürftigkeit. »Ich brauche dich.«

Ich kann den Beweis für seine Bedürftigkeit spüren, denn er pocht stahlhart an meinen Schenkeln.

»Ich muss dich berühren.« Er küsst sich an meinem Hals entlang nach oben. »Ich muss mich davon überzeugen, dass du wirklich hier bei mir bist.« Er knabbert an meinem Ohrläppchen und zieht dann sanft daran. »Ich brauche dich in meinem Bett. Unter meinen Laken.« Seine Stimme grollt in meinem Ohr, und ich schnappe nach Luft. »Ich muss in dir sein, während du die Kontrolle verlierst.«

Gott, dieser Mann wird mich noch umbringen.

Ich starre in seine Augen und keuche praktisch vor Lust. »Was machen wir dann noch hier?«

In seinem Grinsen liegt etwas Sündhaftes, als er mich durch den Seitenausgang führt. Wir machen uns nicht die Mühe, uns von Lincoln, Aiden oder Carly zu verabschieden, während wir die Stufen hinuntereilen und um die Menge herumlaufen. Unsere Hände sind so fest miteinander verschränkt, dass meine Knochen schmerzen. Zu seinem Loft ist es nicht weit – Gott sei Dank. Wir rennen in Windeseile die Treppe hoch. Unsere

Münder sind fest miteinander verschmolzen, während er am Schloss herumhantiert. Ich lache, als wir in die Wohnung fallen. Vor lauter Eile haben wir das Gleichgewicht verloren und landen so abrupt in einem Wirrwarr aus Gliedmaßen auf dem Parkettboden, dass mir die Luft wegbleibt.

Ryder tritt mit einem raubtierhaften Knurren die Tür zu und rollt sich auf mich. Als ich sein Gewicht auf mir spüre, verlieren meine Knochen ihre ganze Dichte. Ich bin ihm vollkommen ausgeliefert, als ich den Hals recke, um seinen Lippen für einen leidenschaftlichen Kuss zu begegnen. Ich bin auf die bestmögliche Art wehrlos.

»Nicht hier«, murmelt er und zieht mich auf die Füße. Wir schaffen es irgendwie bis zu seinem Zimmer und ziehen uns aus, so schnell es nur geht. Ich mache mir nicht die Mühe, mir die Einrichtung anzuschauen, während er mich aufs Bett wirft. Ich habe nur Augen für ihn, als er näher kommt – wie ein Raubtier, das sich an seine Beute heranpirscht, die es zum Abendessen verspeisen will. Selbst in der Dunkelheit sorgt er dafür, dass mir der Atem stockt.

»Ryder«, keuche ich und sehe ihm dabei zu, wie er mich ansieht.

»Felicity«, flüstert er und spreizt meine Beine.

»Ich brauche dich. Ich brauche dich so sehr, dass es wehtut.«

Bei meinem Geständnis flammt in seinen Augen so viel Hitze auf, dass ich denke, dass er die Laken zu Asche verbrennen wird, während er tiefer und härter als je zuvor in mich eindringt. Dieses Mal gibt es keine zögerlichen Bedenken, keine Pause, um mir die Möglichkeit zu geben, mich an ihn zu gewöhnen. Er ist zu leidenschaftlich, um geduldig zu sein. In seinem Blick liegt etwas Wildes, während er immer wieder zustößt und dabei seine Finger in meine Hüften bohrt. Etwas Dunkles und Gefährliches, das mich bis tief in meinem Inneren erregt.

Als hinter meinen Augen ein Stern explodiert, denke ich an das Lied, das er heute Abend für mich gesungen hat … Es war das gleiche Lied, dass ich heute Morgen auf der letzten Seite meines Notizbuchs fand, als ich meine wenigen Habseligkeiten zusammenpackte, um diese Stadt hinter mir zu lassen.

Wasn't till I left that it hit me
I was in love …
With a girl named Felicity …

In meinem Kopf füge ich eine weitere Strophe hinzu, während ich unter ihm die Kontrolle verliere. Ich bin nicht so recht bereit, sie mit der Welt zu teilen – zumindest noch nicht. Vielleicht werde ich es eines Tages tun.

Spent my life always the outsider
Till I fell in love …
With a man named Ryder …

Ich halte ihn ganz fest. Wir bewegen uns zusammen und erschaffen unser eigenes Feuerwerk, während der Rest der Welt zuschaut, wie die Feuerwerksvorführung für den Unabhängigkeitstag am Himmel vor seinem Fenster explodiert. Ich bin mir sicher, dass sie schön ist, aber ich verspüre nicht das geringste Bedürfnis, den Augenkontakt mit dem Mann zu unterbrechen, der alles in mir entzündet und Funkenregen auslöst, der mich von innen heraus verbrennt.

»Erwischt.«

Ich drehe ruckartig den Kopf herum. Lincoln steht ein paar Schritte von mir entfernt da und grinst.

Ich erröte heftig.

Es ist Morgen. Ich trage eins von Ryders ausgeblichenen Band-T-Shirts, sitze mit baumelnden Beinen auf der Küchentheke und esse mit der Hand Frühstücksflocken direkt aus der Packung. Ich war am Verhungern, aber Ryder sah zu friedlich aus, als dass ich ihn wecken wollte.

Für einen Augenblick herrscht unangenehme Stille, während Lincoln und ich uns über die Kücheninsel hinweg anstarren. Ich kann nur eins tun: Ich halte ihm die Packung hin.

»Willst du ein paar nicht mehr ganz so frische Kleieflocken?«

Er lacht. »Nein, danke.«

Ich nehme mir eine weitere Handvoll und springe von der Theke. »Tut mir leid. Ich wollte nicht eure Schränke durchwühlen, aber ich hatte Hunger.«

Lincoln geht zum Kühlschrank hinüber und holt ein paar Zutaten heraus, die man für ein Omelett braucht. Er schaut zu mir hin. »Isst du auch richtiges Essen, oder hältst du dich streng an drei Monate alte Frühstücksflocken?«

»Zu Eiern würde ich nicht Nein sagen.« Ich grinse. »Ich bin total ausgehungert.«

»Von dem ganzen Ausdauertraining, das du gestern Nacht absolviert hast?« Er wackelt mit den Augenbrauen.

»Lass sie in Ruhe, Linc!«, ruft Ryder und kommt in die Küche.

Ich drehe mich herum, um ihn anzusehen, und spüre, wie mir das Wasser im Mund zusammenläuft, was jedoch nichts mit der Aussicht auf Frühstück zu tun hat. Er trägt eine tief sitzende graue Jogginghose. Sein Oberkörper ist nackt, sodass man sein Sixpack gut sehen kann, als er quer durch den Raum geht, um sich an meine Seite zu gesellen. In seinen Augen liegt ein warmer Ausdruck, als er sich vorbeugt, um seine Lippen auf meine zu pressen.

»Guten Morgen.«

»Hi«, keuche ich und lehne mich in den Kuss.

»Du hättest mich wecken können.«

»Ich dachte mir, dass du den Schlaf gebrauchen könntest.« Ich hebe einen Finger, um über die dunklen Ringe unter seinen Augen zu streichen. »Du siehst müde aus.«

»Es war ein langer Tag«, murmelt er.

Und eine noch längere Nacht, denke ich. Das Leuchten in seinen Augen verrät mir, dass er das Gleiche denkt. Er greift beharrlich nach der Frühstücksflockenpackung, nimmt sie mir aus der Hand und stellt sie auf die Theke. Dann zieht er mich dicht an seinen Körper.

»Wir verschieben das Frühstück auf später.« Seine Lippen landen auf meinem Hals, und er knabbert zärtlich daran. »Jetzt gerade würde ich lieber etwas anderes mit dir machen …«

»Okay«, willige ich ein, denn dieser Plan gefällt mir ausnehmend gut. In mir steigt bereits Vorfreude auf, als seine Lippen meine streifen.

Als Lincoln anfängt, vorgetäuschte Würgelaute von sich zu geben, dreht sich Ryder um und versetzt ihm einen Stoß gegen den Arm.

»Alter! Entspann dich.« Linc reibt seinen Bizeps und macht sich dann daran, Kaffee zu kochen. Er stopft den Filter in die Maschine und löffelt ein paar Ladungen Kaffeepulver hinein. Dabei murmelt er die ganze Zeit über leise vor sich hin. »Der Mistkerl amüsiert sich ein bisschen, und plötzlich versteht er keinen Spaß mehr …«

Die Tür zu Aidens Schlafzimmer fliegt auf und knallt gegen die Wand. Wir alle zucken zusammen, als der Bassist das Zimmer betritt. Er sieht blass und zittrig aus. Ich rechne beinahe damit, dass er uns gleich erzählen wird, dass er einen Geist gesehen hat.

»Mann, hast du wieder Pilze eingeworfen?«, Ryder schüttelt

den Kopf. »Beim letzten Mal hast du zwei Tage gebraucht, um runterzukommen.«

»Nein.« Aiden schluckt heftig. »Ich bin vollkommen nüchtern.«

Linc verdreht die Augen. »Was soll dann dieser theatralische Auftritt?«

»Ich habe gerade mit einer Talentsucherin von *Route 66 Records* telefoniert.«

Die Luft erstarrt.

»Und?«, drängt Lincoln und lässt seine Kaffeetasse stehen.

»Sie haben unseren Auftritt gestern Abend gesehen.«

»Und?«

»Sie wollen uns unter Vertrag nehmen.« Aiden schluckt wieder und schaut von Lincoln zu Ryder und schließlich zu mir. »Uns alle.«

»Nie im Leben!« Lincs Grinsen breitet sich über sein ganzes Gesicht aus. »Das ist der Hammer!«

»Was meinst du mit ›uns alle‹?«, fragt Ryder.

Aiden sieht immer noch mich an. »Sie wollen auch Felicity haben.«

»Ach du meine Güte«, flüstere ich, als sich alle drei in meine Richtung drehen.

Ryders Hand liegt fest auf meiner, als wir aus Lincs Auto steigen und auf die Tür des Cafés zugehen, in dem Aiden für uns ein Treffen mit der Talentsucherin von *Route 66* vereinbart hat. Eine düstere Anspannung hat sich über unsere kleine Gruppe gelegt, als wir hineingehen.

Wenigstens hat das Gebrüll aufgehört.

Als Aiden die Neuigkeit über den Plattenvertrag verkündete, gingen sich Ryder und Lincoln innerhalb einer Minute gegenseitig an die Gurgel. Linc war der Meinung, dass man nicht lange überlegen müsse und ich natürlich der Band beitreten würde – *selbstverständlich* würde ich mich verpflichten, mit ihnen zu singen. *Selbstverständlich* würde ich auf Tournee gehen wollen. *Selbstverständlich* würde ich es in Betracht ziehen, nach Los Angeles umzuziehen, um dort an dem Album zu arbeiten.

Was für eine verrückte Person träumt denn nicht davon, einen Plattenvertrag an Land zu ziehen?

Ich.

Aber jemand wie Linc, der vom Rampenlicht träumt, so lange er sich zurückerinnern kann, fehlt das Verständnis für jemanden wie mich, der nie nach Aufmerksamkeit oder öffentlicher Anerkennung gestrebt hat. Ich muss mir nur meinen eigenen Familienstammbaum vor Augen führen, um meine Argumente zu rechtfertigen. Ich habe persönlich miterlebt, wie Ruhm ein Leben zerstören kann. Von außen mag es wie die beste Sache der Welt aussehen … endlose Tantiemenschecks und allgemeine Bewunderung. Aber dieser astronomische Erfolg geht mit ständigen Prüfungen und einem Druck einher, der kein Segen, sondern vielmehr eine Last ist.

Ich habe meine Kindheit in einem Stahlkäfig verbracht. Ich verspüre nicht den Wunsch, ihn gegen ein Glashaus einzutauschen.

Als Ryder Linc sagte, dass er aufhören solle, mich unter Druck zu setzen, eskalierte die angespannte Stimmung und erreichte einen gefährlichen Siedepunkt. Zum Glück gelang es Aiden, die Situation zu entschärfen, bevor es zu einer Schlägerei kommen konnte. Ich unterdrückte den unmittelbaren Impuls, davonzulaufen, und versicherte ihnen, dass ich mit zu dem Treffen gehen würde. Auf diese Weise verschaffte ich mir ein wenig Zeit, um darüber nachzudenken, wie ich mich aus dieser verzwickten Lage befreien kann.

Lincolns Blick ruht schwer auf meinem Gesicht, als er die Tür aufhält, damit wir hineingehen können. Ich kann beinahe sehen, wie der Vorwurf unter seiner Haut brodelt – die unverblümte Wut darüber, dass ich irgendwie den Schlüssel zu der Zukunft in der Hand halte, die er immer haben wollte.

Ich schaue auf meine Füße hinunter und spüre, wie Ryder beruhigend meine Finger drückt. Ich weiß, dass er fühlen kann, wie aufgewühlt ich innerlich bin. Genauso wie ich fühlen kann – egal wie sehr er auch versuchen mag, es vor mir zu verbergen –, dass er ebenso scharf auf diesen Vertrag mit *Route 66* ist wie Lincoln.

Die Schuldgefühle, die sich in mir breitmachen, sind so überwältigend, dass mir das Atmen schwerfällt. Ich mag in der Lage sein, mich damit abzufinden, dass ich Linc und Aiden enttäuschen könnte. Aber *Ryder?*

Ich denke nicht, dass ich es ertragen könnte, den Blick in seinen Augen zu sehen, wenn ich ihm seinen Traum vor die Nase halten würde, nur um ihn ihm dann im letzten Moment wieder wegzunehmen. Ich denke nicht, dass ich mich selbst ertragen könnte, wenn ich das täte.

Aiden entdeckt die Talentsucherin – eine schick aussehende Frau Anfang dreißig mit einem asymmetrisch geschnittenen rotbraunen Bob und einem langen, komplett geraden Pony. Sie trägt Stilettos und ein elegantes weißes Kostüm, das ich nie im Leben anziehen könnte, ohne es zu bekleckern. Sie spricht schnell in ihr Handy, legt aber auf, als sie uns hereinkommen sieht.

»Hey.« Ryder bleibt kurz mit mir stehen, bevor wir Aiden und Linc zu unserem Termin folgen.

Ich schaue ihn mit hochgezogenen Augenbrauen an.

Er gibt mir einen flüchtigen Kuss auf den Mund. »Du musst das nicht tun, Felicity. Ich weiß, dass du nicht gerne im Rampenlicht stehst. Ich weiß, dass das nicht dein Traum ist. Und ich hoffe, dass du weißt, dass ich dich unterstützen werde, wie immer du dich auch entscheidest. Ich werde dafür sorgen, dass Lincoln seine Wut nicht gegen dich richten wird.«

»Danke«, murmle ich und stelle mich auf die Zehenspitzen, um ihm einen richtigen Kuss zu geben.

Wir nehmen Platz und stehen schon bald im Mittelpunkt der Aufmerksamkeit der Talentsucherin.

»Ich bin Francesca Foster von *Route 66*«, sagt sie in einem direkten, sachlichen Tonfall. In ihren Augen schimmert scharfsinnige Intelligenz, als sie von mir zu Ryder blickt. »Ich werde Ihre oder meine Zeit nicht mit Schmeicheleien verschwenden. Das ist nicht meine Art. Ich halte mich an Tatsachen. Und Tatsache ist, dass ich Sie innerhalb von sehr, sehr kurzer Zeit sehr, sehr erfolgreich machen kann, wenn Sie den Vertrag mit uns unterschreiben.«

»Woher wissen Sie das?«, fragt Ryder und klingt skeptisch. »Ich will Ihren Enthusiasmus ja nicht bremsen, aber wir haben das schon mal durchgemacht, und zwar mit katastrophalen Ergebnissen. Es tut mir leid, wenn wir ein wenig skeptisch rüberkommen, aber wir haben hier nur Ihr Wort, auf das wir uns verlassen sollen.«

»Ich begrüße Skepsis. Das ist eine gesunde Methode, um die Wahrheit zu ergründen.« Sie strafft die Schultern und faltet die Hände anmutig auf dem Tisch. »Ihre Texte sind größtenteils stark und gehen ins Ohr, auch wenn ich vorschlagen würde, dass Sie die abgeänderten Lacey-Briggs-Lieder aussortieren und vollkommen neues Material erschaffen. Vielleicht könnten Sie Felicity in diesen Prozess einbinden, damit die Lieder besser zu Ihrer neuen Identität als Band passen.«

Alle wirken angesichts der Tatsache, dass sie so viel über uns zu wissen scheint, ein wenig schockiert.

Woher weiß sie von Lacey?

Arbeitet sie für die CIA?

»Ihre Instrumentalstücke sind ebenfalls recht solide. Sie sind gut aufeinander eingespielt, und die Chemie zwischen Ihnen dreien stimmt« – sie deutet auf die Jungs – »was Rückschlüsse darauf zulässt, dass Sie in der Lage sind, gemeinsam gute Musik zu erschaffen.« Sie hält inne. »*Gute* Musik, aber vielleicht keine außergewöhnliche Musik.«

Lincolns Augen verfinstern sich vor Wut. »Das ist Schwachs…«

»Ich bin noch nicht fertig.« Francesca lächelt, aber in ihrer Miene liegt unverkennbare Strenge. »An dieser Stelle kommt Felicity ins Spiel. Sie ist die Wildcard.«

Ich erstarre, da mir ganz und gar nicht gefällt, wie das klingt. Kein bisschen.

Ryder lacht leise. »Wie passend.«

Als Francesca fragend die Augenbrauen hochzieht, erklärt er: »Felicitys Nachname lautet Wilde.«

»Ah.« Sie lacht nicht. Sie strafft einfach nur erneut die Schultern und redet weiter. »Wie ich schon sagte, verfügen Sie drei über eine ordentliche Gruppendynamik. Aber zu viert … könnten Sie phänomenal sein.« Sie mustert uns mit forschendem Blick. »Ryder und Felicity – Ihre Stimmen ergänzen sich perfekt. Sie eignen sich hervorragend für Duette. Eine solche Harmonie habe ich seit Jahren nicht mehr gehört. Mit ein paar Verbesserungen und ein wenig Gesangsunterricht … könnten Sie ein unglaubliches Album zustande bringen und jede Menge Platten verkaufen.«

»Und was genau würden Sie im Gegenzug von uns haben wollen?« Ryder hält seine Stimme ruhig und unaufgeregt. Doch ich weiß, dass er wegen der Dinge, die sie sagt, aufgewühlt ist, weil er unterm Tisch meine Hand drückt. »Wir sind nicht an einer Plattenfirma interessiert, die versucht, unsere Musik zu beeinflussen oder unser Image zu ändern.«

»Wenn ich ehrlich sein darf – man braucht sehr viel mehr rohe Gewalt, um einen Klumpen Ton zu nehmen und daraus eine Skulptur zu formen, als man braucht, um ein schönes Kunstwerk zu erwerben, es aus dem Lager zu holen und es auszustellen, damit sich die Welt daran erfreuen kann.« Ihr Lächeln ist klein, aber stählern. »Ich bin daran interessiert, neue Talente unter Vertrag zu nehmen. Ich will sie nicht erst formen müssen.«

Lincoln nickt. Aiden kämpft gegen ein Lächeln an. Ryder umklammert meine Hand fester.

Ich kann ihre Hoffnung förmlich spüren. Sie ist in der Luft um mich herum mit Händen greifbar.

Ich halte ihre Träume in meinen Händen.

»Sie scheinen sich ziemlich sicher zu sein, dass es ein Publikum für uns gibt«, melde ich mich zu Wort und merke, wie sich meine Verteidigungshaltung aufbaut. »Ich glaube einfach nicht, dass Sie sich zu diesem Zeitpunkt da schon so sicher sein können.«

»Wie ich schon sagte: Ich bin ein Freund von Fakten. Allerdings bin ich nicht so sehr darauf fixiert, dass ich leugnen würde, dass es nicht auch Abweichungen geben könnte. Es gibt einen sogenannten Faktor X, der dafür sorgt, dass manche Bands mit astronomischer Geschwindigkeit an die Spitze der Charts aufsteigen, und zwar sehr viel schneller, als es irgendwelche Prognosen erahnen lassen.« Ihre Pause wiegt schwer. Ihr Blick zeugt von Konzentration. »Ich glaube, dass Sie über diesen unbekannten Faktor verfügen.«

»Trotzdem … Das scheint mir ein großes Risiko für Sie zu sein. Wir sind vollkommen unbekannte Musiker aus Nashville, und trotzdem sind Sie überzeugt, dass Sie uns mit nach L. A. nehmen und uns im Grunde genommen über Nacht zu Stars machen können?« Ich schüttle den Kopf. »Das kommt mir ein wenig zu gut vor, um wahr zu sein, wenn ich ehrlich bin.«

»Ehrlichkeit weiß ich immer zu schätzen, Felicity.« Sie lächelt besonnen. »Hat irgendjemand von Ihnen ein Smartphone dabei?«

»Ich hab eins«, sagt Linc und zieht sein iPhone hervor.

»Tun Sie mir einen Gefallen.« Um ihre Augenwinkel herum bilden sich kleine Fältchen. »Geben Sie das Wort ›Nashville‹ in Ihre Suchmaschine ein.«

»Einfach nur ›Nashville‹?«

Sie nickt und sieht zu, wie er tippt. Das Schmunzeln auf ihrem Gesicht lässt mich an einen Magier denken, der einen ahnungslosen Zuschauer aus dem Publikum auf einen Taschenspielertrick vorbereitet. Das Schmunzeln wird zu einem Lächeln, als sie hört, wie Lincoln einen Fluch ausstößt.

»Heilige Scheiße – seht euch das an!« Er hält Aiden das Display hin. Sofort reißt auch er die Augen auf. Sie wirken beide regelrecht verblüfft, als sie das Handy an Ryder weiterreichen. Ich schaue über seine Schulter, damit ich sehen kann, was das ganze Theater soll, und spüre, wie mir die Luft wegbleibt.

Auf dem Display sind ein Dutzend Ergebnisse aus den letzten paar Stunden zu sehen. Sie alle haben Überschriften wie:

Countrypaar feiert auf der Bühne Wiedervereinigung: unbedingt ansehen!

Feuerwerk am Himmel – und auf der Bühne – beim Musikfestival in Nashville

Jeder Artikel ist mit einem Videoclip versehen. Ryder tippt auf den Bildschirm, und plötzlich sehe ich ein winziges Video von … *mir*.

Ich laufe barfuß auf die Bühne. Mein Haar löst sich aus meinem Zopf. Mein Gesicht wirkt vollkommen fasziniert, als ich zehn Schritte von Ryder entfernt abrupt stehen bleibe. Er singt immer noch das Lied, das er für mich geschrieben hat, und hat die Augen geschlossen. Das Publikum rastet vollkommen aus, während es darauf wartet, dass er aufschaut und mich dort stehen sieht. Und als er mich endlich entdeckt …

Dieser Kuss.

Er ist magisch. Absolut magisch. Wie etwas aus einem Märchen. Wie für einen Hollywoodfilm inszeniert.

Ich gebe einen kleinen besorgten Laut von mir, als ich mir die zahllosen Kommentare durchlese, die sich unter dem Artikel angesammelt haben.

BLYSS G.: Oh mein Gott, wer sind die beiden? Das da ist wahre Liebe!
SUMITA M.: Jemand sollte denen sofort einen Plattenvertrag geben.
TAYLOR W.: Ist das schon bei iTunes?
SARA E.: Besorgt euch einen Kerl, der euch so anschaut, wie er sie anschaut …

»Wow«, keucht Ryder.

»*Wow*«, stimme ich zu.

»Es gibt Hunderte Artikel wie diesen, die im Internet die Runde machen, während wir hier miteinander sprechen.« Francescas Stimme dringt durch den Nebel in meinem Gehirn. Ich schaue auf und stelle fest, dass sie mich vorsichtig mustert. »Ihre Liebesgeschichte – und Ihre Musik – sind viral gegangen. Die Leute wollen wissen, wer Sie sind, woher Sie kommen, was Sie als Nächstes machen werden … Sie sind bereits emotional engagiert. Und wenn Sie diesen Augenblick vermarkten … Wenn Sie sich von *mir* dabei helfen lassen … habe ich so gut wie keine Zweifel, was Ihre Zukunft betrifft.« Sie hält inne. »Beantwortet das Ihre Frage, warum ich so zuversichtlich bin, dass es da draußen ein Publikum für Sie gibt?«

Ich kann nur nicken. Mir hat es definitiv die Sprache verschlagen.

Francesca lehnt sich auf ihrem Stuhl zurück und atmet scharf aus. »Ich mag konkrete Zahlen. Manifeste Werte, die meine Argumente untermauern. Ich mache nie ein Angebot, wenn ich nicht mit Sicherheit weiß, dass es für alle Beteiligten gleichermaßen lukrativ sein wird.« Sie greift in ihre schmale Aktentasche und zieht ein Blatt Papier heraus, auf dem etwa ein Dutzend ordentlich abgetippte Namen und Kontaktnummern in einer Schriftart stehen, die nur aus Kleinbuchstaben besteht. »Das sind nur ein paar der Übereinkünfte, die ich in den letzten paar Jahren ausgehandelt habe. Es sind alles Künstler, die bei *Route 66* unter Vertrag stehen und sich großartige Karrieren aufgebaut haben. Nur zu – kontaktieren Sie sie. Stellen Sie Nachforschungen über mich an. Hören Sie sich um. Jeder wird Ihnen das Gleiche sagen: Wenn Francesca Foster ein Versprechen gibt, wird Sie es auch halten.«

Sie greift erneut in ihre Tasche, zieht einen Vertrag heraus und schiebt ihn uns über den Tisch zu.

Aiden hat eine fassungslose Miene aufgesetzt.

Lincoln sieht aus, als hätte er sich ein kleines bisschen in Francesca verliebt.

Verflixt, sogar *ich* bin ein bisschen in sie verliebt. Wenn ich groß bin, will ich so sein wie sie.

»Wir werden ein wenig Zeit brauchen, das alles untereinander zu besprechen«, sagt Ryder und drückt meine Hand so fest, dass ich kein Gefühl mehr in den Fingern habe.

»Natürlich. Dennoch werde ich Ihre Antwort bis morgen

Abend brauchen – ich werde mit dem Nachtflug nach Los Angeles zurückkehren. Bedenken Sie, dass wir Sie vier so schnell wie möglich nach L. A. holen wollen, um die Dinge ins Rollen zu bringen, falls Sie das Angebot annehmen. Die mediale Aufmerksamkeit mag gerade überwältigend sein, aber nächste Woche wird man in den Nachrichten über jemand anders berichten, wenn Sie die Gelegenheit jetzt nicht beim Schopf packen.« Sie steht mit einer eleganten Bewegung auf und sieht eindringlich auf uns herab, während sie sich den Gurt ihrer Aktentasche über die Schulter schlingt. »Wenn Sie Fragen haben, rufen Sie mich an. Meine Nummer, unter der Sie mich direkt erreichen, steht auf diesem Zettel. Wenn Ihnen etwas im Vertrag nicht gefällt, kann es korrigiert werden. Transparenz ist mir sehr wichtig.«

Wir alle erheben uns, um ihr die Hand zu schütteln und uns höflich zu verabschieden. Die Jungs schaffen es, ruhig zu bleiben, bis die Tür hinter Francesca ins Schloss fällt. Dann rasten sie auf der Stelle aus.

»Heilige Scheiße!«, ruft Lincoln.

»Abgefahren!« Aiden grinst. »Aber so was von abgefahren!«

Ryder überfliegt den Vertrag und ist so konzentriert bei der Sache, dass ich kaum zusehen kann. »Das sieht gut aus«, murmelt er vor sich hin. »Tatsächlich sieht das sogar verdammt *großartig* aus.«

Linc und Aiden drängen sich um ihn herum, damit sie ebenfalls einen Blick auf das Dokument werfen können.

Ich rühre mich nicht von der Stelle.

Ich bin wie erstarrt. Gelähmt. In einem Albtraum gefangen.

Francesca hat deutlich gemacht, dass der Vertrag ohne mich nicht zustande kommen wird.

Du bist die Wildcard, Felicity.

Was bedeutet, dass alles von mir abhängt. Es ist meine Entscheidung. Es gibt keine Abstimmung. Das ist keine demokratische Entscheidung.

Ich bin die Diktatorin. Ich bin die Monarchin.

Ab mit ihren Köpfen.

Ich kann auf keinen Fall so tun, als wäre ich hier objektiv. Ich halte die Zukunft dieser drei Männer in meinen Händen, und sie ist zerbrechlich wie Glas. Und wenn ich mich entscheide, sie fallen zu lassen …

Wird sie zersplittern.

Die Entscheidung würde mir schon schwer genug fallen, wenn Ryder kein Teil der Gleichung wäre. Aber er ist ein Teil davon. Ich kann die Tatsache, dass mein Entschluss nicht nur auf unser Leben, sondern auch auf unsere Beziehung langfristige Auswirkungen haben wird, nicht ignorieren.

In diesem Fall gibt es keine Win-win-Situation, zumindest keine, die sich mir erschließt. Es gibt keine Grauzone. Egal welchen Weg ich wähle, einer von uns wird verlieren.

Wenn ich gehe, behalte ich mein sicheres anonymes Leben … aber ich könnte ihn dadurch verlieren.

Wenn ich zustimme, könnte ich seine wildesten Träume wahr werden lassen … und mich selbst vollkommen verlieren.

Ich balanciere auf der Kante einer Rasierklinge – wenn ich mich zu sehr in eine Richtung neige, werde ich in zwei Hälften geschnitten werden.

Er oder ich.

Seine Träume oder meine.

… aber definitiv nicht beides.

25. KAPITEL

Ryder

Ich kann nicht einschätzen, was zum Teufel sie denkt. Sie hat sich hinter diese goldenen Augen zurückgezogen wie ein Geist, und ich kann sie nicht erreichen. Ich kann nichts sagen, um ihr diese Entscheidung abzunehmen. Ich kann nichts tun, um diese Bürde für sie zu tragen.

Es ist ihre Entscheidung.

Also lasse ich ihr ein wenig Freiraum, als sie mir mitteilt, dass sie ein Nickerchen in meinem Bett machen wird. Ich weiß, dass sie allein sein muss, um das alles zu verarbeiten. Und ich will sie auf keinen Fall zu einer Entscheidung drängen, die sie in ein paar Monaten bereuen wird.

Gleichzeitig … kann ich nicht so tun, als wäre ich wegen des Angebots von *Route 66* nicht aufgeregt. Ich würde meinen Traum verfolgen können. Das Gleiche würde für Linc und Aiden gelten.

Aber *sie* hat nie davon geträumt. Felicity wollte mit diesem Leben nie etwas zu tun haben.

Ich bin vor Aufregung ganz hibbelig, weil ich nicht weiß, wie sich diese Sache entwickeln wird. Selbst nachdem ich mir im Bad zwei der weißen Pillen eingeworfen und sie mit Bier hinuntergespült habe, werde ich nicht ruhiger. Die Jungs sind genauso angespannt. In unserer Wohnung ist es noch nie so ruhig gewesen. Wir sitzen auf dem Sofa und starren vor uns hin.

Drei Männer, die auf ihre Verurteilung warten.

Es wird Mittag.

Dreizehn Uhr.

Vierzehn Uhr.

Als wir um fünfzehn Uhr immer noch nichts gehört haben, gehen wir von Bier zu Whiskey über und reichen die Flasche mit ernsten Mienen herum. Heute Morgen fühlten sich unsere Träume zum Greifen nah an. Jetzt habe ich das Gefühl, dass sie mir mit jedem Ticken der Uhr ein Stück weiter entgleiten.

Es ist verdammt egoistisch, es zuzugeben, sogar mir selbst gegenüber, aber ich will diesen Vertrag. Ich will ihn so sehr, dass ich mir die Zukunft bereits ausmale – wir vier teilen uns in L. A. eine Wohnung und machen den ganzen Tag lang zusammen Musik. Wir nehmen ein Album mit einem Sound auf, den *wir* kontrollieren und entwickeln, und es wird von einem Studio produziert, das unsere Vorstellungen umsetzt. Ich sehe diese Zukunft glasklar vor mir. Und ich will sie mehr als alles, was ich je gewollt habe.

Abgesehen von ihr.

Ich will Felicity Wilde mehr als jeden Stapel Papier. Mehr als meinen Namen auf einer Reklametafel. Mehr als Millionen von Fans, die schreiend nach meinen Liedern verlangen.

Nun, da ich weiß, wie es sich anfühlt, sie nicht in meinem Leben zu haben, bin ich fest entschlossen, das nie wieder geschehen zu lassen, wenn ich es verhindern kann. Selbst dann nicht, wenn sie diesen Plattenvertrag ablehnt. Linc und Aiden würden ihr das vielleicht übelnehmen, aber ich werde eine Möglichkeit finden, damit klarzukommen. Ich werde eine Möglichkeit finden, mir meinen Traum zu erfüllen, ohne sie gegen ihren Willen mitzuzerren.

Als sich meine Schlafzimmertür endlich öffnet, ist es auf die Minute siebzehn Uhr.

Wir drehen uns alle drei herum, um zu sehen, wie sie ins Wohnzimmer kommt. Sie sieht so zerbrechlich aus. Sie ist barfuß und trägt eins dieser hauchdünnen Sommerkleider, die sich so perfekt an ihren Körper schmiegen. Ich versuche, die Antwort von ihrem Gesicht abzulesen, doch sie ist eine Meisterin, wenn es darum geht, ihre Gedanken zu verbergen.

»Und?«, keift Linc beinahe. Er scheint deutlich weniger Geduld mit ihr zu haben.

Sie schaut zu mir und verzieht die Lippen dann langsam zu einem Grinsen. Ich spüre, wie sich Freude und Erleichterung und Aufregung in mir breitmachen.

»Lasst es uns tun.« Sie lacht. »Lasst uns ein Album aufnehmen.«

Aiden und Linc grölen so laut, dass ich mir sicher bin, dass die Nachbarn denken müssen, dass hier gerade ein Mord geschieht. Ich strecke die Arme aus, und Felicity wirft sich hinein und lacht, während ich sie im Zimmer herumwirbele, bis uns schwindelig wird.

Später an diesem Abend liegen wir unter meiner Bettdecke und atmen einander ein. Ich habe die Arme um sie geschlungen und beschreibe mit den Fingerspitzen Kreise auf ihrer nackten Haut. Ihr Kopf ruht an meiner Brust, und sie lauscht jedem meiner Herzschläge, die unter ihrem Ohr pochen.

»Bist du dir wirklich sicher?«, frage ich sanft. »Ich weiß, dass das alles ziemlich schnell geht.«

Sie hebt den Kopf, bis sie mir in die Augen schauen kann. »Ich bin mir sicher.«

»Das wird gut werden.« Ich grinse. »Besser als gut, Felicity. Es wird unglaublich werden.«

»Ich weiß.«

»Wir müssen uns immer noch für einen Bandnamen entscheiden.« Ich ziehe die Augenbrauen zusammen. »Ist dir schon was eingefallen? Linc will etwas Kurzes, Prägnantes, das außerdem eine Bedeutung hat. Er hat vorgeschlagen, dass wir uns ›Nash‹ nennen – was so grottig ist, dass ich mich weigere, auch nur darüber nachzudenken. Aiden will etwas Einzigartiges – ›The Wandering Souls‹ oder ›When Darkness Comes‹ oder irgend so einen furchtbaren Mist.«

»Kurz, einzigartig und außerdem bedeutsam. Das ist ganz schön viel verlangt.« Felicity lacht. »Was ist mit dir? Hast du irgendwelche Vorschläge, da du die Ideen der anderen alle für Schrott zu halten scheinst?«

»Bislang ist mir noch nichts eingefallen.«

Sie schweigt sehr lange – so lange, dass ich glaube, dass sie eingeschlafen ist. Doch als ich nach unten schaue, sehe ich, dass ihre Augen offen und voller Gedanken sind. Ihr Murmeln ist unfassbar leise. »Wildwood.«

»Was?«

»Als Name für die Band. Wie wäre es mit Wildwood?« Sie hebt den Blick zu mir. »Wilde und Woods. Eine Kombination aus deinem und meinem Nachnamen. Es ist kurz, es ist einzigartig, und es hat eine Bedeutung.«

Ich grinse. »Felicity Wilde, du bist ein Genie. Habe ich dir das schon mal gesagt?«

»Heute noch nicht.«

Ich werfe einen Blick auf die Uhr. »Tja, es ist erst halb zwölf. Wir haben noch Zeit.«

»Du machst es aber ganz schön knapp, mein Lieber.« Ihr Lächeln wankt ein bisschen, als ihr ein Gedanke kommt. »Schwer zu glauben, dass das unsere letzte Nacht in Nashville ist.«

»Bist du sicher, dass du bereit bist, so bald abzureisen?« Ich verspüre leichtes Unbehagen, als ich daran denke, dass unser Flug morgen Abend geht. Francesca hat es geschafft, uns Plätze in demselben Flugzeug zu besorgen, mit dem sie nach L. A. zurückfliegt. »Wenn du hier noch etwas zu erledigen hast …«

»Ich habe bereits alles erledigt«, murmelt Felicity. »Ich dachte, dass ich am vierten Juli abreisen würde, erinnerst du dich? Ich habe mich von meiner Großmutter verabschiedet. Ich habe meinen Job gekündigt. Ich habe all meine Sachen aus dem Zimmer über dem *Nightingale* geräumt. Ich muss nur noch meinen Rucksack und meine Gitarre bei Carly abholen, wenn ich morgen früh zu ihr gehe, um mich von ihr zu verabschieden.«

»Okay.« Ich betrachte ihr Gesicht. »Hast du je vor, mir zu erzählen, wovor du weggelaufen bist?«

In ihren Augen flackert Angst auf. »Das werde ich. Ich verspreche es. Aber …«

»Schhh.« Ich presse meine Lippen auf ihre. »Ich will dich nicht bedrängen. Ich will nur, dass du weißt, dass ich für dich da bin. Egal was du brauchst.«

Sie schmiegt sich enger an mich. Ich presse die Lippen auf ihr Haar und atme ihren Duft ein. Er beruhigt die nervöse Energie in meinem Inneren wie ein Balsam, den ich direkt auf meine Seele reibe.

»Ryder?«, fragt sie nach einer Weile.

»Ja?«

»Versprichst du mir etwas?«

»Alles.«

»Du wirst doch nicht zu einem dieser verrückten Hollywoodgesundheitsfanatiker werden, die jedes Stück gekochtes Hühnchenfleisch, das ihre Lippen passiert, sorgsam abwiegen und jeden Morgen zehn Kilometer joggen, oder? Denn ich jogge nicht gern. Mein Gesicht wird dann ganz rot, und meine Arme zappeln unkontrolliert herum und …« Sie seufzt. »Es ist nicht schön.«

Ich lache. »Ich verspreche es.«

»Ich mache auch kein Yoga.«

»Ich auch nicht, Baby.« Ich lasse die Hände an ihrem Körper entlang nach unten gleiten. »Allerdings fallen mir ein paar Stellungen ein, die ich gerne mit dir ausprobieren würde …«

Ihr Kichern verwandelt sich schon bald in ein Keuchen, während unsere letzte Nacht in Nashville vorübergeht.

26. KAPITEL

Felicity

Unser erster Monat in Los Angeles vergeht so schnell, dass ich kaum Zeit habe, mich an mein neues Leben zu gewöhnen.

Wir sind in die neue Wohnung eingezogen – ein umwerfendes, sonnendurchflutetes Loft in West Hollywood, das ich mir mit den Jungs teile – und haben ununterbrochen an dem Album gearbeitet. Der Rest ist ein verschwommenes Durcheinander aus Besprechungen und Presseveranstaltungen, dem Verfassen von Songtexten, das bis spät in die Nacht andauert, und Aufnahmezeit im Studio.

Am allerersten Tag nach unserer Ankunft rief uns Francesca zusammen und ließ uns mindestens ein Dutzend Mal »Faded« singen, bis wir eine perfekte Single hatten, die sie den Radiosendern als Aufmacher für unser Debütalbum geben konnte. Normalerweise entwickeln sich solche Dinge nicht in so einem rasanten Tempo, aber da im Internet immer noch intensiv über Ryder und mich diskutiert wird, weil das Video von unserem Kuss am vierten Juli viral gegangen ist, hieß es für uns: Volldampf voraus.

Drei Tage nach unserer Landung in Kalifornien veröffentlichten wir als Wildwood offiziell unsere erste Single. Niemand war überraschter als ich, als sie am nächsten Tag auf Platz eins der Charts kletterte. Die Tatsache, dass sie sich seitdem dort hält, ist für mich sogar noch unbegreiflicher.

Seitdem hat Francesca ständig ein neckisches »Ich habe es Ihnen ja gesagt«-Lächeln auf den Lippen. Die Zeit nach dem Nummer-eins-Hit war der reine Wahnsinn. Jeder Nachrichtensender wollte ein Interview, jeder Radiosender einen Exklusivbericht. Da Francesca darauf bestand, traten Ryder und ich in der *Eileen Show* auf – der beliebtesten Sendung im amerikanischen Nachmittagsprogramm. Wir haben nicht viel mehr gemacht, als dort zu sitzen, Händchen zu halten und zu lächeln wie zwei Idioten, während sie für ihr Publikum den Clip von unserem Kuss abspielte. Doch aus irgendeinem Grund gefiel es den Leuten. Das Interview wurde so häufig angeschaut, dass die Server von Eileens Webseite zusammenbrachen.

Sie schickte uns einen hübschen Obstkorb als Dankeschön.

Je näher der Veröffentlichungstermin des Albums rückt, desto hektischer wird die Presse. Den Jungs scheint das nichts auszumachen – nur *ich* zucke zurück, wenn die Paparazzi Fotos von uns schießen, während wir über den Sunset Strip spazieren oder den Farmers Market erkunden oder eine der vielen Kunstgalerien in unserer Nachbarschaft besuchen. Und jedes Mal erstarre ich innerlich. Wie ein Reh im Scheinwerferlicht. Noch schlimmer ist es, wenn Touristen auf uns zugelaufen kommen und unbedingt ein Selfie mit Wildwood machen wollen – oder, falls es weibliche Teenager sind, ausschließlich mit Ryder, obwohl Linc und Aiden in letzter Zeit ebenfalls eine Menge Aufmerksamkeit bekommen.

Sie lächeln und posieren lässig und natürlich.

Ich lungere in der Nähe herum, winde mich innerlich und fühle mich völlig fehl am Platz.

Mit jeder Woche, die vergeht, gewöhnen sie sich mehr an unser neues Leben hier, während ich mich immer weiter in mich selbst zurückziehe. Ich setze ein Lächeln auf und halte durch – um ihretwillen, wenn schon nicht um meinetwillen. Aber es fällt mir immer schwerer, den Kopf über Wasser zu halten. Vor allem an Abenden wie heute.

Ich gieße mir ein Glas Wasser ein und gehe auf die Dachterrasse hinaus. Sofort spüre ich die kühlen Mosaikfliesen unter meinen nackten Füßen. Die Wohnung ist so still, dass ich das Gefühl habe, dass mir darin die Decke auf den Kopf fällt. Mit einem müden Seufzen lasse ich mich auf eine der Liegen sinken und lausche dem geschäftigen Treiben, das sich fünf Stockwerke unter mir auf der Straße abspielt.

West Hollywood ist so anders als Nashville, dass mir davon der Kopf schwirrt. Hier gibt es keine Honkytonk-Bars und Spelunken, kein frittiertes Hühnchen und keine weitläufigen Plantagen. Wir sind in eine Welt voller schicker Restaurants, Designerläden, Dachpools und Museen für moderne Kunst gestolpert. Die Musik, die hier aus den Lautsprechern kommt, ist Elektropop oder Dubstep. Seit ich aus dem Flugzeug gestiegen bin, habe ich kein einziges Countrylied gehört, abgesehen von denen, die ich fleißig mit Ryder schreibe.

Am liebsten sind mir die Abende, an denen wir zusammensitzen, neue Texte ausprobieren und verschiedene Melodien auf unseren abgenutzten Gitarren spielen. Im Studio ist alles auf dem neuesten Stand der Technik … Aber ich fühle mich nie so richtig wohl dabei, eine zehntausend Dollar teure Martin zu benutzen. Viel lieber zupfe ich an den abgenutzten Saiten meiner alten Yamaha, während ich nur mit Ryder zusammensitze und wir unsere Ruhe haben.

Das sind die einzigen Momente, in denen ich einen Schimmer des Lebens durchblitzen sehe, das wir in Nashville hatten, bevor sich alles veränderte. Es sind auch die einzigen Momente, in denen ich das Gefühl habe, dass wir tatsächlich ein Paar sind. Wenn wir keine Zeit mit Linc und Aiden verbringen, kein Lächeln für die Kameras aufsetzen und nicht von Francesca über unseren Terminplan für die kommende Woche informiert werden.

Wenn es nur uns gibt.

Ihn und mich.

Wenn wir Texte schreiben und Noten spielen. Wenn sich unsere Hände berühren und sich unsere Lippen streifen.

Ich setze mich auf, als ich glaube, einen Schlüssel im Schloss zu hören. Doch es ist nur unser direkter Nachbar, der von der Arbeit nach Hause kommt. Enttäuschung überrollt mich.

Ich hätte wissen müssen, dass sie es nicht sind. Es ist noch viel zu früh. Normalerweise sind die Jungs bis zur Morgendämmerung unterwegs, wenn sie sich eine Show im *Viper Room* oder im *Roxy* oder im *Whisky a Go Go* ansehen. Diese in der Nähe gelegenen angesagten Musikclubs sind immer proppenvoll, wenn dort eine Band auftritt. Manchmal schleppen sie mich mit, aber da ich kein Interesse an Alkohol oder Clubs habe, fühle ich mich hier, wo ich in Ruhe lesen oder komponieren kann, sehr viel wohler.

Bist du sicher, dass du nicht mitkommen willst, Baby?, fragt Ryder, als er schon halb zur Tür hinaus ist und Lincoln ihm vom Flur aus zuruft, dass er sich beeilen soll.

Ich grinse ihn an und verdrehe die Augen. *Geh du nur. Ich habe meine Trommelfelle gerne intakt.*

Ich werde hier bei dir bleiben, bietet er an, aber ich kann in seinen Augen sehen, dass er dort draußen sein will. Er will die Energie wie ein Schwamm aufsaugen. Ein extrovertierter Mann am Ort seiner Bestimmung.

Ich werfe einen Blick auf meine Armbanduhr und frage mich, wann sie heute Nacht nach Hause kommen werden. Es ist schon fast Mitternacht, aber ich bezweifle, dass sie vor drei Uhr zurück sein werden. Dann werden sie torkelnd durch die

Tür kommen, nach Zigaretten und Schweiß riechen, sturzbetrunken sein und vor Lachen grölen. Ich trinke einen kalten Schluck Wasser und neige den Kopf zurück, um zum Himmel zu schauen. Doch über mir kann ich kein einziges Sternbild ausmachen.

Orion und der Skorpion.

Zwei Gegensätze, die einander für alle Zeiten quer durch den Kosmos jagen.

Aus dem Nichts rollt eine abtrünnige Träne über meine Wange. Ich wische sie mit der Fingerspitze ab und starre verwirrt auf den schimmernden Tropfen.

Warum weine ich?

Ich habe Geld, Liebe, Sicherheit, Freundschaft …

Das ist alles, was ich je wollte.

Oder?

Ich wische die Tränen weg und lege mein schickes neues iPad –Francesca bestand darauf – auf meinen Schoß.

»Es ist schon schlimm genug, dass Sie sich weigern, sich ein Handy zu besorgen«, ließ sie mich wissen und legte mir das Tablet in die Hände. »Aber ein Leben ohne E-Mail-Adresse? Wir befinden uns doch nicht mehr in der Steinzeit! Wie in aller Welt soll ich Sie erreichen? Wie in aller Welt soll ich Ihren Terminplan koordinieren?«

Ich öffne die Kalender-App und lese mir die Veranstaltungen durch, die sie für morgen geplant hat. Ryder und ich haben morgen früh um Punkt sieben Uhr ein Radiointerview mit KLAX 102.3, einem lokalen Sender, damit wir die Pendler auf dem Weg zur Arbeit erreichen, während wir über das neue Album reden. Angesichts der Vorstellung, ein weiteres Interview über mich ergehen lassen zu müssen, macht sich Unbehagen in mir breit. Egal wie viele wir geben, sie werden nie leichter für mich.

Ich straffe die Schultern und sage mir, dass ich mich nicht so anstellen sollte. Morgen werde ich höflich lächeln. Ich werde mich bemühen, charmant zu sein. Ich werde an den richtigen Stellen lachen, während wir die Geschichte unserer viral gegangenen Wiedervereinigung am vierten Juli erzählen, genau wie ich es all die Male davor gemacht habe.

Das war der beste Augenblick meines Lebens, werde ich sagen und Ryder anlächeln.

Können seitdem tatsächlich erst sechs Wochen vergangen sein? Es fühlt sich an, als wäre es ein ganzes Leben. Ich habe unsere Geschichte jetzt schon so oft erzählt, dass sie sich langsam wie etwas anfühlt, das jemand anders passiert ist. Als wäre es gar nicht meine Geschichte. Als ginge es darin gar nicht um *mich*.

Sondern nur um eine Frau, die ich mal kannte, damals in einer Stadt, die ich einst liebte.

Eine weitere Träne rollt über meine Wange. Ich reibe sie wütend weg.

Ich weiß nicht, was heute Abend mit mir los ist.

27. KAPITEL

Ryder

Die Lichter im Club pulsieren im Rhythmus der treibenden Musik. Der Effekt sorgt dafür, dass mir ganz schwindelig wird, vor allem da ich heute Abend sehr viel Whiskey getrunken habe. Ich lehne mich auf der Couch im VIP-Bereich zurück, wo Linc und ich seit ein paar Stunden herumlungern. Die Musik hier ist total beschissen – irgend so ein elektronischer Tanzmist ohne Text, den ich nicht ausstehen kann. Aber die Jungs sind auf der Pirsch nach Frauen. Da ich auf die Ersatzbank verbannt wurde und lediglich als Gehilfe bei der Kontaktaufnahme fungieren darf, habe ich kein Mitspracherecht, wenn es um die Auswahl des Spielfelds geht.

Ich lächle träge, als ich an Felicity denke, die zu Hause auf mich wartet. Ich wünschte, sie würde öfter mit uns ausgehen, aber wenn ich ehrlich bin, kann ich mir nicht mal vorstellen, dass sie sich an einem Ort wie diesem aufhält, ganz zu schweigen davon, dass sie sich hier amüsieren könnte. Das wäre so, als würde man ein Gemälde von Picasso in einer U-Bahn-Toilette aufhängen. Eine totale Verschwendung.

Das Display meines Handys informiert mich darüber, dass es bereits nach zwei Uhr ist. Vermutlich schläft sie längst tief und fest. Das ist meine Lieblingszeit, um sie festzuhalten – wenn ich nach Hause komme und sie dort an eins meiner Kissen geschmiegt liegen sehe. Sie sieht immer so friedlich aus.

Gelassen. Und ich bin normalerweise zu energiegeladen, um die Augen geschlossen zu halten.

Ich beobachte, wie Linc eine Linie Kokain vom Tisch schnupft – bereits seine dritte in dieser Nacht, wenn ich richtig mitgezählt habe.

»Dieses Zeug ist schlecht für dich, weißt du?«, rufe ich über die donnernden Bassklänge.

»Als wären diese kleinen weißen Pillen, die ich dich ständig einwerfen sehe, ärztlich zugelassen.« Er lacht träge.

»Sie sollen mich nur ein wenig beruhigen.« Meine Stimme klingt verteidigend. »Davon wird man nicht mal high – sie entspannen lediglich.«

Er schnaubt und wirft mir einen zweifelnden Blick zu. Ich ignoriere ihn.

Aiden ist bereits verschwunden. Er ist mit einer Frau nach Hause gegangen, die er auf der Tanzfläche kennengelernt hat. Wenigstens einer der Jungs wird morgen gute Laune haben.

»Können wir bald von hier verschwinden?«, frage ich Linc. Meine Worte klingen schleppend. »Die machen in ein paar Minuten zu.«

»Ja, lass uns gehen.« Er kommt stolpernd auf die Füße und lacht. Seine Pupillen sind so groß wie Untertassen. »Alter, hast du die Tussi gesehen, mit der Aiden abgehauen ist? Ich glaube, mit diesen Absätzen war sie größer als er.«

Ich schnaube. »Solange sie ihn glücklich macht.«

»Wann bist du so eine Lusche geworden, Mann?« Er schubst mich leicht. »Du wurdest verdammt noch mal gezähmt.«

»Sorg nicht dafür, dass ich dir eine reinhaue, Linc. Ich bin betrunken und werde ein paarmal danebenhauen, bevor meine Faust in deinem Gesicht landet … Aber ich werde es tun.«

Wir torkeln zum Seiteneingang und auf die Straße hinaus. Linc schwankt heftig. Er ist zu benommen, um geradeaus zu laufen. Ich habe so ein Gefühl, dass er noch Bekanntschaft mit einer Toilettenschüssel machen wird, bevor die Nacht vorbei ist.

Ich kann den Whiskey in meinem Kreislauf spüren, aber er wird von den Pillen unterdrückt, die ich vorhin eingeworfen habe. Sie sollen mir nur beim Entspannen helfen. Ich will nicht high werden. Aiden, der aus irgendeinem Grund in jeder Stadt, in der er sich aufhält, einen Dealer hat, konnte mir Nachschub verschaffen, als mein ursprünglicher Vorrat zur Neige ging. Ich bin mir allerdings nicht so ganz sicher, dass er die gleiche Sorte erwischt hat, denn diese hier scheinen nicht so stark zu sein. Ich muss drei auf einmal nehmen, nur um die gleiche Wirkung zu verspüren wie bei einer der Originalpillen.

Was Schwachsinn ist, wenn man bedenkt, was ich für diese kleinen weißen Scheißdinger bezahlt habe.

Gegen drei Uhr stolpern Linc und ich durch die Tür ins dunkle Loft hinein. Ich versuche, dafür zu sorgen, dass er leise ist, während ich ihn in sein Schafzimmer verfrachte. Doch er lacht wie eine verdammte Hyäne. Ich bin mir fast sicher, dass er Felicity aufwecken wird. Aber als ich in unser Schlafzimmer gehe, liegt sie vollkommen still und mit dem Rücken zur Tür da. Ihre Atemzüge sind tief und gleichmäßig.

Ich ziehe mich nackt aus und krieche zu ihr ins Bett. Dabei spüre ich, wie sich das Zimmer um mich herum dreht. Es war ein mieser Tag voller endloser Besprechungen, die sich alle um das Album drehten. Und die Nacht war sogar noch mieser, weil ich mit in diesen Club musste, um auf Linc und Aiden aufzupassen, während sie eine Linie Kokain nach der anderen schnupften.

Ich ziehe Felicity in meine Arme und spüre, wie meine Welt langsam wieder ins Gleichgewicht kommt.

Solange ich sie habe und zu ihr nach Hause kommen kann, spielt alles andere keine Rolle.

28. KAPITEL

Felicity

»Hallo, Leute! Falls ihr gerade erst einschaltet: Hier ist Joel Kay von KLAX 102.3. Heute Morgen habe ich Felicity Wilde, die Leadsängerin der Band Wildwood, zu Gast. Selbst wenn ihr im vergangenen Monat nur einmal kurz das Radio eingeschaltet habt, bin ich sicher, dass ihr ihre neue Single »Faded« gehört habt. Sie beherrscht seit Wochen die Charts!« Joel zwinkert mir in der Aufnahmekabine zu. »Felicity, wie geht es dir?«

»Ich bin ein wenig müde, Joel – mein Kaffee hat seine Wirkung noch nicht entfaltet!« Ich schenke ihm mein bestes falsches Lächeln.

»Oh, warst du gestern Abend in der Stadt unterwegs und hast ordentlich gefeiert?«

»Nein, wir sind einfach so sehr mit der Arbeit für das neue Album beschäftigt, dass wir in letzter Zeit nicht besonders viel Schlaf bekommen.«

»Das ergibt Sinn!«, verkündet Joel. »Wie gefällt dir L. A. bislang?«

»Tja, es ist ganz anders als Nashville, aber Ryder und ich sind hier sehr glücklich.« Ich beiße die Zähne zusammen, sobald ich die Lüge ausgesprochen habe.

»Da wir gerade von Ryder sprechen – ja, ich meine Ryder Woods, für diejenigen von euch, die gerade erst eingeschaltet haben –, wo ist er heute Morgen?«

»Leider ist er mit einer leichten Kehlkopfentzündung aufgewacht. Er war wohl gestern ein paar Stunden zu lange im Aufnahmestudio!« Ganz zu schweigen von der Tatsache, dass er so verkatert war, dass er kaum die Augen öffnen und mich anschauen konnte, als ich vor zwei Stunden versuchte, ihn zu wecken. Er war eindeutig nicht in der Lage, ein Interview zu führen. Die bloße Erinnerung daran erfüllt mich mit Wut, aber ich erhalte mein Lächeln tapfer aufrecht und mache weiter. Mir bleibt nichts anderes übrig. »Er braucht nur ein wenig Ruhe, dann wird das schon wieder.«

»All diese langen Stunden im Studio – bedeutet das, dass wir bald mit einem Album rechnen können?«

»Ach, Joel, du weißt doch, dass ich dir das nicht verraten kann!«, sage ich und spiele das Spiel mit.

Natürlich kennt er alle Antworten auf seine Fragen, lange bevor er sie stellt – eine Gefälligkeit des Pressepakets, das ihm Francesca letzte Woche zugeschickt hat. Darin befand sich auch eine Liste mit genehmigten und verbotenen Themen sowie Informationen über den Hintergrund unserer Band. Jede meiner Antworten wurde sorgfältig geprobt wie bei einem Skript.

Bleib entspannt.

Mach Werbung für das Album.

Erzähl die Geschichte.

»Was ich verraten *kann*, ist, dass sich das Warten lohnen wird«, necke ich. »Wir haben acht Lieder aufgenommen, und die letzten zwei sollten auch in Kürze fertig sein!«

»Das ist so aufregend. Erzähl mir, worauf du dich bei der Veröffentlichung am meisten freust.«

»Ich würde ja gerne sagen, dass es die tolle Präsentationsparty ist, die *Route 66* veranstaltet … Aber ich denke, dass ich mich noch mehr auf die kleine Auszeit freue, die ich dann haben werde. Wir sind letzten Monat nach L. A. gekommen, aber ich habe das Gefühl, dass ich die Stadt noch gar nicht richtig erkundet habe. Hier gibt es so viel zu erleben!«

Der Rest des Interviews verläuft vollkommen unspektakulär. Joel hält sich so genau an die Vorgaben, dass ich seine Fragen vermutlich im Schlaf beantworten könnte. Als er »Faded« laufen lässt und unsere Mikros auf stumm schaltet, lehne ich mich zurück, höre mir das Lied an und versuche möglichst, nicht zu weinen.

'Cause love don't burn out, even though you're gone
And hate don't come just 'cause you write it in a song …

Ryders Stimme dröhnt aus den dicken Kopfhörern, die meine Ohren bedecken. Ich schließe die Augen und höre zu.

Einst war ich der Meinung, dass seine Stimme wie ein träger Sonntagmorgen wäre. Ich lag falsch. Seine Stimme ist wie Sex. Sie ist wie eine durchgemachte Nacht, die zu dieser langsamen Morgendämmerung zwischen den Laken führt. Wie ein durchdringender, nervenzerfetzender Stoß aus Klang, der so tief in einen hineindringt, dass man schon halb verloren ist, bevor einem bewusst wird, was passiert ist.

Ich könnte ihm ewig beim Singen zuhören.

Sure it's sad but it isn't complicated …
You're my only memory that never faded …

Ich fühle mich taub, als ich den Radiosender nach dem Interview verlasse und wieder auf den Rücksitz des Autos steige, das *Route 66* gemietet hat, um mich damit herumfahren zu lassen. Während der Fahrt weine ich mir die Augen aus.

Als ich ins Loft zurückkehre, ist Ryder immer noch im Bett. Ich werfe meine Tasche mit genug Wucht auf den Boden, um ihn aufzuwecken.

»Hey, Baby«, sagt er und blinzelt mich mit schlaftrunkenen Augen an. »Warum bist du angezogen?«

Ich starre ihn an.

Dann wird ihm plötzlich klar, was los ist. Er setzt sich ruckartig auf, sodass die Laken zu allen Seiten geschleudert werden. »Mist! Verdammt! Das Interview.« Er verzieht das Gesicht zu einer entschuldigenden Miene. »Baby … Es tut mir so leid. So, so leid. Linc hat dafür gesorgt, dass ich viel länger unterwegs war, als ich es wollte. Als wir nach Hause kamen, war es schon drei Uhr. Ich weiß, dass das keine Entschuldigung dafür ist, dass ich Mist gebaut habe. Ich bin nur … Verdammt, es tut mir so leid, Felicity.«

Er klingt so zerknirscht – so sehr wie der Ryder, an den ich mich erinnere, der Ryder, in den ich mich verliebt habe –, dass ein Teil meiner Wut verraucht. Trotzdem stehe ich mit vor der Brust verschränkten Armen da und beobachte ihn misstrauisch.

»Baby …«

»Du weißt, dass ich während Interviews nervös werde«, sage ich nach einer langen Pause. Ich hasse es, dass meine Stimme so schwach klingt.

»Ich weiß. Gott, ich bin so ein Idiot.« Er fährt mit einer Hand durch sein Haar und wirkt vollkommen aufgelöst. »Ich habe einfach die Zeit aus den Augen verloren …«

»Ist schon gut.« Ich zucke leicht mit den Schultern und versuche, die Steifheit abzuschütteln, die meine Gelenke verkrampft. »Ich habe dir ein Alibi verschafft. Ich habe gesagt, dass du eine Kehlkopfentzündung hättest. Also würde ich dir empfehlen, nicht mit voller Lautstärke vor Leuten herumzubrüllen, die Snapchat-Videos machen, wenn du später unterwegs bist.«

Er starrt mich an, und in seinen blau-braunen Augen schimmert Reue. »Komm her«, fleht er mit sanfter Stimme.

Ich mache ein paar Schritte auf ihn zu, achte aber sorgfältig darauf, außerhalb seiner Reichweite zu bleiben.

»Näher«, bettelt er.

Ich mache einen weiteren Schritt.

»Noch näher, Baby.« Er grinst und sieht im Licht des Vormittags so gut aus. Seine nackte gebräunte Haut bildet einen hübschen Kontrast zu den schneeweißen Laken.

Ich spüre, wie das Eis in meinem Venen schmilzt, während ich einen weiteren Schritt auf das Bett zumache. Bevor ich ihm ausweichen kann, setzt er sich blitzschnell in Bewegung. Er springt von der Matratze, legt einen Arm um meine Taille und zerrt mich mit einem spielerischen Brüllen auf die Kissen.

Ich lache und schlage gegen seine Schulter. »Runter von mir, du Barbar!«

Er kitzelt meine Seiten, zieht den unteren Saum meines Oberteils hoch und bläst lautstark mit den Lippen auf meinen Bauch.

Ich schreie vor Lachen, und Tränen sammeln sich in meinen Augen.

»Aufhören!«, keuche ich. »Ich ergebe mich! Ich ergebe mich!«

Er rutscht hoch, um mir ins Gesicht zu schauen. Seine Augen sind blutunterlaufen, aber voller träger Wärme.

»Verzeihst du mir?«, fragt er und streicht mit seinen Lippen über meine.

»Immer«, murmle ich und recke den Hals, um ihn fester, leidenschaftlicher und länger zu küssen.

Ich wünschte, dieses Wort würde sich nicht so sehr wie eine Lüge anfühlen.

Als ein paar Wochen später die Präsentationsparty für das Album ansteht, ist die brodelnde Anspannung in mir schließlich doch übergekocht. Ich bin die ganze Zeit über nervös und weiß nicht mal genau, warum. Im Grunde genommen ist alles in Ordnung. Und doch zucke ich ständig zusammen, weil ich die ganze Zeit über damit rechne, dass jeden Moment eine Hiobsbotschaft über mich hereinbrechen und mein Leben aus der Bahn werfen wird.

Ich bin im Bad und mache mich fertig, um zu dem glamourösen Veranstaltungsort zu fahren, den *Route 66* für die Präsentationsparty für das Wildwood-Album reserviert hat. Sorgfältig verpasse ich meinem Make-up den letzten Schliff. Ryder hat mir gnädigerweise das große Bad überlassen und macht sich in Aidens und Lincs Badezimmer fertig, damit ich mehr Platz habe, um mich auszubreiten.

Ich bin noch nie auf einer solchen Veranstaltung gewesen. Ich war nicht mal auf dem Abschlussball meiner Highschool. Ich bin mir nicht sicher, was mich erwartet oder ob ich angemessen gekleidet bin oder was in aller Welt ich in die winzige, zum meinem Outfit passende Clutch-Handtasche tun soll, die mir die Frau im Laden unbedingt andrehen wollte, als ich letzte Woche mein Kleid kaufte.

Mein nicht vorhandenes Handy? Schlüssel für das Auto, das ich nicht habe?

Carly wüsste es.

Wenn sie hier wäre, würde sie ihre Nummer als meine spirituelle Führerin abziehen und mir genau sagen, was mich erwartet, während es ihr irgendwie gelingen würde, mir meine ganze Nervosität zu nehmen. Ich vermisse sie in letzter Zeit immer mehr. Vor allem wenn ich versuche, mit Francesca zu reden, die zwar sehr nett ist, aber auch etwas Steifes und Roboterhaftes an sich hat, weswegen ich mich noch nicht richtig mit ihr anfreunden konnte.

Als ich versuche, meine tränenförmigen Ohrringe anzulegen, zittern meine Hände vor lauter Nervosität so heftig, dass ich das Schmuckstück schließlich fallen lasse. Der Ohrring landet mit einem leisen Klimpern auf dem Boden und rollt unter den Waschtisch, wo er verschwindet. Ich seufze schwer und ziehe mein Kleid hoch, damit es nicht über den Boden schleift, während ich mich bücke, um den Ohrring hervorzuholen.

Für einen Moment taste ich blind unter dem Waschtisch herum, bis meine Finger schließlich etwas streifen. Ich runzle die Stirn und ziehe einen mir unbekannten schwarzen Kulturbeutel hervor. Er muss Ryder gehören – die anderen Jungs haben ihr eigenes Bad auf der anderen Seite des Lofts. Vermutlich ist er ihm heruntergefallen. Ich stelle den Kulturbeutel auf den Rand des Waschtischs und beuge mich erneut nach unten, um die Suche nach meinem verschollenen Ohrring fortzusetzen.

Während ich mich weiter fertig mache, vergesse ich den Kulturbeutel schnell wieder. Ich trage mehrere Schichten Wimperntusche auf und betone meine Wangen mit Rouge und Bronzer. Normalerweise bin ich kein Fan von zu viel Make-up, aber ich vermute, dass diese Gelegenheit danach verlangt. Francesca hat mir versichert, dass auf der Party viele Vertreter der Presse sein werden. *Route 66* hat das Album wie verrückt beworben, um die Welt auf die morgige digitale Veröffentlichung vorzubereiten.

Als mein Make-up fertig ist, betrachte ich mich in dem großen Spiegel.

Gar nicht mal schlecht für ein Mädchen, das in einem Mobilheim aufgewachsen ist, denke ich und grinse mein Spiegelbild an.

Das blaue Kleid ist der Hammer – eine Designerversion meiner fließenden Sommerkleider. Die durchsichtigen Stoffbahnen sind kunstvoll um meine Schultern drapiert und verlaufen an den Armen nach unten, wodurch sie wie ein Umhang wirken. Aber das Mieder liegt eng an und ist deutlich gewagter als alles, was ich normalerweise trage.

Mein Haar ist zu einem modischen Pferdeschwanz zusammengebunden, der bis zur Hälfte meines Rückens hinunterfällt. Zwei dunkle Strähnen rahmen mein Gesicht ein, um es zu betonen. Meine Augen sehen durch den schimmernden Lidschatten, den ich aufgetragen habe, aus, als wären sie aus purem Gold, vor allem in Kombination mit der schwarzen Wimperntusche und dem Eyeliner. Meine Wangen und meine Stirn werden durch den Bronzer und das Rouge betont. Mein Mund sieht dank einer großzügigen Schicht Lippenstift voller als je zuvor aus – knallrot natürlich, um die unverkennbare Lippenstiftfarbe meiner Großmutter zu ehren.

Durch den ganzen Aufwand ist eine deutlich elegantere Version von mir entstanden, wie ich sie so noch nie gesehen habe.

Ich sehe älter aus. Ich sehe attraktiver aus.

Ich sehe nicht unbedingt wie ich selbst aus.

»Verdammt«, sagt eine warme Männerstimme hinter mir. »Du bist absolut umwerfend.«

Ich drehe mich um und entdecke Ryder, der in der Tür steht. Mir stockt der Atem. Ich habe ihn noch nie zuvor in einem Anzug gesehen und muss sagen, dass er ihm ausgezeichnet steht. Sein Gesicht ist zum ersten Mal seit über einem Monat glatt rasiert und sieht so scharfkantig aus, dass man damit Glas schneiden könnte. Seine Augen glühen vor Hitze, als er mich ebenfalls von Kopf bis Fuß mustert.

»Du siehst aber auch nicht übel aus«, sage ich, gehe zu ihm und schlinge die Arme um seinen Hals. »Keine Krawatte?«

»Ich bin einfach kein Krawattentyp, Baby.« Er senkt den Kopf und streift meinen Mund mit seinem. Sanft. Süß. »Bist du fertig?«

»Ich muss nur noch in meine Schuhe schlüpfen, dann bin ich startklar. Sind die Jungs angezogen?«

Meine Frage bleibt unbeantwortet. Ryder spannt sich plötzlich an. Als ich in sein Gesicht hochschaue, erschrecke ich, denn seine Miene ist vor Wut und Misstrauen ganz finster geworden. Der Wechsel von dem warmen Ausdruck, den er eben noch aufgesetzt hatte, ist so plötzlich vonstattengegangen, dass ich nicht begreifen kann, was ihn ausgelöst haben könnte.

»Ryder, was ist los?«

»Hast du meine Sachen durchwühlt?«

»Was?« Ich weiche zurück, weil er wirklich wütend klingt. »Wovon redest du?«

Er schaut mir ins Gesicht. Ich kann den Blick in seinen blau-braunen Augen nicht deuten. So habe ich ihn noch nie erlebt. Er ist immer charmant und beinahe jungenhaft gewesen. Doch jetzt … könnte ich schwören, dass ich einem völlig fremden Mann gegenüberstehe.

»Ich rede von meinem Kulturbeutel, Felicity.« Er drängt sich an mir vorbei und schnappt sich die kleine Tasche vom Waschtisch, wo ich sie vorhin abgelegt habe. »*Hiervon.* Was hast du damit gemacht?«

»Ich habe ihn unter dem Waschtisch gefunden«, sage ich und spüre, wie sich meine Nackenhaare aufstellen. Ich kann nicht glauben, dass er mich wegen eines Kulturbeutels anschreit. Wir haben uns zuvor noch nie gestritten. Das ergibt absolut keinen Sinn.

Ich schlucke schwer und versuche, ruhig zu bleiben. Vermutlich ist er wegen der Präsentationsparty gestresst. Die letzten paar Wochen sind ziemlich verrückt gewesen – ständig irgendwelche Interviews, Treffen mit Francesca, um über die bevorstehende Veröffentlichung des Albums zu sprechen ... Außerdem haben ihn Aiden und Linc immer öfter mit in die Stadt geschleppt. Sie haben in letzter Zeit alle etwas mitgenommen gewirkt – ständig sind sie mit blutunterlaufenen, trüben Augen durch die Wohnung geschlurft wie Zombies. Wenn ich es nicht besser wüsste ...

Nein.

Ich verdränge diesen Gedanken, bevor er vollständig in meinen Verstand eindringen kann. Das hier ist nicht so wie das, was mit meinen Eltern passiert ist. Ich hätte es gemerkt, wenn ich wieder mit Junkies zusammenleben würde. Ich hätte die Anzeichen erkannt – ich kenne sie in- und auswendig.

Zum Beispiel das Verstecken von Gegenständen?, meldet sich eine kleine Stimme in meinem Hinterkopf zu Wort. *Heimlichtuerei? Die ganze Nacht unterwegs sein? Unangemessen wütend auf Kleinigkeiten reagieren, die keine Rolle spielen sollten?*

Ich schnappe hektisch nach Luft, da ich plötzlich das Gefühl habe, ein paar Meter unter der Oberfläche eines gewaltigen Ozeans aus Angst zu sein. Mein Tonfall ist überraschend ruhig, als ich spreche, doch in meinem Kopf dreht sich alles.

»Ich dachte, dass sie dir runtergefallen wäre, also habe ich sie aufgehoben und auf den Waschtisch gestellt. Was ist so schlimm daran?«

»Was so schlimm daran ist? Herrgott, Felicity, nur weil wir zusammenleben, bedeutet das nicht, dass du alles einfach so anfassen darfst.« Er umklammert den Kulturbeutel so fest, dass seine Knöchel weiß werden. Sein Gesicht ist eine Maske aus kaltem Zorn. Ich erkenne ihn nicht wieder.

»Was ist in dem Beutel, Ryder?«, frage ich und mache einen Schritt auf ihn zu.

Er beißt die Zähne zusammen. »Nichts.«

»Mach ihn auf.«

»Lass es gut sein, Felicity.«

»Das werde ich. Sobald du ihn aufgemacht hast.«

»Nein.« Seine Stimme ist tonlos. Emotionslos. »Das ist lächerlich. Du verhältst dich lächerlich.«

Diese ganze Situation entgleitet mir so schnell, dass ich kaum Zeit habe, mich festzuhalten. Es fühlt sich an, als würde ich mich mit den Fingerspitzen an mein Leben klammern – an meine Liebe.

»Ryder.« Meine Stimme bricht, als ich seinen Namen ausspreche. »Bitte.«

In seinen Augen rührt sich etwas. Es sieht wie Angst aus. Er stellt den Kulturbeutel hinter sich auf den Waschtisch und macht einen Schritt auf mich zu. »Felicity, Baby. Dafür haben wir jetzt keine Zeit. Wir müssen los. Sonst kommen wir zu spät zu der Party.«

»Die Party ist mir egal!«, brülle ich und reiße die Augen weit auf. »Mir geht es um den Kulturbeutel!«

Mir geht es um dich.

»Du machst aus einer Mücke einen Elefanten und regst dich total auf.« Er seufzt, als würde ich mich wie ein anstrengendes Kind aufführen. »Hör zu, wir werden später darüber reden, okay?«

Ich starre ihn für drei lange Sekunden an und zähle sie in meinem Kopf herunter wie Kugeln, die ein Ziel durchschlagen.

»Okay«, willige ich ein. »Lass uns gehen.«

Er wirkt erleichtert, als er auf mich zukommt und mich zur Tür führt. Ich warte, bis wir die Schwelle zum Schlafzimmer überquert haben. Dann reiße ich mich von ihm los, wirbele herum und knalle ihm die Badezimmertür vor der Nase zu. Ich verriegele das Schloss, bevor er sie wieder öffnen kann.

»Felicity!«, brüllt er und hämmert gegen die Tür. »Was zum Teufel soll das?«

Ich höre ihn gar nicht mehr. Wie in Zeitlupe bewege ich mich zu dem schwarzen ledernen Kulturbeutel, der so harmlos auf dem Rand des Waschtischs steht. Ich habe das Gefühl, am ganzen Körper zu zittern, doch als ich nach dem Reißverschluss greife, ist meine Hand bemerkenswert ruhig. Als hätte ich auf Autopilot umgeschaltet und alle emotionalen Aspekte meines Gehirns deaktiviert.

»FELICITY!«

Ich ziehe den Reißverschluss mit einer flüssigen Bewegung auf. Und als ich den Inhalt des Kulturbeutels erblicke … spüre ich, wie etwas in mir – etwas, von dem ich dachte, dass es vor langer Zeit verheilt wäre – erneut zerbricht.

29. KAPITEL

Ryder

»*FELICITY!*« Ich hämmere so heftig gegen die Tür, dass meine Knöchel aufplatzen und bluten. »Bitte, Baby, mach auf. Lass mich dir alles erklären.«

Sie reagiert nicht.

»Es ist nicht das, was du denkst«, sage ich. Meine Stimme bricht, und ich lehne meine Stirn gegen das Holz. »Ich schwöre …«

Gott, ich klinge erbärmlich.

Ich bin erbärmlich.

Ich klopfe wieder, dieses Mal jedoch leiser. »Felicity. Bitte. Rede mit mir.«

Lincoln und Aiden kommen herein. Mit weit aufgerissenen Augen betrachten sie das Szenario. Aiden ist wie immer viel zu scharfsinnig. Seine Miene verrät mir, dass er ganz genau weiß, was im Badezimmer vor sich geht.

»Was ist los?«, fragt Lincoln leise. »Geht es ihr gut? Geht es *dir* gut?«

Ich wende mich wieder der Tür zu und stütze die Hände auf den Rahmen. Ich kann spüren, wie mein Herz doppelt so schnell wie normal schlägt, während ich angestrengt auf Lebenszeichen lausche.

»Felicity, ich mache mir langsam Sorgen. Du bist seit zwanzig Minuten da drin.« Ich schlucke schwer. »Wenn du die Tür nicht aufmachst oder mich nicht wenigstens wissen lässt, dass es dir gut geht, werde ich das verdammte Ding aus den Angeln heben.«

Ich erhalte keine Reaktion.

Verzweifelt fahre ich mit den Händen durch mein Haar und drehe mich zu den Jungs um. »Ich denke, dass ihr zwei ohne uns vorgehen solltet.«

»Alter. Das ist die verdammte Präsentationsparty für Wildwood.« Linc hält inne. »Wir können da nicht ohne Wilde und Woods auftauchen.«

»Das werdet ihr aber müssen«, schnauze ich. »Ich lasse sie hier nicht alleine zurück.«

Er hebt abwehrend die Hände, macht auf dem Absatz kehrt und verlässt das Zimmer.

Aiden bleibt noch für einen Augenblick. »Sag ihr, dass mir mein Anteil an der Sache leidtut.«

Ich sehe zu, wie er davongeht. Mein Kiefer zuckt rhythmisch, während ich immer wieder die Zähne zusammenbeiße. Ich kann nicht glauben, wie sehr hier alles außer Kontrolle geraten ist. Ich kann nicht glauben, dass ich vor meiner eigenen Badezimmertür stehe, brülle, bis ich heiser werde und mir beim Klopfen die Knöchel blutig schlage, weil sich die Frau, die ich liebe, vor mir eingeschlossen hat.

Immer und immer wieder rufe ich mir den gequälten Gesichtsausdruck vor Augen, den sie aufgesetzt hatte, als sie mich fragte, was in dem Kulturbeutel sei – sie sah aus, als würde sie jemanden anstarren, den sie noch nie zuvor gesehen hatte. Jemanden, dem sie nicht vertrauen kann.

Ich lasse mich zu Boden sinken, lehne mich mit dem Rücken und dem Hinterkopf gegen die Tür und warte. Mindestens fünfzehn Minuten vergehen in vollkommener Stille. Ich kann nichts sagen, um sie zu erreichen. Solange diese Tür zwischen uns ist, kann ich nichts tun. Also greife ich auf die einzige Option zurück, die mir noch zur Verfügung steht. Ich singe das Lied, das ich vor Monaten für sie geschrieben habe, bevor wir herkamen und als das Leben noch einfacher war. Als das mit uns noch einfacher war – damals waren wir bloß zwei törichte Kinder, die sich zu schnell ineinander verliebt und nicht die geringste Ahnung hatten, wohin sie dieser verrückte Weg führen würde.

»Why would I tear you apart when I could walk away?
Why would I tell you the truth is, I just want to stay?«

In meiner tiefen, heiseren Stimme hallen all die Gefühle wider, die tief in meinem Inneren vergraben sind. All die Dinge, die ich ihr sagen will, all die Wahrheiten, die ich zugeben muss, für die ich aber nicht die richtigen Worte finden kann, um sie auszusprechen.

»Wasn't till I left that it hit me …
I was in love … with a girl named Felicity …«

Die Tür öffnet sich abrupt, und ich falle nach hinten und knalle mit dem Kopf auf den gefliesten Badezimmerfußboden. Sie ragt über mir auf, und ich starre zu ihr hoch. Ihre Augen sind vom Weinen gerötet, und ihr Make-up ist verschmiert und vollkommen ruiniert.

»Du kannst das nicht einfach singen und hoffen, dass dadurch alles wieder in Ordnung kommt«, teilt sie mir mit brüchiger Stimme mit. »Ein hübscher Text wird bei der Lösung dieses Problems nicht helfen.«

»Immerhin hat er dich dazu gebracht, die Tür zu öffnen«, kontere ich sanft und setze mich auf. Ich reibe mir den Hinterkopf. *Verdammt noch mal*, das hat echt wehgetan. Ich werde eine ordentliche Beule davontragen.

Ich rappele mich auf und sehe, dass sie vor mir zurückgewichen ist und so viel Abstand zwischen uns gebracht hat, wie in dem kleinen Bad möglich ist. Als ich einen Schritt auf sie zumache, hebt sie eine Hand, um mich aufzuhalten.

»Nein.« Ihr schlanker Hals verkrampft sich, als sie heftig schluckt.

»Okay.« Meine Stimme klingt wie zerfetzt. Die Tatsache, dass die Frau, die ich liebe, dort steht und Angst hat, mich zu nah an sich heranzulassen, bringt mich verdammt noch mal um. Sie hat tatsächlich Angst, mich in ihre Nähe zu lassen.

Was zum Teufel habe ich getan?

»Erzähl mir von den Drogen, Ryder.«

Ich spanne mich an. »Das ist nichts.«

»Nichts?«

»Die sind nur zum Entspannen, damit ich ein wenig runterkommen kann, wenn ich nervös bin.« Ich trete von einem Fuß auf den anderen. »Das ist so, als würde man eine Kopfschmerztablette nehmen.«

»Nein, das ist es ganz und gar nicht.« Sie schüttelt den Kopf. »Denn Kopfschmerztabletten versteckt man nicht vor seiner Freundin. Und dieses Zeug, das du nimmst, stammt auch nicht aus einer Apotheke.«

»Wenn du mir einfach nur mal zuhören würdest …«

»Okay«, flüstert sie, während ihr eine Träne über die Wange rinnt. »Erklär es mir. Rechtfertige dich vor mir. Erzähl mir, warum ich dir glauben sollte.« Ihre Stimme bricht. »Erzähl mir, wie ich so dumm sein konnte, mich in einen Süchtigen zu verlieben, nachdem ich mein ganzes Leben verzweifelt versucht habe, den zwei Süchtigen zu entkommen, die mich großgezogen haben.«

Ich spüre, wir mir das Herz in die Hose rutscht. Plötzlich fällt es mir wie Schuppen von den Augen – ihr entfremdetes Verhältnis zu ihren Eltern, die Tatsache, dass sie als Kind bei ihrer Großmutter lebte. Die Tatsache, dass sie keinen Alkohol trinkt und keine Drogen anrührt und sich nicht mal gerne in der Nähe davon aufhält.

»Felicity … Gott, Felicity, das hast du mir nie erzählt. Wie hätte ich das wissen sollen? Wenn ich es gewusst hätte …«

»Was dann? Hättest du dann nicht angefangen, Percocet-Tabletten wie Bonbons zu schlucken? Oder hättest du sie besser vor mir versteckt, damit ich dir nicht auf die Schliche komme?«

Ich zucke zusammen, als hätte sie mich geschlagen »Nein. *Nein.* Ich bin nicht süchtig, okay? Sie sind nur …«

»Zum Entspannen da. Klar.« Sie lacht hohl. »Ich kann nicht glauben, dass ich das nicht kommen gesehen habe. Ich habe alle Anzeichen übersehen. Ich bin so eine Idiotin.«

»Alle *Anzeichen?*«, schnauze ich und spüre, wie Wut in mir hochkocht. »Was meinst du damit?«

»Hast du in letzter Zeit mal in den Spiegel geschaut? Hast du in letzter Zeit *geschlafen?*« Sie hat die Augen weit aufgerissen. »Wann hast du zum letzten Mal etwas gegessen – ich meine eine richtige, echte Mahlzeit?«

Ich blähe die Nasenflügel. »Ich bin wegen des Albums gestresst. Ich hatte viel um die Ohren.«

»Klar. Das geht mir genauso – vor allem weil du Interviews verpasst und unsere Besprechungen mit Francesca sausen lässt. Wann immer ich mich umdrehe, um nach dir Ausschau zu halten, *bist du nicht da.* Und das bricht mir das Herz, Ryder, weil ich bis vor Kurzem noch nicht mal Ausschau halten musste. Ich wusste einfach, dass du da sein würdest.«

»Felicity …« Meine Brust fühlt sich so schwer an, dass ich kaum atmen kann. Ich gebe mir große Mühe, meine Stimme ruhig zu halten, aber ich glaube nicht, dass es mir gelingt. »Es tut mir leid, okay? Wenn ich in der Zeit zurückgehen und das alles ungeschehen machen könnte, würde ich es tun. Wenn ich mir mein verdammtes Herz aus der Brust reißen und es dir auf einem Silbertablett überreichen könnte, würde ich auch das tun.« Ich mache einen kleinen Schritt auf sie zu, und dieses Mal hebt sie nicht die Hände, um mich aufzuhalten. Ihr Blick ist immer noch misstrauisch, aber ihr Mund ist weich geworden.

»Baby«, flehe ich so leise, dass es kaum zu hören ist. »Lass mich das in Ordnung bringen. Lass mich das mit *uns* in Ordnung bringen.«

»Wie?«

»Ich wusste nicht, dass du so ein großes Problem damit hast. Jetzt, da ich es weiß, werde ich damit aufhören.« Meine Handflächen fühlen sich vor Nervosität ganz schwitzig an, und meine Hände zittern angespannt. »Wenn ich die Wahl zwischen dir und ein paar Pillen habe … dann wähle ich dich, Felicity. Ich wähle dich jedes gottverdammte Mal. Von jetzt an bis in alle Ewigkeit.«

Sie blinzelt. »Du wirst aufhören?«

»Ich werde aufhören.«

»Einfach so?«, fragt sie mit bebender Stimme.

»Ja.« Mein Adamsapfel hüpft. »Wie ich schon sagte, ich bin nicht süchtig.«

Das bin ich nicht.

Sie sieht mich lange und streng an. Dann streckt sie eine Hand aus und betätigt die Toilettenspülung. Ich stürze gerade noch rechtzeitig vor, um zu sehen, wie all meine Pillen in einem Wasserwirbel im Abfluss verschwinden. Sofort überkommt mich Panik. Ich versuche, sie zu unterdrücken, indem ich mir genau das einrede, was ich auch ihr erzählt habe.

Ich bin nicht süchtig.

Ich brauche die Pillen nicht.

Als ich ihr in die Augen schaue, betrachtet sie mein Gesicht mit einer so schmerzverzerrten Miene, dass ich sie in die Arme nehmen und stundenlang küssen will, bis nichts mehr von diesem Schmerz übrig ist. Bis die Dunkelheit, die sich zwischen uns ausbreitet, herausgesaugt wurde wie Gift.

»Wir sind spät dran für die Party. Wir sollten uns vermutlich auf den Weg machen«, murmelt sie und schnappt sich ein Kosmetiktuch, um sich langsam die Wimperntusche unter den Augen wegzuwischen. »Ich werde mein Make-up im Auto in Ordnung bringen.«

Ich nicke steif und strecke dann meine Hand aus. Mein Herz hört auf zu schlagen, während ich darauf warte, dass sie sie ergreift. Ein langer, eingefrorener Moment entsteht, in dem ich denke, dass sie mich ignorieren wird … Doch irgendwann verschränkt sie ihre Finger mit meinen und drückt leicht zu. Mein Herz schlägt weiter, während wir gemeinsam das Bad verlassen.

Ich werde das in Ordnung bringen.

Ich muss das in Ordnung bringen.

Ich habe keine andere Wahl.

30. KAPITEL

Felicity

Ich beobachte ihn aus dem Augenwinkel, während er auf der anderen Seite des Raums mit Aiden und Linc plaudert. Um sie herum haben sich mehrere Leute von der Plattenfirma versammelt. Sie gratulieren ihnen zu Wildwoods erstem Album. Aus dieser Entfernung kann man kaum sehen, wie sehr er sich verändert hat – die dunklen Ringe unter seinen Augen, das nervöse Zittern seiner Hände, wenn er mit seinem Feuerzeug herumhantiert, seine Wangenknochen, die nach so vielen Abenden ohne Abendessen stärker hervortreten.

Nun, da ich weiß, was los ist, kann ich nicht *aufhören* zu sehen, wie sehr er sich verändert hat.

»Die Zahlen für die nationalen Vorbestellungen sehen solide aus«, sagt Francesca und scrollt durch die Daten auf ihrem Tablet. »Auf dem internationalen Markt haben wir noch nicht so viel erreicht, wie ich es gern hätte, aber dort gibt es noch Verbesserungspotenzial …«

»Müssen Sie dieses Ding auf einer Party benutzen?«, frage ich und nippe an meinem Wasser. »Sollten wir uns nicht unter die Leute mischen oder so was? Geht es nicht eigentlich darum?«

Angesichts meines Tonfalls zieht sie eine rotbraune Augenbraue hoch. »Es geht darum, meine Liebe, dass wir Ihr erstes Album feiern.«

»Richtig. *Feiern.*«

»Geht es Ihnen gut. Sie klingen … verstimmt.«

»Es geht mir gut.«

»Hat das etwas mit der Tatsache zu tun, dass Sie und Ryder zu dieser Party, die wir Ihnen zu Ehren veranstalten, dreißig Minuten zu spät gekommen sind?«

Ich umfasse mein Glas fester. »Jetzt sind wir ja hier. Geht es nicht allein darum?«

»Teilweise. Aber es gibt immer noch so viel zu tun …«

»Was denn?« Meine Stimme klingt gepresst und erschöpft. Ich habe mein emotionales Limit erreicht. »Die Presse hat ihre Fotos von ihrem neuen Lieblingspaar, das wie Turteltauben neben dem Albumcover posiert. Das Album selbst ist fertig und liegt, soweit es mich betrifft, nicht mehr in meinen Händen. Ich habe jedes Interview gegeben, jede Zeile Ihrer Drehbücher aufgesagt und auch sonst alles getan, was Sie von mir verlangt haben, obwohl das ursprünglich gar nicht mein Traum war.« Meine Stimme bricht. »Ich war hier. Ich bin aufgetaucht. Ich habe mir mein Make-up vom Gesicht geweint und es dann wieder aufgelegt. Ich habe gelächelt und Small Talk betrieben wie ein braves kleines Mädchen. *Was wollen Sie noch von mir?*«

Francesca lächelt die Leute um uns herum, die meinen kleinen Ausbruch mitbekommen haben, höflich an. Dann packt sie meinen Arm und führt mich aus dem Hauptraum auf die halb umschlossene Terrasse hinaus. Ich reiße mich von ihr los und atme tief durch den Mund ein, sobald wir draußen sind.

»Felicity.« Sie starrt mich an, als würde sie mich nicht wiedererkennen. »Was ist los?«

»Nichts«, schnauze ich. Mir ist klar, dass ich meinen Frust an ihr auslasse, aber ich kann nicht anders. Wenn sie nie in Nashville aufgetaucht wäre … Wenn sie uns nie nach L. A. geschleppt hätte …

Nein. Das ist nicht ihre Schuld. Ich kann ihr das nicht vorwerfen. Es fällt mir nur so schwer, die Person, die *tatsächlich* etwas dafürkann, zu beschuldigen, dass ich Schwierigkeiten habe, meine Gefühle richtig zu verarbeiten.

»Es tut mir leid, Francesca. Ich hätte Sie nicht anschnauzen sollen.«

»Mir tut es nicht leid. Mir ist es deutlich lieber, wenn Sie mich anschnauzen als irgendjemand anders in diesem Raum.« Ihre Lippen zucken. »Ich kann das aushalten.«

»Aber Sie haben es nicht verdient.«

Sie starrt mich kurz an. »Emotionen sind zugegebenermaßen nicht meine Stärke. Aber eins weiß ich mit Sicherheit: Je länger man eine Wunde eitern lässt, ohne sich darum zu kümmern, desto größer ist die Wahrscheinlichkeit, dass sich eine Infektion ausbreitet und einen irgendwann umbringen wird.«

»Wie … wissenschaftlich.«

Sie grinst. »Wissenschaft ergibt für mich Sinn. Das hier ist das beste Gespräch unter Frauen, das ich anbieten kann. Tut mir leid, dass ich so schlecht darin bin.«

Ich muss lächeln. »Sie sind gar nicht so schlecht, wie Sie denken.«

»Machen Sie eine Pause. Kommen Sie wieder zu Atem. Wenn Sie dann so weit sind, kommen Sie wieder rein.« Sie drückt meinen Arm, geht davon und lässt mich allein mit meinen Dämonen in der Dunkelheit zurück.

Für die nächsten paar Minuten denke ich über ihren Rat nach. Trotz ihrer recht ehrlichen Analyse hat sie nicht unrecht. Ich kann nicht einfach so tun, als wäre mit Ryder nichts passiert. Und sofern ich nicht bereit bin, die Verbindung zu kappen und ihn jetzt sofort zu verlassen, ohne auch nur zu versuchen, es wieder in Ordnung zu bringen … werden wir daran arbeiten müssen. Wir werden uns direkt mit dem Problem auseinandersetzen müssen, sonst haben wir keine Chance.

Vielleicht bin ich eine Idiotin. Vielleicht folge ich dem Beispiel meiner Mutter, wähle den falschen Mann und klammere mich an ihn, anstatt mich von ihm zu lösen, wenn alles den Bach runtergeht. Vielleicht versuche ich, einen Ertrinkenden zu retten, der mich mit sich in die Tiefe ziehen wird.

Doch so groß meine Angst vor dem, was als Nächstes passieren wird, auch ist … So nervös es mich auch macht, ihn beim Wort zu nehmen, wenn er sagt, dass er nicht süchtig nach diesen Pillen ist …

Ich kann Ryder nicht verlassen. Ich stecke viel zu tief in der ganzen Sache drin, um mich jetzt von ihm zu trennen.

Zuerst muss ich versuchen, es in Ordnung zu bringen.

Schon bald ist es mit meiner Einsamkeit vorbei. Ich habe mich so sehr an seine Anwesenheit gewöhnt, dass ich ihn hinter mir spüre, bevor er auch nur ein Wort sagt.

»Hey.«

Ich schließe die Augen, als ich seine Stimme höre. Sie ist wie ein Magnet, der mich anzieht. Das ist schon immer so gewesen, seit ich sie zum ersten Mal aus den Lautsprechern im *Nightingale* hallen hörte.

»Hey«, flüstere ich, ohne mich zu ihm herumzudrehen.

Ich höre, wie er die Terrasse überquert und auf mich zukommt. Seine Schritte sind so gleichmäßig, wie es sein Herzschlag in all den Nächten war, in denen ich meinen Kopf in unserem Bett auf seine Brust gebettet hatte. Er legt die Arme neben meinen auf das Geländer und stößt mich mit mehr Wucht als nötig an. Es ist ein aufrüttelnder Aufprall, der mich aus dem dunklen Ort in meinem Verstand holen soll, in dem ich gefangen bin. Sofort erinnere ich mich daran, wie ich etwas ganz Ähnliches einmal bei ihm gemacht habe.

»Wofür war das?«, frage ich leise.

»Dafür dass du mich den ganzen Abend über nicht angeschaut hast. Ich vermisse deine Augen auf mir.«

Ich hole scharf Luft und hebe den Blick, um ihn anzusehen. In seinen Augen liegt so viel Kummer, so viel Liebe, dass ich es kaum ertragen kann.

»Da sind sie ja«, murmelt er.

Ich blinzle, und Tränen rollen über meine Wangen. Bevor ich sie wegwischen kann, beugt sich Ryder zu mir hinunter und küsst sie fort. Schließlich will er den Mund zurückziehen, doch ich lasse es nicht zu. Ich stelle mich auf die Zehenspitzen, schlinge die Arme um seinen Hals. Und presse meinen Mund auf seinen. Ich schmecke das Salz meiner eigenen Tränen auf seinen Lippen, während er den Kuss erwidert. Seine Zunge spielt mit meiner, und in seiner Kehle ertönt ein tiefer Laut der Lust.

Ich lasse mich gegen ihn sinken und bete, bete, bete, dass er uns nicht beide ertränken wird.

31. KAPITEL

Ryder

Mein Handy summt leise auf dem Nachttisch. Ich ignoriere es und umarme die schlafende Frau neben mir fester. Doch als es eine Minute später erneut dreimal summt und dabei sehr beharrlich klingt, seufze ich und rolle mich herum, um einen Blick auf das Display zu werfen. Dabei achte ich darauf, Felicity nicht zu wecken.

Ich bin erschrocken, als ich mehrere Textnachrichten von Lincoln erblicke. Ich bin überrascht, von ihm zu hören. Er ist mit Aiden im *Viper Room*, aber er weiß bereits, dass ich heute Abend – und auch in absehbarer Zukunft – zu Hause bei Felicity bleibe. Er weiß auch, wie sehr ich versucht habe, die Sache mit ihr seit unserer Konfrontation vor der Präsentationsparty gestern Abend in Ordnung zu bringen.

Ich runzle die Stirn, als ich auf das Handy tippe, um seine Nachrichten zu lesen.

Hi,
ich habe dieses Handy im Viper Room *bei Ihrem Freund gefunden.*
Sie waren der letzte Kontakt, dem er eine Textnachricht geschrieben hat.
Er ist in ziemlich übler Verfassung. Besteht die Möglichkeit, dass Sie herkommen und ihn abholen?

Wenn ihn die Türsteher finden, werden sie vielleicht einen Krankenwagen rufen.
Oder die Bullen.
- Ein guter Samariter

Mist.

Ich steige aus dem Bett und bewege mich lautlos über den Teppich, während ich mir eine Jeans und ein T-Shirt anziehe. Ich werfe noch einen letzten Blick zu Felicity, bevor ich aufbreche. Sie hat sich an ein Kissen geschmiegt und schläft tief und fest. Ihr Mund ist ein klein wenig geöffnet, und ihr Haar fällt im Mondlicht lose über die Laken. Meine Kehle schnürt sich zu.

Sie ist so wunderschön.

Ich kann nicht glauben, dass ich sie beinahe verloren hätte. Ich kann nicht glauben, dass ich das, was wir miteinander haben, aufs Spiel gesetzt habe. Das ist der wichtigste Teil meines Lebens. Sie ist der wichtigste Teil meines Lebens – und ich habe vor, ihr diese Tatsache heute und an jedem anderen Tag für den Rest aller Zeiten zu beweisen, wenn sie mich lässt. Ich schaue für einen Moment auf den Nachttisch und spüre, wie sich meine Lippen zu einem Lächeln verziehen.

Den ganzen Tag lang habe ich mich auf meine Zukunft mit Felicity konzentriert, wann immer ich das Bedürfnis verspürt habe, eine Pille einzuwerfen. Auf diese Weise konnte ich das Verlangen ein wenig besser im Zaum halten. Ich fühle mich vollkommen elend – ich bin aufgedreht, habe eine pochende Migräne, schwitze und bin blass –, aber es ist, wie ich ihr gesagt habe …

Wenn ich die Wahl zwischen dir und ein paar Pillen habe … dann wähle ich dich, Felicity. Ich wähle dich jedes gottverdammte Mal. Von jetzt an bis in alle Ewigkeit.

Ich spiele mit dem Gedanken, ihr eine Nachricht zu hinterlassen, entscheide mich aber gleich wieder dagegen. Ich werde wieder da sein, bevor sie mich vermissen kann, und ich habe keine Zeit.

Wenn Linc in Schwierigkeiten steckt, bin ich da. Ohne jede Frage.

Ich ziehe meine Stiefel an der Tür an, nehme meinen Schlüsselbund vom Haken und laufe los. Es ist nicht weit – ich brauche höchstens fünfzehn Minuten. Weniger, wenn es mir gelingt, ein Taxi zu erwischen. Ich hoffe nur, dass ich es noch rechtzeitig schaffe.

Der *Viper Room* ist bei Touristen und Einheimischen gleichermaßen beliebt. Alle hoffen, sich dort eine Show auf dem berühmten Sunset Strip anschauen zu können. Jeder von Johnny Cash über Elvis Costello bin hin zu Tom Petty ist schon in diesem dunklen Club aufgetreten, und er ist schnell zu einem von Lincs und meinen Lieblingslocations geworden. Die Türsteher erkennen mich am Eingang – ein neuer Vorteil meines Lebens als »Star« – und lassen mich hinein, ohne mit der Wimper zu zucken.

Ich gehe durch den Club und halte nach Lincs vertrauter blonder Kurzhaarfrisur Ausschau. Auf der Bühne spielt eine Grungerockband, und ich bahne mir einen Weg durch die Menge aus Zuschauern, die im Takt der Musik Headbanging betreiben. Auf der Tanzfläche, an den Tischen und an der Theke entdecke ich ihn nicht, also mache ich mich auf den Weg zu den Toiletten. Die roten Wände sind von der Decke bis zum Boden mit Aufklebern von all den Bands bedeckt, die hier im Laufe der Jahre aufgetreten sind. Ich gehe an den Pissoiren vorbei und entdecke schließlich zwei Füße, die aus der linken Kabine auf der linken Seite herausragen. Linc sitzt zusammengesackt neben der Toilette und sieht ziemlich mitgenommen aus.

»Linc!« Ich versetze ihm eine leichte Ohrfeige, um ihn wach zu bekommen. »Alles okay, Mann?«

Er öffnet die glasigen Augen einen Spaltbreit.

»Was hast du genommen?«, frage ich und schüttle ihn.

»Es geht mir gut«, murmelt er. Er spricht so undeutlich, dass ich kaum ein Wort verstehen kann. »Gut.«

Es geht ihm definitiv nicht »gut«. Nicht mal ansatzweise. Aber ich werte es als gutes Zeichen, dass er nüchtern genug ist, um ein Wort herauszubringen.

»Schaffen wir dich hier raus, Linc.«

»Jacke«, murmelt er.

Ich verdrehe die Augen, schnappe mir seine Jacke vom ekelhaften Boden und werfe sie mir über den freien Arm. Seine Geldbörse und sein Handy liegen neben dem Toilettensockel in einer Pfütze aus irgendetwas Widerlichem, aber ich stecke sie trotzdem in meine Gesäßtasche.

Der Mistkerl schuldet mir eine neue Jeans.

»Komm schon, Kumpel.« Ich schlinge mir seinen schlaffen Arm um die Schultern und hieve ihn hoch. Sein Gewicht bringt mich ein wenig ins Wanken.

Mit taumelnden Schritten gelingt es mir, ihn aus den Toilettenräumen und durch den Seiteneingang nach draußen zu bringen. Wir landen in einer mit Abfall übersäten Gasse. Sie stinkt nach Pisse und verrottendem Müll. Linc lehnt sich gegen die Ziegelwand und übergibt sich lautstark.

»Das ist gut, Mann.« Ich tätschele seinen Rücken. »Das muss alles raus.«

Je schneller er diesen Mist aus seinem Körper befördert, desto besser.

Als er sich nicht mehr übergibt, ziehe ich ihn von der Wand weg und führe ihn zum Ausgang der Gasse. Er lehnt sich schwer auf mich. Seine Augen sind halb geschlossen. Ich weiß nicht, wie zum Teufel ich ihn nach Hause bringen soll. Er stinkt nach Urin und Erbrochenem – kein Taxifahrer, der bei klarem Verstand ist, wird uns in diesem Zustand in sein Fahrzeug lassen.

»Linc, wie geht es dir?«, bringe ich gepresst hervor und habe Mühe, ihn aufrecht zu halten.

»Gut. Es geht mir gut«, lallt er und sackt an einer nahe gelegenen Wand zusammen.

»Was hast du genommen?«

»Koks. Nur Koks, glaube ich.«

»Glaubst du?«

Er öffnet die Augen einen Spaltbreit und richtet den Blick auf mein Gesicht. Ich glaube, dass er etwas sagen will, doch stattdessen lehnt er sich vor und übergibt sich erneut – dieses Mal direkt auf meine Schuhe.

»Verdammt!«, rufe ich aus und weiche hektisch zurück. Ich pralle direkt gegen jemanden, der gerade in die Gasse gekommen ist, in der wir stehen. »Scheiße, tut mir leid«, sage ich und drehe mich herum, um mich zu entschuldigen. Ich reiße die Augen auf, als ich einen Officer des LAPD erblicke, der mit vor der Brust verschränkten Armen dasteht.

Er wirkt kein bisschen amüsiert.

Die Handschellen scheuern schmerzhaft an meinen Handgelenken, als mich die Polizisten auf den Rücksitz des Streifenwagens befördern. Einer von ihnen legt eine Hand auf meinen Kopf und drückt mich nach unten, damit ich mich nicht am Dach stoße. Sie knallen die Tür mit erschreckender Endgültigkeit hinter mir zu. Ich rümpfe die Nase, als ich den Gestank von Erbrochenem wahrnehme, der in diesem geschlossenen Raum überwältigend ist.

Gerade als ich dachte, dass meine Nacht nicht noch schlimmer werden könnte …

Linc ist bei den Sanitätern und vermutlich auf dem Weg ins Krankenhaus, wo man ihm den Magen auspumpen wird. Wenigstens dafür kann ich dankbar sein. Auf diese Weise wird er noch am Leben sein, damit ich ihn erwürgen kann. Ich könnte ihn umbringen dafür, dass er mich in diesen Schlamassel hineingezogen hat.

Nachdem ich gegen den Polizisten geprallt war, befahl der mir, meine Hände an die Wand zu legen. Ich tat, was er verlangte, und wehrte mich nicht, als er meine Füße auseinandertrat, damit meine Beine weit gespreizt waren, und er mich schnell durchsuchte. Ich versuchte, ihm zu erklären, dass ich sauber sei – keine illegalen Substanzen oder Waffen jeglicher Art. Vielleicht hätte er mir sogar geglaubt, wenn er nicht den Beutel mit Kokain gefunden hätte, der sich in der Tasche der Jacke befand, die ich über dem Arm hatte.

Lincs Jacke.

Drogenbesitz ist ein schweres Vergehen, und weder der Officer noch sein Partner wirkten allzu erpicht darauf, irgendetwas von dem zu hören, was ich zu meiner Verteidigung zu sagen hatte, nachdem sie das Kokain gefunden hatten. Sie pressten mich so heftig gegen die Wand, dass ich Sterne sah, zerrten meine Arme auf dem Rücken zusammen und legten mir so schnell Handschellen an, dass ich kaum Zeit hatte zu begreifen, was vor sich ging.

Ich beobachte, wie das Blaulicht rhythmisch wie ein Metronom an der Ziegelwand des Gebäudes aufblitzt. Ich kann kaum klar denken, denn ich mache mir große Sorgen wegen des Ärgers, den ich mir eingehandelt habe – mit der Presse, mit der Polizei.

Mit Felicity.

Verdammt. Ich hätte ihr wirklich eine Nachricht hinterlassen sollen.

32. KAPITEL

Felicity

Ich wache am Morgen auf, und er ist fort.

Keine Nachricht. Kein Abschiedskuss.

Sofort macht sich Unruhe in mir breit. Ich stehe auf und gehe durch das Loft. Sein Schlüsselbund hängt nicht am Haken. Seine Stiefel stehen nicht neben der Tür. Ich werfe einen Blick in Lincs und Aidens Zimmer und stelle fest, dass sie ebenfalls leer sind. Seltsam.

Ich schlage eine Stunde tot, indem ich Kaffee koche und mir Frühstück zubereite. Dabei versuche ich, die Nervosität zu ignorieren, die sich in meinem Körper breitmacht. Ich kann einfach nicht aufhören, mich zu fragen, wo er ist, was er macht … Wie eine Besessene denke ich über alles nach, was schieflaufen könnte, während ich das Geschirr spüle und es zum Trocknen auf dem Abtropfgestell stapele.

Als wir gestern nach der Präsentationsparty aufwachten, hatten wir ein langes Gespräch. Unser erstes seit einer gefühlten Ewigkeit. Er war so offen, so ehrlich – in Bezug auf den Stress, unter dem er gestanden hatte, um das Album aufzunehmen, in Bezug auf sein Bedürfnis, den Jungs gegenüber alles richtig zu machen, in Bezug auf das, was während des Fiaskos mit *Red Machine* passiert war. Er sprach sogar ganz offen über die Alkoholprobleme seines Vaters, und ich teilte ihm im Gegenzug Geschichten über meine Eltern mit.

Nach dem Abendessen saßen wir zusammen auf dem Balkon, spielten Musik und lachten über den Wahnsinn, dass unser erstes Album nun draußen in der Welt ist. Ich kochte eine Kanne Chai, und wir stießen mit randvollen Teetassen auf unsere Zukunft an, bevor wir ins Bett fielen.

Als ich in seinen Armen einschlief, war mein letzter Gedanke hoffnungsvoll.

Wir können das schaffen. Wir können das wieder in Ordnung bringen.

Doch jetzt, da ich mich auf der Suche nach Hinweisen auf seinen Verbleib in der leeren Wohnung umschaue, spüre ich, wie in mir erneut die Nervosität zum Leben erwacht. Ein Teil des Glücks, das wir uns gestern Abend zurückerobert hatten, fühlt sich im blassen Licht des Tages zerbrechlich an.

Wie oft wirkten Mom und Dad, als wären sie wieder auf dem richtigen Weg, nur um dann einen Rückfall zu erleiden? Wie oft hast du dich an deine Hoffnungen geklammert, nur um dann zuzusehen, wie sie zerbrachen, wenn du sie im Drogenrausch auf dem Wohnzimmerteppich vorfandest?

Meine Vergangenheit arbeitet gegen mich und reißt mit rasiermesserscharfen Klauen an mir. In meinem Herzen weiß ich, dass Ryder nicht so ist wie die Menschen, die mich großgezogen haben. Aber ich kann nicht anders, als mir automatisch den schlimmstmöglichen Fall vorzustellen und Ryder mit ihnen zu vergleichen.

Wo ist er?

Eine weitere Stunde vergeht, bis mir in den Sinn kommt, einen Blick auf mein iPad zu werfen, um zu sehen, ob es Neuigkeiten gibt. Als ich es einschalte, explodiert mein Postfach praktisch vor lauter E-Mails von Francesca und etwa hundert weiteren PR-Leuten, die für *Route 66* arbeiten und denen ich nie begegnet bin.

POSTFACH
AN: thewildeone@route66records.com
VON: ffoster@route66records.com
BETREFF: *Rufen Sie mich so schnell wie möglich an!*

Felicity,
Ryder und Linc wurden gestern Nacht vor dem Viper Room *wegen Drogenbesitzes verhaftet.*
Wir kümmern uns darum. Die Anwälte sind bereits unterwegs.
Ich werde mich in Kürze ebenfalls auf den Weg machen.
Vor Ihrer Wohnung werden Paparazzi auf der Lauer liegen, weil sie auf einen Exklusivbericht hoffen.
Vermeiden Sie es wenn möglich, das Loft zu verlassen.
Ich werde mich bald wieder melden.
Francesca

Mein Herz rutscht mir in die Hose, während ich zu Boden sinke.

Ich bin vor Fassungslosigkeit wie gelähmt. Die Vorstellung, dass er das tun würde, macht mich sprachlos.

Ich empfinde keine Wut. Keine Trauer. Keinen Herzschmerz.

Nur … *Leere*. Eine schmerzhafte, hohle Ödnis in der linken Seite meiner Brust – ein Ort, der einst für Ryder reserviert war.

Als ich mich schließlich aufrappele, schwebe ich wie ein Geist durch das Loft und sammele methodisch meine Sachen ein. Ich nehme meine silberne Armbanduhr von der Küchentheke, meinen Pullover von der Couch, mein liebstes Paar Sandalen von der Fußmatte an der Tür, meinen neuen Koffer aus dem Schrank, wo er neben einem dazu passenden steht, den sich Ryder gekauft hat.

Für unsere erste gemeinsame Reise, hatte er mir grinsend erklärt.

Die Preisschilder hängen noch an den Koffern. Meine Hände sind ruhig, und mein Atem geht gleichmäßig, als ich eine Hand ausstrecke und sie abreiße. Ich lasse sie mitten im Flur auf den Boden fallen. Auf dem Weg nach unten flattern sie wie Blätter im Wind.

Ich brauche nicht lange, um zu packen. Ich habe nicht viel.

Neue Klamotten. Eine neue Geldbörse. Ein neues Tablet.

Mein altes Notizbuch. Meine alte Gitarre. Ich bin immer noch ganz die Alte.

Losgelöst treibe ich davon. Wieder einmal.

Ich bin auf der Flucht. Wieder einmal.

Ich schaue mich noch ein letztes Mal um und überprüfe, ob ich in den Schubladen im Waschtisch irgendetwas vergessen habe. Ich ziehe auch die Nachttischschubladen auf beiden Seiten des Betts auf, um zu sehen, ob darin etwas liegt, das mir gehört. Ich erstarre, als ich eine kleine blaue Schachtel in Ryders Schublade berühre. Ich richte den Blick fest darauf und habe plötzlich Schwierigkeiten beim Atmen. Ich kann spüren, wie meine Emotionen hinter den dichten Mauern wüten, die ich wie einen Schild um meinen Verstand errichtet habe. Sie versuchen verzweifelt, mich zu erreichen.

Ich lasse sie nicht an mich heran.

Und ich öffne die Schmuckschatulle nicht. Mit dem Zeigefinger streiche ich über den Samt. Nur ein einziges Mal. Mehr gestatte ich mir nicht. Mehr kann ich nicht ertragen, ohne komplett die Kontrolle zu verlieren.

Mindestens eine Minute vergeht, bis ich in der Lage bin, den Blick von der Zukunft loszureißen, die ich beinahe gehabt hätte. Eine weitere Minute vergeht, bis ich mich tatsächlich umdrehen und das Zimmer verlassen kann. Die Rollen meines Koffers sind auf dem Parkett so laut, dass meine Ohren schmerzen.

Ich lasse die Nachttischschublade offen stehen, als ich hinausgehe.

Ich erlaube es mir nicht, zurückzuschauen.

33. KAPITEL

Ryder

In der Sekunde, in der ich die Wohnung betrete, weiß ich es.

Ihre Abwesenheit ist greifbar. Sie pulsiert in der Luft wie eine schiefe Note, die ein ganzes Lied aus dem Takt bringt.

Ich schließe die Tür hinter mir mit einem leisen Klicken und lasse den Blick durch den Raum wandern.

Auf der Couch liegt kein Pullover, neben dem Wohnzimmertisch stehen keine Hausschuhe. Das Buch, das sie gelesen hat, liegt nicht mehr auf dem sonnigen Stuhl, auf dem sie immer sitzt. Ich gehe zum Schlafzimmer und trete über auf den Boden geworfene Kofferpreisschilder. Trümmer von einer Schlacht, in der ich nicht kämpfen durfte.

Die Tür schwingt auf. Ich bereite mich auf den Schlag vor, von dem ich weiß, dass er kommen wird. Doch er haut mich trotzdem um wie ein Fausthieb mitten ins Herz.

Jeder Hinweis auf sie ist verschwunden. Ihr Shampoo steht in der Dusche nicht mehr neben meinem. Ihre Bürste liegt nicht mehr im Regal. Ihre abgenutzte alte Gitarre lehnt nicht mehr an der gegenüberliegenden Wand.

Ich schaue zum Bett. Sie hat es frisch bezogen, sodass nicht mal ihr Geruch zurückbleibt.

In diesem kalten, leeren Zimmer ist nicht mehr das geringste Anzeichen von ihr.

Ich spüre, wie mein Herz in zwei Hälfen bricht, während

ich zum Nachttisch gehe. Ich erstarre. Mein Blick ist fest auf die halb geöffnete Schublade gerichtet. Sie ist nur fünf Schritte entfernt, aber ich brauche eine verdammte Ewigkeit, um meine Füße dazu zu bringen, sich in Bewegung zu setzen, denn ich weiß nur zu gut, was ich sehen werde, wenn ich dort ankomme.

Mein Kiefer verkrampft sich, als ich nach unten schaue und die hübsche blaue Schmuckschatulle entdecke, die dort wartet.

Sie wartet auf eine Frau, die sie nun nicht mehr annehmen wird.

Sie wartet auf eine Frau, die ich verloren habe.

Ich gestatte es mir nicht, mich zu fragen, ob sie den Ring anprobiert hat, bevor sie gegangen ist, während ich mir die zerbrechliche Schachtel schnappe und sie mit solcher Wucht gegen die Wand schleudere, dass sie abprallt und ins Bad fliegt, wo sie unter den Waschtisch rutscht. Ich gestatte es mir nicht, darüber nachzudenken, wie ihre Antwort gelautet hätte, wenn ich die Gelegenheit erhalten hätte, sie zu fragen.

Es spielt keine Rolle.

Es wird nicht das Geringste ändern.

Sie ist fort.

Playlist

She Used to Be Mine – Sara Bareilles
Landslide – Stevie Nicks
I'd Rather Go Blind – Etta James
It Ain't Me, Babe – Johnny Cash und June Carter
I Fall to Pieces – Patsy Cline
Hurt – Johnny Cash
I Walk the Line – Johnny Cash
Cold As You – Taylor Swift
Dreams – Fleetwood Mac

Komplette Liedtexte

A GIRL NAMED FELICITY

Stars feel so close to the earth tonight,
I could reach right out and grab one.
I'd give it to you, just to see you light up.
Praying the morning don't ever arrive …

Why would I look at the stars when I could look at you
Why would I close off my heart when you'll just break through

'Cause I got too close to the flame
Blinded my sight, ruined my name.
Wasn't till I saw you that it hit me …
I was burning up … for a girl named Felicity.

Sky's getting so light outside this bed
I can feel our time ticking faster
I'd break your watch if I thought it'd fix this
Wishing we had just a bit more time

Why would I tear you apart when I could walk away
Why would I tell you the truth is, I just want to stay

'Cause I got too close to the stars
Singed on my mind
Scored on my heart

Wasn't till I left that it hit me
I was in love … with a girl named Felicity
A girl named Felicity …

FADED

Saw you in the crowd the other day
You were ten years older, ten years colder
When your gaze wandered my way …

Wish that I could tell you that you're hated
All those tears I cried, 'cause you never tried
And still, for years, I waited …

'Cause love don't burn out, even though you're gone
And hate don't come just 'cause you write it in a song …

Sure it's sad but it isn't complicated …
You're my only memory that never faded …
You never faded … Oh …

»Wir haben Augenblicke. Tausende von Augenblicken. Lass uns jeden davon bis zum Letzten auskosten.«

Emma Scott
ALL IN – TAUSEND AUGENBLICKE
Aus dem amerikanischen Englisch von Inka Marter
432 Seiten
ISBN 978-3-7363-0819-0

Kaceys Leben als Rockstar ist ein Tanz auf dem Vulkan, den sie nicht überlebt hätte, wäre Jonah Fletcher nicht in ihr Leben getreten. Ihn zu lieben ist ein Sprung ins Ungewisse, der größtes Glück oder größten Schmerz bringen kann. Doch ganz gleich, was kommt, Kacey weiß, dass sie nicht mehr zurück kann – und dass Jonah es wert ist, alles zu riskieren …

»Eine zutiefst berührende Liebesgeschichte, die man nie wieder vergisst – so real, so wunderschön geschrieben, so perfekt.«
TOTALLY BOOKED BLOG

LYX

Lesejury